中国当代文艺学
话语建构丛书

吴子林 主编

文士精神
与文论传统

周兴陆 著

浙江工商大学出版社·杭州

图书在版编目（CIP）数据

文士精神与文论传统 / 周兴陆著. — 杭州：浙江
工商大学出版社，2022.10
（中国当代文艺学话语建构丛书 / 吴子林主编）
ISBN 978-7-5178-5115-8

Ⅰ.①文⋯ Ⅱ.①周⋯ Ⅲ.①中国文学—当代文学—
文学理论—研究 Ⅳ.①I206.7

中国版本图书馆CIP数据核字（2022）第167666号

文士精神与文论传统
WENSHI JINGSHEN YU WENLUN CHUANTONG

周兴陆 著

出 品 人	鲍观明
策划编辑	任晓燕
责任编辑	金芳萍
责任校对	夏湘娣
封面设计	观止堂_未氓
责任印制	包建辉
出版发行	浙江工商大学出版社
	（杭州市教工路198号　邮政编码310012）
	（E-mail：zjgsupress@163.com）
	（网址：http://www.zjgsupress.com）
	电话：0571-88904980，88831806（传真）
排　　版	C点冰橘子
印　　刷	杭州宏雅印刷有限公司
开　　本	710 mm×1000 mm　1/16
印　　张	24.75
字　　数	351千
版 印 次	2022年10月第1版　2022年10月第1次印刷
书　　号	ISBN 978-7-5178-5115-8
定　　价	108.00元

总 序

2016 年 5 月 17 日，习近平总书记在哲学社会科学工作座谈会上的讲话中指出：哲学社会科学是人们认识世界、改造世界的重要工具，是推动历史发展和社会进步的重要力量，其发展水平反映了一个民族的思维能力、精神品格、文明素质，体现了一个国家的综合国力和国际竞争力；哲学社会科学工作者要按照立足中国、借鉴国外，挖掘历史、把握当代，关怀人类、面向未来的思路，着力构建中国特色哲学社会科学，在指导思想、学科体系、学术体系、话语体系等方面充分体现中国特色、中国风格、中国气派。

2021 年 12 月 14 日，习近平总书记在中国文学艺术界联合会第十一次全国代表大会、中国作家协会第十次全国代表大会上的讲话中指出：衡量一个时代的文艺成就最终要看作品，衡量文学家、艺术家的人生价值也要看作品；广大文艺工作者要挖掘中华优秀传统文化的思想观念、人文精神、道德规范，把艺术创造力和中华文化价值融合起来，把中华美学精神和当代审美追求结合起来，激活中华文化生命力。

历史表明，社会大变革的时代一定是哲学社会科学大发展的时代。当前，世界出现"百年未有之大变局",我们正经历着历史上最为宏大而深刻的社会变革与实践创新。这种前无古人的伟大实践,给理论创造提供了强大动力和广阔空间。这是一个需要理论且一定能够产生理论的时代,这是一个需要思想且一定能够产生思想的时代。

改革开放之初,当代中国文化曾有一种"文学主义"。文学在整体文化中居于主导地位,深度参与到文化之中,激动人心,滋润人心,维系人心;文学研究随之呈现出锐意进取、多元拓展的局面,取得了丰厚的学术积累与探索成果。进入21世纪,资本逻辑、技术理性、权力规则使人遁无可遁,一切被纳入一种千篇一律的"统一形式"之中,格式化、程序化的现实几乎冻结了应有的精神探索和想象力,既定的文化结构令人备感无奈、无如甚或无为。当从"文学的时代"进入"文化的时代",文学在文化中的权重不断下降,在当代知识竞争格局中,文学研究囿于学科话语而一度处于被动状态,丧失了最基本的理论态度和批判意识。

当代著名作家铁凝说得好:"文学是灯,或许它的光亮并不耀眼,但即使灯光如豆,若能照亮人心,照亮思想的表情,它就永远具备着打不倒的价值。而人心的诸多幽暗之处,是需要文学去点亮的。"[1]奔走在劳碌流离的命途,一切纷至沓来,千回百折,纠缠一生;顿挫、婉转、拖延、弥漫,刻画出一条浓酽的、悲欣交集的人生曲线。屏息凝听时代的脉动,真正的作家有本领把现实溶解为话语和熠熠生辉的形象,传达出一个民族最有活力的呼吸,表现出一个时代最本质的情绪;他们讲述人性中最生动的东西,打开曾经沉默的生活,显现这个世界内在的根本秩序,一种不可触犯事物的存在。

在当代中国文学研究领域里,文艺学一直居于执旗领军的地位,具备"预言"的功能与使命,直面现实并指向未来,深刻影响并引领着中国文学研究不断突破既有的格局。"追问乃思之虔诚。"(海德格尔语)与作家一样,当

---

[1] 铁凝:《代序:文学是灯——东西文学经典与我的文学经历》,《隐匿的大师》,译林出版社2021年版,第5—6页。

代文艺学研究者抓住文学的核心价值（追求"更高的心理现实"，即"知人心"），并力图用蕴含着深刻的历史逻辑、理论逻辑和实践逻辑的话语释放这一核心价值，用美的规律修正人们全部的生活方式，引导人们"知善恶""明是非""辨美丑"，帮助人们消除"鄙吝之心"，向往一种高远之境。

新世纪以降，文学创作、文学批评、文学传播乃至整个文学活动方式持续地发生广泛而深刻的嬗变；与之相应，审美经验、媒介生态、理论思维、知识增量等交相迭变，人文学术思想形态发生裂变、重组，各学科既有话语藩篱不断被拆除。"察势者明，趋势者智。"人们深刻体认到：中国作为一个拥有长期连续历史的巨大文化存在，其中的问题意识、思维方式、语言经验、话语模式需要重新发现与阐释，并且必须重新生成一种独立的、完整的、崭新的思想理论及其话语体系；这种话语体系是思想理论体系和知识体系的外在表现形式，与文化环境、传统习惯及社会制度等密切相关，具有深厚的历史积淀与现实根基。

习近平总书记提出，时代是出卷人。进入新时代，文艺学研究者扎根中华大地，勇立时代潮头，与时代同行，发时代先声，积极回应当代知识生产的新要求，通过跨学科领域的研究致力于新文科观念与实践，重构当前各个知识领域的学科意识与现实眼光，有效参与对人类命运共同体的思考，孜孜于文艺学的学科体系、学术体系和话语体系的探索与创构，呈现中国特色、中国风格、中国气派的学术贡献与话语表达，为国家的现代化建设提供强大的精神动力和智力支持。

理论的生命力在于创新。新领域的开辟，新学科的建立，新话语的生成，需要不同见解彼此有争议的砥砺。章太炎先生当年就慨叹孙诒让的学术之所以未能彰显于世，是因为没有人反对："自孙诒让以后，经典大衰。像他这样大有成就的古文学家，因为没有卓异的今文学家和他对抗，竟因此经典一落千丈，这是可叹的。我们更可知学术的进步是靠着争辩，双方反对愈激烈，

收效方愈增大。"①本着真理出于争辩及促进学科发展的愿望与责任，遵循问题
共享、方法共享、思想共享的学术原则，浙江工商大学出版社邀请本人编选、
推出"中国当代文艺学话语建构丛书"。本丛书拟分人分批结集出版相关的
代表性研究成果，收录各人具有典范性的、在学界产生较大影响的佳作，以
凸显"一家之言"的戛戛独造，为中国当代文艺学话语体系的建构尽一绵薄
之力。

　　"中国当代文艺学话语建构丛书"第一辑共6部著作：陈定家《一屏万
卷：网络文学理论与媒介文化批评》、赵勇《走向批判诗学：理论与实践》、
张永清《马克思主义批评理论的当代阐释》、刘方喜《脑工解放时代来临：人
工智能文化生产工艺学批判》、吴子林《"毕达哥拉斯文体"：述学文体的革
新与创造》和周兴陆《文士精神与文论传统》。6位作者都是当代文艺学研究
领域的前沿工作者，思维活泼且笔力雄健，是该学科的中坚力量；6位作者的
问题意识、理论观念、研究方法各自不同，学术个性十分鲜明，但他们有一
个共同点，那就是基于对文艺学学科的热爱与执着，都在各自领域精耕细作
数十年，自信、自主、自为、自强，创构了不无创造性的思想理论及其话语
体系。

　　积小为大，积健为雄。上述6部著作的主题涉及马列文论、古代文论、
西方文论、网络文学、人工智能和述学文体研究，几乎覆盖了文艺学研究的
各个论域；这些著作反抗传统而又批判地继承传统、批判西方而又积极融入
世界、干预现实而又持守文学本位；这些著作融思想与学术于一体，具有健
全的历史和时间意识，并由此返归当下，有崭新的理论话语、价值体系、思
维方式和文化逻辑，而汇入了新世纪的理论创造之中；这些著作都是穷数年
之功潜心结撰而成的，可以说是文艺学这个学科不断发展和走向成熟的标志，
是中西方学术研究交汇和碰撞的结果，也是文艺学这个学科思想生长、聚合
而成的果实，更可能是将来理论创新性发展的努力方向。

---

① 章太炎：《国学概论》，中华书局2003年版，第33页。

　　此时此刻，春光绚丽，沿了山脉的走向，清风铺展而来，氤氲所及，万物蓬勃；飞翔的事物，燃烧的迷津，隐秘的想象，急骤的阵雨，或深不可测，或骤然浮现，或不惊不乍，或渐渐透亮，一切陌生而真切而鲜明……

　　是为序。

吴子林

2022 年 2 月 28 日

自　序

随着现代人文学术和教学体制的建立，中国文学批评史从传统的"诗文评"和"辞章学"脱胎而出，发展至今已有百年历史。如何应对强势的国外文学理论，对外来理论加以本土化改造和接受？如何更好地激活传统、重释传统的现代意义，以应对当下的现实问题？过去百年里，数代学人做出艰苦的探索和努力，交出各自的答卷。中国文学批评史曾在历史性研究之外衍生出注重理论研究的"古代文论"，提出中华民族的文论特色、古代文论的现代转换、文化诗学研究等课题，在响应时代大潮的同时，其自身在不断发展，同时也暴露出一些问题，比如机械地割断传统与现代的联系，将古今对立起来，将五四前后中国文学文论夸大为断裂关系；长期采用"以西释中"，把在西方特定历史文化背景中产生的文学理论观念普遍化为文学的"原理"，据以解释中国文论现象；或者因噎废食，将中外文论对立起来，认为它们不可通约，拒绝一切外来的有益的思想资源。

"中国文学批评史"学科不能满足于作为古代文学的一个方向，"古代文论"学科也不能满足于作为文艺学的可有可无的点缀，应该将"中国文学批评史"学科升华为"中国文论"，建设贯通古今、立足本位而又开放的"中国文论"，实现优秀传统文论资源的创造性转化和创新性发展，致力于构建中国特色文论话语体系，铸牢中华民族共同体意识。

"中国文论"建设，要处理好这样几个问题：

一、在古与今的问题上，打破现代文论与古代文论的疆界，实现贯通古今的文论研究。目前研究中国文论的基本格局，古代文论与现代文论是截然分开的，知古不知今，知今不知古。如果忽略了20世纪中国文学与文论的现代发展，不顾及当代文学活动的状况，仅仅在古代文学和文论范围内打转，研究成果怎么可能会对当代文学与文学理论有建设意义？中国文学批评史或古代文论，不仅是一门历史学科，更重要的是一门理论学科。既然是理论学科，就应该对从古至今的中国文学实践经验和理论成果做通盘整体的掌握和吸收。章培恒、黄霖、朱立元、王一川等先生早就认识到现代文论与传统文论之间的内在联系。现代文论是传统文论在现代社会文化背景中的新发展，两者之间并非断裂的，而是存在千丝万缕的内在联系。现代文论是中国文论发展至现代阶段的质的飞跃。从文学精神上说，现代的"革命文学"论、文学对现实的高度关切，正是传统"经世致用"精神的继续；现代文论对个性精神的提倡，既有国外个性主义的启迪，也与明清时期的"性灵"文学思想一脉相承；现代文学的"平民精神"乃至当代文学的人民性问题，是传统文学与文论中的民本思想、教化主题、人道主义观念在现当代的理论提升。从文类上说，小说、戏曲成为文学的主体，也符合宋元以降中国文学发展的大势。白话文学的崛起并非一蹴而就，而是有着漫长的铺垫期。当然，现代文论主要是应对现代社会文化发展需要而产生，且得到国外文论的滋养，从基本理论观念到思维特点、表达方式，都是传统文论的"质的飞跃"。只有将中国古代、现代、当代文论做整体贯通式考察，才能在此基础上，提出中国文论的知识体系。

二、在中与西的问题上，坚持立足本土、视野开放、以中化西的原则。不论是"以西释中"还是强调中西的"不可通约性"，都是片面的、极端的。

西方文论是西方历史文化和文学的产物，中国古代文论是中华古代历史文化和文学的产物，首先要承认它们是"异质"的理论形态。但它们都是人类用语言文字表达对宇宙、社会、人生、自我、文艺的感悟、认知和情怀，应该有相通甚至相同的因素。且明清以降，东西方文化交流日益频繁，相互影响、文明借鉴，是基本态势。正如钱锺书所言，"东海西海，心理攸同；南学北学，道术未裂"，人类的文学和文论应该有普遍性，但是具体到各种文化背景中产生的文学和文论，各有其特殊性。过去所谓"以西释中"，是没有认识到在西方历史文化和文学背景中产生出来的西方文学理论的特殊性，而把它普遍化，上升为普遍性的"文学原理"，用它来解释中国文论现象。所谓中西文论"不可通约"论，是只看到两者的特殊性，没有认识到人类文论的普遍性。当前的"中国文论"，须坚持本位立场，立足中华民族文化和文论的根基，以国外文论为参照，可以更好地认识中国文论的特征；同时，吸收国外文论的有益滋养，以丰富和发展中国固有的文学理论，认清人类文论发展的趋势，以明了中国文论的发展大势。摆脱上述"以西释中"和"中西对立"的两种错误态度，参斟人我，辨别异同，以我化人，以中化西，才是中国文论的正途。

三、站在中国文化本位的立场上，面对当代社会现实，建设性地思考中国未来文化发展的需求，从中华文化的"天人合一""家国情怀""安心立命""多元包容"的人文思想出发，对中国文论的性质、特征和价值做出切实的阐释与评判，尊重中国文论的政治性、伦理性和审美性相统一，经验性和实践性相统一的特征，阐发中国文论的基本思想、理论观念。中国文论的性质是以"大文学"为基础，以"纯文学"为核心。章太炎所谓"凡著于竹帛者谓之文"，符合传统文论的精神，揭示了中国文论的性质。刘勰《文心雕龙》和萧统《文选》无不统括实用文与非实用文，一直到姚鼐《古文辞类纂》和曾国藩《经史百家杂钞》皆是如此，但《文心雕龙》和《文选》虽涉及文体众多，却又是以诗、赋为中心。至宋元以后，小说戏曲蔚然兴起，至五四时期，与诗歌、散文一同被尊为中国文学之正宗，与西方"纯文学"的外延接轨。现代文论称实用文为"国文",非实用文为"文学",将文学的外延狭隘化,忽略中国文学"大文学"的性质,产生了严重的弊端。当今的文论建设,须既正视中国的"大文论"传统,又尊重文学史的发展和现状,将"国文"与"文学"统一纳入文学的范围,重建以"大文学"为基础、以"纯文学"为核心的多层级的中国文论体系。

过去很长时间里,以西方文论为参照系来衡量中国,曾得出一些似是而非的结论,如批评中国文学是"杂文学",说西方重理性、重逻辑,中国文论重感性、重直觉,等等。如果我们立足中国社会和文化本身,坚持本位性立场,对中国文论完全可以做出不同的认识。这里尝试提出中国文论的几个特征。

一、中国文论是在儒家和道家"天人合一""天人和谐"的宇宙观和生命观制约下产生的,这种基本观念深刻地制约着国人对"文"的认知。中国传统文学和文论强调自然与人的"感物兴情"关系;在社会中,"上以风化下,下以风刺上",调节君民上下关系;"诗可以群",调节士人群体关系;"教化"说协调民众与国家的关系。乃至"自适""自娱",调谐个人内心世界,无不是追求最终的生命和谐。魏晋以后引入佛学思想,与传统儒道思想相交融,重塑国人的世界观、生命观、善恶观等。到了现代,这种朴素的"天人合一"观为自西方而来的主客二分世界观所取代,进化论、辩证唯物主义引入进来,实现了国人宇宙观、世界观的革新。但是,面对后工业革命、信息革命引起的一系列现实问题,特别是生态问题,有识之士提出"生态美学"和"人定顺天"的话题,重新阐释"天人合一"的现代意义。那么,文学如何重建人与自然的感应、互动与和谐关系,重建人与社会、人与他人、人与自我的生命和谐,"中国文论"在这方面的理论创新大有可为。

二、中国文论具有鲜明的伦理性特征。如果说西方社会道德的维系主要依靠宗教的话,那么中国社会伦理道德的维系主要依靠宗法制度和礼乐文化,文学是礼乐文化的重要组成部分。古人云:"乐者,通伦理者也。""发乎情,止乎礼义。"伦理性是中国文论的重要特征,过去的研究对此否定较多。其实,有的伦理道德具有时代性,如"三纲五常",今天看来是需要唾弃的糟粕;有的伦理道德是超越时代的,或者说随着时代的发展而发展的,如"仁、义、礼、智、信","己所不欲,勿施于人","恻隐之心,人皆有之",等等,并没有过时,可以在现代人文理念的观照下进行富有新意的阐发。中国传统的文学和文论在维护人伦和追求道德进步方面发挥着重要的作用。作家须有第一等怀抱,以极具审美性的作品给读者以有益的教诲和性灵的陶冶。论文重文德,论诗重诗教,论小说戏曲更是以教化为指归。以"仁爱"为核心的中华民族道德精神通过文学而得到普及和传承。道德革新的诉求也往往首先通过文学得到表现,如明清"性灵"文学论和小说戏曲论中闪耀的人性光芒,"五四"以后升华为人道主义精神。今天应该重新认识中华传统伦理文化,以现代文明为准绳,对之进行新的扬弃,以襄助社会主义核心价值观的建设。同样,应该重新认识和评价中国文论的伦理性特征,对它进行当代的扬弃和创造性转化,引导当前文学创作的伦理主题的正确走向。

三、中国文论具有明晰的政治性特征。实用性与审美性在中国文论中并不矛盾,更非对立。"声音之道,与政通矣",政治性是中国"大文论"的重要特征。刘勰所谓"政化贵文""事绩贵文""修身贵文",白居易所谓"欲开壅蔽达人情,先向歌诗求讽刺",苏轼所谓"有为而作",无不强调文学要对现实政治发挥实实在在的作用。到了近代,梁启超等提倡文学界革命,乃至现代的无产阶级革命文学,更是将文学的政治性进一步提升。"文革"期间,文学的政治性被别有用心的人利用,曾导致文化上的灾难。新时期之初,文学与现实、文学与政治的关系仍然是人们讨论的焦点,但更加强调人情人性,强调人道主义。切断文学与政治的联系,无疑取消了文学的存在基础,阉割了文学的现实意义。重提政治性,并非说文学是政治的传声筒、特定政策的宣传工具,而是强调文学家要关切现实政治,惩恶扬善,歌颂正义与美好,揭露社会弊端,抨击丑陋和邪恶,呼吁美好社会前景。当然,并非所有的文学都要表达政治主题,古代不乏娱情文学,现代也不乏超越政治的审美主义文学。政治、审美、娱情应该多元互补，但文学不能一概缺失政治性。政治不是文学的全部，但文学不能完全脱离政治，其实也脱离不了政治。

四、中国文论具有经验性、实践性特征。中国文论不是来自抽象的逻辑演绎、理性推理，而是建立在丰富的文学实践基础上，是文学经验的理性总结和提升。古代所谓"诗学"多是"学诗"的意思，文艺理论重在指导艺术实践。古人所谓"操千曲而后晓声"强调的是艺术经验的重要性。古代文论重视对汉语特点的认知，如刘勰的丽辞、事类、声律、练字论，众多作家、文论家的诗话、文话、评点、选本，重视探讨诗法、文法，都旨在引导创作实践。小说和戏曲评点，"通作者之意，开览者之心"，是作者的知音、读者的导师。诗文选本为习作者提供模本。理论、批评和创作是三位一体的。这种实践性特征，在现代文坛上还得到一定的传承，如鲁迅、茅盾等既是伟大的作家，也是著名的文学理论家、批评家。但是总体上来说，由现代至当下，文学理论批评淡化了对于创作的指导意义，忽略了文学经验的积累，甚至脱离了文学。脱离实践的理论是空虚苍白的，因此，当代的文学理论建设应该恢复中国文论的实践性、经验性传统，提倡理论、批评与创作、鉴赏相结合，提倡选本批评、"话体"批评等传统中鲜活的文学批评样式，使之在当代文学批评中占有适当的地位。

五、中国文论的发展动力来自对现实文化和文学问题的关注和校正。中国文论具有强烈的现实性，自古没有哪位文论家是凭空发论的，都是紧盯现实文化和文学的困境和问题，从自己的思考和立场出发，提出纾难解困的药方。理论批评紧扣着文学创作，引导文学创作的走向。当文学创作走入绝境时，在理论上往往通过三个渠道汲取发展的动力。第一是民间资源，如乐府、词曲、话本、花部都曾为士人文学提供不竭的源泉。第二是"复古以求革新"，如中唐白居易、元稹、韩愈、柳宗元的诗文复古，明中期前后七子的复古思潮，20世纪30年代的民族文化本位论，等等，都是以复古为手段，解决文学与现实的困局，实现诗文的革新发展。第三是"别求新声于异邦"，魏晋南北朝时期佛学的输入、晚清以来西学的输入，都为中华文明注入了新的资源和活力。中华文化具有强大的同化力和自我修复能力，文论自身不断地在会通适变。当代文论的发展同样需要在接续自身传统的基础上，适应新时代开放的文化格局，会通适变。

六、中国文论是多元一体的中华多民族文论。在中华大地上，汉民族文化与各兄弟民族文化不断交流融合，形成了多元一体的中华文化。同样在文论上，也表现为以汉语文论为主体的中华多民族文论的不断交流与融合。历史上不仅有元好问（鲜卑族）、贯云石（维吾尔族）、蒋湘南（回族）等的汉语文论作品传世，各少数民族也多有用自己的民族语言表达他们的文学理论认知的著作，中国文论在统一性中显示出多样性。新时期以来，古代文论和文学理论研究界越来越重视对少数民族文论的研究。1980 年，郭绍虞先生就呼吁加强对兄弟民族文学理论的研究，中国少数民族文论在文献整理和理论研究上取得丰硕成果，为建设中华多民族文论确立了基础。各兄弟民族文论在民间性、口语性、叙事性上，可以弥补和丰富汉语文论的内容，其抒情性特征和对自然、社会、自我的认知也多可与汉语文论相参互通。我们应以汉语文论为基础，融汇各兄弟民族文论的多样性元素，在中华多民族文论的基础上建构"中国文论"，这对于培养中华民族的文化认同，维系共同的文明母体和文化血缘，铸牢中华民族共同体意识，更为深刻完整地理解和展现中国文论的丰富性和整体性，具有重要意义。

总之，新时代的中国文论研究，须确立中国本位的立场和思想开放的态势，摆脱中西对立的狭隘思维，避免民族主义、排外主义的思维陷阱，坚持"以我化人、以中化西"的态度，吸收国外文明和文论思想滋养。对古代和现代文论传统进行创造性转化和创新性发展，建构具有现实关怀和人文情怀、符合中华民族心理特征、具有理论活力和时代特征的中国文论知识体系，为当代文论的进一步发展，提供理论资源和思想动力，让中华传统文论焕发出当代的生命活力，彰显出独特价值。在当前各种文论多元共生的文学理论格局中，中国文论是重要而有力的一元，引导文学和文论正确发展。

目 录

上编 | 《文心雕龙》与中古文论研究

| 第一章 |

汉魏六朝的"文士"论

　　专门从事文学创作的人，是现代意义上的"作家"。在中国古代"大文学"语境中，擅长文章写作并取得成就的，称"文士"或"文人"。"文士"之名并非自古即有，而是随着社会文化的发展，从"士"中分化出来的，他们的出现有一个漫长的过程。"文士"的身份意识也是逐渐自觉的。汉魏六朝时期，"文士"观念逐步萌生、成长而确立。梳理这个形成过程，是理解魏晋南北朝文学批评史乃至整个中国文学与文论的重要理论向度。

第一节　汉魏时期"文士"观念的形成

　　"文士"脱胎于先秦的"士"。"士"是中国古代一个特殊的社会阶层。《管子》曰："士农工商，四民者，国之石民也。"① 石民，即国家之柱石。"士"居四民之首，可见其在社会结构中之重要性。但早期的"士"，或称"国士"，一般是指执干戈以卫社稷的武士。随着孔子推行儒家教育，士风丕变，知书识礼，逐渐儒士化。在攻伐吞并的战国时代，侠士和策士又蔚然兴起。当时如《韩非子》之《六反》《五蠹》、《吕氏春秋·去宥》中都有"文学之士"的

----

① 黎翔凤：《管子校注·小匡》，中华书局 2004 年版，第 400 页。

说法，指的是"学道立方"者和精通古代文献典籍者，非擅长作文章的文士。

到了汉代，朝廷采取扬儒抑侠的措施，游侠之士或遭到贬斥，或笼入彀中，逐渐消失。儒士发生分化，"能通一经曰儒生，博览群书号曰洪儒"①。其中能够上书奏记、撰文作章者，如陆贾、董仲舒即为"文儒"。在汉代大一统的时势下，纵横策士丧失了"诸侯放恣，处士横议"的资本，隶属于天子或诸王，成为操弄刀笔、专对辞赋的宾客，章学诚说："邹阳、严（忌）、徐（乐）诸家，又为后世词命之祖也。"②《汉书·艺文志》就著录了上自苏秦、张仪，下至汉代邹阳、主父偃、徐乐、庄安等纵横十二家。纵横策士上承春秋时的行人，下启汉代的文士之风，是汉代文士的又一重要来源。

但在西汉时期，文士的身份是不清晰的。如司马迁对屈原的文士身份并不自觉，《史记》把屈原与贾谊合传，不是因为他们都是文士，而是因为两人事迹相类。司马迁把《司马相如列传》列在《西南夷列传》之下，显然是基于司马相如出使巴蜀、通西南夷等实际事功，而没有把他视为单纯的文士。西汉武帝时辞赋作家蔚然兴起，但不过是俳优畜之，宣帝视王褒的辞赋亦仅贤乎博弈而已。文士不论作为个体还是阶层，在西汉的社会结构中都没有得到充分的认识，身份是不明晰的。

到了东汉明帝、章帝时期，皇帝崇儒好文，文治大盛，文士阶层崛起，文士意识也随之逐渐明晰。明帝崇儒，史书多有记载：

〔明〕帝崇尚儒学，自皇太子、诸王侯及大臣子弟、功臣子孙，莫不受经。③

永平九年，为四姓小侯开立学校，置五经师。④

---

① 何休注，徐彦疏：《春秋公羊传注疏》引《春秋繁露》，上海古籍出版社 1990 年版，第 2 页。
② 章学诚著，王重民通解：《校雠通义通解》，上海古籍出版社 2009 年版，第 109 页。
③ 司马光：《资治通鉴》，中华书局 2005 年版，第 1449 页。
④ 范晔：《后汉书·明帝纪》，中华书局 1965 年版，第 113 页。按，所谓四姓，指樊氏、郭氏、阴氏、马氏诸外戚子弟，因非列侯，故曰小侯。

汉明帝时，公卿大夫诸儒八十余人，论《五经》得失。①

章帝"少宽容，好儒术，显宗（明帝庙号）器重之"②。继位后，延续乃父崇儒之风。"建初中，大会诸儒于白虎观，考详同异，连月乃罢。肃宗亲临称制，如石渠故事，顾命史臣，著为《通义》。又诏高才生受《古文尚书》《毛诗》《穀梁》《左氏春秋》，虽不立学官，然皆擢高第为讲郎，给事近署，所以网罗遗逸，博存众家。"③这是东汉经学最为兴盛的时期。章帝不仅好儒术，更喜爱文章，礼遇文士：

及肃宗（章帝庙号）雅好文章，（班）固愈得幸，数入读书禁中，或连日继夜。每行巡狩，辄献上赋颂，朝廷有大议，使难问公卿，辩论于前，赏赐恩宠甚渥。④

元和中，肃宗始修古礼，巡狩方岳。（崔）骃上《四巡颂》以称汉德，辞甚典美。帝雅好文章，自见骃颂后，常嗟叹之。⑤

像班固、崔骃这样因文才而受到章帝礼遇的文臣不在少数。明帝、章帝还亲自制作诏书，改良一代文风，产生积极的影响。刘勰就对比了明、章与光武诏书的文野之别。特别是章帝好文，博召文学之士，征召了一批岩穴之士，促使了东汉中后期文人群体的崛起，在文学史上具有重要的意义。⑥

明帝、章帝采取一系列右文措施，为文士设置了适当的官职，将其纳入官僚体系，文士因此可以进身仕途。首先值得一提的是，设置兰台令史，掌

① 孙冯翼辑：《皇览》，《续修四库全书》第 1212 册，上海古籍出版社 2002 年版，第 5 页。
② 范晔：《后汉书·章帝纪》，第 129 页。
③ 范晔：《后汉书·儒林传序》，第 2546 页。按，据《明帝纪》，为建初四年（79）。
④ 范晔：《后汉书·班固传》，第 1373 页。
⑤ 范晔：《后汉书·崔骃传》，第 1718 页。
⑥ 刘德杰：《汉章帝"雅好文章"与东汉文学发展》，《河北师范大学学报（哲学社会科学版）》2014 年第 37 卷第 2 期。

书劾奏，校书定字。明帝、章帝时，班固、班超、傅毅、贾逵、李尤、杨终、孔僖等人，都因为名香文美而除授兰台令史。兰台令史初设置时，或谓无大用于世，"职在文书，无典民之用，不可施设"。王充予以驳斥，说："兰台之官，国所监得失也。……令史虽微，典国道藏，通人所由进，犹博士之官，儒生所由兴也。"①东观是明帝、章帝时开设的典藏经籍、校阅文献、撰述国史的场所。李尤《东观铭》称东观乃书籍林渊，列侯弘雅，治掌艺文。东观与太学齐名，是朝廷会聚名儒硕学的渊薮。东观又设置著作郎与校书郎，"著作之名，自此始也"②。两者大体上有一定的分工。校书郎的主要工作是典校五经、诸子、传记、百家艺术，整齐脱误，是正文字。据《后汉书》，杜抚、班固、孔僖、贾逵、杨终、高彪、刘騊駼、刘珍、马融等或"校书东观"，或为"校书郎"。著作郎主要工作是上书奏记，撰述国史，班固、傅毅、陈宗、尹敏、孟异、杨彪、邓骘、伏无忌、延笃、崔寔、边韶、朱穆、马日磾、卢植、李胜、蔡邕等，均"著作东观"。张衡专事东观，班昭受诏就东观藏书阁续成《汉书》，黄香受章帝诏诣东观，读所未曾见书。正是因为明帝、章帝时期设立兰台令史和东观校书、著作二部，奖掖文才，汇集文人，才培育了文士阶层。后来列入《后汉书·文苑传》的文士，多数都有过入兰台、东观的经历，就是明证。

东汉明帝、章帝崇儒重文，作为最高层的力量，风动波随，推动了文士阶层的兴起，同时也促使了文士观念的形成，这一点突出表现在班固、王充，特别是王充的著述中。

东汉班固论汉武帝得人之盛，给人才分类，就把"文章"单独列为一类③，这是司马迁《史记》所没有的。《汉书》卷五十一贾山、邹阳、枚乘、路

---

① 王充：《论衡·别通》，黄晖：《论衡校释》，中华书局 2018 年版，第 529 页。

② 沈约：《宋书·百官志下》，中华书局 2018 年版，第 1352 页。按，著作郎乃后称，东汉时仅称著作。《事物纪原》卷五："汉东京使名儒硕学入直东观，撰述国史，谓之著作。以他官领之，未以为官也。魏明帝太和中，始署著作郎。"

③ 班固：《汉书·公孙弘卜式儿宽传赞》，中华书局 1962 年版，第 2634 页。

温舒的列传，显然已透露出文士的意识。姚思廉《梁书·文学传》就说这样的安排"亦取其能文传焉"①。与"文学"相区别的"文章"这一概念，在《汉书》中已频频出现。《汉书·刘歆传》还列举孔子之后的"缀文之士"，肯定他们有补于世②。"缀文之士"就是当时蔚然兴起的文士。但是《汉书》尚未设立"文苑传"，还没有在体例上把文士从儒士中区别开来，这主要是因为文士、文人在西汉的官僚体系中没有建制，其本身还不是独立的。

而与班固同时代的王充，在论述明帝、章帝时期的文化时，面对新近兴起的著作文人，及时地给予推波助澜式的肯定和称誉。

随着文人的大量出现、文化分工的愈益明细，王充对传统的儒士进行划分，把儒士分为文儒、世儒两类："著作者为文儒，说经者为世儒。"③著作者就是明帝、章帝时期"著作东观"的文士，说经者是指汉代通一经，或教授于乡，或试举博士步入仕途的儒士。文儒和世儒的区别，也就是后世正史《儒林传》与《文苑传》的分野。他批驳世人所谓"文儒不若世儒"的偏见，称赞文儒之业"卓绝不循人"，"书文奇伟，世人亦传"。而且，"世儒当时虽尊，不遭文儒之书，其迹不传"④。世儒的业绩思想，有待文儒之书写才能传于后世，《诗》家若鲁申公，《书》家若欧阳生、公孙弘，不遭太史公，世人不闻；文儒即文章之士，有奇伟的才能，不须依靠他人称誉，通过文章即可传名后世。可见文儒事业的意义不在世儒之下。王充还第一次对"士"做出明确的分类和品第：

> 夫能说一经者为儒生，博览古今者为通人，采掇传书以上书奏
> 记者为文人，能精思著文、连结篇章者为鸿儒。故儒生过俗人，通

① 姚思廉：《梁书》，中华书局 1973 年版，第 685 页。
② 班固：《汉书·刘歆传》，第 1972 页。
③ 王充：《论衡·书解》，黄晖：《论衡校释》，第 1004 页。
④ 王充：《论衡·书解》，黄晖：《论衡校释》，第 1004 页。

人胜儒生，文人逾通人，鸿儒超文人。①

　　他将"士"分为四类：所谓儒生，是知古不知今、无益于时的儒士，也就是上引《论衡·书解》中的"世儒"。《论衡》中多"儒生是古""儒生穿凿""闭暗"等表述，在王充心目中，儒生位置仅高于俗人，在通人之下。"说书于牍奏之上，不能连结篇章"的谷永、唐林，可谓之"儒生"。通人是指"通书千篇以上，万卷以下，弘畅雅闲，审定文读，而以教授为人师者"②。司马迁、刘向属于通人，虽然累积篇第，文以万数，但只是董理前代文献，并非自我创造，所以通人虽胜儒生，却在文人之下。文人造论著说，"发胸中之思，论世俗之事，非徒讽古经、续故文也；论发胸臆，文成手中，非说经艺之人所能为也"③，所以高于通人和儒生，扬雄、桓谭等属于"文人"。王充心目中价值最高的是能精思著文、连结篇章的鸿儒，但是世上鸿儒稀有，而文人比比皆是。王充将文人与鸿儒并举，说："杼其义旨，损益其文句，而以上书奏记，或兴论立说，结连篇章者，文人、鸿儒也。"④既然鸿儒稀有，只是理想而已，那么在王充心中最为看重的还是文人。文人与通人相比，"好学勤力，博闻强识，世间多有；著书表文，论说古今，万不耐（能）一。……夫通览者，世间比有；著文者，历世希然"⑤。文才稀见，因此文人最为可贵。就个人来说，"人无文，则为仆人。……人无文德，不为圣贤。……物以文为表，人以文为基"⑥，"繁文之人，人之杰也"⑦。就国家来说，"鸿文在国，圣世之验也"⑧，"文章之人滋茂汉朝者，乃夫汉家炽盛之瑞也"⑨，因此个人应该努力成

① 王充：《论衡·超奇》，黄晖：《论衡校释》，第 530 页。
② 王充：《论衡·超奇》，黄晖：《论衡校释》，第 529 页。
③ 王充：《论衡·佚文》，黄晖：《论衡校释》，第 757 页。
④ 王充：《论衡·超奇》，黄晖：《论衡校释》，第 529 页。
⑤ 王充：《论衡·超奇》，黄晖：《论衡校释》，第 529 页。
⑥ 王充：《论衡·书解》，黄晖：《论衡校释》，第 1003 页。
⑦ 王充：《论衡·超奇》，黄晖：《论衡校释》，第 532 页。
⑧ 王充：《论衡·佚文》，黄晖：《论衡校释》，第 758 页。
⑨ 王充：《论衡·超奇》，黄晖：《论衡校释》，第 539 页。

为一个优秀的文人，国家应该积极培育一代文才。王充擅长文章之学，他自己就以文人之俊扬雄自期，说："身与草木俱朽，声与日月并彰，行与孔子比穷，文与杨雄为双，吾荣之。"① 他著《论衡》，就是文士之务。

王充对文人价值的肯定和地位的推崇，现实基础就是东汉明帝、章帝时期兰台令史和东观校书、著作一大批文士的涌现。如《论衡·佚文》论"文辞美恶，足以观才"时就列举了班固、贾逵、傅毅、杨终、侯讽。《论衡·案书》说："今尚书郎班固，兰台令杨终、傅毅之徒，虽无篇章，赋颂记奏，文辞斐炳，赋象屈原、贾生，奏象唐林、谷永，并比以观好，其美一也。"② 这些人或为兰台令史，或校书于东观，都是当时新崛起的文士。王充的"文人"论，及时地肯定了东汉明、章时期文人渐趋兴盛的社会现象，高度评价了文人的社会价值和文化意义，反映了在天子右文的明、章时期文士身份观念的日益明晰。

但是王充推重文士文章，主要不是从审美意义上欣赏其辞藻之美妙，而是从事功角度肯定文章的实用功能。《论衡·佚文》曰："夫文人文章，岂徒调墨弄笔，为美丽之观哉？载人之行，传人之名也。善人愿载，思勉为善；邪人恶载，力自禁裁。然则文人之笔，劝善惩恶也。"③ 文人作文，宗旨在劝善惩恶，对国政世风发生实际功用，而不是虚饰华辞，徒为炫目。他批评司马相如、扬雄的赋颂："文丽而务巨，言眇而趋深，然而不能处定是非，辩然否之实。虽文如锦绣，深如河、汉，民不觉知是非之分，无益于弥为（弭伪）崇实之化。"④ 显然，他推崇的是扬雄《太玄》《法言》之类的子书，而不是"虚辞滥说"的辞赋。他反复称道的文人文章，主要是诸子、史传、奏记、论说等实用文，而非诗歌辞赋。王充对文章审美属性还没有自觉的认知。

世儒与文儒的分化、经术与文章的分途，是东汉而下的基本趋势。到了

① 王充：《论衡·自纪》，黄晖：《论衡校释》，第 1051 页。
② 王充：《论衡·案书》，黄晖：《论衡校释》，第 1025 页。
③ 王充：《论衡·佚文》，黄晖：《论衡校释》，第 758 页。
④ 王充：《论衡·定贤》，黄晖：《论衡校释》，第 974 页。

东汉末期灵帝时期，士风发生了新的变化。汉灵帝是一个昏君，时好辞制，作过《追德赋》《令仪颂》，自造《皇羲篇》五十章，好书法，善鼓琴、吹洞箫，是一个爱好文艺却无治国才能的皇帝。在汉末的党锢之争中，为了打击支持"党人"的太学生，光和元年（178）二月，朝廷设置了鸿都门学，以取代当时的太学。这些出身微贱的鸿都门学士，凭借辞赋、书画、尺牍、小说等才能，攀附宦官势力，就能得到皇帝的优待，授以高官。这激起了世族儒士如阳球、杨赐和蔡邕等的强烈愤慨，他们纷纷反对。阳球上奏时就把鸿都门学与太学、东观对立起来。①东观正是前文所言之文人渊薮。但是他们的反对并没有阻止鸿都门学的设立，鸿都门学自光和元年在洛阳成立，持续数年，乐松、江览、任芝、郗俭、师宜官、梁鹄等都凭一艺之长入于鸿都。鸿都门学士在朝廷中得到曹节、王甫等宦官的支持，设立之后对当时的世风、文风产生了巨大的影响，尤其是启发了曹氏父子对文艺的爱好。设立鸿都门学的光和元年，曹操二十来岁，任议郎，对于朝廷设立鸿都门学的这场斗争，他不可能不知晓。曹操的祖父曹腾是桓帝朝的宦官，父亲曹嵩"灵帝时货赂中官，及输西园钱一亿万，故位至太尉"②，就是一个便嬖子弟，行径颇似鸿都门学士。曹操那唯才是举的人才观，其实是承续灵帝以来的社会价值观的新变。儒学士人与鸿都门学士之间的冲突，从价值观来看，是"德"与"才"的矛盾。儒学士人重视"世德"，而鸿都门学士展露的是才艺，通过才艺获得上层的赏识并被授予官职。曹操数次颁布求贤令，重才艺而轻德性，这正是自置鸿都门学之后新的社会价值观。曹操欣赏梁鹄的书法，曹植与邯郸淳品校文艺、纵论古今，在其面前胡舞跳丸击剑，诵俳优小说，曹丕对鸿都门学士郗俭辟谷感兴趣，曹氏父子网罗了当时擅长辞赋、诗歌、尺牍、书法的文人，稍后魏明帝设立崇文观，招募善文之士，这些举措都表现出他们对文艺的偏好、对文人的重视。李谔《上隋文帝书》云："魏之三祖，更尚文辞，忽君人

---

① 范晔：《后汉书·阳球传》，第 2499 页。
② 范晔：《后汉书·曹腾传》，第 2519 页。

之大道，好雕虫之小艺。下之从上，有同影响，竞骋文华，遂成风俗。"①虽然是从反面立论，但揭示了"魏之三祖，更尚文辞"的事实，这正是汉末灵帝时期社会风气的延续和发展。

至"更尚文辞"的曹魏时期，文人、文士才真正与儒士分道扬镳，而专指擅长辞章的文人。曹丕的《典论·论文》首先对具体的文人群体展开评论，所谓"今之文人，鲁国孔融文举，广陵陈琳孔璋"云云②，就是指擅长撰作奏议、书论、铭诔、诗赋的文士；不像王充论文人侧重于论说子书，对"美丽之观"的辞赋颇为轻视。曹丕称"建安七子"为"今之文人"，称赞他们学识广博、戛戛独造，而能够相互推服，还评论建安文人于文体各有偏善，品评他们文章的风格，显然是站在"论文"的立场上，这一点也是对王充的超越。如果说王充是泛论士人而推崇其中文士的话，那么到了曹丕《典论·论文》，则专门为"今之文人"立论，标明了文士意识和观念的真正确立。

第二节　文集编撰与《文苑传》的设立

文士的作品是文章，文士的心灵与才艺都凝聚在文章之中。如果人亡而文灭，则文士就失去自身的传统，文士阶层也就难以形成。只有当文士的文章在士人中得到较为充分的重视，成为社会知识建构的重要组成部分，得以保存和流传，文士的社会文化地位才得以保障，社会上的文士观念才得以巩固。

六经之学在汉代由私学上升为官学；诸子之学靠私家讲授，代代相传；史学由朝廷史官担纲；唯文集的编撰相对滞后，这反映了文士参与社会知识文化的建构、社会对文士的认知，都有一个过程。班固说："文章则司马迁、

---

① 黄霖、蒋凡：《中国历代文论选新编·先秦至唐五代卷》，上海教育出版社 2007 年版，第259 页。

② 严可均：《全上古三代秦汉三国六朝文》，中华书局 1958 年版，第 1097 页。

相如。"①司马相如虽时时著书，却为他人取去，家无遗存。司马迁死后，其书藏于家，至宣帝时由其外孙平通侯杨恽祖述其书，才宣布于世。这既因为当时简帛保存之不易，也与文士意识模糊有关。至"雅好文章"的汉章帝，才意识到搜集文章的重要性，建初八年（83）东平王刘苍去世后，下诏收集刘苍的章奏、书记、赋颂、歌诗等，但刘苍是皇室，并不是普通的文士。东汉文人在存世和去世后一段时间里，都没有编纂文集，范晔《后汉书》著录传主的文章，都是单篇记载，如著诗、颂、碑、铭、书、策等文体凡多少篇，而没有编集的记载。

至东汉末年，政治混乱，瘟疫流行，文人多死于非命，曹丕有感于此，重视文集的编纂，借此让作者身后英名不朽，不仅编撰了《建安七子集》，还珍视自己的篇翰，编集自己的《典论》和诗赋百余篇。曹植虽然说过"辞赋小道，固未足以揄扬大义，彰示来世也"的话，但其实是很重视文章的，曾删定自己的赋，撰辑为《前录》，在序中认为"君子之作"可与《雅》《颂》争流，将文人著作与经典并列，这可谓石破天惊之论。正是曹魏时期文士观念的确立，促使他们重视编辑自己或他人的文集。

曹丕、曹植还不是一般的文人，他们编撰文集还不是一般文士的行为。到西晋时，著作郎陈寿编撰了《诸葛亮集》，进奉朝廷；秘书监挚虞编撰了大型的《文章流别集》。从其官职看，这是官方行为，可见朝廷对文士文章的重视。当然，晋人编文集尚不普遍，唐人所撰《晋书》叙两晋一百五十余年作者之著作，曰"文集"者仅九人，即使是这九人的文集也很难说就是当时人所编，晋人多数文章当时尚未编纂成集。至刘宋时，文集得到重视。沈约撰《宋书》叙刘宋六十年作者之著作，曰"文集"者也达九人，可见编撰文集的风气在刘宋时期较为流行。《陶渊明集》最早由萧统编纂，北齐阳休之重加辑录。鲍照遇难后，篇章无遗，至萧齐的文惠太子命虞炎编纂为《鲍明远集》。江淹将自己著述的三百余篇文章编撰为前、后集。何逊诗文集，由

---

① 班固：《汉书·公孙弘卜式儿宽传赞》，第 2634 页。

同时人王僧孺所编。庾信文集，由好友宇文逌编纂。阮籍诗歌因为厥旨渊放，归趣难求，还引起颜延之、沈约为之作注，将笺注这种经史阐解的方式运用于别集上。"文才"是南朝世家的门风，联宗重叶，数世能文。甚至有的文学世家家家有制，人人有集。继《文章流别集》之后，总集的编撰也颇为繁盛，或如谢灵运编撰《诗集》，逢诗辄取；或如萧统编选《文选》，以能文为本；或如徐陵编选《玉台新咏》，为专题诗选。《隋书·经籍志》通计存佚，著录别集八百八十六部，总集二百四十九部，数量超过了经、史、子部，可见编纂文集的盛况。这也确证了文士阶层的崛起、文士队伍的庞大，以及社会对文人创作成果的珍视。

汉魏以降，《列士传》《高士传》《逸士传》之类杂传纷纷出现，其中有一类曰《文士传》。晋初秘书监荀勖编撰过《文章叙录》（《隋志》称《文章家集叙》十卷），其书虽已不存，然据残存的数则看，实即文人传记。稍后继任秘书监的挚虞编撰《文章志》，"区别优劣，编辑胜辞，亦才人之苑囿"①，实亦是一部文人传记，开了后世《文苑传》的先河。章学诚就说："晋挚虞创为《文章志》，叙文士之生平，论辞章之端委，范史《文苑列传》所由仿也。自是文士记传，代有缀笔，而文苑入史，亦遂奉为成规。"②此后如张骘《文士传》、顾恺之《晋文章记》、王愔《文字志》、傅亮《续文章志》等文人传记层出不穷，乃至刘宋初范晔撰《后汉书》，创立了《文苑传》，一直为后世史家所沿袭。《后汉书》的《儒林传》和《文苑传》，就像王充的"世儒""文儒"一样，真正把文人与儒士区别开来，在正史中将其单独归为一类。早在西晋时陈寿撰《三国志》，《魏志》卷二十一把王粲、卫觊、刘廙、刘劭、傅嘏合传，并附录了徐干、陈琳等三十二位文人。陈寿评曰："昔文帝、陈王

---

① 〔日〕遍照金刚著，王利器校注：《文镜秘府论校注·天卷》，中国社会科学出版社1983年版，第73页。

② 章学诚：《〈和州志·前志列传〉序例中》，仓修良：《文史通义新编》，上海古籍出版社1993年版，第787页。

以公子之尊，博好文采，同声相应，才士并出。"① 显然是将他们都视为"才士"。又《吴志》卷八的张纮、严畯、程秉、阚泽、薛综、薛莹等，或以文理学识著称，或为一时儒林。陈寿将文人传记合在一卷，应该是将他们当作文人看待的，但没有统称为《文苑传》。范晔发凡起例，在正史中创立《文苑传》，不仅确立了文士身份的观念，而且提高了文士在社会文化系统中的地位。

第三节　才性与程器

随着文士身份和地位的确立，文士的内在才性和外在事功成了魏晋南北朝文论的重要话题。加之当时九品中正制人物品鉴的需要，士人才性论兴起，进而探究"文士"的才性与事功，深刻地影响当时文学理论的作家论。正如王瑶先生所说："中国文论从开始起，即和人物识鉴保持着极密切的关系；而文学原理等反是由论作者引导出来的。"②

古人认为，"人禀气于天，气成而形立"③。人是阴阳二气和合而成的，赋受于天，凝聚于心，是为心气。"心气之征，则声变是也。"④ 赋受不同，则才性各异；才性各异，则心气不同；心气不同，则发声亦异。文章同样如此，曹丕首先提出"文以气为主"的命题，指出"气"是文士天然禀赋的气质、才性，流贯于文章之中，形成文章之"气"，主宰着文章的风貌。对于文士来说，这种先天禀赋的气质、才性尤为重要。

汉人推举一般人物时，多是德才并举，如蔡邕所谓"履孝悌之性，怀文艺之才"⑤，孔融所谓"淑质贞亮，英才卓跞。初涉艺文，升堂睹奥"⑥，都是先

---

① 陈寿撰，裴松之注：《三国志》，中华书局 1964 年版，第 629 页。
② 王瑶：《文体辨析与文章总集》，《中古文学史论》，北京大学出版社 1986 年版，第 89 页。
③ 王充：《论衡·无形》，黄晖：《论衡校释》，第 55 页。
④ 刘劭：《人物志·九征》，中州古籍出版社 2018 年版，第 40 页。
⑤ 蔡邕：《琅琊王傅蔡公碑》，严可均：《全后汉文（下）》，商务印书馆 1999 年版，第 759 页。
⑥ 孔融：《荐祢衡表》，俞绍初：《建安七子集》，中华书局 2016 年版，第 9 页。

言禀性，后言文才。但品论文士时，尤重其才。如王充说："文辞美恶，足以观才。"①"自君山以来，皆为鸿眇之才，故有嘉令之文。"②有妙才方能有妙文。特别是曹操选举求贤，笼络文士，首先看重的是文才，将德行放置一边，影响世风，乃至曹丕发出"观古今文人，类不护细行，鲜能以名节自立"的感慨。此后"文才"成了衡量文士的流行用语，"有文才""文才富艳"等是常见的赞语。至沈约《宋书·谢灵运传论》直接用"辞人才子"称文士，刘勰《文心雕龙》专门设《才略》篇，论文士的才能与识略。

才性论是魏晋时期士人谈说的一个重要话题，有所谓"四本论"，其说不传，难以详考。大体来说，性言其质，才名其用，是时人较为普遍的认知。性是禀受于天、与生俱来的本质，在后天中显示为某方面的才能，因此"才"也具有先天性。曹丕《典论·论文》就强调这种先天禀赋是不可改变、不可遗传的。嵇康所谓"元气陶铄，众生禀焉。赋受有多少，故才性有昏明"③，也是把才性归因于先天禀赋。杨修称赞曹植文章高妙，说："非夫体通性达，受之自然，其孰能至于此乎？"④陈琳称颂曹植"体高世之才，秉青蓣、干将之器。……此乃天然异禀，非钻仰者所庶几也"⑤。天然异禀是对文才最高的赞美，显然视天赋的才性为文章创作的关键。颜之推所谓"必乏天才，勿强操笔"⑥，就把天才视为操笔为文的决定性因素。

过于强调天赋显然是片面的。天赋仅是一种潜质，需要通过后天的学习方能发挥出来。刘劭就提出过"学所以成材"的命题⑦。对于普通文士来说，后天的学习也很重要。后来刘勰对作家才性的认识比曹丕更深刻全面。刘勰《文心雕龙·体性》从理论上阐述了作家主体性和作品风貌的关系，将作家之

① 王充：《论衡·佚文》，黄晖：《论衡校释》，第 753 页。
② 王充：《论衡·超奇》，黄晖：《论衡校释》，第 532 页。
③ 嵇康：《明胆论》，戴明扬校注：《嵇康集校注》，中华书局 2014 年版，第 428 页。
④ 杨修：《答临淄侯笺》，萧统编，李善注：《文选》，上海古籍出版社 1986 年版，第 1818 页。
⑤ 陈琳：《答东阿王笺》，萧统编，李善注：《文选》，第 1823 页。
⑥ 颜之推撰，王利器集解：《颜氏家训·文章篇》，中华书局 1993 年版，第 254 页。
⑦ 刘劭：《人物志》，第 60 页。

"性"剖析为才、气、学、习四个方面。这已是文学批评史的常识了。才、气属于先天，学、习属于后天。受到魏晋时期"才性论"的影响，刘勰认为先天禀赋对于文章写作更为重要。《体性》提出"才有天资，学慎始习"，"因性以练才"。《事类》曰："文章由学，能在天资。才自内发，学以外成。……才为盟主，学为辅佐，主佐合德，文采必霸。"作文需要后天不断地学习，若要达到"能"的境界，还是由"天资"决定的；学习应该顺着才性，助长才性禀赋的充分发挥。才气与学习"主佐合德"，根据天资而加以学习锻炼，将潜质发挥出来。刘勰对作家才性的这种认知，相对来说更为圆融全面，达到了六朝作家论的新高度。"因性以练才"的观点为后人普遍接受，成为诗文创作的重要原则。

文才与文体具有直接的关系，一般来说，撰写论说奏议之类文章，须学富识高，而创作诗赋则更依赖于才气。刘勰评价桓谭著论，富号猗顿，而"《集灵》诸赋，偏浅无才，故知长于讽谕，不及丽文也"①。钟嵘《诗品序》也说，吟咏情性的诗歌皆由直寻，不须博学用典，与章表奏议不同。可见不同文体对文人的才与学的要求有不同的侧重。而汉代如王充论文章，重视论说，轻视辞赋。曹丕所谓"四科八体"，把奏议、书论、铭诔置于诗赋之上。但到了陆机《文赋》论十种文体，把诗、赋列在最先。范晔《后汉书·文苑传》在列举传主所撰文体时，也把诗、赋置于碑、诔、铭、说等体之前。刘勰《文心雕龙》列文体二十篇，把《明诗》《乐府》《诠赋》置于前列。可见在众多文体之中，诗、赋的地位在魏晋以后最高，这种文体上的轩轾，是与对文人之文才的推重相一致的。论文士，才为盟主，学为辅助；相应地，论文体，更为推崇依凭才气的诗、赋，将之置于依靠学识的其他文体之上。

两汉与魏晋南朝取士标准迥然有异。陈代姚察说："二汉求贤，率先经术；近世取人，多由文史。"②说的就是取士标准从儒士向文士的转变。汉代

---

① 王运熙、周锋：《文心雕龙译注·才略》，上海古籍出版社 2010 年版，第 228 页。
② 姚思廉：《梁书·江淹任昉传论》，第 258 页。

取士重视人才的博与通。然而事实上通才少而偏才多。魏晋以后论文士就注重对偏才的发现与赏识。曹魏时刘劭《人物志》专门辨析人物才性，认识到人才不同，能各有异，对偏才做出多方面的辨析和阐述，提出"凡偏才之人，皆一味之美"①，"夫偏才之人，皆有所短"②。《流业》将人才分为十二类，其中，"能属文著述，是谓文章，司马迁、班固是也"，"辩不入道，而应对资给，是谓口辩，乐毅、曹丘生是也"③，认识到口辩言辞与文章著作是两种不同的才能，这是魏晋清谈兴起后人们的普遍认知。《世说新语·文学》记载乐令善于清言，而不长于手笔，请潘岳为表的故事。《文心雕龙·体性》谓"子云沉寂，故志隐而味深"，扬雄不善言辞，但文章有深沉的意味。萧子显《南齐书·文学传论》将此现象概括为"文人、谈士，罕或兼工"④。如果说先秦时期的"士"主要是纵横策士的话，至此则文士和谈士因各自的偏才而有了明确的划分。单就文士作文来说，曹丕《典论·论文》指出"文非一体，鲜能备善"，如孔融不能持论，王粲长于辞赋，然于他文未能称是。刘勰称桓谭"长于讽谕，不及丽文"；萧纲称裴子野"乃良史之才，了无篇什之美"⑤。文士才能各有所偏，似已成为定论，后世文学批评少有异议。

先认识到文士多为偏才，进而肯定并欣赏文士的个性之美。汉代取士论人，重在德行学识，魏晋以后则多欣赏人特有的风神和独立的个性。殷浩的名言"我与我周旋久，宁作我"⑥，典型地反映了晋人的个性独立和自我尊重。先有了对文人个性美的发现和尊重，进而肯定并欣赏文学的个性风格。两汉人论文，对风格之美是缺少意识的。到了魏晋以后才逐渐兴起对文章风格之美的欣赏。曹丕《典论·论文》所言"应玚和而不壮，刘桢壮而不密，孔融

① 刘劭：《人物志·材能》，第108页。
② 刘劭：《人物志·八观》，第168页。
③ 刘劭：《人物志》，第66页。
④ 萧子显：《南齐书·文学传论》，中华书局1972年版，第909页。
⑤ 萧纲：《答湘东王和受试诗书》，肖占鹏等校注：《梁简文帝集校注》，南开大学出版社2015年版，第718页。
⑥ 周兴陆：《世说新语汇校汇注汇评》，凤凰出版社2017年版，第887页。

体气高妙，有过人者"，虽过于简略，却是就风格立论的。至刘勰始较为全面地论述文章风格。《文心雕龙·体性》根据文人的才、气、学、习，将作品风格归结为典雅、远奥、精约、显附、繁缛、壮丽、新奇、轻靡等八类，并具体地辨析十二位文士的个性特征和基于个性特征而形成的文章风格，如"贾生俊发，故文洁而体清；长卿傲诞，故理侈而辞溢"[1]，因人而论文，自内而发外，由才性而及文风，真可谓表里如一，各师成心，其异如面。《才略》精到地评析自二帝三王至刘宋时期九十八家文人的辞令华彩，特别是在理论批评上对各家的"偏美"都采取欣赏的态度，肯定文士特立的精神才情和卓异的文章风貌，达到了文学风格论的新高度。

在文士观念确立的同时，产生了"文人无行"的污名。在东汉灵帝时期，传统儒士对鸿都门学士的攻击，主要就立足于德行。受这种舆论氛围的影响，曹丕《又与吴质书》提出"文人无行"的断言，稍后韦诞对建安文人的苛刻，似乎坐实了"文人无行"的判断，范晔《后汉书·桓谭冯衍传论》也说"才士负能而遗行"[2]。实际上"文人无行"论是将孔子所谓"有言者不必有德"这一或然判断绝对化，变为必然判断，于是真理就走向了谬误。这种"文人无行"论的流行必然给文士晋升造成极大的障碍，如宋文帝就囿于"文人无行"的成见，不重用谢灵运，"唯以文义见接，每侍上宴，谈赏而已"[3]。

其实，撰作文章是一种创造性的活动，需要袒露情怀，彰显个性，摆脱精神束缚，突破现有的某些规范。萧纲就说："立身之道与文章异，立身先须谨重，文章且须放荡。"[4]颜之推说："文章之体，标举兴会，发引性灵，使人矜伐，故忽于持操，果于进取。"[5]一方面，作文依凭才气，往往是兴来辄发，率真任性，在世俗人看来就是忽于持操。另一方面，文章憎命达，有文名于

---

① 王运熙、周锋：《文心雕龙译注》，第 137 页。

② 范晔：《后汉书》，第 1005 页。

③ 沈约：《宋书·谢灵运传》，中华书局 2018 年版，第 1928 页。

④ 萧纲：《诫当阳公大心书》，肖占鹏等校注：《梁简文帝集校注》，第 755 页。

⑤ 颜之推撰，王利器集解：《颜氏家训·文章篇》，第 238 页。

世者多坎壈失意，失去话语权力，容易成为物议的对象。

刘勰则为文人吐气，否定了流行的"文人无行"论，揭示出"将相以位隆特达，文士以职卑多诮"的怪现象，并列举了屈原、贾谊的忠贞，邹阳、枚乘的机觉，黄香的淳孝，徐干的沉默，来为文士正名。在批驳了"文人无行"论后，刘勰《文心雕龙·程器》提出："盖士之登庸，以成务为用。"对文人提出"事功"的要求，认为文人应该成为国家的栋梁之材，撰作文章应该服务于筹划军国大事。颜之推也以实际功用要求文人，他说："吾见世中文学之士，品藻古今，若指诸掌，及有试用，多无所堪。"① 这一方面是因为刘勰、颜之推所论文章，多是政治生活中的实用文体，他们眼中的文士，并非只会调墨弄笔、为美丽之观的"辞人"，因此他们格外重视事功成务。另一方面，汉代那种文人紧紧镶嵌于政治结构中的社会文化模式对刘勰、颜之推还有着深重的制约。

其实自魏晋以来，文士生活已经开始多元化，文士与政治结构的关系或即或离，不再是单纯的硬性捆绑，文士的意识观念并非都一味地束缚于政治仕途。嵇康是思长林而志在丰草，其兄嵇喜则曰："都邑可优游，何必栖山原。"② 这兄弟二人就志趣不同。当世人迷恋庙堂音乐时，左思《招隐诗》发出"非必丝与竹，山水有清音"的异调。孙绰曰："振辔于朝市，则充屈之心生；闲步于林野，则辽落之志兴。"③ 虽然他并没有归隐，但是朝市与林野、庙堂与山林是当时人不同的人生选择。随着对山林自然美的发现，山水诗赋出现了；在经世致用之外，自娱娱情成为重要的创作动机和目的。然而刘勰和颜之推等人，对这种远离政治的文士和文学缺少关注，甚至有所贬抑。自扬雄开始称宋玉、司马相如之类辞赋家为"辞人"，与《诗经》中的"诗人"相对。魏晋南北朝时期也称以创作诗赋为主、重视辞藻修饰的文士为"辞人"。刘勰

① 颜之推撰，王利器集解：《颜氏家训·涉务篇》，第 317 页。
② 嵇喜：《秀才答四首》之三，嵇康著，戴明扬校注：《嵇康集校注》，第 37 页。
③ 孙绰：《三月三日兰亭诗序》，欧阳询：《宋本艺文类聚》卷四，上海古籍出版社 2013 年版，第 135 页。

《文心雕龙》里多次提到"辞人",有时等同于"文章之士",是中性义,更多时候则含有贬义,这是接续扬雄、王充的传统,站在实用的立场上,对蹈虚不实、徒务华藻的文人的批评。他心目中的文人,应该是"摛文必在纬军国,负重必在任栋梁;穷则独善以垂文,达则奉时以骋绩"①(《文心雕龙·程器》)的梓材之士,而不是虚辞滥说、言贵浮诡的"辞人"。

随着社会的发展,士的阶层在分化,至东汉明、章帝时期,政治体制上确认了文士的存在,文士观念在汉魏之际得到确立,相应地,文论上的作家论也逐渐得到充分的展开。文士阶层虽然形成,文士观念虽然确立,但文士并没有摆脱政治体制的羁勒而成为自由的职业,文学并没有摆脱政治事功而成为超功利的"纯文学";相反,文士还是紧密地镶嵌在政治体制之中,文学还是需要发挥"纬军国"的重任。后世科举考试中,不断地发生重经义还是重诗赋的冲突,其实就表明在"儒生"和"辞人"之间,文士要找到平衡点,而总体上是偏向"儒生",忌讳"辞人"的。后世文论所谓"先器识而后文艺"②、"余事作诗人"③、"士当以器识为先,一号为文人(意即辞人),无足观矣"④等等,都是在继续强化文士与社会政治结构之间的内在联系;所谓"文以明道""有为而作"等等,都是在继续强化文学的实用性功能。这正是中国文学与文论不可回避的特征。

(原载《中国人民大学学报》2020年第3期)

---

① 王运熙、周锋:《文心雕龙译注》,第244页。
② 刘昫等:《旧唐书》,中华书局1975年版,第5006页。
③ 韩愈:《和席八十二韵》,钱仲联集释:《韩昌黎诗系年集释》,上海古籍出版社1984年版,第962页。
④ 脱脱等:《宋史》,中华书局1977年版,第10858页。

| 第二章 |

班固《答宾戏》主旨的新解读

《答宾戏》是班固的一篇重要作品，刘勰《文心雕龙·杂文》曰："班固《宾戏》，含懿采之华。"萧统《文选》"设论"类收录了该文。

对于班固《答宾戏》的主旨，龚克昌先生阐释说："作者通过宾主之问答，力图揭示无功、有功的分别，在于弘道与否，以此说明自己不汲汲于富贵功名，笃志于为文著述，无怨无悔的心志。"[①] 周启成先生等解说："班固才盖当世，而章帝雅好文章，因而班固颇得宠信。章帝每有巡狩，就献上赋颂；朝廷每有大议，就使质难公卿。但官运不通，位不过郎。有感于东方朔、扬雄怀才不遇而作《答客难》《解嘲》，因而模仿他们而作此文。"[②] 这两种解释之间实存在明显的差异：前者的解释侧重于说明笃志为文，无怨无悔的心志；后者则谓主旨是模仿东方朔、扬雄，抒写怀才不遇之感。这都是本于《答宾戏》前的小序，但未能做全面深入的理解，故而出现了偏差。

《答宾戏》前的短序曰："永平中为郎，典校秘书，专笃志于儒学，以著述为业，或讥以无功。又感东方朔、扬雄自喻以不遭苏（秦）、张（仪）、范

[①] 龚克昌等：《全汉赋评注·后汉》，花山文艺出版社 2003 年版，第 311 页。
[②] 周启成等：《新译昭明文选》，三民书局 2014 年版，第 2233 页。按，周启成先生的解释是依据《后汉书·班固传》。

（雎）、蔡（泽）之时，曾不折之以正道，明君子之所守，故聊复应焉。"①这段文字又见于班固的《汉书·叙传》，是作者的自序，当为可信。关键是对它如何解释。龚克昌先生抓住的是序中"专笃志于儒学，以著述为业"一句；周启成先生则着重在"感东方朔、扬雄自喻以不遭苏、张、范、蔡之时"一句。若反复推敲全文，可知该文主旨其实是在于"折之以正道，明君子之所守"。对于"东方朔、扬雄自喻以不遭苏、张、范、蔡之时"，班固是明确否定的，故而作此文"折之以正道"，表明"君子之所守"，即为什么他能"笃志于儒学，以著述为业"。正确理解班固《答宾戏》的关键有二：第一，班固《答宾戏》与东方朔《答客难》、扬雄《解嘲》之间是什么关系？班固是否与东方朔、扬雄有同样之"感"？第二，对于苏秦、张仪、范雎、蔡泽等宾客游士，班固是什么态度？是否感慨不遭其时？

第一节　东方朔《答客难》、扬雄《解嘲》
和班固《答宾戏》

　　班固《答宾戏》与东方朔《答客难》、扬雄《解嘲》之间存在文本的"互文性"，《答宾戏》中主人对宾的回答，也可以理解成对东方朔、扬雄的回答。

　　东方朔在武帝时上书陈述农桑耕战、富国强本之策，而不见用，因此作《答客难》以发牢骚。开篇客以苏秦、张仪一当万乘之主，而身居卿相之位以诘难。东方朔"喟然长息，仰而应之"，回答的要点是，此一时彼一时，时异世改，不可同日而语，若苏秦、张仪生活于当今之世，也是无能为力，所以应该修身自得，等待时机。若遇到时机，他也会像乐毅、李斯、郦食其那样"说行如流，曲从如环"②。如果说东方朔感慨遭遇了天下太平、四海一家的盛世而没有纵横驰骋的机会的话，那么扬雄则是遭逢哀帝之时，丁明、傅晏

①　萧统编，李善注：《文选》，上海古籍出版社1986年版，第2015页。
②　萧统编，李善注：《文选》，第2003页。

等外戚与佞幸董贤结党营私，卖官鬻爵，他只能全身远害，淡泊自守，以致落拓不振。扬雄在《解嘲》中极力渲染仕途的危险，"一跌将赤吾之族""攫拏者亡""位极者宗危""言奇者见疑，行殊者得辟"①，正是对哀帝时黑暗政治的揭露。此时"县令不请士，郡守不近师"，士处于无关紧要、可有可无的地位。

虽然东方朔和扬雄对"今世"的描述互有不同，但是他们都流露出对"士无常君，国无定臣"的战国时代的向往，希望能获得"得士者强，失士者亡"的价值肯定。这显然违背了大一统的汉帝国的利益，不符合明帝、章帝时汉室中兴的国家要求。所以班固《答宾戏》"折之以正道"，就是要纠正东方朔和扬雄这种错误的价值观。《答宾戏》中的主人也采用了今昔对比的手法，但他口中的战国时代，是"王途芜秽，周失其驭，侯伯方轨，战国横鹜，于是七雄虓阚，分裂诸夏，龙战虎争"②，在此纷争扰乱之世，士人"因势合变""据徼乘邪，求一日之富贵，朝为荣华，夕为憔悴"，侥幸得福，祸亦随之。这不是君子立身行事的法度。而主人口中的"方今大汉"，扫除芜秽，铲平荒榛，同源共流，禀仰太和，是盛美的"皇代"，一片太平盛世景象。很明显，班固与东方朔、扬雄对"大汉"与"战国"的认识是截然不同的。东方朔和扬雄笔下的战国，是游士充满机会的时代。因为时代不同，东方朔与扬雄对汉世的认识也有不同：东方朔笔下的汉世是贤与不肖无以区别，万物各得其位，让人无所作为；扬雄笔下的汉世是无所厕足、动辄得咎，是"不可为之时"。班固则完全颠覆了他们的今昔观，赞美所处的时代是"皇代"，而战国则是乱世，借主客问答来批评他们"处皇代而论战国，曙所闻而疑所觌"，用今天的话说，就是价值观错误。范晔《后汉书·班固传》说班固此文作于章帝时期，"自以二世才术，位不过郎，感东方朔、扬雄自论，以不遭苏、张、范、蔡之时，作《宾戏》以自通焉"③，"自通"说显然不符合《答宾

---

① 萧统编，李善注：《文选》，第 2006 页。
② 萧统编，李善注：《文选》，第 2017 页。
③ 范晔：《后汉书》，第 1373 页。

戏》的主旨。洪迈批评班固《答宾戏》是"屋下架屋，章摹句写"①，也非公正之评。

班固《答宾戏》为了确立自己"笃志于儒学，以著述为业"的合理性，辨析了客所谓应该及时立德立功，而以著作为余事的问题。《答宾戏》中的主人列举了从舜时的贤臣皋陶到汉初的张良，"言通帝王，谋合神圣"，建策立功，这些都是"俟命而神交，匪词言之所信"，并非像战国时的游士凭借骋辞游说而得。其次如陆贾、董仲舒、刘向、扬雄等人著书立说，究圣人之壶奥，照耀后世，立言亦足以不朽，仅次于前举立功之人。而伯夷、柳下惠、颜回、孔子等太上立德，坚守志向，安贫乐道，"真吾徒之师表也"，是士人的典范。班固在这里完全是立足于儒家的根基，为士人指出了在当时的出路：建策立功，靠的是"俟命而神交"，不可妄为；可以努力的是立德与立言。立德与立言，即使暂时暗昧，终究可以彰显于后世，这才是"君子之真"。至于若伯牙、师旷、王良、扁鹊等人专精于一技，班固也不愿意置身于他们的行列。他自己的立命之处，正在于"专笃志于儒学，以著述为业"，即立德、立言。班固既为"皇代"中的士子指出了人生出路，又找到了自己安身立命之处，与东方朔、扬雄文中的主人仅仅反击客之"病甚"，不知权变，不明大道，也是不同的。

东方朔和扬雄都对苏秦、张仪等游士宾客表达了倾慕之意。东方朔《答客难》中，客曰："苏秦、张仪一当万乘之主，而身都卿相之位，泽及后世。"②东方先生曰："（苏秦、张仪）身处尊位，珍宝充内，外有仓廪，泽及后世，子孙长享。"《解嘲》中扬雄一口气列举文种、范蠡、百里奚、乐毅、范雎、蔡泽等先秦六位游士宾客和汉初娄敬、叔孙通、萧何等皆是"万乘师"，"为可为于可为之时"，矫翼厉翮，恣意所存，建立不世之功。但是至班固《答宾戏》，则贬斥游士宾客"非韶夏之乐""非君子之法"。在班固眼中，

---

① 洪迈：《容斋随笔》，中华书局 2005 年版，第 90 页。
② 萧统编，李善注：《文选》，第 2000 页。

"道不可二",游士宾客们则背离了儒家之道,因而最终都落了个囚身灭宗的可悲下场。为什么他们对待游士宾客的态度有如此大的差异呢?这与游士宾客在汉代地位的升降、班固对待策士宾客的态度有关系。[①]

第二节 西汉"宾客"之盛衰

战国乱世,游士具有举足轻重的地位,在政治斗争中扮演着重要的角色。游士不事生产,身份自由,说合则留,不合则去;同时他们本身没有实在的力量,只有依靠虑事定计,不治而议,打动人主,才能发挥作用。因此他们游走于各国之间,纵横捭阖,玩诸侯于股掌之中,大有"士存则国存,士亡则国亡"[②]的权势。战国四公子,齐之孟尝君、赵之平原君、魏之信陵君、楚之春申君,"方争下士,招致宾客,以相倾夺,辅国持权"[③]。如冯谖本是贱士,而孟尝君待以上客之礼。虽然宾客的成分复杂,如荀子所谓"今之所谓士仕者,污漫者也,贼乱者也,恣睢者也,贪利者也,触抵者也,无礼义而唯权势之嗜者也"[④],但是成百上千的宾客,足以构成一股强大的政治势力,是政权的不安定因素,所以秦国曾欲下逐客令,驱逐游士宾客。

事实上,最后大乱天下、推翻大秦帝国的正是宾客的力量。田儋、田横"皆豪,宗强,能得人",在陈涉王楚后自立为齐王,田横自刎后,五百宾客随之自杀,刘邦惊叹曰:"田横之客皆贤。"[⑤]项梁、项羽叔侄早期避仇吴中时,"阴以兵法部勒宾客及子弟"[⑥],这是项羽江东军的骨干。张耳早年是战国魏公

---

① 在《战国策》和涉及战国的文献里,"游士"与"宾客"是通用的,前者侧重于出计策、献谋略,后者侧重于"说行则留,不行则去"的自由身份。至汉代则"策士"稀见,多用"宾客"一词以指称,故后文也径用"宾客"。

② 刘向:《说苑》,中华书局1987年版,第185页。

③ 司马迁:《史记》,中华书局1959年版,第2395页。

④ 荀子著,王天海校释:《荀子校释》,上海古籍出版社2005年版,第222页。

⑤ 司马迁:《史记》,第2457页。

⑥ 司马迁:《史记》,第296页。

子信陵君的宾客，因为妇家丰厚，他也招致了千里客。"高祖为布衣时，尝数从张耳游，客数月。"① 汉高祖刘邦豪爽任侠，本来也是宾客起家。《史记·高祖本纪》载："善沛令，辟仇，从之客，因家沛焉。"② 后沛地百姓杀沛令而立刘邦为沛公。刘邦敬仰战国公子能养士，"及即天子位，每过大梁，常祠公子"③。受战国养士之风的濡染，他也广聚天下英才，萧何、曹参便是最早的拥立者。楚人陆贾"以客从高祖定天下，名为有口辩士，居左右，常使诸侯"④；刘邦的同乡世交卢绾，"及高祖初起沛，卢绾以客从"⑤；沛人任敖，"及高祖初起，敖以客从"⑥；周苛自卒史从沛公为客，从入关破秦，刘邦立为汉王后，以周苛为御史大夫。刘邦正是依靠这些著名的宾客在义军中发挥骨干作用，而最终一统天下，建立了大汉政权。

刘汉取代嬴秦后，各地拥众自立的势力，依然是威胁中央政权的隐患，因此也先后被铲削，如上引逃入海岛的田横。又如陈豨，"少时常称慕魏公子。及将守边，招致宾客，常告过赵，宾客随之者千余乘，邯郸官舍皆满。豨所以待客，如布衣交，皆出客下"⑦。陈豨宾客众多，擅兵于外，后来真的反叛了，自立为代王，被高祖斩杀。剿灭这些乱世枭雄，建立稳固的专制政权之后，大汉帝国才真的如东方朔《答客难》所谓"天下震慑，诸侯宾服。连四海之外以为带，安于覆盂，天下平均，合为一家"。在"率土之滨，莫非王臣"的稳固大一统的帝国里，游士宾客失去了身份的自由，似乎无用武之地。典型的游士、游侠的时代一去不复返了。⑧

但是，汉初文、景帝时期分封同姓诸侯王，为游士宾客留下了一定的生

① 司马迁：《史记》，第 2572 页。
② 司马迁：《史记》，第 344 页。
③ 司马迁：《史记》，第 2385 页。
④ 司马迁：《史记》，第 2696 页。
⑤ 司马迁：《史记》，第 2637 页。
⑥ 司马迁：《史记》，第 2680 页。
⑦ 班固：《汉书》，第 1476 页。
⑧ 余英时：《士与中国文化》，上海人民出版社 2003 年版，第 53 页。

存空间，给汉初政权的稳固制造了新的隐患。《汉书·邹阳传》曰："汉兴，诸侯王皆自治民聘贤。"①汉初各地的诸侯王，依然怀有战国四公子招贤纳士、以相倾夺、登基大宝的美梦。吴王刘濞招致四方游士，齐地邹阳、吴地严忌、淮阴枚乘等俱仕吴，皆以文辩著名。这些宾客没能劝阻吴王叛乱，就离开吴国而从梁孝王游。梁孝王贵盛，亦善待文士，司马相如、羊胜、公孙诡、邹阳之属，四方豪杰游士莫不招至门下。淮南王、衡山王、楚元王、济北王等无不以师友之道待士，帐下宾客奔竞杂沓。这时的宾客依然像战国游士那样"不任职而论国事"，虽然不担任实际吏职，但皆被奉若上宾。枚乘"久为大国上宾，与英俊并游，得其所好"②，景帝召拜他为弘农都尉，他都不乐意，以病去官，复游梁。司马相如辞赋不为景帝所喜好，便离开京都而从梁孝王游。这不是个案。

诸侯王身边的宾客，为主人献谋略，出计策，排难解纷，一如战国时的策士。吴王、楚王、济南王等相互联结，叛乱朝廷，既遭到宾客如邹阳、严忌、枚乘等的阻谏，也定当有宾客参与其中谋略规划，最终闹出"七国之乱"这样的大事。事后，公孙玃为济北王说梁王，梁孝王求为汉嗣而不得时，害怕被诛，送邹阳千金，"令求方略解罪于上者"③，可见景帝时诸侯王身边的宾客与战国的策士一样，为主人上下游说，排难解纷，实则搅扰得天下不得安宁。

武帝继位后，宾客在朝廷和地方诸侯中依然很有势力。司马迁在《史记·魏其武安侯列传》中就反复点出在窦婴与田蚡倾轧争斗中宾客趋势附利的种种表现。宾客势力招致了武帝的反感，"自魏其、武安之厚宾客，天子常切齿"④。自公孙弘之后，李蔡、严青翟、赵周、石庆、公孙贺、刘屈牦相继为武帝朝丞相，"丞相府客馆邱虚而已"，意思是像窦婴、田蚡当权时宾客大

---

① 班固：《汉书》，第1789页。
② 班固：《汉书》，第1807页。
③ 班固：《汉书》，第1799页。
④ 司马迁：《史记》，第2946页。

盛的局面再也没有出现。汉武帝的政策为散在天下的宾客提供了进身朝廷的通道，通过州郡举孝廉茂才、朝廷问策贤良文学等方式，将分散于诸侯间的宾客聚拢至朝廷，或为天子宾客，或为郡县各级官吏。《汉书·严助传》曰："郡举贤良，对策百余人，武帝善助对，繇是独擢助为中大夫。后得朱买臣、吾丘寿王、司马相如、主父偃、徐乐、严安、东方朔、枚皋、胶仓、终军、严葱奇等，并在左右。是时征伐四夷，开置边郡，军旅数发，内改制度，朝廷多事，屡举贤良文学之士。"① 多事之秋，正是用人之时，所以武帝时从乡举里选到天子策问，开辟了士人进入朝廷政治中心的通道。董仲舒在贤良对策中提出太学养士的措施："养士之大者，莫大乎太学。太学者，贤士之所关也，教化之本原也。"他提出的办法是让诸列侯郡守二千石各择贤明的吏民贡于朝廷，这样"天下之士可得而官使也"②。本来诸侯王所养皆诸子辞赋之士，董仲舒提出"罢黜百家，独尊儒术"，以儒家敦厚淳雅的经术来抑制纵横辩说的士风，不任职而妄论国事的游士被"得而官使"，纳入了专制制度的官僚体系中，这样便改变了过去的游士宾客之风，使天下游士宾客多入其彀中。

当然，一种措施的实行，其效果并非立竿见影。武帝时养士的风气依然存在，宾客依然是强大的政治势力，甚至是政治动乱的制造者。天子之宾客若严助之辈经常与大臣公卿在朝廷辩论大事，如吾丘寿王诘难丞相公孙弘，严助诘难丞相田蚡。宾客一般善于辞令，结果是"大臣数诎"③。更令朝廷反感的是，宾客还在继续蛊惑诸侯王叛乱。淮南王谋反，在他的王国之内有宾客伍被等的怂恿谋划，在朝廷里竟然也有天子宾客严助的勾连内应。武帝曾告诫严助"具以《春秋》对，毋以苏秦从横"④，意思是放下纵横策士那一套，归心于《春秋》儒经，忠心于朝廷，可严助作为天子宾客，竟然与淮南王交私论议。"及淮南王反，事与助相连，上薄其罪，欲勿诛。廷尉张汤争，以为助

---

① 班固：《汉书》，第 2097 页。
② 班固：《汉书》，第 1911 页。
③ 班固：《汉书》，第 2097 页。
④ 班固：《汉书》，第 2107 页。

出入禁门，腹心之臣，而外与诸侯交私如此，不诛，后不可治。助竟弃市。"①
特别是武帝末年，戾太子起兵谋反一事，也与宾客有关。《汉书·戾太子传》
曰："使通宾客，从其所好，故多以异端进者。"②戾太子"遂部宾客为将率，
与丞相刘屈氂等战，长安中扰乱"，结果是"诸太子宾客，尝出入宫门，皆坐
诛，其随太子发兵，以反法族，吏士劫掠者，皆徙敦煌郡"，宾客如此胡作
非为，武帝对之痛恨，责以严惩，是情理之中的事。《后汉书·郑众传》载：
"汉有旧防，蕃王不宜私通宾客。"③大约就是武帝后期鉴于戾太子之乱而新定
的制度。

主父偃的悲剧可谓汉武帝时期宾客命运的一个缩影。早年学长短纵横之
术，为齐地诸儒生所排摈，穷困潦倒。他所言"丈夫生不五鼎食，死即五鼎
烹"④，正是一副战国纵横家的嘴脸，于是倒行逆施。晚乃学《易》、《春秋》、
百家言。从长短纵横术转向儒家经典，应该是武帝时期多数游士宾客的共同
道路。后得到武帝的信任，依从其计，"尊立卫皇后及发燕王定国阴事，偃有
功焉。大臣皆畏其口，赂遗累千金。或说偃曰：'大横！'"⑤主父偃与燕王、
齐王之死都脱不了干系，被公孙弘斥为"首恶"，结果武帝"乃遂族主父偃"，
落得可悲的下场。

汉武帝采用两手对待游士宾客，一手软一手硬：一面打开选拔官吏的通
道，让士人有入仕为官的途径，将自由的游士宾客编入严整的官僚体系中；
一面采用极端严厉的手段诛灭游士宾客。东方朔《答客难》所谓"尊之则为
将，卑之则为虏；抗之则在青云之上，抑之则在深渊之下；用之则为虎，不
用则为鼠"的感慨，不是凭空虚拟，而是有现实基础的。经过武帝这两手，
此后的宾客率皆无赖之人，而且"养士"也不再是流行的风气。大将军卫青

① 班固：《汉书》，第 2108 页。
② 班固：《汉书》，第 2073 页。
③ 范晔：《后汉书》，第 1224 页。
④ 司马迁：《史记》，第 2961 页。
⑤ 班固：《汉书》，第 2116 页。

就曾说："彼亲附士大夫，招贤绌不肖者，人主之柄也。人臣奉法遵职而已，何与招士！"①司马迁也反复讥讽游士宾客乃势利之交。②宣帝时，杨恽被免为庶人，居家，治产业，起室宅。安定太守孙会宗，有智略，写信警戒杨恽不当治产业、通宾客。杨恽不听，结果因有怨望之词而被诛。汉代甚至出现过宾客犯法主受连坐的法律。③可见，当建立专制秩序之后，就不容许宾客在其中纵横捭阖，威胁政治结构的稳定了。扬雄《解嘲》所谓"当今县令不请士，郡守不迎师，群卿不揖客，将相不俯眉。言奇者见疑，行殊者得辟。是以欲谈者卷舌而同声，欲步者拟足而投迹"，正是对西汉中后期政治高压下宾客政治衰落的写实。

随着宾客生存空间被挤压，宾客自身也是每况愈下，真的是沦落为鸡鸣狗盗之徒耳。汉成帝不亲政事，贵戚骄恣，交通宾客，藏匿亡命，导致京都治安混乱，"赵季、李款多畜宾客，以气力渔食闾里"④。这些宾客不能够左右上层政权，只能够凭气力干一些劫财越货、鱼肉乡里的勾当了。西汉末年，一方面，朝臣"志但在营私家，称宾客，为奸利而已"。另一方面，朝廷又不断地制裁游侠养客，如哀帝时高密豪族郑崇，多交通宾客，被下狱，穷治而死⑤，辛庆忌的长孙与平帝从舅卫子伯相善，两人俱游侠，宾客甚盛，结果王莽将辛的家族全部诛杀⑥。唯独王莽"振施宾客，家无所余，收赡名士，交结将相卿大夫甚众"，让在位者推荐他，让游谈者为他说项、造舆论，于是"虚誉隆洽，倾其诸父矣"⑦，终而成为"窃国大盗"。扬雄正是在此政治环境中，"草创《太玄》，有以自守"，既明哲保身，也表现出不同流合污的超然。

---

① 司马迁：《史记》，第 2946 页。
② 参见司马迁《史记·张耳陈余传》《史记·郑当时传》之"太史公曰"。
③《汉书·何武传》："（戴）圣子宾客为群盗，得，系庐江。圣自以子必死。"清凌扬藻《蠡勺编》卷二十一《通志》解释道："此盖汉法连坐，其子之宾客为群盗，故子系庐江。"
④ 班固：《汉书》，第 2437 页。
⑤ 班固：《汉书》，第 2430 页。
⑥ 班固：《汉书》，第 2253 页。
⑦ 班固：《汉书》，第 2970 页。

第三节　东汉"崇儒抑侠"与《答宾戏》主旨

两汉之交出现了新的乱世，又为宾客的滋生繁盛提供了政治土壤，宾客豪强又纷纷出现。但是这时的宾客，不像西汉初年多诸子辞赋之士，而是多报仇杀掠的豪强。陶希圣曾著文列举：赤眉的先驱者吕母密聚客，规以报仇；困光武于邯郸的王郎是赵国的豪侠；天水的隗嚣多宾客；更始皇帝刘玄也是结客报仇的侠士，刘玄的族弟刘伯升也是结客的大侠；光武帝起兵后，刘植、耿绳、岑彭、吴汉、臧宫、王霸、祭遵、傅俊等都率宾客归汉。[①]历史好像是在重新演绎一遍似的。在乱世之中，群雄逐鹿，光武帝本身就是依靠宾客的力量重新夺取大汉江山的，这正如刘邦之任侠好宾客，取得天下。依靠豪侠宾客可以在乱世中夺取天下，但是治理天下必须依靠儒士经生而非宾客豪强，"马上得之，不可以马上治之"的道理，历代统治者都是明白的。因此一旦东汉的江山稳固之后，面对"建武之初，雄豪方扰，虓呼者连响，婴城者相望"[②]的局面，光武帝和后来的明帝、章帝都大力推崇儒学，抑制豪侠。刘勰《文心雕龙·时序》曰："及明、章迭耀，崇爱儒术，肆礼璧堂，讲文虎观。"这种情况也正如武帝之"罢黜百家，独尊儒术"。在崇儒的同时，自然需要重新抑制豪侠宾客，虽然东汉后来的政治格局并未能真正抑制豪强大族，但是在东汉前期，"崇儒抑侠"是基本的社会价值观。一方面是豪侠宾客势力的萌动崛起，另一方面是国家在政治措施和思想文化上强力贬抑豪侠宾客。建武二十八年（52）"捕诸王宾客，死者千余人"[③]。明帝永平十三年（70），楚王英之狱，"自京师亲戚，诸侯州郡豪杰，及考案吏，阿附相陷，坐死徙者以千数"[④]。这是维持大一统的中央集权不得不采取的强硬手段。

又如东汉开国功臣伏波将军马援，在陇西依隗嚣时曾"宾客故人，日满

[①] 陶希圣：《王莽末年的豪家及其宾客子弟》，《食货》1937年第5卷第6期。

[②] 范晔：《后汉书》，第872页。

[③] 袁宏撰，周天游校注：《后汉纪校注》，天津古籍出版社1987年版，第224页。

[④] 范晔：《后汉书》，第1430页。

其门"，但是振旅还京师归附朝廷后，他上书请允许宾客屯田上林，将这些不事生产的豪侠转变为自食其力的耕作劳动者。马援在建武初年就预见到诸皇子并壮，若不防微杜渐，而广通宾客，门庭如市，必然会招致灭顶之灾，后来果不其然。佢女婿王碪在京师交结诸侯，马援告诫说："今若京师在长者间用气自行，陵折者多，必用亡身。"① 马援的侄子"并喜讥议，而通轻侠客"，他诫侄子书曰：

> 　　吾欲汝曹闻人过失，如闻父母之名，耳可得闻，口不可得言也。好论议人长短，妄是非正法，此吾所大恶也，宁死不愿闻子孙有此行也。汝曹知吾恶之甚矣，所以复言者，施衿结缡，申父母之戒，欲使汝曹不忘之耳。龙伯高敦厚周慎，口无择言，谦约节俭，廉公有威，吾爱之重之，愿汝曹效之。杜季良豪侠好义，忧人之忧，乐人之乐，清浊无所失，父丧致客，数郡毕至，吾爱之重之，不愿汝曹效也。效伯高不得，犹为谨敕之士，所谓刻鹄不成尚类鹜者也。效季良不得，陷为天下轻薄子，所谓画虎不成反类狗者也。迄今季良尚未可知，郡将下车辄切齿，州郡以为言，吾常为寒心，是以不愿子孙效也。②

龙伯高敦厚谨慎，是儒家人格的典范；杜季良豪侠好义，是乱世豪杰。马援对二者的褒贬态度非常鲜明。这正说明东汉政权建立后，社会从乱向治，人生理想和人格典范也相应地从豪侠转向了儒士，这种转向是与国家意志相适应的。这就是班固《答宾戏》的社会文化背景。

再看坎壈失志的冯衍。他在《显志赋》里列举了大量的古代人物，态度显然也有所不同：

---

① 袁宏撰，周天游校注：《后汉纪校注》，第 224 页。
② 范晔：《后汉书》，第 844 页。

美《关雎》之识微兮，愍王道之将崩；拔周、唐之盛德兮，捃桓、文之谲功。忿战国之遘祸兮，憎权臣之擅强；黜楚子于南郢兮，执赵武于溟梁。善忠信之救时兮，恶诈谋之妄作；聘申叔于陈蔡兮，禽荀息于虞虢。诛犁锄之介圣兮，讨臧仓之愬知；媒子反于彭城兮，爵管仲于夷仪。疾兵革之寖滋兮，苦攻伐之萌生；沉孙武于五湖兮，斩白起于长平。恶丛巧之乱世兮，毒纵横之败俗；流苏秦于洹水兮，幽张仪于鬼谷。澄德化之陵迟兮，烈刑罚之峭峻；燔商鞅之法术兮，烧韩非之说论。诮始皇之跋扈兮，投李斯于四裔；灭先王之法则兮，祸寖淫而弘大。援前圣以制中兮，矫二主之骄奢；饁女齐于绛台兮，缢椒举于章华。撷道德之光耀兮，匡衰世之眇风；褒宋襄于泓谷兮，表季札于延陵。摭仁智之英华兮，激乱国之末流；观郑侨于溱洧兮，访晏婴于营丘。日暖暖其将暮兮，独于邑而烦惑。夫何九州之博大兮，迷不知路之南北。驷素虬而驰骋兮，乘翠云而相佯；就伯夷而折中兮，得务光而愈明。款子高于中野兮，遇伯成而定虑；钦真人之德美兮，淹踌躇而弗去。意斟愖而不澹兮，俟回风而容与；求善卷之所存兮，遇许由于负黍。韧吾车于箕阳兮，秣吾马于颍浒。闻至言而晓领兮，还吾反乎故宇。①

冯衍标举的理想社会是周、唐（尧）之盛德，对于齐桓、晋文之逞谲功而霸，战国以降权臣之擅强遘祸，兵革苦攻年年不断，他都持鄙夷斥责的态度。文中铺陈了黜楚子、执赵武、禽荀息、诛犁锄、讨臧仓、沉孙武、斩白起、流苏秦、幽张仪、燔商术、烧韩书、诮始皇、投李斯等等，表达的是对僭越礼制、犯上作乱、尚功任力、巧诈纵横的谴责。饁女齐、缢椒举、褒宋襄、表季札、观郑侨、访晏婴等等，则表达了对忠信救时者的礼赞。而伯夷、务光、伯成、子高、善卷、许由等隐士，正是冯衍心目中的真人，冯衍钦慕

---

① 范晔：《后汉书》，第994页。

其德美，表达了隐世以独善的志向。可见冯衍这篇《显志赋》，虽多坎壈不平之气，但在人生价值观上与当时"崇儒抑侠"的主流思想是一致的。

这种对历史人物进行分类，加以褒贬而表达志向的叙写方式，同样表现在班固的《答宾戏》中，班固花费大量笔墨历数了战国游说之徒为"衰周之凶人"，予以贬抑，又列举了从皋陶到汉代张良等建策展勋者为"立功"之人，从陆贾到扬雄等为"立言"之人。但是功不可以虚成，名不可以伪立。这些古人都不是班固标举的最高典范。"若乃伯夷抗行于首阳，柳惠降志于辱仕，颜潜乐于箪瓢，孔终篇于西狩，声盈塞于天渊，真吾徒之师表也。"班固提出真正的人生典范是伯夷、柳下惠、颜渊、孔子之类"立德"之人。真正的"立德"之人，"时暗而久章"，暂时晦暗，终久必然能彰显于世。这又呼应了《答宾戏》开篇班固所谓"专笃志于儒学，以著述为业"的人生志向。这就是班固"所守"的"正道"。

再看班固《汉书》与司马迁《史记》对游侠做出的截然不同的评价。司马迁首先为游侠列传，称赞他们"言必信，行必果"的品格，同情他们的不幸遭遇。但是在班固之父班彪看来，"道游侠，则贱守节而贵俗功"正是司马迁大敝伤道的罪过之一。班固《汉书》虽然列有《游侠传》，但是他站在儒家礼法上贬斥游侠"背公死党之议成，守职奉上之义废"，"以匹夫之细，窃杀生之权，其罪已不容于诛矣。……惜乎不入于道德，苟放纵于末流，杀身亡宗，非不幸也"。班固在《汉书》中表露出"崇儒抑侠"的价值观，与《答宾戏》是一致的。一直到东汉末年，荀悦依然抨击游侠、游说、游行为"德之贼也"，可见这的确是汉代一个突出的社会问题。

通过梳理汉代宾客之盛衰和"崇儒抑侠"价值观的形成，我们再来看班固《答宾戏》的主旨。汉代大一统政权建立后，有不少人依然做着"诸侯放恣，处士横议"的美梦，但是策士宾客的存在，直接威胁到中央集权的统一和稳定，于是朝廷采取严加诛灭和开通仕途两种路径以消纳之。至东汉再兴，豪强宾客再度蠢蠢欲动，朝廷采取"崇儒抑侠"的措施。"崇儒抑侠"既体现在班固的《汉书》中，也表现于《答宾戏》中。《答宾戏》花费大量笔墨铺排战国游士宾客"福不盈眦,祸溢于世"的悲剧,贬斥游说之徒非君子之法;立功则须"俟命而神交",不可妄动;立言可以"用纳乎圣德,烈炳乎后人";而伯夷、柳下惠、颜渊、孔子等儒家圣贤才是真正的"吾徒之师表也",坚守正道虽然暂时沉潜晦暗,但终将彰显于后世。这既是为作者"专笃志于儒学,以著述为业"确立合理的思想根基,也是为当时的士人指出了"立德""立言"的正道。如果仅仅将《答宾戏》理解为"自通",则是本末倒置,掩盖了班固的基本意旨。

（原载《中国社会科学院研究生院学报》2018 年第 2 期）

| 第三章 |

从汉魏思想到陆机的"诗缘情"

《尚书·尧典》提出"诗言志",是"中国诗论的开山纲领",得到后人的普遍认同,《孟子》《荀子》《庄子》等书多次申述这一命题。西晋陆机提出"诗缘情而绮靡"的命题,强调诗歌的抒情性特征。此后,"缘情""言情"便成为人们对诗歌本质特征的界定。关于"言志"和"缘情"的关系,古代文论研究界一般认识到,"言志"也包括"情"的因素,但"志"主要是社会性、伦理性的思想感情,而"缘情"之"情"更多指的是个人性的感情,"缘情"是对"言志"的发展和突破。这些说法,自有其合理之处。但是如果置五百年汉魏思想于不顾,而直接谈"缘情"与"言志"的关系,不免空洞而抽象。本章试图考察汉魏形上哲学观念和形下文学经验的演变,为"缘情"说的提出,寻找内在的依据。

第一节 情性之辨与"诗缘情"

其实,与"情"相对应的范畴不仅有"志",还有更重要的"性"。先秦诸子,常常情性对举,并从各自的哲学观念来认识情性。《孟子·告子上》论人性善时说:"乃若其情,则可以为善矣,乃所谓善也。"这里的"情",实际上就是人的本性,与"性"是相一致的。庄子则视情为累。《庄子·德充符》

中，惠子与庄子论情，庄子提出，圣人"有人之形，无人之情"。惠子非难说："人而无情，何以谓之人？"庄子回答说："吾所谓无情者，言人之不以好恶内伤其身，常因自然而不益生也。"意即人有好恶之情，就会内伤其身，而圣人则顺应自然，没有好恶之情。《荀子》论"情"更为频繁、具体。荀子认识到性与情之间的内在联系，从"性恶论"出发，他认为情是恶的。他说："性之好恶喜怒哀乐，谓之情。""性者，天之就也。情者，性之质也。"也就是说，性是与生俱来的，而情是性在外在环境中的显现。荀子还说："人无师法则隆情矣，有师法则隆性矣。"有师法教化，性就会得到向善的改变；若无师法教化，则情欲流荡。这已经露出"情恶"的倾向。荀子既看到情是性的显现，是不可避免的，又认识到需要"师法"来化情，所以其《乐论》既认识到乐是"人情之所必不免也"，又强调圣人礼乐的教化导引。先秦诸子论性情，还有一个重要观念，即性静情动，性是未发状态，情是已发状态。《中庸》说："喜、怒、哀、乐之未发，谓之中。"未发之"中"，就是"性"，发出来为喜、怒、哀、乐，就是情。《乐记》论哀、乐、喜、怒、敬、爱，说："六者非性也，感于物而后动。"也是性静情动、性内情外的意思。

性情，同样是汉代诸儒讨论的重要问题之一。大儒董仲舒提出性善情恶的观念，产生深广的影响。董仲舒从"天人感应"的哲学观出发，肯定人是生来有情的。《春秋繁露·王道通三》说：

> 夫喜怒哀乐之发，与清暖寒暑，其实一贯也。……四气者，天与人所同有也，非人所能畜也，故可节而不可止也。节之而顺，止之而乱。

董仲舒既认识到喜怒哀乐之情是天所赋予人的，是人与生俱来的，又指出对于情感只能节制，不可完全抹杀。董仲舒把情解释为人欲，其《贤良策三》曰："质朴之谓性，性非教化不成；人欲之谓情，情非度制不节。"董仲舒还用阴阳观念解释情性，性为阳，情为阴，天有阴阳，人有情性。这实际上是为人的情性存在的合理性确定了哲学论基础。但是，"天有阴阳禁，身有情欲柱，与天道一也"。（董仲舒又说："柱众恶于内，弗使得发于外者，心也。"）天是亲阳禁阴的，人"安得不损其欲而辍其情以应天"？因此，人也应该捍御（柱）情。《春秋繁露·深察名号》说：

> 天地之所生谓之性情，性情相与为一暝（按即"民"字），情
> 亦性也，谓性已善，奈其情何？

与先秦诸子所谓性内情外不同，董仲舒认为，性与情都是从天而来的，天道中阳善阴恶，人道中性阳情阴、性善情恶。自武帝时起，董仲舒的哲学成为汉代的官方哲学，他的性善情恶论也就成为汉代性情论的典型观念。纬书《孝经钩命诀》《孝经援神契》也发挥董仲舒的性阳情阴、性善情恶论，说："情生于阴，欲以时念也；性生于阳，以就理也。阳气者仁，阴气者贪。故情有利欲，性有仁也。"①班固《白虎通义·情性篇》说："性情者，何谓也？性者，阳之施；情者，阴之化也。"这实际上代表着东汉国家意识形态对情性的看法。②在这种理论前提下，是不可能产生"诗缘情"理论的。所以汉代的主流诗学观，还是"诗言志"。对于"志"，董仲舒在论述天人感应时曾提到"爱志""乐志""严志""哀志"③，这里的志，就是情。但是，《春秋繁露》中谈到"志"，更多的是指"圣人之志""孔子之志"。《春秋繁露》中延续"诗言志"说，提出"诗道志"的主张。

但是，在董仲舒性善情恶说主导意识形态的同时，也有一些人对性情提出不同的思考。其中有三个人，值得特别提出来，他们是刘向、扬雄和荀悦。荀悦的《申鉴》引刘向论性情说：

---

① 《孝经钩命诀》，班固著，陈立疏证：《白虎通疏证》，中华书局 1994 年版，第 381 页。
② 许慎《说文解字》据此解释说："情，人之阴气，有欲者也。""性，人之阳气，性善者也。"
③ 董仲舒：《春秋繁露·天辨在人》，上海古籍出版社 1989 年版，第 69 页。

> 性情相应，性不独善，情不独恶。

很显然，这是针对董仲舒的性善情恶说而发的。明代黄省曾解释刘向这句话说："向之意，以性善者情亦善，情恶者性必恶，故曰相应。"王充《论衡·本性》引刘向对荀子性恶论的非难，说："如此，则天无气也。阴阳善恶不相当，则人之为善安从生？"王充又引刘向论性说：

> 性，生而然者也，在于身而不发。情，接于物而然者也，出形
> 于外。形外则谓之阳，不发者则谓之阴。

刘向认为性是与生俱来的本性，在身而不发；情是性接于物而发出来的。这正是继承了先秦诸子所谓性内情外的观念，与董仲舒所谓性情天授是不同的。值得特别强调的是，董仲舒认为性阳情阴，刘向则倒过来，说性为阴，情为阳。这大胆之论引起了王充的诘难："夫人禀情，竟有善恶不也？"从王充的诘难就可以反过来认识到刘向性阴情阳说的可贵了。刘向认为人性"莫不欲善其德"，但是有的人不能为善德，因为有后天的利欲败之。[①]这样就有了"不肖者"与"贤者"之分。不肖者与贤者对情感的态度是不同的。《说苑》卷十八《辨物》说：

> 不肖者精化始至矣，而生气感动，触情纵欲，故反施乱化。故
> 《诗》云："乃如之人，怀婚姻也。大无信也，不知命也。"贤者不
> 然，精化填盈后，伤时之不可遇也，不见道端，乃陈情欲以歌。
> 《诗》曰："静女其姝，俟我乎城隅。爱而不见，搔首踟蹰。""瞻彼
> 日月，遥遥我思。道之云远，曷云能来？"急时之辞也。甚焉，故

---

① 刘向《说苑·贵德》曰："凡人之性，莫不欲善其德。然而不能为善德者，利败之也。故君子羞言利名。言利名尚羞之，况居而求利者也。"

称日月也。^①

当人精气萌动的时候，不肖者会"触情纵欲"，结果违反人性，扰乱教化。而贤者则由这种自然的精气萌动而产生不可抑制的"伤时"之情，并且能"陈情欲以歌"。《诗经》中《静女》《雄雉》之类爱情诗，都是贤者陈情之歌。实际上，刘向已经认识到诗歌是内在情感的抒发这一本质了。《说苑》卷八《尊贤》说："夫言者，所以抒其匈（按，同'胸'）而发其情者也。"可见，一旦把情从性的压抑中解放出来，对诗歌抒情的本质就可能有正确的认识。当然，刘向又认为"不肖"是不能处理好情感萌动的，所以他又说："触情纵欲，谓之禽兽。"^②不肖者不能将情感与道端联系起来，而是任凭情感泛滥，当然就离禽兽不远了。

扬雄认为："人之性，善恶浑。"^③意即人性中有善的，也有恶的。善多则为君子，恶多则为小人。扬雄《法言·问神》说："故言，心声也；书，心画也。声画形，君子小人见矣！声画者，君子小人之所以动情乎？"认识到语言文字的外在表达，是人内心情感激动的结果。而通过考察情感的善恶，可以辨别君子小人。实际上，扬雄也认识到人性与情之间的内在联系，性善情善，性恶情恶。言辞是人性和人情的表现，可以反映出人性情的善恶。这也背离了董仲舒的性善情恶论，而认识到性与情的一致性。

东汉末年，社会动乱，儒家学说对士人思想的禁锢逐渐松弛。士人对受到官方意识形态认可的性善情恶论提出大胆的质疑。其中，以荀悦的观念最富有理论冲击力。荀悦，字仲豫，汉献帝时官秘书监、侍中，著《汉纪》三十卷，颇受后人重视，又著《申鉴》五篇，论辩政体。其中，《杂言下》详细辨析汉代的性情论，并提出自己的卓见。针对秦汉各家关于性之善恶以及

---

① 刘向著，向宗鲁校证：《说苑校证》，中华书局 1987 年版，第 453 页。按，此则又见于《韩诗外传》卷一。

② 刘向著，向宗鲁校证：《说苑校证》，第 502 页。

③ 王充《论衡·本性》、荀悦《申鉴》等俱引。

性情关系的论断，荀悦诘难说：

> 性善则无四凶，性恶则无三仁。人无善恶，文王之教一也，则无周公、管、蔡；性善情恶，是桀纣无性，而尧舜无情也；性善恶皆浑，是上智怀惠（黄省曾校：惠，当作"恶"），而下愚挟善也。理也未究也，惟向言为然。[①]

对性善、性恶说，他都提出具体的例子加以反证，特别是批驳性善情恶论，说假如是性善情恶的话，桀纣是天下之大恶情，难道他们没有人性吗？尧舜是天下之至善性，难道他们没有人情吗？这是对《春秋繁露》和《白虎通义》中性善情恶论的有力批驳。最后他比较各家说法，认为刘向所谓"性情相应，性不独善，情不独恶"，较为合理。刘向的性情论，百余年后得到荀悦的响应。

荀悦着力于批判"情恶"论，他诘难说：

> 或曰："仁义，性也；好恶，情也。仁义常善，而好恶或有恶，故有情恶也。"曰："不然，好恶者，性之取舍也，实见于外，故谓之情尔，必本乎性矣。仁义者，善之诚者也，何嫌其常善；好恶者，善恶未有所分也，何怪其有恶。……"[②]

荀悦恢复了先秦诸子的性内情外论，认为性"实见于外，故谓之情"，喜好与厌恶，是性的取舍，是性本身对善与恶的取舍，不能据此论情之善恶。汉儒认识到人内心中存在善与恶的斗争。董仲舒把它视为"性善"与"情恶"的斗争，当"性"不能战胜"情"，失去对"情"的控制时，就是"情独行"，

[①] 荀悦：《申鉴》卷五，《四部丛刊》初编，上海书店出版社 1989 年影印本。

[②] 荀悦：《申鉴》卷五。

就是"恶"了。对此，荀悦用形象的譬喻批驳说：

> 不然。是善恶有多少也，非情也。有人于此，嗜酒嗜肉，肉胜
> 则食焉，酒胜则饮焉，此二者相与争，胜者行矣。非情欲得酒，性
> 欲得肉也。有人于此，好利好义，义胜则义取焉，利胜则利取焉，
> 此二者相与争，胜者行矣，非情欲得利，性欲得义也。

也就是说，人心中只存在性之善恶的交战，而不是善性与恶情的交战。荀悦
还依据《周易》"观其所感，而天地万物之情可见矣"，推论说：

> 是言情者，应感而动者也。昆虫草木，皆有性焉，不尽善也；
> 天地圣人，皆称情焉，不主恶也。

荀悦论情，是"应感而动"的结果，这已违背了董仲舒所谓"天赋性情"的
说法，而与《乐记》所谓"感物而动"相一致。荀悦说："凡情、意、心、志
者，皆性动之别名也。……惟所宜，各称其名而已，情何主恶之有！"明确
而有力地批判在汉代占主导地位的性善情恶论，将情从性的束缚中解脱出来，
洗去贯穿于《春秋繁露》《白虎通义》的情恶论，恢复了人情的合理性。正
是在这种思想的基础上，荀悦才肯定了诗歌"言情"的特点。荀悦在《前汉
纪·孝文皇帝纪》里认识到诗歌是"言情"的结果，说：

> 男女有不得其所者，因而相与歌咏，各言其情。

这实际上是汉人对诗歌本质认识的一个新高度。

从先秦的性内情外、感物动情，到汉代董仲舒、班固的性善情恶论，再
到荀悦的性内情外、应感而动、情不主恶论，性情论经历了一个循环的过程。
但这个循环不是重复，而是通过对性情的思考辩难，加深了对情的认识。先

秦时期，诸子论性情，着眼点是性，还没有充分展开对情的讨论；汉代董仲舒、班固既认识到情与生俱来的特点，又持情恶论，否定情，主张性对情的控制；到了荀悦，虽然其性内情外、感物动情等观念与先秦诸子相一致，但是他论述的重心已经是情，而不是性。荀悦虽然论政体时也持"纵民之情谓之乱，绝民之情谓之荒"的观点，但总体上，他对不违反人性的情，是肯定、尊重的，而且认识到诗歌"言情"的特点。

魏晋时期，儒家思想渐渐失去对部分士人精神的束缚力。玄学促使士人的精神解放，士人可以进一步思索性情的问题。其中，向秀在《难嵇叔夜养生论》里提出：

> 有生则有情，称情则自然。若绝而外之，则与无生同，何贵于有生哉？且夫嗜欲，好荣恶辱，好逸恶劳，皆生于自然。……苟心识可欲，而不得从，性气困于防闲，情志郁而不通，而言养之以和，未之闻也。

向秀的"有生则有情"，与董仲舒从"天人感应"的角度论"天赋性情"，是完全不同的。董仲舒用天之阴阳论人之情性，实际上是抑制人情的。而向秀的意思则是人情与生俱来，具有天然的合理性，只有"称情"，满足情感需要，才算得上自然。如果压抑情感，时刻防范着情欲的呈露，"情志郁而不通"，这是违反自然的，也不能够"养和"。向秀的情论，是在荀悦的基础上，又大大地迈进了一步。陆机对性情也发表过自己的见解。他的《演连珠五十首》之四十二说：

> 臣闻烟出于火，非火之和；情出于性，非性之适。故火壮则烟微，性充则情约。是以殷墟有感物之悲，周京无伫立之迹。[1]

---

[1] 陆机：《陆机集》，中华书局1982年版，第99页。

"情出于性"，也就是"性情相应"的观念，刘向、荀悦都持此论。陆机认为情的产生，"非性之适"。当人性还没有安适、平和时，即人性中还存在压抑、不平时，就会产生感情。箕子过殷墟，感宫室毁坏、生禾黍，伤之，乃作《麦秀》之诗以歌之。这就是由政治兴衰而产生的人心性中的不平，发而为感物之情。陆机的"缘情"说，多侧重哀怨悲伤的情感，也就是外界环境的变故"非性之适"，而产生的情感。

追溯先秦、两汉、魏晋的性情论流变的过程，我们着重厘清汉代刘向、扬雄，特别是荀悦，对汉代主流性善情恶论的反拨；晋代向秀对情的尊重，为陆机"缘情"说的产生梳理了思想渊源。陆机就是顺应这股思想潮流，吸收了刘向、扬雄、荀悦、向秀等人论情的思想，而及时肯定诗歌的"言情"特征。只有把陆机的"缘情"说放在这个思想背景下，我们才能了解其产生的哲学渊源和价值。

第二节 "发愤以抒情"与"诗缘情"

先秦时期的"诗言志"，是读诗者从接受的角度提出的，而不是作诗者自身对诗歌产生原因的认识。当时能够从创作者的角度论述诗歌抒情言志的，是屈原。屈原因为心怀忠贞而在政治上遭到谗毁压制，内心蓄积悲怨之情、不平之气，发而为诗歌。他对自己创作的内在动力有着明确意识，提出"发愤以抒情"的命题。《九章》之《惜诵》开篇咏叹："惜诵以致愍兮，发愤以抒情。"《抽思》云："结微情以陈词兮，矫以遗夫美人。……兹历情以陈辞兮，荪详聋而不闻。"《思美人》云："申旦以舒中情兮，志沉菀而莫达。"《昔往日》云："焉舒情而抽信兮，恬死亡而不聊。……愿陈情以白行兮，得罪过之不意。"这里的结微情、陈词、历情、陈辞、舒情、陈情，都是用言辞来表白内心情感的意思。"诗言志"主要是从接受者的角度来认识诗，强调的是"诗"中能为我所用的"志"，至于诗本身的意思，并不重要。而"发愤以抒情"，主要是从创作者的角度来认识诗的，是创作者对内在创作经验、作诗心理动力的体验。因此，"发愤以抒情"是对"诗言志"的补充和发展。

从宋玉、唐勒、景差到汉代司马相如之流，"皆祖屈原之从容辞令，终莫敢直谏"①。在汉大赋的创作中，"发愤以抒情"的创作精神黯淡了下去。但是从西汉后期始，在骚赋和抒情赋的创作中，又激荡起"发愤以抒情"的精神。我们看到汉代文人在解释、接受先秦《诗经》时，持的是"诗言志"的观念，在论述自己的创作精神时，多是发挥着屈原"发愤以抒情"的精神。而且，在两汉之交，前文说过的与董仲舒性善情恶论唱异调的刘向和扬雄，首先接过屈原"发愤以抒情"的旗帜，高唱诗赋"舒情"的特征。扬雄《反离骚》说："舒中情之烦或兮，恐重华之不累与。"刘向《九叹》中"舒情"意识更为自觉：

> 谗夫蔼蔼而漫著兮，曷其不舒予情？（《逢纷》）
> 指列宿以白情兮，诉五帝以置词。（《远逝》）
> 舒情陈诗，冀以自免兮；颓流下陨，身日远兮。（《远逝》）
> 纤阿不遇（一作"御"）焉舒情兮。（《思古》）

联系前面刘向的不肖、贤人情性论，显然这些"舒情""白情"，都是贤者抒发不可抑制的"伤时"之情，《九叹》就是刘向"陈情欲以歌"。如果刘向不能摆脱董仲舒性善情恶论的束缚，也就不可能肯定"舒情"的正当性，不可能如此强调"舒情""白情"了。两汉之交，许多文士簸扬于乱世，多有怨情，借诗赋以发抒，因此屈原"发愤以抒情"的精神得到自觉的秉承。东汉冯衍"久栖迟于小官，不得舒其所怀，抑心折节，意凄情悲"，乃作《显志赋》，"聊发愤而扬情兮，将以荡夫忧心"。班彪《北征赋》也说："痛怨旷之伤情兮，哀诗人之叹时。"严忌《哀时命》说："志憾恨而不逞兮，抒中情而属诗。……独便悁而烦毒兮，焉发愤而抒情。"到了东汉中后期，也就是荀悦

---

① 司马迁：《史记·屈原贾生列传》，中华书局 1974 年版，第 2491 页。

的时代，社会大动乱，文士多感时伤怀，写作抒情赋，"抒情"再次成为文学创作的内在精神。王逸《九思·哀岁》说："忧纡兮郁郁，恶所兮写情。"张衡《思玄赋序》说："衡常思图身之事，以为吉凶倚伏，幽微难明，乃作《思玄赋》，以宣寄情志。"赋中说："心犹与而狐疑兮，即岐址而摅情。"张衡还有佚句："含清哇而吟咏，若离鸿鸣姑邪。"① 王粲《思亲为潘文则作》说："诗之作矣，情以告哀。"② 意即用这片深情写出诗歌，表达对亡父母的哀悼。抒情性，成为建安诗赋创作的主要特征。曹植的诗赋尤多抒发凄怆悲伤之情。更为重要的是，汉代文士多认为对情要压抑、要控制，反对触情、纵情，而曹植则在诗赋里一再表露出"游情""娱情""放情""驰情"的审美倾向，几乎放弃了对情的忌讳和控制，而是以"娱情""放情"为美。③ 嵇康也多怨结之情，其《思亲诗》说："愁奈何兮悲思多，情郁结兮不可化。"《与阮德如诗》说："自力致所怀，临文情辛酸。"对于这些郁结辛酸之情，他不是克制压抑，而是让它驰骋舒放。嵇康《兄秀才公穆入军赠诗十九首》之一曰："感寤驰情，思我所钦。"又其《琴赋》曰："心慷慨以忘归，情舒放而远览。……诚可以感荡心志，而发泄幽情矣。"魏晋时代真正是以驰情、放情为美的时代，摆脱了汉代人性对人情的束缚。④ 陆机的诗赋创作也是感情的宣泄表达，而且他由于生活在政治黑暗的时代，"非性之适"，因此多悲怨之情，其在诗赋中一再表露出来：

---

① 萧统编，李善注：《文选·琴赋》注，《七命》注。
② 王粲著，俞绍初校点：《王粲集》，中华书局 1980 年版，第 3 页。
③ 如曹植《感婚赋》："登清台以荡志，伏高轩而游情。"《登台赋》："从明后而嬉游兮，登层台以娱情。"《车渠椀赋》："既娱情而可贵，故永御而不忘。"《七启》："驰骋足用荡思，游猎可以娱情。……情放志荡，淫乐未终。"《任城王诔》："魂神驰情。"
④ 但同时我们应该注意到，汉末魏晋时人们对"志"和"情"还是有不同认识的。仅仅从一些赋篇的题目如崔篆《慰志赋》、冯衍《显志赋》、曹植《潜志赋》《愍志赋》、刘桢和陆机各自的《遂志赋》、张衡《定情赋》、蔡邕《静情赋》、应场《正情赋》、陶渊明《闲情赋》（闲乃"防闲"之"闲"，有"限制"意），就可以看出"志"可以"慰""显""遂"，而"情"则需"定""静""正""闲"。

> 矧余情之含瘁，恒睹物而增酸。(《感时赋》)[1]
>
> 悲缘情以自诱，忧触物而生端。(《思归赋》)[2]
>
> 乐隤心其如忘，哀缘情而来宅。(《叹逝赋》)[3]

对于这些悲怨之情，陆机也是主张释放宣泄的。其《拟青青陵上柏》："遨游放情愿，慷慨为谁叹！"他甚至赞美纵情的品格。在《晋平西将军孝侯周处碑》里，他赞叹周处"纵情寡偶，俗弊不忻"。这是汉代人所不敢想象的。

从先秦屈原的"发愤以抒情"，到汉代的"舒情""陈情"，再到魏晋时期的"放情""娱情""纵情"，可以看出在创作经验这一层面上，"情"一直是绵延不绝的，而且愈益得到强调和尊重。这股创作精神的直接源头是《楚辞》，也是对《诗经》"怨主刺上""维以告哀"精神的发挥。而且汉人以美刺解《诗经》，尤重"刺"义。乃至司马迁《太史公自序》说："《诗》三百篇，大抵贤圣发愤之所为作也。"像《韩诗外传》之类也强调情，说："故性缘情而不迷。"又说："人有六情，目欲视好色，耳欲听宫商，鼻欲嗅芬香，口欲嗜甘旨，其身体四肢欲安而不作，衣欲被文绣而轻暖。此六者，民之六情也。失之则乱，从之则穆。"汉魏以来，创作经验层面和《诗经》批评层面都尊重性情，甚至强调性之"缘情"，顺从情感。陆机正是对此加以理论的总结和提升，才提出了"诗缘情"的理论命题。从汉魏诗赋创作实践中，我们也可以找出"诗缘情"理论的实践基础。

综合起来看，陆机"诗缘情"说的意义在于：第一，感性的个人的情，在汉代主流思想中受到压制，认为性善情恶，而刘向、扬雄、荀悦等人逐步驳斥了这种论说，肯定情的合理性，甚至到向秀那里，肯定"称情自然"，陆机及时吸收这些哲学思想上的新成果，在《文赋》里提出"诗缘情"，肯定诗歌表现人们因生活中"非性之适"而产生的个人感情。第二，在汉代主流思

---

[1] 陆机：《陆机集》卷一，第 7 页。
[2] 陆机：《陆机集》卷二，第 19 页。
[3] 陆机：《陆机集》卷三，第 25 页。

想之外，在遭遇挫折厄运的文人那里，屈原"发愤以抒情"的精神依然在涌动，而且随着时代的愈趋混乱而愈强烈，甚至要"娱情""放情"，陆机及时总结诗赋创作的这种感性经验，而加以理论提升，提出"诗缘情"说，成为一个普遍性的理论命题，影响着后代创作和理论的发展。

（原载《江淮论坛》2004 年第 5 期）

| 第四章 |

刘勰的"文德"论

清代章学诚在《文史通义·文德》中说:"古人论文,惟论'文辞'而已矣。刘勰氏出,本陆机氏说而昌论'文心';苏辙氏出,本韩愈氏说而昌论'文气',可谓愈推而愈精矣。未见有论'文德'者,学者所宜深省也。"[①]在章氏看来,似乎刘勰的《文心雕龙》没有论及"文德"问题。其实,《文心雕龙·原道》开篇即曰:"文之为德也大矣。"《文心雕龙·程器》曰:"瞻彼前修,有懿文德。"正式标举出"文德"说。通观全书,不仅《程器》专门论述这一问题,其他各篇,特别是文体论部分,都涉及"文德"问题。而且刘勰的"文德"论具有独特的内涵和意义,远非章学诚"文德"论所谓"临文之不可无敬恕"涵盖得了的。鉴于学界在"纯文学"视野下评论刘勰"文德"论颇有歧异[②],故拟重新剖析。

---

① 章学诚著,叶瑛校注:《文史通义校注》,中华书局 1994 年版,第 278 页。

② 参见巩本栋:《〈文心雕龙·程器〉新探》,《南京大学学报》1998 年第 2 期;刘晟:《"擒文必在纬军国"辨析——谈〈文心雕龙·程器〉"文德说"得失》,《贵州大学学报》2000 年第 1 期;张福勋:《刘勰论"文德"》,《集宁师专学报》2002 年第 2 期;张利群:《刘勰〈程器〉中的作者"文德"批评新论》,《广西师范大学学报(哲学社会科学版)》2002 年第 2 期;梁淑辉:《从〈文心雕龙·程器〉看写作主体的德才修养》,《传承》2010 年第 12 期;等等。

第一节　岂曰文士，必其玷欤

　　"文德"是中国传统文史学术的一个基本问题，可以追溯到《论语·宪问》所谓"有德者必有言，有言者不必有德"。孔子一方面指出"德"是"言"的基础，另一方面又认为"言"与"德"是可以相背离的。王充《论衡·书解》对孔子"文德"论作了发挥，曰："夫文德，世服也。空书为文，实行为德。著之于衣为服，故曰德弥盛者，文弥缛；德弥彰者，人弥明。大人德扩，其文炳；小人德炽，其文斑。"这里"德盛"则"文缛"云云，就是本于孔子的"有德有言"论。东汉学术分化，王充《论衡·超奇》划分出"儒生""通人""文人"和"鸿儒"四类。其中，"采掇传书以上书奏记者为文人"，其地位在鸿儒之下、通人之上。文人作为一个群体的分化和独立，更以范晔《后汉书》首次在正史中列《文苑传》为标志。

　　"文人无行"论几乎是伴随着文人身份的独立而一同出现的。东汉灵帝时设立鸿都门学，给那些"造作赋说，以虫篆小技见宠于时"[1]的文人进身朝廷创造了机会。这些鸿都门学士"以词赋小技掩盖经术"，遭到传统鸿儒士人如蔡邕、杨赐、阳球等人的激烈抨击。这些文人所遭到的抨击，除出身卑贱外，就是品行不端。《后汉书·阳球传》载阳球奏罢鸿都门学，斥责鸿都门学乐松、江览等人"皆出于微蔑，斗筲小人，依凭世戚，附托权豪，俯眉承睫，徼进明时"。正是基于现实里儒士与文人的这种冲突，基于儒士抨击鸿都门学士品行不端而形成的舆论力量，曹丕《与吴质书》才下了"观古今文人，类不护细行，鲜能以名节自立"的断语，"文人无行"于是成为对文人的基本评判，在社会上流行。如三国时韦诞苛刻评论建安文人："仲宣（王粲）伤于肥戆，休伯（繁钦）都无格检，元瑜（阮瑀）病于体弱，孔璋（陈琳）实自粗疏，文蔚（路粹）性颇忿鸷，如是彼为，非徒以脂烛自煎糜也，其不高蹈，

---

① 范晔：《后汉书·杨赐传》，第 1780 页。

盖有由矣。"① 沈约《宋书·颜延之传》论颜延之曰："好读书，无所不览，文章之美，冠绝当时。饮酒不护细行。"又于《武三王传》引述刘义真之语曰："（谢）灵运空疏，（颜）延之隘薄，魏文帝云'鲜能以名节自立'者。"

"文人无行"论是将孔子所谓"有言者不必有德"这一或然判断绝对化，变为必然判断。刘勰对"文人无行"这个颇为流行的"定论"就很不以为然，他的"文德"论就是从破除这一流行的定论入手的，在《文心雕龙·程器》里首先予以批驳。对于世人盲目认同曹丕和韦诞的"文人无行"论，刘勰感叹："吁，可悲矣！"他列举司马相如等十六人之疵病，承认"文士之瑕累"的确存在，紧接着用辩驳的口气说"文既有之，武亦宜然"，并列举了上从管仲、下至王戎等"将相"的"疵咎"，指出这些"无行"的将相因为"名崇"而"讥减"；而文人贫贱，处于下位，故多招致非议，可谓双重的不幸！刘勰为那些穷贱而遭讥讽的文人叫一声委屈！同时他又列举了忠贞的屈原、贾谊，机警的邹阳、枚乘，淳孝的黄香，沉默的徐干等，为文人正名，反激出"岂曰文士，必其玷欤"的诘难。

值得注意的是，即使在《程器》里列举了十六位文人的疵病，刘勰也没有认为这些疵病给文学创作带来不良的影响。《体性》在论述"吐纳英华，莫非情性"时列举十二位文人来说明风格取决于性情，其中有六位就是在《程器》里有疵病的：司马相如之疵是"窃妻而受金"，但"长卿傲诞，故理侈而辞溢"；扬雄之疵是"嗜酒而少算"，但"子云沉寂，故志隐而味深"；班固之疵是"谄窦以作威"，但"孟坚雅懿，故裁密而思靡"；王粲之疵是"轻脱以躁竞"，但"仲宣躁竞，故颖出而才果"；潘岳之疵是"诡祷于愍怀"，但"安仁轻敏，故锋发而韵流"；陆机之疵是"倾仄于贾、郭"，但"士衡矜重，故情繁而辞隐"。六人的文风取决于他们的性情，而不是德行。特别是品评王粲，《程器》和《体性》用语一致，"躁竞"是王粲之疵病，也是他的性格特征，但"躁竞"造就了他"颖出而才果"的文风，似无贬义。显然，刘勰

---

① 鱼豢：《魏略》，陈寿撰，裴松之注：《三国志·魏书·王粲传》引，第 604 页。

在论述作家成就高下和文章风格时，并非着眼于他们的德行。

刘勰在这样一部"深得文理"的论文著作中，抛开并驳斥"文人无行"论，对于矫正世人苛责文士的偏颇和错误，还文人以公道，提高文人的社会地位，是有积极意义的。因为"文人无行"论这种普遍流行的价值偏见和歧视，让不少文人在仕途上遭遇挫折，受到压抑。谢灵运是公认的文章作手，诗赋一出手，马上传遍京师。但是据《宋书·谢灵运传》记载，他到了朝廷之后，"文帝唯以文义见接，每侍上宴，谈赏而已"。宋文帝拘于"文人无行"的成见，并没有重用他。而他"自谓才能宜参权要，既不见知，常怀愤愤"。正是这种不幸的遭遇，使得谢灵运性格褊激。后世史家，常颠倒因果，谓他是文士，性格褊激，故而不受重用。如裴子野就抨击他"才华轻躁""召祸宜哉"①，似乎文人的穷厄是咎由自取。当时社会上对文人的成见可谓深矣！从某种意义上说，正是这种成见造就了文人的"无行"。刘勰驳斥、抛弃这种"文人无行"论，不恰是对文人的精神松绑和洗冤正身吗？！

当然，一种定型的社会观念不会因刘勰一个人的批驳而顿然改变，"文人无行"论依然流行。《魏书·温子升传》引比刘勰略晚的北齐尚书仆射杨遵彦所撰《文德论》，以为"古今辞人皆负才遗行，浇薄险忌，唯邢子才、王元景、温子升彬彬有德素"；萧子显在《南齐书·谢超宗传》中还是持"文人无行"的成见做出评论；颜之推《颜氏家训·文章篇》更是列举大量例子以警戒子孙：文人常常恃才傲物，凌慢侯王，傲蔑朋党，容易招致忌讳和祸端。这也可以反观刘勰在《程器》里批驳"文人无行"论是富有特见卓识的。若是刘勰在《文心雕龙》这样一部论文的著作中也秉承"文人无行"的偏见，那么众多文人可能就生前寂寞、死后沉沦了。

---

① 司马光：《资治通鉴》卷一百二十八"宋纪十"引，中华书局1956年版，第4039页。

第二节 盖士之登庸，以成务为用

刘勰破除了"文人无行"论之后，正面提出了自己的"文德"观。不过，他的"文德"观不同于当时人纠缠于文人的行检，而是具有更为深广的内涵，其核心是"以成务为用"。

刘勰所谓"文章"，不只是诗歌辞赋，而是包括《序志》所谓"五礼资之以成，六典因之致用，君臣所以炳焕，军国所以昭明"的经邦纬国之文；同样，他所谓"文人"，绝不是"务华弃实"的近代辞人，而是《程器》所谓"贵器用而兼文采"的"梓材之士"。因此，他非常重视文人在现实政治生活中的实际才干。《程器》云："盖士之登庸，以成务为用。"学文应该"达于政事"，文人应该成为国家的栋梁之材，撰作文章应该服务于筹划军国大事，这就是"成务"。刘勰所论文章如诏、策、檄、移、章、表、奏、议等多是政治生活中的实用文体，可见他格外重视"成务"。刘勰的"成务"观念表现在对各类文体的要求之中。如《谐隐》论述"谐"与"隐"这两种看似俚俗的文体，他也强调有益时用，"大者兴治济身，其次弼违晓惑"；他赞美优旃、优孟之谲辞饰说"抑止昏暴"，发挥了讽诫的意义。《书记》泛论谱、籍、簿、录等各种笔札杂名，这些文体是一般文学论著不会涉及的，但在现实生活中很重要，刘勰说它们"虽艺文之末品，而政事之先务也"。《议对》所论的是讨论朝廷政务的文体，作者可以各执异见，但一定要达政体、明治道，做到"事深于政术，理密于时务"，能发挥"熔世""拯俗"的功能，而不能迂阔地舞笔弄文，不切实际地高谈阔论。刘勰在《议对》里感慨说："难矣哉，士之为才也！或练治而寡文，或工文而疏治。"既练达于政事又善于作文的通才，是很急需、很难得的。这可以与《程器》的"梓材"论相互参照。刘勰还列举了孔融等的"不达于政事"作为反面典型。孔融任北海相时，"高谈教令，盈溢官曹，辞气温雅，可玩而诵"，但"论事考实，难可悉行"。[1]刘勰在《诏

---

① 司马彪：《九州春秋》，陈寿撰，裴松之注：《三国志·魏书·崔琰传》引，第 371 页。

策》里说："孔融之守北海，文教丽而罕施，乃治体乖也。"批评孔融不达于治体，不能成务。《明诗》批评东晋的玄言诗人"嗤笑徇务之志，崇盛忘机之谈"。《程器》谓司马相如、扬雄等"有文无质"，没有实际的才干，只能写些"劝百讽一"的辞赋，"所以终乎下位"。可见刘勰论人，重点是处理现实政治事务的识见和才能。在重视娱情的南朝文学批评史上，刘勰的这个主张显得尤为卓异。

也许有人会说，六朝时期"文人"身份意识的独立，正说明当时"纯文学"观念的生长，刘勰如此强调文人的"达政"才能，是一种倒退。笔者认为，历史不能如此抽象地看，应该联系刘勰的身世和时代来评论。

晋宋嬗代以后，出自素族的武人刘裕掌握了政权，统治阶级内部结构有了一定程度的调整，传统的世族大姓如琅邪王氏、阳夏谢氏的地位有所下降，而辅弼刘裕建立江山的武人家族迅速崛起。刘勰曾祖辈刘穆之（刘秀之的从叔）在刘裕举义后不久即投奔受署，辅弼刘裕成就大业；伯祖刘秀之在宋文帝、武帝时也屡建军功。在刘宋时期，东莞刘氏凭借军功跻身朝廷，可谓"强宗"，不同于东晋时期的传统士族。一朝天子一朝臣。东莞刘氏在刘宋一朝颇为显赫，然到萧齐时陡然衰落，如穆之、秀之叔侄在刘宋时先后为丹阳尹，刘秀之被征为左仆射，卒后赠侍中、司空，权贵盛矣！到了刘秀之的孙子刘俊时，《宋书·刘秀之传》曰"齐受禅，国除"，不再承袭爵位了。同样，刘勰的父亲刘尚曾做过越骑校尉，秩二千石，官位不低。但刘勰年幼时父亲去世了，萧齐代宋时，他十四五岁，失去袭爵的机会而"家贫"。他的祖上就是凭借务实的军功起家的，不同于传统士族的世袭。他笃志好学，试图干禄从政，立身扬名。刘勰重视"成务""达于政事"的实际才干，与他的这种出身是有关系的。

刘勰重视文人的"成务"才能，是对魏晋以来士族政治、士人主宰文坛的状况的抨击。魏晋时期，随着士、庶分化，士族掌握政权，"平流进取，坐至公卿"①，在道德文化上表现出优越感，位居高官显职，而轻视庶务，缺乏实际的治才。王戎曾官居中书令、尚书左仆射、司徒，阿衡朝政，但据《晋书》本传，他"慕蘧伯玉之为人，与时舒卷，无蹇谔之节。自经典选，未尝进寒素，退虚名，但与时浮沉，户调门选而已"。孙绰诔刘惔云"居官无官官之事，处事无事事之心"②，准确地概括了东晋上层士人的行为和精神状态，占据要职，却不理事务。正如干宝所概括的，"学者以庄、老为宗，而黜六经；谈者以虚薄为辩，而贱名检；行身者以放浊为通，而狭节信；进仕者以苟得为贵，而鄙居正；当官者以望空为高，而笑勤恪"③。晋代屡弱不竞，未尝不由于此。《明诗》抨击东晋玄言诗人"嗤笑徇务之志，崇盛忘机之谈"，批判态度与干宝是一致的。士人的"虚弱病"延续到南朝，而当时的文士也染上这种习气。如刘宋时善于作诗的袁粲，"爱好虚远，虽位任隆重，不以事务经怀"④；与刘勰同时的张率，"率虽历居职务，未尝留心簿领"⑤。当国家和百姓的命运掌握在这些"文人"手上，其前途可想而知。

齐、梁时也有文士因不达于政事，仅以善于辞章自居，而遭到嘲戏和贬抑。如《颜氏家训·文章篇》载："齐世有席毗者，清干之士，官至行台尚书，嗤鄙文学，嘲刘逖云：'君辈辞藻，譬若荣华，须臾之玩，非宏才也；岂比吾徒千丈松树，常有风霜，不可凋悴矣！'刘应之曰：'既有寒木，又发春华，何如也？'席笑曰：'可哉！'"⑥留心文藻、颇工诗咏的刘逖被嘲戏为只是"须臾之玩"，他自比"春华"，点缀而已。在《文心雕龙》撰成后不久的大同五年（539），梁武帝曾对庾肩吾说："卿是文学之士，吏事非卿所长，何不使殷不害来邪？"⑦文学之士不善于吏事，似乎是当时社会较为普遍的看法。

---

① 萧子显：《南齐书》卷二十三《褚渊、王俭传》，中华书局1972年版，第438页。
② 房玄龄：《晋书》卷七十五《刘惔传》，中华书局1974年版，第1992页。
③ 干宝：《晋纪总论》，萧统编，李善注：《文选》，第2186页。
④ 李延寿：《南史》，第704页。
⑤ 姚思廉：《梁书》列传第二十七《张率传》。按，簿领，指官府记事的簿册、文书。
⑥ 颜之推撰，王利器集解：《颜氏家训·文章篇》，第247页。
⑦ 李延寿：《南史》，第1848页。

联系这样的社会背景再来看刘勰重视文人的"成务"才能，具有讽时救世的用意，刘勰"君子藏器，待时而动"云云，也是激励文人练就才干，以在政治舞台上获得机会，施展才能，提高地位。今人往往惑于现代的"纯文学"理论，对于刘勰的这层用意，或漠然不见，或予以批评，认为他重政治、轻文学，显得保守。这不能不说是埋没了刘勰的苦心。

第三节　身挫凭乎道胜

《文心雕龙·论说》曰："进有契于成务，退无阻于荣身。"作家撰著文章若能够成就事务，在现实政治生活中发挥实在的作用，本身就是作家的荣耀，同时还带来"荣身"的机会。但是，文章憎命达，文人往往是"有高世之材，必有负俗之累"。特别是在衰乱之世，文人命运更为蹭蹬。刘勰对遭遇坎坷、处于逆境的文人寄予深切的同情，称赏他们或渊默持守，或发愤哀鸣的精神，这是"文德"说的题中之义。《才略》论东汉的冯衍"雅好辞说，而坎壈盛世，《显志》《自序》，亦蚌病成珠矣"。《后汉书·冯衍传》说他"常务道德之实，而不求当世之名"，在盛世里却命运舛背，然而他发愤以表志，创作出了优秀的作品，"蚌病成珠"恰为妙喻。在《杂文》里，刘勰列举了班固、崔骃、郭璞、庾敳等的"对问"，这些作品表达的是作者在乱世厄运中渊默玄静、持守正道的人生态度。刘勰将这种态度概括为"身挫凭乎道胜，时屯寄于情泰"：虽然身逢乱世，遭遇挫折，但心中有道，足以战胜逆境，超越得失，泰然处之，化郁结为文章。这是一种非常可贵的精神境界。

这种精神的源泉，往远处说，是"立言不朽"思想的激励。"立言不朽"思想在《文心雕龙》中随处出现，如《征圣》赞曰："鉴悬日月，辞富山海。百龄影徂，千载心在。"圣人虽往，但他们的思想精神却通过经典流传于后世。刘勰自己也怀着"立言不朽"的期望，以"立家"——成一家之言为崇高目的，撰著《文心雕龙》这部"子书"。《序志》提出"君子处世，树德建言"，赞曰："文果载心，余心有寄。"都是希望著作成为不朽的方式。

"身挫凭乎道胜"，往近处说，是对司马迁以来"发愤著书"精神的继承。刘勰在《文心雕龙》中多次提到"发愤以表志"（《杂文》）、"发愤以托志"（《才略》）。他著此书，"耿介于《程器》"（《序志》），未尝没有"发愤以表志"的深刻意味。① 在《诸子》里，刘勰阐述诸子著作精神说：

> 嗟夫，身与时舛，志共道申，标心于万古之上，而送怀于千载
> 之下，金石靡矣，声其销乎！

"身与时舛，志共道申"正是诸子的"文德"。如晋代的葛洪，父亲早逝，家境贫寒，面对战乱频仍的时局，渊默静退，"著一部子书，令后世知其为文儒而已"。刘勰在《序志》的赞语中发出"逐物实难，凭性良易。傲岸泉石，咀嚼文义"的感慨，未尝没有"身与时舛，志共道申"的意味。自刘宋以来，文人身陷祸逆者不在少数，刘勰提出"身挫凭乎道胜"和"蚌病成珠"，秉承"立言"和"发愤"的传统，作为"成务"说的补充，确证文人的精神价值，是"文德"论的重要内容。"身挫凭乎道胜"的精神至宋代又得到新的振作，如苏轼《吾谪海南，子由雷州，被命即行，了不相知，至梧乃闻其尚在藤也，且夕当追及，作此诗示之》说："平生学道真实意，岂与穷达俱存亡。"黄庭坚《再次韵兼简履中南玉三首》（其一）云："句中稍觉道战胜，胸次不使俗尘生。"或许不能说苏、黄就是受到刘勰的影响，但是他们对作家超越性的精神境界的强调是一致的。

第四节　名儒之与险士，固殊心焉

"成务为用"是强调文人经世达政的实才，"身挫凭乎道胜"是激励文人

---

① 刘永济论《程器》说："全篇文意，特为激昂，知舍人寄慨遥深，所谓发愤而作者也。"见《文心雕龙校释》，中华书局 2010 年版，第 171 页。

在遭遇厄运和挫折时发愤立言，"名儒"论则着重于临文时的思想状态。《奏启》曰：

> 观孔光之奏董贤，则实其奸回；路粹之奏孔融，则诬其衅恶：名儒之与险士，固殊心焉。

孔光是西汉大臣，在王莽授意下，奏劾哀帝的佞幸董贤，列举事实，证成其罪；路粹承曹操之旨，奏劾刚正不阿的孔融，罗织罪名，置之于死地。同样是两篇奏疏文，一出于义正，一出于奸回，刘勰说"名儒"与"险士"，心性品德是不同的。这句评论不仅适用于奏启文，对于其他实用文体同样适合，它鲜明地体现了刘勰的"文德"论，即真正的文士应该是"名儒"，而绝不能做"险士"。值得注意的是，在《程器》列举"古之将相，疵咎实多"时，刘勰说"孔光负衡据鼎，而仄媚董贤"，这是否与《奏启》称赞孔光为"名儒"相矛盾呢？范文澜就说："孔光虽名儒，性实鄙佞。彦和谓与路粹殊心，似嫌未允。"[1]其实刘勰并非自相矛盾。刘勰论"文德"，着重在作者撰写文章时的立场和态度，而不在于平日行为是否有瑕疵，不能因为孔光早年谄媚董贤，而否定他后来《奏劾董贤疏》的正义立场。

何谓"险士"？像路粹这样撰写文章罔顾事实，诬陷成罪，当然是"险士"。刘勰在《奏议》中还指出"世人为文，竞于诋诃，吹毛取瑕，次骨为戾，复似善骂，多失折衷"，这也是"险士"所为，需要树立礼义规矩，予以纠正。《檄移》说陈琳《为袁绍檄豫州》"奸阉携养，章实太甚；发丘摸金，诬过其虐"，也是"多失折衷"的，难称"名儒"。《情采》所说的诸子之徒，"心非郁陶，苟驰夸饰，鬻声钓世"，为文而造情，未尝不是"险士"。对于这类文人和这样的创作态度，刘勰是给予严厉贬斥的。

何谓"名儒"？虽然刘勰未做解释，但通览《文心雕龙》，他强调文士的

---

① 刘勰著，范文澜注：《文心雕龙注》，第433页。

忠信品德和謇谔之风。具有这种品德的文士，立诚不欺，吐词耿直謇谔，称得上"名儒"。"祝"是祷神之辞，应该"修辞立诚，在于无愧"，即本乎忠信。"盟"是盟会之辞，刘勰在《祝盟》中说："信不由衷，盟无益也。……后之君子，宜存殷鉴，忠信可矣，无恃神焉。""说"是辩士说辞、上书的一种文体，陆机《文赋》曾说过"说炜晔而谲诳"，刘勰在《论说》中批驳陆机之论，阐述"说"体曰："自非谲敌，则唯忠与信。披肝胆以献主，飞文敏以济辞，此说之本也。而陆氏直称'说炜晔以谲诳'，何哉！"上书说辞之类的作者应该怀有"忠""信"，披肝沥胆，忠诚不贰，不能心存诡谲。《奏启》里，刘勰称赞晋代刘颂的《除淮南相在郡上疏》和温峤的《上太子疏谏起西池楼观》"并体国之忠规矣"，是筹谋国事的忠贞的规谏。刘勰所论之文，多是朝廷政治生活中的实用文章，因此这些文章的作者尤其应该具有忠信的品格。即使是铭、箴、诔、碑之类警戒过失、累述功德的文章，作者也应该具有忠信的品德，如"箴全御过，故文资确切"（《铭箴》）、"属碑之体，资乎史才"（《诔碑》）。《史传》提出"素心"说，作史要"析理居正"，既要尊贤隐讳，又能够具"良史之直笔"。这些都涉及"忠信"的文德，是指临文时应该具备的态度。刘勰"文德"论的这一内涵，与清代章学诚《文史通义·文德》所谓"知临文不可无敬恕，则知文德矣"，还是有内在的一致性的。

文人"忠信"，但不是"乡愿"。与忠信品德相呼应的是文士"批逆鳞"的耿直謇谔精神。《论说》赞美范雎、李斯的说辞"虽批逆鳞，而功成计合，此上书之善说也"。"批逆鳞"本于《韩非子·说难》，喻臣下敢犯颜直谏。战国争雄，辩士云涌，士人议政的精神极为高涨。至汉代天下一统，郦食其、蒯通等士人遭受迫害，士人的精神遭到削斫，即使有人上书陈说，也不过是"顺风以托势"，"喻巧而理至"，"莫能逆波而溯洄矣"（《论说》），这是为刘勰所慨叹的。在《奏启》里，刘勰花费不少笔墨来提倡作者应该具有刚直方正的精神。"奏"是一种弹劾大臣、绳愆纠谬的文体，作者应该正直而有勇气。刘勰说："位在鸷击，砥砺其气，必使笔端振风，简上凝霜者也。"这是弹劾奏疏的准则。他还从《诗经》《礼记》中的讥弹文字确立"奏劾严文"的经学根基，最后归结说："必使理有典刑，辞有风轨，总法家之式，秉儒家之文，不畏强御，气流墨中，无纵诡随，声动简外，乃称绝席之雄，直方之举耳。"撰写劾奏文的作者应该不畏强权，不含糊模棱，切直方正。所谓"总法家之式，秉儒家之文"，即忠信仁爱与严厉切直相结合，这才是劾奏文的作者所应具备的品格。论"启"体时，刘勰重在"谠言"，即切直的言辞，并说："王臣匪躬，必吐謇谔。"人臣应该不考虑个人的私利，言辞正直，切中要害。

奏、启、说、议、对等文体一般是臣下对君上而作。刘勰指出用这些文体创作的作家，既要忠信，还须具有耿直謇谔的精神。这与他的"成务"论是一致的，也是对儒家弘毅义勇精神的发挥。即使是其他文体，刘勰也认为作家应该具备切直刚正的精神，只有具备这种精神，文章才有"风轨""风矩"，有力量，才能发挥"规益""讽诫"的作用。宋齐以降，帝王宗室身边的贵游形成一个个文学集团，奉和应制，婉顺曲迎，有美而无箴，像鲍照那样故意"为文多鄙言累句"，以迎合帝意的人不在少数。联系南朝的文学贵游状况来看，刘勰论文而倡扬"批逆鳞"的耿直謇谔精神，无疑是可贵的。刘勰的《文心雕龙》，也具有吐词謇谔的特征。《史传》曰："勋荣之家，虽庸夫而尽饰；迍败之士，虽令德而常嗤。"《程器》论文士之瑕累说："文既有之，武亦宜然。"这些都直指社会的弊端。《序志》品评前代论文"不述先哲之诰，无益后生之虑"的缺失，都显示出刘勰立论的锋芒。

综上所述，刘勰在否定了社会上通行的"文人无行"论后，提出了新的"文德"论，即"士之登庸，以成务为用"，达则奉时以骋绩，穷则独善以垂文：奉时骋绩时，应心怀忠信，具有切直謇谔之风；独善垂文时，能够道胜情泰，发愤以表志。在士人主宰文坛而盛行文学贵游风气的六朝文学史上，刘勰的"文德"论是卓异的，具有矫正时弊的意义，对于后代文学与文论也不无启发意义。

（原载《文艺理论研究》2015 年第 1 期）

| 第五章 |

何谓"宰割辞调"

刘勰《文心雕龙·乐府》指出"魏之三祖""宰割辞调",这是乐府文学史上的重大事件,但是过去"龙学"家多未能给予确切解释,牟世金的解释最为贴切,却未能引起重视。有的学者解释为"割辞成曲",进而产生了一些似是而非的推断。其实对乐府歌辞的拼凑与分割,是歌辞谐和乐曲普遍采取的方式,不是"魏之三祖"的特有现象。通过对"魏之三祖"乐府诗的全面考察,可知他们的乐府诗借古题写时事,歌辞内容与所采用之曲调的原初主题没有关系,"辞"与"调"相分割,这才是"宰割辞调"的内涵。刘勰评"魏之三祖"的乐府诗,也是辞与调分而论之的。"魏之三祖"摆脱曲调原义的束缚,借古题抒己怀,极大地提升了乐府诗创作的表现力,开拓了乐府诗创作的广阔空间,具有重要的文学史意义。

鉴于学界对"宰割辞调"多有歧解,故重新梳理文献,略做辨正。

第一节 对"宰割辞调"的歧解

曹魏时期是中国古代文学发展的一个重要阶段,历来得到研究者的重视。然而,由于年代久远,文献难征,存在一些不容易解决的问题。关于曹魏乐府,刘勰《文心雕龙·乐府》有一则重要的判断:"至于魏之三祖,气爽才丽，宰割辞调，音靡节平。"其中"宰割辞调"一句困扰着百年的"龙学"家，当代研究者试图给予解释，并推衍出关于中古诗歌史演变的一些新论断。但这些新论断的理论前提是需要认真检视的。

最早是范文澜《文心雕龙注》对"宰割辞调"四字提出一种解释：

> 《宋书·乐志三》："《相和》汉时歌也。丝竹更相和，执节者歌。本一部，魏明帝分为二。"彦和所讥宰割辞调，或即指此。[1]

魏明帝如何将相和歌一分为二，后人已不得其详。范文澜只能用或然之词做出推测。但刘勰明明说的是"魏之三祖"，显然并非特指魏明帝所采取的措施。张立斋先生批评范注"非是"，解释说：

> 宰割者，以新辞入旧调，或以旧辞按新声，辞之长短，调之缓促，不因习旧律也。[2]

王运熙、周锋《文心雕龙译注》解释为"分割古调，制作新曲"[3]。但是，到底新辞与旧调、旧词与新声、古调和新曲之间如何"宰割"，并没有说清楚。因此，直到近年出版的周勋初先生《文心雕龙解析》，依然感慨"三祖宰割辞调，情况难明"[4]。

但有一种解释，早已存在。逯钦立《汉诗别录》提出："曹魏乐章，本有割辞成曲之例。彦和之说，倘即指此？"[5]他把刘勰的"宰割辞调"解释为"割辞成曲"。逯钦立先生的解释一直未为人所注意，直到世纪之交，杨明先

---

① 刘勰著，范文澜注：《文心雕龙注》，北平文化学社 1929 年版，第 113 页。

② 张立斋：《文心雕龙注订》，正中书局 1967 年版，第 62 页。

③ 王运熙、周锋：《文心雕龙译注》，第 29 页。

④ 周勋初：《文心雕龙解析》，凤凰出版社 2015 年版，第 133 页。

⑤ 逯钦立：《汉诗别录》，《国立中央研究院历史语言研究所集刊》1948 年第 13 卷。

生在《释〈文心雕龙·乐府〉中的几个问题》中做出大致相同的解释：

> 我们都知道曹操、曹丕、曹植还有曹叡都爱好诗歌和音乐，他们的许多诗篇在当时或后世被谱入相和歌曲（包括清商三调）的曲调中，加以演唱。在配谱时不免要对歌辞、曲调进行加工，予以剪截、拼凑。刘勰所说'宰割辞调'，即指此而言。（原注：关于乐府诗入乐时的增损加工，请参考余冠英先生《乐府歌辞的拼凑和分割》。）①

继杨明先生之后，顾农先生也从余冠英所论乐府歌辞分割或拼凑的角度立论，说：

> 现在娼妓们要为曹操的诗配乐，对原作非得特别尊重不可，为了让诗和乐得以密切配合，"宰割辞调"时必然要以所配的器乐去迁就诗，这样就非在音乐上多动脑筋不可，古老的曲调于是不得不变化；当然，从另一个方面看，曹操考虑到自己的诗作要入乐，也会更多考虑诗怎样写才便于入乐，他多少要迁就一点自己所欣赏的乐曲，至少要达到能够但歌的水准。在这样的诗—乐互动之中，传统的音乐固然要发生某些变化，诗歌创作也必然发生某种变化。这是音乐史和文学史上史无前例的新动向。②

这就在把"宰割辞调"解释为对歌辞加以拼凑和分割的基础上，提出了曹魏时期诗—乐互动的"新动向"这一新的论断。之后，郭丽进一步把"宰割辞调"解释为"切割词语，按声调进行搭配"，"魏之三祖写作乐府歌辞，为了

① 杨明：《释〈文心雕龙·乐府〉中的几个问题》，《文学遗产》2000 年第 1 期。
② 顾农：《建安时代诗—乐关系之新变动——以"魏之三祖"为中心》，《广西师范大学学报（哲学社会科学版）》2002 年第 3 期。

方便入乐，有意安排声韵，开启了诗歌声律化进程，诗风就从此走向'绮靡'一路"①。魏之三祖开启了诗歌声律化进程，这又是一个新的论断。本来文意不够明晰的"宰割辞调"，21 世纪以来被学者们解释出如此重要的诗歌史意义。而这些论断的前提，都建立在逯钦立、杨明先生提出的把"宰割辞调"等同于"割辞成曲"，即余冠英先生所谓"乐府歌辞的拼凑和分割"的基础上。这就需要我们重新审慎地考察"宰割辞调"与"乐府歌辞的拼凑和分割"是否具有一致性，从而判断建立在此基础上的各种新论断是否符合文学史事实。

第二节　"宰割辞调"不是"乐府歌辞的拼凑和分割"

余冠英先生在 20 世纪 40 年代发表的《乐府歌辞的拼凑和分割》，是现代乐府诗学的一篇经典之作，王运熙先生称赞该文"系统分析汉、魏古乐府歌辞之拼凑分割现象，对读者帮助尤大"②。到底刘勰所言"宰割辞调"，与余冠英说的"乐府歌辞的拼凑和分割"是不是一回事？让我们先来重新检视余冠英《乐府歌辞的拼凑和分割》一文。余先生在文章开篇说：

> 古乐府重声不重辞，乐工取诗合乐，往往随意并合裁剪，不问文义。……本文目的在举出古乐府辞篇章杂凑的重要例子，考察其拼合的方式，并附带讨论有关的几点。③

余先生将篇章拼合方式分为八类，并列举大量例子加以说明：

① 郭丽：《诗歌声律化由谁开启——魏之三祖"宰割辞调"的诗歌史意义》，《光明日报》2017 年 4 月 17 日，第 13 版。
② 王运熙：《汉魏六朝乐府诗研究书目提要》，《王运熙文集 1：乐府诗述论》，上海古籍出版社 2012 年版，第 301 页。
③ 余冠英：《乐府歌辞的拼凑和分割》，《国文月刊》1947 年第 61 期。

　　一、本为两辞合成一章。

　　二、并合两篇联以短章。

　　三、一篇之中插入他篇。

　　四、分割甲辞散入乙辞。

　　五、节取他篇加入本篇。

　　六、联合数篇各有删节。

　　七、以甲辞尾声为乙辞起兴。

　　八、套语。

余冠英先生概括的这八类，都为了谐乐合调，而对歌辞加以拼凑和分割，简要地说，就是"割辞成曲"。但，这是汉魏乐府诗"选词以配乐""由乐以配词"普遍采取的措施，而不是"魏之三祖"特有的现象，并非刘勰所谓"魏之三祖，宰割辞调"。具体来说：

　　（一）乐府诗选词配乐，乐以定词，必然要对歌辞加以剪裁拼接，这是一种普遍的现象，正如余先生所说："古乐府歌辞，许多是经过割截拼凑的。"并不是到曹氏父子的乐府诗才新出现这种剪裁拼合。余冠英所举的例子，大都没有涉及曹氏父子的乐府诗。如第二类"并合两篇联以短章"，举的例子是相和歌辞瑟调曲《饮马长城窟行》古辞；第三类"一篇之中插入他篇"，举的是相和歌辞瑟调曲《艳歌何尝行》古辞；第七类"以甲辞尾声为乙辞起兴"，举的是相和歌辞瑟调曲《陇西行》古辞；第八类"套语"，例子更多更杂，不必备举。这四类"拼凑和分割"在古辞里已经普遍存在，余冠英完全没有涉及曹氏父子的乐府。

　　（二）从时间上说，乐府歌辞的"拼凑和分割"，不是汉末曹魏"魏之三祖"时代出现的新现象，而是在此前与此后都普遍存在的。上面所举的《饮马长城窟行》《艳歌何尝行》《陇西行》古辞，一般认为是汉乐府，都早于"魏之三祖"。再看第一类"本为两辞合成一章"，余冠英先生说："这种情形最早见于汉郊祀歌。"可追溯到李延年的时候。第六类"联合数篇各有删节"所举的相和曲《鸡鸣》古辞,也在曹魏之前。这些都是早于"魏之三祖"的。第一类"本为两辞合成一章"还举了相和歌辞《长歌行》"仙人骑白鹿",余冠英先生说:"本篇是一首汉诗和一首魏(文帝)诗的拼合。"而这个拼合,显然不是出自魏文帝之手,而是魏晋乐工所为。第四类"分割甲辞散入乙辞",举的例子是相和歌辞瑟调曲魏明帝辞《步出夏门行》,此篇除采魏武帝《短歌行》"乌鹊南飞"数句外,又取文帝《丹霞蔽日行》全篇。《乐府诗集》注《步出夏门行》为"魏晋乐所奏",因此正确的理解,不是魏明帝拼合武帝、文帝的歌辞,而是乐工以魏明帝歌辞为主,同时拼合了武帝、文帝的歌辞而成。第五类"节取他篇加入本篇",所举晋人乐府奏曹植《明月照高楼》,补入《怨歌行》古辞末四句。这显然也是晋代乐工所为,而非"魏之三祖,宰割辞调"。余冠英先生还举了魏武帝《短歌行》,晋乐所奏就比原辞少八句,说明"古曲到后代经删削而后应用的例子也不少"。

(三)联系《宋书·乐志》和《乐府诗集》来看,晋乐所奏的汉魏乐府,多是经过拼凑和分割的,可见这种拼凑和分割不是"魏之三祖"那个时代的特定做法。如相和歌辞楚调曲《白头吟》,《乐府诗集》卷四十一所载十六句为本辞,晋乐所奏则为二十六句,这是"节取他篇加入本篇",显然是晋代乐工节录其他歌谣加以拼合的结果。这种例子不胜枚举。《乐府诗集》所载"晋乐所奏"者,与"本辞"都有一定的差别,这种差别是晋乐工拼凑分割的结果,不能算到"魏之三祖"头上。

再来看晋代乐工对"魏之三祖"和曹植诗的处理。曹操《短歌行》本辞:

> 对酒当歌,人生几何。譬如朝露,去日苦多。慨当以慷,忧思难忘。何以解忧,唯有杜康。青青子衿,悠悠我心。呦呦鹿鸣,食野之苹。我有嘉宾,鼓瑟吹笙。明明如月,何时可掇。忧从中来,不可断绝。越陌度阡,枉用相存。契阔谈宴,心念旧恩。月明星稀,乌鹊南飞。绕树三匝,何枝可依。山不厌高,海不厌深。周公吐哺,天下归心。

《乐府诗集》卷三十所载"晋乐所奏"此曲的歌辞则是：

> 对酒当歌，人生几何。譬如朝露，去日苦多。（一解）慨当以慷，忧思难忘。以何解愁，唯有杜康。（二解）青青子衿，悠悠我心。但为君故，沉吟至今。（三解）明明如月，何时可掇。忧从中来，不可断绝。（四解）呦呦鹿鸣，食野之苹。我有嘉宾，鼓瑟吹笙。（五解）山不厌高，水不厌深。周公吐哺，天下归心。（六解）①

"晋乐所奏"的《短歌行》，除次序略有调整外，删去"越陌度阡"八句，增加"但为君故"两句。这就是余冠英先生所说古曲到后代经删削而后应用的例子。从押韵来看，曹操的本辞二韵一转，但"青青子衿，悠悠我心"用韵孤零，所以晋乐工补入"但为君故"两句，以便谐韵整齐。这种删削，当是晋乐工所为，不可能是曹操先作了本辞，然后为了合乐又自己做出删补。

曹植的《怨诗行》本辞是《七哀》：

> 明月照高楼，流光正徘徊。上有愁思妇，悲叹有余哀。借问叹者谁，言是客子妻。君行逾十年，孤妾常独栖。君若清路尘，妾若浊水泥。浮沉各异势，会合何时谐？愿为西南风，长逝入君怀。君怀时不开，妾心当何依？

《乐府诗集》卷四十一所载"晋乐所奏"此曲歌辞《怨诗行》为：

> 明月照高楼，流光正徘徊。上有愁思妇，悲叹有余哀。（一解）借问叹者谁，自云客子妻。夫行逾十载，贱妾常独栖。（二解）念君过于渴，思君剧于饥。君为高山柏，妾为浊水泥。（三解）北风行萧

---

① 郭茂倩：《乐府诗集》，中华书局 2017 年版，第 653 页。

萧，烈烈入吾耳。心中念故人，泪堕不能止。（四解）沉浮各异路，会合当何谐？愿作东北风，吹我入君怀。（五解）君怀常不开，贱妾当何依？恩情中道绝，流止任东西。（六解）我欲竟此曲，此曲悲且长。今日乐相乐，别后莫相忘。（七解）①

曹植《七哀》本辞，有两韵一转，有三韵一转，不能谐乐合调，因此晋代乐工加以拼凑，改成两韵一转，增补为七解。虽然《宋书·乐志》和《乐府诗集》把这两首诗署为"东阿王词"或"魏曹植"，但是很显然，曹植不可能既作了《七哀》本辞，又自己作了后面长达七解的《怨诗行》歌辞。《曹子建文集》通行的著录是："《怨歌行》一首，七解，晋曲所奏。"②也就是说，后面七解的《怨诗行》，是晋乐工在曹植原诗的基础上"拼凑和分割"而成的。"拼凑和分割"工作是后来的乐工完成的。

　　上面所举曹操《短歌行》、曹植《七哀》本辞，被"晋乐所奏"时经过了"拼凑和分割"，这是《宋书·乐志》和《乐府诗集》著录"魏之三祖"和曹植诗的普遍情况，这种"拼凑和分割"，不是出自曹氏之手，而是出自后代乐工之手。如果硬要说是"魏之三祖"对乐府歌辞进行"拼凑和分割"的工作，那么在《乐府诗集》里大约只能举出曹丕《临高台》这一首：

　　临台行高，高以轩。下有水，清且寒。中有黄鹄往且翻。行为臣，当尽忠。愿令皇帝陛下三千岁，宜居此宫。鹄欲南游，雌不能随。我欲躬衔汝，口噤不能开。我欲负之，毛衣摧颓。五里一顾，六里徘徊。③

这首乐府"宜居此宫"前面的歌辞，取自古辞《临高台》："临高台以轩，下

---

① 郭茂倩：《乐府诗集》，第 889 页。
② 曹植：《曹子建文集》卷六，国家图书馆出版社 2021 年影印宋刻本，第 14 页 a。
③ 郭茂倩：《乐府诗集》，第 377 页。

有清水清且寒。江有香草目以兰，黄鹄高飞离哉翻。关弓射鹄，令我主寿万年。"①后面八句取自瑟调《艳歌何尝行》。这种截取两篇再拼接为一首的工作或许可说是魏文帝曹丕做的，其他篇目都不能说是"魏之三祖"拼接和分割了乐府歌辞。

总的来说，余冠英所言之"乐府歌辞的拼凑和分割"是乐工在选词以配乐时进行的"割辞成曲"的工作，歌辞要与音乐相谐和，就要采取适当的拼凑和分割，这是一种长久而普遍存在的歌辞加工办法。而刘勰所谓"宰割辞调"是特指"魏之三祖"的一种文艺工作。把二者等同起来，是很不恰当的，会造成很大的误解。余冠英先生没有把二者等同起来，对乐府诗和《文心雕龙》均有精深研究且特别欣赏余冠英文章的王运熙先生，也没有把二者等同起来。这是我们应该注意的。

第三节 "宰割辞调"之所指

魏氏三祖，风流可怀，他们喜好并创作大量乐府诗，代表清商乐的兴起，这已经是文学史的常识，不须赘论。仅看《宋书·乐志三》所载，相和 13 曲 15 歌辞、平调 2 曲 5 歌辞、清调 4 曲 6 歌辞、瑟调 1 曲 8 歌辞、大曲 10 曲 15 歌辞、楚调怨诗 1 曲 1 歌辞，凡 31 曲 50 歌辞。这 50 首歌辞中，古辞 17 首，"魏之三祖"达 32 首，曹植 1 首。可见"魏之三祖"对相和歌与清商曲之喜爱、创作成就之突出。相和歌与清商曲几乎是"魏氏三祖"的专利，一般文臣少有资格染指。那么，我们分析"魏之三祖，宰割辞调"，当以《宋书·乐志三》所载者为主要对象，并参考《乐府诗集》所录者。兹对二书所录"魏之三祖"和曹植的乐府诗且有古辞可对照者分析如下：

（一）相和歌《薤露》《蒿里》本是泣丧歌，但曹操所作《薤露》"唯汉二十世"、《蒿里》"关东有义士"，感慨汉末"贼臣持国柄"造成"千里无鸡

---

① 郭茂倩：《乐府诗集》，第 334 页。

鸣"的荒凉，是"用乐府题叙汉末时事"①，曹植所作《薤露》，抒写"愿得展功勤，输力于明君"的志向。曹操、曹植父子的三首诗都完全无关乎《薤露》《蒿里》古调"泣丧歌"的内容。

（二）相和歌《平陵东》古辞，是汉翟义门人所作。翟义举兵诛王莽，不克，被害，门人作此歌以怨之。而曹植《平陵东》曰："阊阖开，天衢通，被我羽衣乘飞龙。乘飞龙，与仙期，东上蓬莱采灵芝。灵芝采之可服食，年若王父无终极。"歌咏的是采芝游仙的故事，与古辞《平陵东》本事毫无关系。

（三）相和歌《陌上桑》古辞，为人熟知。而武帝的《陌上桑》"驾虹霓"，是游仙主题；文帝的《陌上桑》"弃故乡"，写"远从军旅万里客"的悲苦，与《陌上桑》古辞的内容毫不搭界。

（四）平调曲《短歌行》，首见的是武帝"对酒当歌，人生几何"，"言当及时为乐也"②。但武帝的另一首《短歌行》"周西伯昌"，咏叹周文王、齐桓、晋文的圣德功业，主题与前一首完全不一样。文帝《短歌行》"仰瞻帷幕"，则是悼念武帝的悲伤之辞；明帝的《短歌行》则咏赞春燕"执志精专，洁行驯良"。这后面三首《短歌行》都没顾及"当及时为乐"的原始主题，辞与调在主题上是分离的。

（五）平调曲《猛虎行》，古辞曰："饥不从猛虎食，暮不从野雀栖。野雀安无巢，游子为谁骄。"魏文帝的同调歌辞曰："与君媾新欢，托配于二仪。充列于紫微，升降焉可知。梧桐攀凤翼，云雨散洪池。"魏明帝的同调歌辞曰："双桐生空枝，枝叶自相加。通泉溉其根，玄雨润其柯。"③显然，文帝、明帝的《猛虎行》都与"猛虎"毫无关系。这就是"宰割辞调"。而后来陆机的《猛虎行》"渴不饮盗泉水"、谢惠连的《猛虎行》"猛虎潜深山"，都牵连上"猛虎"。如果把陆、谢与文帝、明帝的同调之作相比较，就可以清楚地得知，"魏之三祖，宰割辞调"的意思就是歌辞与古调的分离。音乐用的是

---

① 方东树：《昭昧詹言》，人民文学出版社1961年版，第67页。
② 郭茂倩：《乐府诗集》，第652页。
③ 郭茂倩：《乐府诗集》，第676页。

古调，而歌辞完全是新颖的，与古调最初的内容已没有关系，也不受其限制。

（六）清调曲《秋胡行》，本事远在春秋时期，《乐府解题》曰："后人哀而赋之，为《秋胡行》。"①作古辞的时间亦当在汉代或之前。曹操有两首《秋胡行》，曹丕、曹植各有一首，但都与本辞毫不相关。正如《乐府广题》所言："曹植《秋胡行》，但歌魏德，而不取秋胡事，与文帝之辞同也。"②这种摆脱本调内容的束缚，而借旧题寓新意，正是"宰割辞调"的意思。

（七）瑟调曲《善哉行》，有古辞一首、武帝词两首、文帝词三首、明帝词两首。《乐府解题》曰："古辞云：'来日大难，口燥唇干。'言人命不可保，当见亲友，且永长年术，与王乔、八公游焉。"③《善哉行》古辞的本来主题是人生短暂，当求长年之术。而"魏之三祖"的七首同题之作，虽采取《善哉行》曲调，但完全不顾及《善哉行》古题的主旨，而各抒写新的内容。武帝"古公亶甫"一首近乎咏史诗；"自惜身薄祜"一首感叹身世，抒发愿不得遂的悲苦。文帝"朝日乐相乐"一首写"有德者能卒"之理；"上山采薇"一首抒发客游怀乡之情；"朝游高台观"一首写宴乐而生悲。明帝"我徂我征"一首，则咏征伐蛮虏凯旋的宏壮场面。可见"魏之三祖"完全不顾及曲调《善哉行》古题原来的主题，摆脱古题的束缚，各自抒写新的内容。

（八）瑟调曲《饮马长城窟行》，古辞"言征戍之客，至于长城而饮其马，妇人思念其勤劳，故作是曲也"④。文帝的同调歌辞曰："浮舟横大江，讨彼犯荆虏。武将齐贯甲，征人伐金鼓。长戟十万队，幽冀百石弩。发机若雷电，一发连四五。"⑤所咏之事，与《饮马长城窟行》曲调原初含义毫不相干。而陈琳的同调歌辞"饮马长城窟，水寒伤马骨。往谓长城吏，慎莫稽留太原卒"云云，则是在敷衍古调的原本内容。把文帝与陈琳的同曲调之作相比较，就

---

① 郭茂倩：《乐府诗集》，第 770 页。
② 郭茂倩：《乐府诗集》，第 770 页。
③ 郭茂倩：《乐府诗集》，第 781 页。
④ 郭茂倩：《乐府诗集》，第 809 页。
⑤ 郭茂倩：《乐府诗集》，第 811 页。

可以明显看出，文帝《饮马长城窟行》的曲调和歌辞是相分离的，即歌辞的内容与曲调"饮马长城窟行"这几个字所指的原初意义毫不相关，他是借古曲之题寓托自己的情意。

（九）从诗乐相谐的情况看，曹魏时期乐府诗明确地出现辞调分离的现象。如曹操的《碣石》，据王僧虔《技录》，《陇西行》歌武帝《碣石》；据《乐府诗集》卷五十四，相和大曲《步出夏门行》亦有《碣石》。一般认为《陇西行》和《步出夏门行》是一支曲调的不同名称，既然歌《碣石》，可称《陇西行》也可称《步出夏门行》，说明曲调名称的本义在此已没有关联意义。曹魏时期甚至存在一诗三曲的现象，如曹植"置酒高殿上"，《宋书·乐志》《乐府解题》称为《野田黄雀行》，《艺文类聚》卷四二引作《箜篌引》，王僧虔《技录》称为《门有车马客行》，这正说明曲调名称和歌辞之间失去关联。只有"宰割辞调"，即辞与调相分离，才可能出现这种现象。

通过以上列举，足以见得"魏之三祖"的乐府诗歌有一个共同特征：辞与调相分离。本来汉代的乐府歌曲，每首曲子有其原初的本事或者原始的主题，曲调的命名往往与这本事、主题有关，至"魏之三祖"创作乐府诗，用的是旧曲调名称，而歌辞内容则与旧曲调的原初主题没有关系。曹道衡先生曾经指出："至于曹操、曹丕所写的曲辞则和题目无关。其实，曹操、曹丕不过是仿古辞的声调另作新辞。"[1]刘勰所谓"宰割辞调"，就是指"魏之三祖"乐府歌辞内容与所采用之曲调的原初主题没有关系，即辞与调相分割的现象。"宰割辞调"是指"辞"与"调"的分割，而不是"割辞成曲"或"割辞合调"。关于"辞"与"调"的关系，王运熙先生也曾做过分析，认为乐府诗曲名与歌辞内容吻合的现象在鼓吹曲辞、横吹曲辞中表现尤为普遍，乐府歌辞与曲名不相符合的情况，"在相和歌辞中比较多"[2]。王运熙先生所说的

---

[1] 曹道衡：《〈相和歌〉与〈清商三调〉》，《文学评论丛刊》1981年第9期。又见《曹道衡文集》卷一，中州古籍出版社2018年版，第137页。

[2] 王运熙：《略谈乐府诗的曲名本事与思想内容的关系》，《河南师范大学学报（哲学社会科学版）》1979年第6期。

相和歌辞，在东汉时流行，曹魏时更盛，"魏之三祖"的清商三调为其大宗，所以，相和歌辞中歌辞与曲名不相符合的情况，正是"魏之三祖，宰割辞调"的意思。

回到刘勰《文心雕龙》，只有把"宰割辞调"理解为"辞"与"调"的分离，上下文的意思才通畅。《文心雕龙·乐府》曰：

> 至于魏之三祖，气爽才丽，宰割辞调，音靡节平。观其"北上"众引，"秋风"列篇，或述酣宴，或伤羁戍，志不出于滔荡，辞不离于哀思，虽三调之正声，实《韶》《夏》之郑曲也。

这是一段意思完整的话，需要作为一个整体来看。《文心雕龙》中用"观其"处达十二例，都表示后面的语句是对前面语句的进一步说明，如《辨骚》："固知《楚辞》者，体宪于三代，而风杂于战国，乃《雅》《颂》之博徒，而词赋之英杰也。观其骨鲠所树，肌肤所附，虽取镕经意，亦自铸伟辞。""骨鲠所树""取镕经意"，进一步说明"《雅》《颂》之博徒"；"肌肤所附""自铸伟辞"，进一步说明"词赋之英杰"。上面《乐府》篇的这一段话，同样如此，后面的文字是对前面做进一步的说明。如果把"宰割辞调"理解为"割辞为曲"或"割辞合调"，辞调一致，那么就与后面一句所言乐调典正而文辞不雅的内容相矛盾了。刘勰评"'北上'众引，'秋风'列篇"即《苦寒行》《燕歌行》等乐府，重在歌辞，而非曲调。曲调虽"音靡节平"，属"三调之正声"，而歌辞则"志不出于滔荡，辞不离于哀思"，"实《韶》《夏》之郑曲"，歌辞与曲调，两者分离相悖，这正呼应上文"宰割辞调"的意思。

诗为乐心，声为乐体。乐府由"诗"和"声"两个元素组合而成，"魏之三祖"的乐府诗依然是"诗""声"一体的。曹植《武帝诔》称曹操"躬著雅颂，被之琴瑟"[①]，但是，"魏之三祖"的音乐根据的是旧乐，"皆周《房中》之

---

① 曹植著，赵幼文校注：《曹植集校注》，人民文学出版社1984年版，第199页。

遗声"①，而"诗"的元素则是自由的，可以不受乐调原初主题的限制，自由抒写，完全是一种抒情的文学。这就是"宰割辞调"的辞调分离现象。

曹魏之后的乐府诗，多数是沿着"魏之三祖"的道路，借用乐府古题写时事、抒己怀，不顾及乐府曲调的原义。但也有一些文人乐府诗还照顾到曲调名称的本义。唐代吴兢《乐府古题要解》特别注意这种"宰割辞调"的现象，如解释《东门行》曰：

> 右古词，云"出东门，不顾归"，言士有贫不安其居者，拔剑将去，妻子牵衣留之，愿共铺糜，不求富贵，且曰"今时清，不可为非也"。若鲍照"伤禽恶弦惊"，但伤离别而已。②

鲍照所作《东门行》"伤禽恶弦惊"，就不管《东门行》古辞的内容，而自写己怀，这就是延续"魏之三祖，宰割辞调"的道路。《乐府古题要解》论《长歌行》的辞、调离合，说：

> 古辞云"青青园中葵，朝露待日晞"，言荣华不久，当努力为乐，无至老大乃伤悲也。魏改奏文帝所赋曲"西山一何高"，言仙道茫茫不可识，如王乔、赤松，皆空言虚词，迂怪难信，当观圣道而已。若陆机"逝矣经天日，悲哉带地川"，则复言人运短促，当乘间长歌，与古文合也。③

魏文帝的"西山一何高"是一首游仙诗，没有《长歌行》古辞"青青园中葵"所言荣华不久，当努力为乐的原初主题，歌辞与曲调的内容分离，这就是

---

① 杜佑：《通典》，中华书局 1988 年版，第 3700 页。
② 郭茂倩：《乐府诗集》，第 802 页。
③ 郭茂倩：《乐府诗集》，第 646 页。《四库全书》本《乐府古题要解》作"不与古文合也"，当有误。

"宰割辞调";而陆机"逝矣经天日""与古文合",还继续言荣华不久,当努力为乐的主题,这就不是"宰割辞调"。这样举正反两方面的例子,就可以帮助我们准确理解"宰割辞调"的含义。

对于"魏之三祖"在乐府诗创作上的这一改进措施,古人已多有认知。清人王士禛《古诗笺·凡例》说:"至曹氏父子兄弟,往往以乐府题叙汉末事,谓之古诗亦可。"①朱乾《乐府正义》说:"余谓乐府题,自建安以来,诸子多假用,魏武尤甚。"②"三调系乎声,不系乎辞也。"③沈德潜曰:"借古乐府写时事,始于曹公。"④方东树认识到"曹氏父子用乐府题而自叙述时事"的特点,论《箜篌引》说"曹公父子皆用乐府题自作诗耳"⑤。正是在古人这些认知的基础上,陆侃如、牟世金《文心雕龙译注》解释"宰割辞调"说:"宰割:分裂。辞调:指汉乐府。分裂汉乐府的辞调,是说曹操等人用汉乐府旧调写与古题无关的新内容,即所谓以古题乐府写时事。"⑥牟世金《文心雕龙研究》对此有进一步的论说。⑦笔者认为这是正确的解释。当然,他把"以古题乐府写时事"与"声诗始判"当作一回事,需要纠正。"宰割辞调"是"以古题乐府写时事",不受古题原初内容的束缚,诗与声还是合一的,歌辞需要且能够合乐歌唱。曹植、陆机等人的"声诗始判",那完全是徒诗,不可歌了。"宰割辞调"和"声诗始判"都是曹魏时期乐府诗的新特点,但内涵上还是有差别的。

"魏之三祖"的乐府诗,摆脱曲调原义的束缚,借古题咏己事、抒己怀,极大地发挥了乐府诗创作的表现力,开拓了乐府诗创作的广阔空间,后来杜甫的"即事名篇,无复依傍",白居易的新乐府运动,连题目都不必延续旧题

---

① 王士禛选,闻人倓笺:《古诗笺》,上海古籍出版社 1980 年版,第 1 页。
② 朱乾:《乐府正义》卷五,乾隆五十四年(1789)秬香堂刻本,第 3 页 b。
③ 朱乾:《乐府正义》卷八,第 17 页 b。
④ 沈德潜选:《古诗源》,中华书局 1963 年版,第 106 页。
⑤ 方东树:《昭昧詹言》,第 37、71 页。
⑥ 陆侃如、牟世金等译注:《文心雕龙译注》,齐鲁书社 1981 年版,第 80 页。
⑦ 牟世金:《文心雕龙研究》,人民文学出版社 1995 年版,第 428、429 页。

了，是乐府诗的再解放。如果后人用某个曲调创作乐府诗，在内容上一定要与这个曲调最初含义相关，写《陌上桑》一定要与秦罗敷有关，写《猛虎行》一定要有猛虎，写《秋胡行》一定要出现秋胡，那是多么大的束缚啊，诗人的创造力和自由度都会受到严重的限制。如果不能"宰割辞调"，作乐府歌辞不挣脱曲调原义的框框，那么乐府诗就会僵化而萎缩，不能有广阔的发展空间，不可能在魏晋以后出现那么多优秀的诗篇，成为古代诗歌的重要门类。从这个角度说，"魏之三祖，宰割辞调"具有重大的文学史意义。

（原载《文艺争鸣》2021 年第 12 期）

| 第六章 |

《文心雕龙·通变》辨正

第一节　关于"通变"有三说

《通变》是刘勰《文心雕龙》的重要一篇，位列《风骨》《定势》之间，属于刘勰谈文章创作的部分。关于刘勰论"通变"的含义，最早是纪昀在评点《文心雕龙》时做了解释：

> 齐梁间风气绮靡，转相神圣。文士所作，如出一手。故彦和以通变立论。然求新于俗尚之中，则小智师新，转成纤仄，明之竟陵、公安，是其明征。故挽其返而求之古。盖当代之新声，既无非滥调，则古人之旧式，转属新声。复古而名以通变，盖以此耳。①

纪昀此说，对近现代《文心雕龙》研究者产生很大影响，黄侃、范文澜、刘永济等均沿其说。郭绍虞主编《中国历代文论选》也肯定纪昀之说"深得刘勰补偏救弊的用心"，但是在 20 世纪 60 年代初的文化背景里，《中国历代

---

① 黄霖：《文心雕龙汇评》，上海古籍出版社 2005 年版，第 102 页。

文论选》等将"通变"与当时的文学理论机械对应，将"通变"解释为"文学发展中的继承与革新问题"①。这种解释也影响一时，甚至有的研究者将"通"解释为继承，将"变"解释为革新，"通变"就是继承与革新的统一。自20世纪80年代以来，越来越多学者认识到"通变"和继承革新之间不是对应关系。如祖保泉《文心雕龙解说》认为《通变》全文的意旨"不是指什么文学范畴里的继承与革新的全部规律。全文事实证明，刘氏并没有论及文学内容的继承与革新问题；他讨论文学形式方面的继承与革新，也是有重点的"②。80年代末，牟世金发表《文律运周，日新其业——〈文心雕龙·通变〉新探》③反拨过去的解释，提出"'通变'之义，主要是'文辞气力'的表达方法的变新"，并给予详细的阐释。今人或遵从此说，并引而申之。

综合起来说，关于刘勰的"通变"，主要有复古、继承与创新、变新三种说法，分歧较大，甚至观点对立。这就需要我们重新斟酌审察刘勰论"通变"的主旨。

第二节　"通变"兼顾"昭体"和"晓变"

刘勰论作文应该"制首以通尾"（《附会》），"贯一"以"拯乱"（《神思》）。《文心雕龙·通变》除"赞"外，分为四段，"通变"思想是贯彻始终的。

第一段论述的是"有常之体"和"无方之数"的问题：

夫设文之体有常，变文之数无方，何以明其然耶？凡诗赋书记，名理相因，此有常之体也；文辞气力，通变则久，此无方之数也。

---

① 马茂元：《说〈通变〉》，《江海学刊》1961年第11期。

② 祖保泉：《文心雕龙解说》，安徽教育出版社1993年版，第583页。

③ 牟世金：《文律运周，日新其业——〈文心雕龙·通变〉新探》，《文史哲》1989年第3期。又见氏著《文心雕龙研究》，人民文学出版社1995年版。

名理有常，体必资于故实；通变无方，数必酌于新声。故能骋无穷
之路，饮不竭之源。然绠短者衔渴，足疲者辍途，非文理之数尽，
乃通变之术疏耳。故论文之方，譬诸草木，根干丽土而同性，臭味
晞阳而异品矣。

如此将"有常之体"和"无方之数"对举，在《文心雕龙》其他篇章中随处
可见，特别是与《通变》前后相连的两篇都有论述，《风骨》说："若夫镕铸
经典之范，翔集子史之术，洞晓情变，曲昭文体，然后能孚甲新意，雕画奇
辞。昭体故意新而不乱，晓变故辞奇而不黩。"《定势》说："夫情致异区，文
变殊术。莫不因情立体，即体成势也。"可见"昭体"和"晓变"是创作论的
重要原则，刘勰在《通变》开头这一段对此原则阐释得尤为详细明白。所谓
"名理相因"，就是前面文体论各篇"释名以彰义""敷理以举统"而阐论每一
种文体的名称、特征和写作规范。每一种文体的特征和规范，是"有常"的，
有其恒定的、需要遵守的规范，后世作家需要借鉴、取法于各种文体的典范
性作家作品（即"故实"）；在遵守文体规范的前提下，作家可以而且应该斟
酌"新声"，在"文辞气力"方面有自己的创新变化，这种创新变化是因人因
时而"无方"无穷尽的。从《通变》开篇这一段话来看，"通变"探讨的是文
体规范和文辞气力等问题，不涉及文章的内容，因此，祖保泉说"刘氏并没
有论及文学内容的继承与革新问题"，是正确的。当然，即使是形式方面，刘
勰反对"师范宋集"和"近附"，与现代文论之所谓"继承"也是不一致的。

值得注意的是"变文之数无方"，后文即解释为"文辞气力，通变则久"，
似乎"通变"就是"变"，或说是"通其变"。但是在此篇后面的文字中又
出现"凭情以会通，负气以适变""变则堪久，通则不乏"等句子，"通"与
"变"相并列。到底"通变"是"通其变"还是"通"与"变"，还是二者兼
而有之呢？因为刘勰的"通变"是直接源于《周易》的。"通变"含有歧义，
这个问题在《周易》里就存在。《周易·系辞上》曰："参伍以变，错综其数，
通其变，遂成天地之文。"又说："化而裁之谓之变，推而行之谓之通。"前者

是"通其变"，后者是"通"与"变"，刘勰是仿《周易》用例而造成语义上的歧解。但是《周易》在单独用"变"和连用"通""变"时，含义是有差别的：单独用"变"，是无方向、无定准的"变动不居"；而"变"与"通"连用时，相当于"适变"的意思，即顺应某种规律和趋势的变。《周易·系辞下》说：

> （易之）为道也屡迁，变动不居，周流六虚，上下无常，刚柔相
> 易，不可为典要。唯变所适，其出入以度，外内使知惧。

很显然，这段文字中"变动不居"和"唯变所适"的意思有明显的差异，前者是变而无常，后者是变而不失其常。《周易》说："变通配四时。……变通莫大乎四时。"四季的变化虽然现象多样，但有其内在的规律，这是通变，而不是变动不居。《定势》说近代辞人，率好诡巧，违背一切正则的"讹势所变"；《指瑕》说"情讹之所变"。这都是属于前一个"变"的意思，而不是"通变""适变"的意思。《周易·系辞下》论"通变"说："刚柔者立本者也，变通者趋时者也。"刘勰直接将这句话搬用到《镕裁》说：

> 情理设位，文采行乎其中。刚柔以立本，变通以趋时。立本有
> 体，意或偏长；趋时无方，辞或繁杂。蹊要所司，职在熔裁。

联系《周易》这两句来理解刘勰的"通变"，有两个要义，一是"立本"，一是"趋时"，二者缺一不可。没有"立本"的变，就是"变动不居"的讹变；没有"趋时"的变，则是僵化守陈，更谈不上通变。所以，刘勰在谈"通变"时，总是二者并提的，除《通变》第一段和上文已经列举的《风骨》《定势》两例外，又如《定势》说"此循体而成势，随变而立功者也"，《议对》说"采故实于前代，观通变于当今"。我们不能将"通变"仅仅理解为"观通变于当今"，而忽略了"采故实于前代"也是"通变"固有的内涵，否则就无

法圆融地理解《通变》全篇的意思。刘勰在《颂赞》里描述"颂"这种文体在后代是如何因为不遵守"有常"之体，不"采故实于前代"而讹变的，这是"变而失正"，是"通变"的反面例子，可以用来说明"通变"不等于创新变化。"颂"这种文体的规范是"颂主告神，故义必纯美"，"颂惟典雅，辞必清铄"。自《商颂》以下，文理允备，其中《时迈》一篇，"周公所制，哲人之颂，规式存焉"。颂的文体规范这时已经确立了，体现在《时迈》中。但至《左传·僖公二十八年》记载众人诵说"原田每每"和《吕氏春秋·乐成》记载孔子始用于鲁，鲁人謣诵之曰"麛裘而韠，投之无戾"云云，"直言不咏，短辞以讽"，这是"野颂之变体，浸被乎人事矣"。这是一变。"及三闾《橘颂》，情采芬芳，比类喻意，乃覃及细物矣"，这是再变。汉代扬雄《赵充国颂》、班固《安丰戴侯颂》、傅毅《显宗颂》、史岑《和熹邓后颂》，"或拟《清庙》，或范《駉》《那》，虽浅深不同，详略各异，其褒德显容，典章一也"，这是"还宗经诰"，重新合乎颂体规范，所以得到刘勰的肯定。至于班固的《车骑将军窦宪北征颂》、傅毅的《西征颂》，"变为序引，岂不褒过而谬体哉"，这是颂体之再谬。至马融之《广成颂》《上林颂》，"雅而似赋，何弄文而失质乎"，这是颂体的三谬。到了西晋陆机的《汉高祖功臣颂》"褒贬杂居"，竟然在颂体中有贬义，刘勰批评说此篇颂"固末代之讹体也"。"颂"体从《商颂》之"义必纯美"到陆机《汉高祖功臣颂》之"褒贬杂居"，看似创新变化，但在刘勰看来，正是一个"讹"的过程。这是"变"，而不是"通变"。所以说刘勰的"通变"，包含着对"设文之体有常"的遵守。文体规范可以触类而长，引而申之，但是基本原则不能违背。

第三节 "昭体"须师范"汉篇"

《通变》第二段说：

> 是以九代咏歌，志合文则。黄歌《断竹》，质之至也；唐歌在

昔，则广于黄世；虞歌《卿云》，则文于唐时；夏歌雕墙，缛于虞
代；商周篇什，丽于夏年。至于序志述时，其揆一也。暨楚之《骚》
文，矩式周人；汉之赋颂，影写楚世；魏之篇制，顾慕汉风；晋之
辞章，瞻望魏采。榷而论之：则黄、唐淳而质，虞、夏质而辨，商、
周丽而雅，楚、汉侈而艳，魏、晋浅而绮，宋初讹而新。从质及讹，
弥近弥淡。何则？竞今疏古，风末气衰也。今才颖之士，刻意学文，
多略汉篇，师范宋集，虽古今备阅，然近附而远疏矣。夫青生于蓝，
绛生于蒨，虽逾本色，不能复化。桓君山云："予见新进丽文，美而
无采；及见刘、扬言辞，常辄有得。"此其验也。故练青濯绛，必归
蓝蒨；矫讹翻浅，还宗经诰。斯斟酌乎质文之间，而檃括乎雅俗之
际，可与言通变矣。

这里论自黄帝至宋初的创作风气，从黄帝到商周的文风是由质朴趋于华丽，
这是文辞气力的变，而"序志述时"的文体之"常"是一致的，符合"刚柔
以立本，变通以趋时"的原则，是正确的"通变"。

而自楚汉以降的后世文章演变却产生了问题。与上面所言"通变"有两
个原则相呼应，对这个问题刘勰是从"采故实"和"观通变"两个方面来说
明的。"楚之《骚》文，矩式周人；汉之赋颂，影写楚世；魏之篇制，顾慕汉
风；晋之辞章，瞻望魏采。"这近似于"采故实"。联系《文心雕龙》全书来
看，这里的"影写""顾慕""瞻望"等取法乎近，附近而疏远，刘勰对此是
有贬义的。如：

敬通杂器，准矱武铭，而事非其物，繁略违中。(《铭箴》)
班彪、蔡邕，并敏于致诘。然影附贾氏，难为并驱耳。
(《哀吊》)
自桓麟《七说》以下，左思《七讽》以上，枝附影从，十有余
家。或文丽而义暌，或理粹而辞驳。(《杂文》)

自《连珠》以下，拟者间出。杜笃、贾逵之曹，刘珍、潘勖之辈，欲穿明珠，多贯鱼目。可谓寿陵匍匐，非复邯郸之步；里丑捧心，不关西施之颦矣。（《杂文》）

然而懿文之士，未免枉辔；潘岳《丑妇》之属，束皙《卖饼》之类，尤而效之，盖以百数。（《谐隐》）

夫自六国以前，去圣未远，故能越世高谈，自开户牖。两汉以后，体势浸弱，虽明乎坦途，而类多依采，此远近之渐变也。（《诸子》）

至如李康《运命》，同《论衡》而过之；陆机《辨亡》，效《过秦》而不及，然亦其美矣。……虽有日新，而多抽前绪矣。（《论说》）

观《剧秦》为文，影写长卿，诡言遁辞，故兼包神怪。（《封禅》）

至于邯郸受命，攀响前声，风末力寡，辑韵成颂；虽文理顺序，而不能奋飞。（《封禅》）

刘勰在文体论部分"原始以表末"时，对于这些因袭模拟、取法乎近，都有贬斥之意。同样，在《通变》中刘勰指出"晋之辞章，瞻望魏采"等，也是批评各代文章未能遵有常之体，未能正确地"采故实于前代"。因为未能遵有常之体，未能"采故实于前代"，只取法乎近人，而在"观通变于当今"上也出现问题，文风讹变，而非通变。所谓"楚、汉侈而艳，魏、晋浅而绮，宋初讹而新。从质及讹，弥近弥澹"云云，就是不能正确"通变于当今"，导致文风一代比一代浮艳，乃至于意味浅淡、辞采讹滥。刘勰把这种文风不竞的责任归咎于"竞今疏古""近附远疏"，也就是没有正确处理好"故实"和"通变"、"前代"与"当今"的问题。所以，不能抛弃了"采故实于前代"，仅仅根据"观通变于当今"就把"通变"理解为变化创新，文风"从质及讹"，正是当时的新变，刘勰对之是持批判态度的。"竞今"就是求新求变，但是刘勰不客气地批评了这种"疏古"的竞今。刘勰把"竞今疏古"的错误道路具体描述为"多略汉篇，师范宋集"，提出纠正这种错误道路的办法是"还宗经诰"，在质文、雅俗间斟酌考校。

刘勰主张征圣宗经，因此提出"还宗经诰"是容易理解的。他认为当时的文风"将遂讹滥"（《序志》），因此批评"今才颖之士""师范宋集"，也是很自然的。他为什么不满于"今才颖之士"之"多略汉篇"呢？从正面说，为什么刘勰主张多"师范""汉篇"呢？他不是已经说过"汉之赋颂，影写楚世"，"楚、汉侈而艳"，似乎对汉代文风也有微词吗？过去研究者较少追究这个问题。对于"汉篇"，一般解释为"主要指刘向、扬雄等作家所作的风格比较质朴刚健的散文，而不是指那些艳丽的辞赋"。若联系文体论的文字来看，《通变》提出的"汉篇"，是指多种文体的"常"即文体规范，其形成于汉代，并出现了诸多典范的篇章，师范"汉篇"，就是学习、遵循"有常之体"，即"通变"论之"立本"或"采故实"的一面。试看文体论部分：

《铭箴》论"铭"这种文体，"蔡邕铭思，独冠古今"，是铭体的典范。冯衍、崔骃、李尤的铭，各有缺点。"箴"这种文体"唯《虞箴》一篇，体义备焉"，至扬雄稽古，"始范《虞箴》，作《卿尹》《州牧》二十五篇。……信所谓追清风于前古，攀辛甲于后代者也"。后来到潘勖、温峤、王济、潘尼等的继作，鲜有克衷，各有所偏，都有缺点。

《诔碑》论"诔"这种文体，鲁哀公诔孔子，"虽非睿作，古式存焉"。汉代傅毅、苏顺、崔瑗的诔文"观其序事如传，辞靡律调，固诔之才也"，也是诔体的典范。曹植的诔则"体实繁缓"。西晋的潘岳"专师孝山，巧于序悲，易入新切，所以隔代相望，能徽厥声者也"。碑文则以蔡邕为典型，"才锋所断，莫高蔡邕"。后来的温、王、郄、庾，"辞多枝杂"。

《哀吊》论"哀辞"，"霍嬗暴亡，帝伤而作诗，亦哀辞之类矣"，这是哀辞的规范之篇。东汉时崔瑗的《汝阳主哀辞》"始变前式"。"履突鬼门"，怪而不辞，"驾龙乘云"，仙而不哀，属于体式之"变"。"吊"这种文体，贾谊《吊屈原文》"体周而事核，辞清而理哀，盖首出之作也"，是吊体的模范之作。而司马相如《哀秦二世赋》，全为赋体；扬雄《反离骚》"辞韵沉膇"。班彪、蔡邕的吊文，虽然模范贾谊，但"难为并驱"。

《杂文》先论《对问》体，自宋玉《对楚王问》后，东方朔、扬雄、班固、崔骃、张衡、崔寔、蔡邕、郭璞"迭相祖述"，都创作出高卓的名篇。而曹植、庾敳的模仿之作，或"辞高而理疏"，或"意荣而文悴"，均有偏极。再论《七发》体，枚乘首唱之作，"信独拔而伟丽矣"，是此体的高标。继踵者有傅毅、崔骃、张衡、崔瑗、陈思、仲宣，各有风格。自桓麟至左思，又有十余家相影附，然"或文丽而义暌，或理粹而辞驳"，每况愈下。最后论《连珠》体，扬雄为首创者，"辞虽小而明润"，而杜笃、贾逵、刘珍、潘勖等的拟作是邯郸学步、东施效颦。只有陆机之作，才算上乘。

《论说》述"论"这种文体，汉代"石渠论艺，白虎讲聚，述圣通《经》，论家之正体也"。张衡《讥世》，颇似俳说；孔融《孝廉》，但谈嘲戏；曹植《辨道》，体同书抄。魏正始以后"务欲守文"，李康、陆机有论的名篇，亦不及汉人。

《议对》论"驳议"这种文体，"自两汉文明，楷式昭备"，驳议的楷式至两汉而完备。吾丘寿王等四家驳议，"虽质文不同，得事要矣"；张敏等六家驳议，"事实允当，可谓达议体矣"。至西晋，傅咸"属辞枝繁"，陆机虽有锋颖，"而腴辞弗剪，颇累文骨"。又论"对策"这种文体，晁错等五人的对策"并前代之明范也"，是这种体制的范型，"魏晋以来，稍务文丽，以文纪实，所失已多"，体制规则也逐渐迷失。

综合起来看，刘勰评述各种文体的历代流变，除颂、赞、祝、盟、封禅几种特殊文体定型于先秦，诏、策、章、表等文体因为朝廷专职或制度不同（如："两汉诏诰，职在尚书"；"自魏晋诏策，职在中书"；"后汉察举，必试章奏"。）各有其胜，诗、赋体制的历代演化情况复杂以外，上面列举的各种文体的体制规范都是在汉代完备的，每种文体的典型作家、典范作品也都出现在汉代。虽然后世也曾出现若干中规甚至精美的作品，只是"后发前至"（《铭箴》）、"隔代相望"（《诔碑》），也还是以汉代为典型的。这就是刘勰在

《通变》中提出"师范""汉篇"的用意。或许《通变》所谓"疏古"的"古"还可以进一步上推到先秦经典，而"远疏"的"远"就是指"汉篇"。所以，《通变》第二段在论趋新之变的时候，还是归结到"有常之体"上。

第四节　"循环相因"不是正确的"通变"

《通变》第三段列举"广寓极状"的五个例子并评论：

> 夫夸张声貌，则汉初已极。自兹厥后，循环相因，虽轩翥出辙，而终入笼内。枚乘《七发》云："通望兮东海，虹洞兮苍天。"相如《上林》云："视之无端，察之无涯，日出东沼，入乎西陂。"马融《广成》云："天地虹洞，固无端涯，大明出东，月朔西陂。"扬雄《校猎》云："出入日月，天与地沓。"张衡《西京》云："日月于是乎出入，象扶桑于濛汜。"此并广寓极状，而五家如一。诸如此类，莫不相循。参伍因革，通变之数也。

这一段文字的意思本身或许不难理解，但是刘勰对"广寓极状，而五家如一"是持什么态度？是示人以法，还是借以批判？研究者分歧很大①。的确，仅仅从这段文字本身来看，刘勰是褒是贬，态度暧昧。我觉得需要联系刘勰《文心雕龙》全书，特别是联系论骚赋、论夸张和对这五人的具体评论来理解。

首先，刘勰对"夸张声貌"本身是不否定的，《文心雕龙》就列有《夸饰》专篇，《诠赋》说荀子、宋玉的赋"遂客主以首引，极声貌以穷文"，后六字即这段第一句"夸张声貌，则汉初已极"的意思。刘勰用"循环""因循"也不具有明显的褒贬，如《史传》说"班固述汉，因循前业"，褒贬态度

---

① 纪昀、范文澜、刘永济、王运熙等先生认为刘勰是以正面肯定的态度举例说明文辞气力的变化；陆侃如、牟世金、詹福瑞等先生认为所举五例正是刘勰批判的对象。

是不鲜明的。再看"轩翥出辙，而终入笼内"一句，有论者拿此句与《宗经》"百家腾跃，终入环内"相参，意即千变万化，却有法度可循。但是，刘勰用"轩翥"都是强调"奋飞"的意思。如《辨骚》论《离骚》"轩翥诗人之后，奋飞辞家之前"；《夸饰》以肯定的口气说"轩翥而欲奋飞，腾踯而羞局步"；《封禅》说"虽文理顺序，而不能奋飞"，对于"不能奋飞"是怀有遗憾的。相互参照来看，显然《通变》中的"终入笼内"就是"局步"，不能"奋飞"的意思，也就是不能"自铸伟辞"（《辨骚》）。所以从用语上看，这一段中刘勰是持否定态度的。

其次，刘勰提出五家的先后顺序是枚乘、司马相如、马融、扬雄、张衡，若依时间顺序，应该将马融与扬雄对调，刘勰不是依据时间顺序来说明此五人一个继一个踵事增华，而是要说明枚乘为首创，司马相如、马融、扬雄、张衡都是"影附""因循"枚乘，跳不出框框。刘勰评论这五个人的赋，枚乘首唱《七发》"信独拔而伟丽矣"（《杂文》），评价最高；司马相如的《上林赋》"繁类以成艳"，也算是辞赋英杰十家之一；马融的《广成赋》"弄文而失质"（《颂赞》），已有贬抑；扬雄的《羽猎赋》"鞭宓妃以饷屈原，……虚用滥形，不其疏乎"（《夸饰》），真可谓一个不如一个。特别是张衡，刘勰在《诠赋》里虽肯定他的《二京赋》"迅发以宏富"，也是辞赋英杰十家之一，但恰恰是在《夸饰》里，刘勰批评了他在《通变》里提到的张衡《西京赋》"海若游于玄渚"等句"验理则理无可验，穷饰则饰犹未穷矣"。刘勰在《通变》中列举张衡《西京赋》"日月于是乎出入"两句和"海若"等句一样，也正是"验理则理无可验，穷饰则饰犹未穷矣"。联系《夸饰》来看，刘勰的褒贬态度是非常鲜明的。《通变》这一段是专举"夸张声貌"的例子，在《夸饰》里，刘勰说司马相如"诡滥愈甚"，扬雄、张衡"虚用滥形"，毛病都是"甚泰"。既然刘勰的具体评价是如此，怎么可能对这种"循环相因"持肯定态度呢？如果这是示人以"通变"正法的话，不是和《文心雕龙》其他部分相矛盾吗？刘勰的文学观念不至于如此错乱。

再者，"夸张声貌"本身属于"文辞气力"方面，刘勰是主张创新的，怎么可能会肯定"循环相因"呢？联系《辨骚》来看，刘勰所肯定的"取镕经旨，亦自铸伟辞"是"通变"，"循环相因"正好是"自铸伟辞"的反面。刘勰在《辨骚》中说"驱辞力""穷文致"的正确方法是"凭轼以倚《雅》《颂》，悬辔以驭楚篇"，并特特提到"亦不复乞灵于长卿，假宠于子渊矣"。如果说刘勰肯定司马相如、马融、扬雄、张衡等的这种"循环相因"，不是在称赞"乞灵于长卿"就是"通变"正法吗？

最后，刘勰论"夸张声貌"这一段的褒贬态度到底如何，还可以联系《通变》的上下文来看。前面一段用"青生于蓝，绛生于蒨"的比喻来说明"虽逾本色，不能复化"的道理。司马相如、马融、扬雄、张衡四人在文辞上因循枚乘，就是"虽逾本色，不能复化"，汲深绠短，后继乏力，出不了新意。后面一段，刘勰又说："若乃龌龊于偏解，矜激乎一致，此庭间之回骤，岂万里之逸步哉？"司马相如等人在辞赋夸张上面"饰羽尚画"，不就是"龌龊于偏解，矜激乎一致"吗？刘勰说他们"虽轩翥出辙，而终入笼内"，意即"庭间之回骤，岂万里之逸步哉"。刘勰在这里列举的因循五例，就是"文辞气力，通变则久"的反面例证。为什么汉赋作家穷极钻砺，还是"终入笼内""五家如一"呢？这不是说他们创新得不够，而是说，仅仅在文辞气力上追新求奇，向近代人学，是行不通的，必须要"昭体"，遵"有常之体"，并"还宗经诰"，所以刘勰在《通变》后段归结说"参伍因革，通变之数也"，并提出"宜宏大体"和博览、精阅、拓衢路、置关键等方法。

《通变》与《文心雕龙》其他四十九篇一样，是首尾一贯、文意如环的，只有认识到刘勰对司马相如等人夸张声貌、循环相因是持否定贬抑态度的，认识到刘勰论"通变"处处兼顾"昭体"和"晓变"，而不是片面强调一面，解读《通变》乃至整本《文心雕龙》才能圆融无碍，否则就会扞格不入。

[原载《中国文学研究》（辑刊）2014 年第 2 期]

| 第七章 |

刘勰论"鸿都门学"

第一节 历史上的"鸿都门学"事件

"鸿都门学"是东汉后期灵帝时重要的政治文化事件,在当时引起上层士大夫的激烈抨击,范晔《后汉书》曾有零星的记载,后世论者时有置辞。时至今日,学界对该历史事件的是非与影响,也有不同的评论。

灵帝刘宏是典型的末世之主,昏聩荒淫,胡作非为。他是肃宗玄孙,世袭解渎亭侯。桓帝崩,无子,于是迎他入朝继位,时年十二岁。他宠信宦官,残害忠良,外戚窦武和名士陈蕃、李膺、杜密、范滂或自杀,或被拷虐致死,史称"第二次党锢之祸"。灵帝在位二十年,受宦官摆布,灵帝朝是东汉朝廷最为黑暗的时期,终于导致黄巾起义的爆发。诸葛亮《出师表》所谓"亲小人,远贤臣,此后汉所以倾颓也",就是指东汉桓、灵时期。范晔《后汉书·灵帝纪》将他与秦二世并论。① 就是这样一个昏君,"时好辞制"。《后汉书·何皇后纪》载,刘协母王美人遭何皇后鸩杀,"帝愍(刘)协早失母,又

---

① 范晔:《后汉书》,第 359 页。

思美人，作《追德赋》《令仪颂》"①。不仅如此，他"善鼓琴，吹洞箫"②，"好书"③，还"自造《皇羲篇》五十章"④，是一个爱好文艺却无治国才能的皇帝。

在陈蕃、李膺与宦官的斗争中，京师太学生站在名臣士大夫一边，持危言核论，激浊扬清，制造舆论，给予支持，招致灵帝和宦官的厌恶。至灵帝熹平元年（172）六月，皇太后窦氏崩，"宦官讽司隶校尉段颎，捕系太学诸生千余人"⑤，党锢之祸扩大到太学生头上，实际上是宦官在进一步清洗异己力量。之后的光和元年（178）二月，地震，始置鸿都门学。鸿都是洛阳的门名，内置学，其实就是要取代当时的太学。鸿都门学，"颇以经学相招，后诸能为尺牍词赋及工书鸟篆者，至数千人，或出典州郡，入为尚书、侍中，封赐侯爵"⑥。范晔《后汉书·五行志》记载：

灵帝宠用便嬖子弟，永乐宾客，鸿都群小，传相汲引，公卿、牧守，比肩是也。

便嬖子弟，指宠臣亲信的子弟、宦官的养子之类。永乐宾客，指灵帝母永乐太后"与朝政，使帝卖官求货，自纳金钱，盈满堂室"⑦的那些买官得爵的小人。"鸿都群小"与他们并列，也是一些品行不端、行径卑劣的蝇营狗苟之辈。《后汉书·蔡邕传》载：

初，帝好学，自造《皇羲篇》五十章，因引诸生能为文赋者，

① 范晔：《后汉书》，第450页。
② 谢承：《后汉书》，李昉等：《太平御览》卷五八一引，《四部丛刊》三编，上海书店出版社1936年影印本。
③ 卫恒：《四体书势序》，陈寿撰，裴松之注：《三国志》引，第31页。
④ 范晔：《后汉书》，第1991页。
⑤ 范晔：《后汉书》，第333页。
⑥ 袁宏：《后汉纪》卷二十四《孝灵皇帝纪中》，《四部丛刊》初编，上海书店出版社1989年影印本。
⑦ 范晔：《后汉书》，第447页。

本颇以经学相招，后诸为尺牍及工书鸟篆者，皆加引召，遂至数十人。侍中祭酒乐松、贾护，多引无行趣势之徒，并待制鸿都门下，憙陈方俗闾里小事，帝甚悦之，待以不次之位。……光和元年，遂置鸿都门学，画孔子及七十二弟子像。其诸生皆敕州郡三公举用辟召，或出为刺史、太守，入为尚书、侍中，乃有封侯赐爵者。士君子皆耻与为列焉。[①]

这些出身微贱的文士，凭借辞赋、尺牍、书画等才能，攀附宦官势力，从而得到皇帝的优待，被授以高官。这激起了世族经师儒士的强烈愤慨。《后汉书》记载了阳球、杨赐和蔡邕反对鸿都门学的文字。据《后汉书·阳球传》，阳球"家世大姓冠盖"，拜尚书令，曾奏罢鸿都文学，曰：

伏承有诏敕中尚方（按，中尚方，官署名，掌宫内营造杂作）为鸿都文学乐松、江览等三十二人图象立赞，以劝学者。……案松、览等皆出于微蔑，斗筲小人，依凭世戚，附托权豪，俯眉承睫，徼进明时，或献赋一篇，或鸟篆盈简，而位升郎中，形图丹青。亦有笔不点牍，辞不辩心，假手请字，妖伪百品，莫不被蒙殊恩，蝉蜕滓浊，是以有识掩口，天下嗟叹。臣闻图象之设，以昭劝戒，欲令人君动鉴得失，未闻竖子小人，诈作文颂，而可妄窃天官，垂象图素者也。今太学、东观足以宣明圣化，愿罢鸿都之选，以消天下之谤。[②]

然而书奏不省。光和五年（182），有虹霓昼降嘉德殿前，曾为帝师的杨赐和议郎蔡邕入对，都直指鸿都门学。杨赐曰：

---

① 范晔：《后汉书》，第 1991—1998 页。
② 范晔：《后汉书·阳球传》，第 2499 页。

今妾媵婢人阉尹之徒，共专国朝，欺罔日月。又鸿都门下，招
会群小，造作赋说，以虫篆小技见宠于时，如驩兜、共工更相荐说，
旬月之间，并各拔擢，乐松处常伯，任芝居纳言。郤俭、梁鹄俱以
便辟之性、佞辩之心，各受丰爵不次之宠，而令搢绅之徒委伏畎亩，
口诵尧舜之言，身蹈绝俗之行，弃捐沟壑，不见逮及。冠履倒易，
陵谷代处，从小人之邪意，顺无知之私欲，不念《板》《荡》之作，
虺蜴之诫。殆哉之危，莫过于今。①

蔡邕上封事，其第五事曰：

臣闻古者取士，必使诸侯岁贡。孝武之世，郡举孝廉，又有贤
良、文学之选。于是名臣辈出，文武并兴。汉之得人，数路而已。
夫书画辞赋，才之小者，匡国理政，未有其能。陛下即位之初，先
涉经术，听政余日，观省篇章，聊以游意，当代博弈，非以教化取
士之本。而诸生竞利，作者鼎沸。其高者颇引经训风喻之言；下则
连偶俗语，有类俳优；或窃成文，虚冒名氏。臣每受诏于盛化门，
差次录第，其未及者，亦复随辈皆见拜擢。既加之恩，难复收改，
但守奉禄，于义已弘，不可复使理人及仕州郡。②

儒士们义正词严地晓以利害，情绪激愤地予以抨击，实际上形成了儒学士人
和鸿都门学士之间的正面冲突，或者说是传统的儒家经学与新起的书画辞赋
之学的冲突。这些以德行经术为根基的儒学士人为什么会如此激烈地抨击鸿
都门学呢？综合而言，有这样几个原因：

第一，东汉正宗的学术是儒家经义之学，这是儒学士人安身立命的根基；

---

① 范晔：《后汉书·杨赐传》，第 1780 页。
② 范晔：《后汉书》，第 1996 页。

鸿都门学士则是以擅长书画辞赋甚至小说而邀获宠幸的。鸿都门学的设立，必然损害正宗的太学，因此应当废止。阳球所言"今太学、东观，足以宣明圣化，愿罢鸿都之选，以消天下之谤"，确切地点出了鸿都门学与太学之间此消彼长的对立关系。

第二，鸿都门学士出身低微，攀附当时同样出身低微而得到皇帝信任的宦官，而儒学士人多出自诗礼世家，却遭到党争禁锢，被排斥在政治权力中心之外，他们与宦官之间形成了不可调和的矛盾，不能容忍这些卑贱俗学之徒与宦官结合形成左右皇帝的势力，据高位，占要津。阳球斥责乐松、江览等皆"出于微蔑，斗筲小人"，依附权贵而蝉蜕滓浊，打破了士人晋升的正常秩序，因此"有识掩口，天下嗟叹"，无法容忍。杨赐也贬斥郄俭、梁鹄等人"便辟之性、佞辩之心"，而获得丰厚的爵位和宠爱，导致缙绅之徒，委伏畎亩，弃捐沟壑。这是冠履倒易、陵谷代处，是对传统社会秩序的颠覆。蔡邕说，"汉之得人"，或郡举孝廉，或有贤良、文学之选，而鸿都门学士"虚冒名氏"，不学无术，"不可复使理人及仕州郡"。

第三，鸿都门学设立后，榜卖官爵，内嬖鸿都，并受封爵，政以贿成，严重扰乱了汉代的政治秩序。范晔《后汉书·崔骃传》："灵帝时，开鸿都门，榜卖官爵，公卿州郡，下至黄绶，各有差。其富者则先入钱，贫者到官而后倍输，或因常侍、阿保别自通达。"[1]卖官鬻爵是汉灵帝时严重的政治问题，也是政权崩溃的重要原因。

第四，在儒学士人看来，治国之本在经学，而非书画辞赋。蔡邕所谓"夫书画辞赋，才之小者，匡国理政，未有其能"，即是此意。鸿都门学之下流是"连偶俗语，有类俳优"，阳球说："未闻竖子小人，诈作文颂，而可妄窃天官，垂象图素者。"凭借几篇无关痛痒的辞赋就能够被"图象立赞"，这是儒学士大夫所无法容忍的。宋人叶适说："及灵帝末年，更为鸿都学，以词

---

① 范晔：《后汉书·杨赐传》，第 1721 页。

赋小技掩盖经术。不逞趋利者争从之，士心益蠹，而汉亡矣。"①非常深刻地揭示了这种斗争是"经术"与"词赋小技"之间的斗争，关系到汉代的存亡。

第二节　刘勰论"鸿都门学"

"鸿都门学"事件是东汉末年朝廷的一场闹剧，后人对之进行严厉的抨击。范晔《后汉书》不仅引录了阳球、杨赐、蔡邕等人要求废止鸿都门学的奏疏，而且在《五行志》中严厉地斥责灵帝朝："政以贿成，内嬖鸿都，并受封爵，京都为之语曰：'今兹诸侯岁也。'"齐梁时任昉《为范尚书让吏部封侯表》曰："鸿都不纲，西园成市。"他们都把"鸿都门学"视为荒唐昏聩的政治事件。而从文学角度最早评述该事件的，是刘勰。刘勰《文心雕龙·时序》曰：

> 降及灵帝，时好辞制，造《羲皇》之书，开鸿都之赋，而乐松之徒，招集浅陋，故杨赐号为驩兜，蔡邕比之俳优，其余风遗文，盖蔑如也。②

汉末董卓之乱，朝廷的辟雍、东观、兰台、石室、鸿都等处所藏典籍文章多失散焚毁，鸿都辞赋没有流传下来，故而刘勰说："其余风遗文，盖蔑如也。"刘勰这里所述"杨赐号为驩兜，蔡邕比之俳优"等等，都只是依据范晔《后汉书》而罗列他人的评论，似乎他自己并没有直接发表看法。刘勰是不是仅仅沿袭陈说，没有自己的认识呢？《文心雕龙·序志》说："及其品列成文，有同乎旧谈者，非雷同也，势自不可异也。有异乎前论者，非苟异也，理自不可同也。"③他对鸿都门学的态度与杨赐、蔡邕的"旧谈"相同，是因为"势

---

① 叶适：《习学记言序目》，中华书局 1977 年版，第 364 页。
② 王运熙、周锋：《文心雕龙译注》，第 215 页。
③ 王运熙、周锋：《文心雕龙译注》，第 249 页。

自不可异也"。

但是，阳球、杨赐、蔡邕对鸿都门学的抨击，主要还是着眼于政治问题，立足于儒学士大夫的政治立场；刘勰虽然对鸿都门学也极端贬斥，但他是从"品列成文"，即文学理论家的角度看问题的。虽然鸿都遗文业已不存，刘勰未能做出具体品评，但是我们从《文心雕龙》全书依然可以看出刘勰的文学思想与鸿都门学之间的歧异。揭明这种歧异，可以更清晰地理解刘勰为什么对鸿都门学持如此鄙夷的态度。

第一，刘勰是站在儒学的立场论文的。尽管魏晋以后玄学兴起，士人多沾染玄风，刘勰早年曾在定林寺协助僧祐整理佛经，虽不免受到道学、佛学某些因素的影响，但是通观《文心雕龙》全书，其思想是立基于儒学的。原道、征圣、宗经，是刘勰论文的基本思想，贯穿《文心雕龙》之始终。刘勰所谓"道"，其内容主要是儒家之道，不过是在当时的背景下加以"玄学化"，即将"道"自然化，将儒家之道上升为"自然之道"；所谓"圣"，是指周公、孔子等儒家圣人；所谓"经"，是指儒家经典。在论述后代文学时，刘勰强调儒学是文学的根基，朝廷重儒，则"风动于上，而波震于下"①，对士人文风产生普遍性的积极影响。如《诏策》论汉代的诏体说："文、景以前，诏体浮杂；武帝崇儒，选言弘奥。"②汉武帝崇尚儒学，诏体弘奥雅正。儒学兴盛，礼乐发达，奠定了时代文章的文化基础，文能宗经，归于典雅。《时序》论汉代文风说："孝武崇儒，润色鸿业，礼乐争辉，辞藻竞骛。……明、章迭耀，崇爱儒术，肄礼璧堂，讲文虎观。……中兴之后，群才稍改前辙，华实所附，斟酌经辞，盖历政讲聚，故渐靡儒风者也。"③如汉宣帝在石渠阁、汉章帝在白虎观召集儒士讨论经学等朝廷崇儒的重大举措，使得当时的文章"渐靡儒风"，这些都是在强调朝廷重视儒学对文风的积极引导意义。基于这样的思想立场，刘勰很自然地与蔡邕、杨赐等儒学士人持相同的态度，对黜斥太学而

---

① 王运熙、周锋：《文心雕龙译注》，第 211 页。
② 王运熙、周锋：《文心雕龙译注》，第 93 页。
③ 王运熙、周锋：《文心雕龙译注》，第 213—215 页。

引召擅尺牍、工鸟篆的鸿都门学士，给予批判和唾弃。

第二，刘勰论文人，重视"达于政事"的实际才能。《程器》提出："士之登庸，以成务为用。……安有丈夫学文，而不达于政事哉？"[1] 扬雄、司马相如等人"有文无质"，只善于辞赋，而没有实际的经邦纬国才能，"所以终乎下位也"[2]，地位不高，是理所应当的。除扬雄、司马相如外，刘勰还列举了孔融等"不达于政事"者作为反面典型。孔融任北海相时，"高谈教令，盈溢官曹，辞气温雅，可玩而诵"，但"论事考实，难可悉行"。[3] 刘勰在《诏策》里说："孔融之守北海，文教丽而罕施，乃治体乖也。"[4] 批评孔融不达于治体，不能成务。刘勰论文，重视文章的经世功能。《序志》说："唯文章之用，实经典枝条，五礼资之以成，六典因之致用，君臣所以炳焕，军国所以昭明。"[5] 国家礼义制度的颁布施行，需要文章来发挥作用；内政外交等重大事务，需要通过文章来显明和确立。《征圣》提出"政化贵文""事绩贵文"和"修身贵文"[6]；而鸿都门学士不学经术，无经世实才，所擅长的只是尺牍、辞赋、小说、书画，正如蔡邕所言，"夫书画辞赋，才之小者，匡国理政，未有其能"，却贪缘攀附，得到高官厚禄。对于这样的文人及其创作，刘勰当然是不齿的。刘勰曾祖辈刘穆之（刘秀之的从叔）在刘裕举义后不久即投奔受署，辅弼刘裕成就大业；伯祖刘秀之在宋文帝、武帝时期也屡建军功。在刘宋时期，东莞刘氏凭借军功跻身强宗。刘勰自己也主张"君子藏器，待时而动。……摛文必在纬军国，负重必在任栋梁。穷则独善以垂文，达则奉时以骋绩"[7]（《程器》），后来在梁朝时，出为太末（今属浙江衢州）令，政有清绩，实践了他"奉时以骋绩"的抱负。这样一位具有强烈经世精神，且具有一定政治才能的

---

① 王运熙、周锋：《文心雕龙译注》，第 243 页。
② 王运熙、周锋：《文心雕龙译注》，第 243 页。
③ 陈寿撰，裴松之注：《三国志·魏书·崔琰传》引司马彪《九州春秋》，第 371 页。
④ 王运熙、周锋：《文心雕龙译注》，第 96 页。
⑤ 王运熙、周锋：《文心雕龙译注》，第 246 页。
⑥ 王运熙、周锋：《文心雕龙译注》，第 5 页。
⑦ 王运熙、周锋：《文心雕龙译注》，第 244 页。

人，怎么能容忍鸿都门学士靠卖弄小技就虚窃高位呢？！

第三，刘勰论文人，敬重"名儒"耿直謇谔的品格，贬斥"险士"的卑劣，因而鄙薄鸿都门学士人格的卑污。《文心雕龙·奏启》曰：

> 观孔光之奏董贤，则实其奸回；路粹之奏孔融，则诬其衅恶：名儒之与险士，固殊心焉。①

孔光是西汉大臣，在王莽授意下，奏劾哀帝的佞幸董贤，列举事实，证成其罪；路粹承曹操之旨，奏劾刚正不阿的孔融，罗织罪名，置之于死地。同样是两篇奏疏文，一出于正义，一出于奸回，刘勰说"名儒"与"险士"，心性品德是不同的。何谓"名儒"？虽然刘勰未做解释，但通览《文心雕龙》，他强调文士的忠信品德和謇谔之风。具有这种品德的文士，立诚不欺，吐词耿直謇谔，称得上"名儒"。刘勰称赞文士"批逆鳞"的耿直謇谔精神。《论说》赞美范雎、李斯的说辞"虽批逆鳞，而功成计合，此上书之善说也"②。在《奏启》里，刘勰花费不少笔墨来提倡作者应该具有刚直方正的精神。"奏"是一种弹劾大臣、绳愆纠谬的文体，作者应该正直而有勇气。刘勰说："位在鸷击，砥砺其气，必使笔端振风，简上凝霜者也。"③这是弹劾奏疏的准则。论"启"体时，刘勰重在"谠言"，即切直的言辞，并说："王臣匪躬，必吐謇谔。"④人臣应该不考虑个人的私利，言辞正直，切中要害。刘勰在《奏启》特别提到：

> 后汉群贤，嘉言罔伏。杨秉耿介于灾异，陈蕃愤懑于尺一，骨

---

① 王运熙、周锋：《文心雕龙译注》，第 115 页。
② 王运熙、周锋：《文心雕龙译注》，第 89 页。
③ 王运熙、周锋：《文心雕龙译注》，第 115 页。
④ 王运熙、周锋：《文心雕龙译注》，第 117 页。

鲠得焉。①

　　杨秉就是上面提到的与鸿都门学士展开斗争的杨赐的父亲，他"世笃儒教"②，在桓帝时曾上疏直谏，不纳，而以病乞退。陈蕃可谓"党人"领袖，在桓帝朝曾上疏谏桓帝"封赏逾制"，灵帝即位初，与大将军窦武谋划铲除宦官，事败而死。刘勰称赞二人是"骨鲠得焉"，敬佩他们耿直刚毅的精神。杨赐去世后，蔡邕先后为他撰写四篇碑文，其中有"攘灾兴化，蜂贼不臻"等语，其中应包括杨赐和蔡邕等谏阻鸿都门学事，刘勰称赞说："观《杨赐》之碑，骨鲠训典。"③熹平六年（177），侍中祭酒乐松、贾护等多引无行趣执之徒，待制鸿都门下，喜陈方俗闾里小事，灵帝很高兴，授之高位。时有雷霆、疾风、地震、冰雹、蝗虫等灾害，蔡邕奏上封事，条陈宜所施行七事，《后汉书》本传全载其文，其中第五事即上节所引"夫书画辞赋，才之小者，匡国理政，未有其能，……但守奉禄，于义已弘；不可复使理人及仕州郡"云云，直接讽谏皇帝不应该给待制鸿都门下的无行之辈授予高官。刘勰在《文心雕龙·奏启》中特别品评了蔡邕这篇著名的奏章，说："蔡邕铨列于朝仪，博雅明焉。"④可见，在杨赐、蔡邕等儒学士人与宦官、鸿都门学士的斗争中，刘勰是态度鲜明地站在儒学士人一边的，激赏他们忠亮耿直的人格精神；而"便辟之性、佞辩之心"的鸿都门学士，倾侧奸回，刘勰直斥为"浅陋"，认为他们属于"险士"之流。

　　第四，刘勰论文尚雅忌俗，而鸿都门学士所擅长者，仅为尺牍、辞赋、书画、小说，喜陈方俗闾里小事。刘勰对于这些"方俗闾里小事""造作赋说""连偶俗语，有类俳优"，即世俗化、庸俗化的文学，是持轻蔑不屑态度的。受"宗经"思想的影响，刘勰对民间通俗文学的态度较为保守。《乐府》

---

① 王运熙、周锋：《文心雕龙译注》，第113页。
② 蔡邕：《太尉杨秉碑》，邓安生：《蔡邕集编年校注》，河北教育出版社2002年版，第97页。
③ 王运熙、周锋：《文心雕龙译注》，第52页。
④ 王运熙、周锋：《文心雕龙译注》，第113页。

说："若夫艳歌婉娈，怨诗诀绝，淫辞在曲，正响焉生！"[①]汉乐府民歌多歌咏男女恋情，魏晋以后诗人常有拟作，但刘勰将它们贬斥为"淫辞"，表现出对民歌的轻视态度。他感慨世人趋俗，大都喜好新奇，听雅乐则昏昏欲睡，听俗曲便欢呼雀跃，因此"诗声俱郑"。王运熙先生说："刘勰鄙视汉乐府民歌和鸿都门文人，是有着共同思想基础的。"[②]《谐隐》对东方朔、枚皋的谐辞也多予贬斥，并说："至魏文因俳说以著笑书，薛综凭宴会而发嘲调，虽抃笑帷席，而无益时用矣。"[③]其实魏文帝曹丕著笑书，就是在鸿都门学士开创的风气的影响下而出现的，但刘勰认为这些都没有实在的用处，不值得重视。他所看重的，"大者兴治济身，其次弼违晓惑"，不能"但谬辞诋戏，无益规补"。[④]而鸿都门学士那些逢迎宦官、巴结皇帝的"连偶俗语，有类俳优"，当然没有什么讽诫内容，自然就得不到他的尊重。

综合来看，刘勰对鸿都门学的抨击，已经不是政治立场的是非问题，而是基于儒家文学观念，基于他对文人与文学的理论认知所做出的考量。通过对刘勰态度的分析，可以更清楚地了解他的文论观念。

第三节　鸿都门学的文学影响与再评价

刘勰评论鸿都门学，轻蔑地说："其余风遗文，盖蔑如也。"[⑤]"鸿都之赋"一篇都没有流传下来，"遗文""蔑如"，是可以理解的。但是，是否"余风"也"蔑如"呢？显然并非如此简单。鸿都门学在汉魏间实际上是产生了影响

---

① 王运熙、周锋：《文心雕龙译注》，第 29 页。

② 王运熙：《从〈乐府〉〈谐隐〉看刘勰对民间文学和通俗文学的态度》，《王运熙文集 3：文心雕龙探索》，上海古籍出版社 2012 年版，第 65 页。

③ 王运熙、周锋：《文心雕龙译注》，第 64 页。

④ 王运熙、周锋：《文心雕龙译注》，第 66 页。

⑤ 王运熙、周锋：《文心雕龙译注》，第 215 页。

的，它在汉代重经学的文化背景中营造了"阉宦尚文辞"①的新传统，特别是经过曹操的张扬，实现了汉魏文化的转变。在当时的政治背景下，鸿都门学没有任何积极意义，但是它将最高统治者的注意力由经术转向文艺，促进了辞赋、小说、书、画等文艺的发展。其关捩所在，即曹氏父子。

灵帝光和元年（178），朝廷置鸿都门学，妖异数见，灵帝派中常侍曹节、王甫向蔡邕、杨赐等人问消弭灾异的办法，杨赐、阳球等人罢鸿都门学的奏议就是在这个背景下写成的。蔡邕在奏议中直陈："尚方工技之作，鸿都篇赋之文，可且消息，以示惟忧。"《后汉书·蔡邕传》记载，蔡邕条陈章奏后，"帝览而叹息，因起更衣，曹节于后窃视之，悉宣语左右，事遂漏露。其为邕所裁黜者，皆侧目思报"②。《后汉书·阳球传》载，阳球上疏奏罢鸿都门学，"书奏，不省。时中常侍王甫、曹节等，奸虐弄权，扇动外内。球尝拊髀发愤曰：'若阳球作司隶，此曹子安得容乎！'"③可见，就是曹节、王甫等人从中作梗，阻挠蔡邕、阳球等罢黜鸿都门学的建议，鸿都门学士在朝廷中就是得到曹节、王甫等人的引荐支持而发达起来的。而斗争的结果是蔡邕坐直对抵罪，杨赐以帝师仅得幸免。光和元年（178），曹操二十四五岁，任议郎。对于朝廷的这场斗争，曹操是不可能不知晓的。上文提到的曹节是曹操的曾祖父，曹操的祖父曹腾是桓帝朝的宦官，其父曹嵩"灵帝时货赂中官，及输西园钱一亿万，故位至太尉"④，就是一个便嬖子弟，行径颇似鸿都门学士。曹操"唯才是举"的人才观，其实是承续灵帝以来的社会价值观的新变。儒学士人与鸿都门学士之间的冲突，从社会价值观来看，实在是"德"与"才"的矛盾。儒学士人重视的是"世德"，高门守礼之家秉承的德性；而鸿都门学士展露的是才艺，他们通过才艺获得上层的赏识并被授予官职。曹操的求贤令曰：

---

① 陈寅恪：《书〈世说新语·文学类〉钟会撰四本论始毕条后》，《金明馆丛稿初编》，上海古籍出版社 1980 年版，第 48 页。

② 范晔：《后汉书》，第 2000 页。

③ 范晔：《后汉书》，第 2499 页。

④ 范晔：《后汉书·曹腾传》，第 2519 页。

"今天下得无有被褐怀玉而钓于渭滨者乎? 又得无盗嫂受金而未遇无知者乎? 二三子其佐我明扬仄陋,唯才是举,吾得而用之。"① 显然是重才艺而轻德性,这正是自置鸿都门学之后的新的社会价值观。曹操欣赏鸿都门学士出身的梁鹄②,曹植与博学有才章、擅长书法的邯郸淳品校文艺、纵论古今,曹操、曹丕礼遇"建安七子",无不表现出对文艺的偏好、对文人的重视。对此,今人已多有阐述,不须赘论。李谔《上隋文帝书》云:"魏之三祖,更尚文辞,忽君人之大道,好雕虫之小艺。下之从上,有同影响,竞骋浮华,遂成风俗。"③ 虽然是从反面立论,但揭示了"魏之三祖,更尚文辞"的事实,这就是汉末灵帝时期社会风气的延续。所以刘季高先生说:"把擅长辞赋、诗歌、尺牍、书法的文人一律加以网罗,是他(曹操)争取中小地主阶层的方法之一。这样就在事实上继承了鸿都门学的政策,并扩大了他的影响。……鸿都门学促进了文艺方面新事物的成长。"④

鸿都门学给予曹魏文学的影响,刘勰显然没有意识到。刘勰论文学史,关注的是"风动于上,而波震于下",即上层文治措施对文风的影响,至于曹魏文治措施的渊源,他并未谈及,而是直接谈"自献帝播迁,文学蓬转,建安之末,区宇方辑"⑤,认为曹操父子爱好并擅长诗章辞赋,把流离迁徙的文人笼于翼下,在那样风衰俗怨的时代,造就了建安文学的兴盛。至于为什么曹操爱好并提倡的是诗章辞赋,而不是经术,原因当然是多方面的。但鸿都门学造成的社会风气的转变,未尝不是众多原因之一,怎能说"余风""蔑如"呢?

后世人们谈论鸿都门学,一般采取与杨赐、蔡邕、范晔、刘勰相近的态

---

① 严可均:《全上古三代秦汉三国六朝文》,第 1063 页。
② 卫恒《四体书势序》:"曹公取荆州,募求梁鹄,使在秘书,以勒书自效,常悬著帐中,及以钉壁玩之。魏宫殿题署,皆鹄所书。"
③ 黄霖、蒋凡:《中国历代文论选新编·先秦至唐五代卷》,第 259 页。
④ 刘季高:《鸿都门学在中国文艺发展过程中的作用》,《刘季高文存》,上海古籍出版社 2009 年版,第 229—230 页。
⑤ 王运熙、周锋:《文心雕龙译注》,第 216 页。

度，有的加以引申。引申的一个方向是讨论"经术"与"文章"孰轻孰重的问题。如北宋司马光《上哲宗乞置经明行修科》曰："熹平中，诏引诸生能文赋者，待制鸿都门下。蔡邕力争，以为辞赋小才，无益于治，不如经术。自魏晋以降，始贵文章，而贱经术，以词人为英俊，以儒生为鄙朴。下至隋唐，虽设明经、进士两科，进士日隆，而明经日替矣。"他指出汉代重经术，然自灵帝熹平年间置鸿都门学以后，以文章为贵而贱视经术；隋唐的科举考试，虽设明经、进士两科，但是以试诗赋为主的进士尤为受人重视，选拔人才也最多，而经术日益衰落。司马光通过这样的对比梳理，旨在请求哲宗皇帝设置经明行修科，加强经术在科举中的分量。引申的另一个方向是认为，帝王喜好文艺是玩物丧志，容易被品行不端、趋炎附势的小人利用，导致国破家亡。清人孙宝瑄在光绪二十九年（1903）正月十六的日记中将汉灵帝与同样喜好文艺的宋徽宗并论，说："灵、徽皆亡国之君，而所好者如此，盖不知治天下之本，而专于艺术，亦与好声色狗马无以异也。"[①]这些都旨在总结历史教训，而对灵帝置鸿都门学所持的批判态度，是没有改变的。

新中国成立后，刘季高先生在1962年4月4日的《文汇报》上发表了《鸿都门学在中国文艺发展过程中的作用》，以阶级论观点为鸿都门学翻案，认为鸿都门学提高了文人和文学作品的社会地位，促进了文艺方面新事物的成长，在中国文艺发展过程中具有重要的积极作用。这篇翻案文章的一个内在逻辑是"凡是敌人反对的，我们就要拥护；凡是敌人拥护的，我们就要反对"。代表贵族大地主利益的封建文人反对的鸿都门学，必然是有历史进步意义的，值得我们拥护。它影响了最近数十年来国内学界对鸿都门学的历史认知，人们把鸿都门学视为我国古代的第一所文艺专科学校，认为它是文学自觉的前奏，促进了汉魏文艺的繁荣，在文学思想发展过程中具有重要的转折性意义。

至最近十余年来，学界对这个问题有了新的反思。赵国华先生提出："对

---

① 孙宝瑄：《忘山庐日记》，《续修四库全书》史部第 580 册，第 503—504 页。

于鸿都门学的认识，显然不能单纯地理解为教育问题，也不是一个思想或文学艺术问题，而主要是一个政治问题，具体一点说是选举问题。……鸿都门学对正常的选举制度的破坏，以及对朝廷政治的恶劣影响，是东汉王朝走向崩溃的一个重要原因。"①张新科先生认为："汉灵帝时期设立的鸿都门学，是为了平衡政治势力而组建的颇有特殊性的政治集团，并非文学集团；从文学地位、文学观念、文学创作及其影响来看，鸿都门学不能代表那个时代的文学风气，更不是魏晋文学自觉的前奏。"②曾维华先生也指出："鸿都门学主要是灵帝出于个人对文艺的偏好和为政的随意性的产物，也是灵帝诸多荒谬行为中的一例。"③这些都是有益的反思，可以引发我们进一步的探讨。

笔者认为应该把历史上的政治事件本身的性质与它产生的间接影响分开来认识。设置鸿都门学，是昏聩荒唐的汉灵帝的一桩荒唐事，凭着个人偏好，提拔一帮品行卑污、不学无术之辈。他们与朝廷宦官勾结，形成压制儒学士大夫、排斥异己的力量，阻碍朝政，最终导致东汉王朝的崩溃。其本身的性质是负面、消极、否定性的。但是，灵帝爱好文艺、设置鸿都门学，造成社会价值观念从"经术"向"文章"的转移，从"德性"向"才艺"的转变，客观上对曹魏时期文学的发展起了一定作用，至少是促使文艺发展的众多因素之一。所以，谈论汉魏文学和文论，鸿都门学是一个绕不开的话题，像刘勰所谓"其余风遗文，盖蔑如也"那样一笔带过，还是有失允当的。

（原载《上海师范大学学报（哲学社会科学版）》2015 年第 2 期）

---

① 赵国华：《汉鸿都门学考辨》，《华中师范大学学报（人文社会科学版）》2000 年第 3 期。

② 张新科：《文学视角中的"鸿都门学"——兼论汉末文风的转变》，《陕西师范大学学报（哲学社会科学版）》2005 年第 34 卷第 1 期。

③ 曾维华、孙刚华：《东汉"鸿都门学"设置原由探析》，《东岳论丛》2010 年第 31 卷第 1 期。

| 第八章 |

刘勰"扬丕抑植"论探微

　　曹丕与曹植的兄弟恩怨、才性高下，为世人所津津乐道，是政治史和文学史上一个备受争议的话题。总体上看，扬植抑丕者多，褒丕贬植者少。刘勰《文心雕龙》对曹氏兄弟多有评论，特别是《才略》尤为详细。刘勰说："魏文之才，洋洋清绮，旧谈抑之，谓去植千里。然子建思捷而才俊，诗丽而表逸，子桓虑详而力缓，故不竟于先鸣；而乐府清越，《典论》辩要，迭用短长，亦无懵焉。但俗情抑扬，雷同一响，遂令文帝以位尊减才，思王以势窘益价，未为笃论也。"《才略》以一千四百二十三字简要品评了九十八位文人的文才识略，竟花费九十个字来辨析曹氏兄弟，而且采用的是辩驳口气，可谓具深心、有用意。

　　刘勰论文学，"同之与异，不屑古今"[①]，富有独立不倚的精神，因此不满于"雷同一响"。他所持的是大文学观，把《典论》之类子书也纳入论说范围，不同于他人仅仅就诗赋衡量曹丕、曹植的高下。但这还不足以彻底解释为什么刘勰如此严正地批驳"旧谈""俗情"，而对曹氏兄弟做出新的评判。对刘勰的深心用意，还需要做一番剖白。

---

① 王运熙、周锋：《文心雕龙译注·序志》，第 249 页。

第一节　曹氏兄弟恩怨"旧谈"的建构

刘勰所谓"俗情抑扬，雷同一响"，是指此前长期存在的扬植抑丕论，而这种抑扬是建立在关于曹丕、曹植为立嗣产生恩怨的"旧谈"上的。历史上是否真的发生过曹丕和曹植为立嗣而进行的争斗？这且不论，从文献记述上看，在刘勰之前，曹氏兄弟的恩怨是"箭垛式"地被建构出来的。

早在三国鼎立时期，魏、吴之间爆发了激烈的舆论战，相互诬蔑，"污名化"对方的国君。像《三国志·吴书·孙皓传》载孙皓以烧锯锯断陈声头等，应该是敌方过甚其辞的诬蔑，很难说是历史真实。《曹瞒传》出自吴人之手，此书虽佚，但书名就是对曹操的诬蔑，残存的片段多是就曹操的身世和人品编排一些猥琐的故事，奠定了曹操在后世"奸诈"形象的基础。

较早记载曹操立嗣问题的史书，是魏末晋初鱼豢的《魏略》。此书今虽不存，但裴松之注《三国志》多有摘引。试看《魏略》这几则：

> 太祖不时立太子，太子自疑。是时有高元吕者，善相人。乃呼问之，对曰："其贵乃不可言。"问寿几何，元吕曰："其寿，至四十当有小苦，过是无忧也。"后无几而立为王太子。至年四十而薨。[1]

> （曹）彰至，谓临淄侯植曰："先王召我者，欲立汝也。"植曰："不可。不见袁氏兄弟乎！"[2]

> 太子嗣立，既葬，遣彰之国。始彰自以先王见任有功，冀因此遂见授用，而闻当随例，意甚不悦，不待遣而去。[3]

> 初植未到关，自念有过，宜当谢帝。乃留其从官著关东，单将两三人微行，入见清河长公主，欲因主谢。而关吏以闻，帝使人逆之，不得见。太后以为自杀也，对帝泣。会植科头负鈇锧，徒跣诣

---

① 陈寿撰，裴松之注：《三国志·魏书·文帝纪》注引，第 57 页。
② 陈寿撰，裴松之注：《三国志·魏书·任城威王彰传》注引，第 557 页。
③ 陈寿撰，裴松之注：《三国志·魏书·任城威王彰传》注引，第 557 页。

阙下，帝及太后乃喜。及见之，帝犹严颜色，不与语，又不使冠履。植伏地泣涕，太后为不乐。诏乃听复王服。①

从这几则传记可以看出，曹操的确在立太子问题上犹豫不决；曹丕也一度为此紧张和不安；曹彰性格急躁，义愤于颜；曹植没有争夺立嗣的意图，为此前的任性而悔过不安，文帝待之严苛。但鱼豢《魏略》没有涉及曹丕与曹植为立嗣直接争斗的情形。

鱼豢撰《魏略》，动笔于魏末，成书于晋初。②他是站在司马氏的立场上来写曹魏历史的，如他详细地记述太祖如何纳何晏母，收养何晏，晏"性自喜动静，粉白不去手，行步顾影"③等等，明人陈绛就说："此《魏略》用司马家诬说耳，岂信史乎！"④意谓这是鱼豢站在司马集团的立场上对曹魏君主的诬陷。

比鱼豢《魏略》稍晚，陈寿在西晋灭吴的二百八十年后纠合魏、吴、蜀三书成《三国志》，其中也屡屡提及曹操为立太子事踌躇。如：

> （曹）植既以才见异，而丁仪、丁廙、杨修等为之羽翼。太祖狐疑，几为太子者数矣。而植任性而行，不自雕励，饮酒不节。文帝御之以术，矫情自饰，宫人左右并为之说，故遂定为嗣。⑤
>
> 时未立太子，临淄侯植有才而爱。太祖狐疑，以函令密访于外。⑥

---

① 陈寿撰，裴松之注：《三国志·魏书·陈思王植传》注引，第 564 页。
② 罗秉英：《〈魏略〉的上限和下限——兼说〈魏略〉成书年代》，《古籍整理研究》1989 年第 1 期。
③ 陈寿撰，裴松之注：《三国志·魏书·曹爽传》，第 292 页。
④ 陈绛：《金罍子》中编卷五，明万历三十四年（1606）刻本，第 10 页 a。
⑤ 陈寿撰，裴松之注：《三国志·魏书·陈思王植传》，第 557 页。
⑥ 陈寿撰，裴松之注：《三国志·魏书·崔琰传》，第 368 页。

时太子未定，而临淄侯植有宠。①

是时，文帝为五官将，而临淄侯植才名方盛，各有党与，有夺宗之议。文帝使人问诩自固之术。②

陈寿的这些记述，强调曹植有才，受到曹操的宠爱，差点儿被立为太子，曹植和曹丕两边都各有党羽。曹植任性妄动，而曹丕矫情自饰，善于谋划，结果被立为太子。陈寿还记述了曹植的怨望之情，特别是在《文帝纪》末评曰："若加之旷大之度，励以公平之诚，迈志存道，克广德心，则古之贤主，何远之有哉！"既称赞曹丕近乎古之贤主，又遗憾他气度褊狭，待诸弟无诚爱之德。

陈寿和鱼豢的记述，恐怕不是空穴来风。乱世里，在立嗣的问题上立长还是立才，往往是诸侯们格外费神的事。传统的礼制是立长，但乱世更需要有才干的君主来创立基业。当时袁绍、刘表、孙权都在立嗣的问题上犹豫过，曹操在曹丕、曹植之间举棋不定，也是情理之中的事。另外，鱼豢《魏略》定稿于晋初，陈寿撰成《三国志》在晋初太康年间。西晋初年的司马皇室遇到了与曹魏当年一样的问题。司马昭早在掌握曹魏实权的魏末，就为立司马炎还是司马攸为世子的事费尽脑汁。司马炎代魏建晋即位后，对弟弟齐王司马攸处处防范，即使知道太子"不慧"，也不忍心废掉。结果齐王司马攸被排挤出朝，在外发病而死。晋初司马氏在立嗣问题上的犹疑，是陈寿和鱼豢记述三国历史时关注立嗣之争的现实语境，甚至可以说，他们记述三国时曹操诸侯等在立嗣上的教训，暗含着警示晋文帝或晋武帝以及朝臣殷鉴不远的用意。鱼豢曾说："假令太祖防遏植等在于畴昔，此贤之心，何缘有窥望乎？"③这话与其说是在责怪曹操，不如说是讲给晋文帝司马昭听的。《三国志》的一

① 陈寿撰，裴松之注：《三国志·魏书·毛玠传》，第 375 页。
② 陈寿撰，裴松之注：《三国志·魏书·贾诩传》，第 331 页。
③ 陈寿撰，裴松之注：《三国志·魏书·任城陈萧王传》，第 577 页。

些记载，裴松之就曾说是"存录以为鉴戒"①。我们甚至可以大胆地类比，晋武帝司马炎、齐王司马攸、晋惠帝司马衷之间的关系，不就是曹丕、曹植和魏明帝之间关系的翻版吗？如果说司马代魏是曹魏代汉的重演的话，未尝不可说司马皇室的立嗣问题是曹氏宗室立嗣问题的重演。

但陈寿只点出了曹植的任性和文帝的机谋，兄弟之间存在"携隙"，并没有记述曹植和曹丕之间发生的冲突。随着晋武帝去世，晋惠帝继位，晋皇室的矛盾从争夺立嗣转为宗室向皇权发难。参加"八王之乱"的，除晋惠帝的叔伯外，还有亲弟楚王司马玮、长沙王司马乂和从弟齐王司马冏，兄弟之争成为皇室内的严重问题。相应地，对曹魏历史的叙事，重心也就从曹操立嗣的犹豫转向了曹丕、曹植兄弟之间的斗争。陈寿只说曹丕"御之有术"，而从西晋郭颁开始，就敷衍出了各种机诈谋略。郭颁《魏晋世语》载：

> 魏王尝出征，世子及临淄侯植并送路侧。植称述功德，发言有章，左右属目，王亦悦焉。世子怅然自失，吴质耳曰："王当行，流涕可也。"及辞，世子泣而拜，王及左右咸歔欷，于是皆以植辞多华，而诚心不及也。②

这就正面描写了曹丕与曹植之间的钩心斗角。裴松之批评郭颁《魏晋世语》"蹇乏全无宫商，最为鄙劣，以时有异事，故颇行于世"，或许就是指这类记载。东晋孙盛《魏氏春秋》载：

> 植将行，太子饮焉，逼而醉之。王召植，植不能受王命，故王怒也。③

---

① 陈寿撰，裴松之注：《三国志·吴书·张顾诸葛步传》，第 1235 页。
② 陈寿撰，裴松之注：《三国志》，第 609 页。
③ 陈寿撰，裴松之注：《三国志·魏书·陈思王植传》注引，第 561 页。

"王"指魏王曹操。这里就把曹操对曹植的疏远归咎于曹丕的故意陷害。到了宋初刘义庆撰《世说新语》，进一步衍生为曹丕有意要置弟曹植于死地。《尤悔》第一则：

> 魏文帝忌弟任城王骁壮。因在卞太后阁共围棋，并啖枣，文帝以毒置诸枣蒂中，自选可食者而进。王弗悟，遂杂进之。既中毒，太后索水救之。帝预敕左右毁瓶罐，太后徒跣趋井，无以汲。须臾，遂卒。复欲害东阿，太后曰："汝已杀我任城，不得复杀我东阿。"

叙述曹丕用药枣毒杀了任城王曹彰，又想毒杀曹植事。最著名的"七步诗"故事，就首载于《世说新语·文学》，故事一方面表彰了曹植才思敏捷，另一方面揭露了曹丕对兄弟的狠毒。《世说新语》对曹操、曹丕竭尽揶揄讽刺之能事。《贤媛》第四则载：

> 魏武帝崩，文帝悉取武帝宫人自侍。及帝病困，卞后出看疾。太后入户，见直侍并是昔日所爱幸者。太后问："何时来邪？"云："正伏魄时过。"因不复前而叹曰："狗鼠不食汝余，死故应尔！"至山陵，亦竟不临。

这是《世说新语》最为辛辣的一则，以其母亲的口吻把曹丕的人品贬至猪狗不如。《惑溺》第一则载曹丕破袁绍邺城得甄后事：

> 魏甄后惠而有色，先为袁熙妻，甚获宠。曹公之屠邺也，令疾召甄，左右白："五官中郎已将去。"公曰："今年破贼，正为奴。"

这个故事，《魏略》和《世说新语》都有记载，但《魏略》只是描写曹丕如何欣赏甄氏的美貌而纳之;《世说新语·惑溺》竟然将之转化为曹操、曹丕父子之间争抢甄氏。可能因为这种改编过于不伦,后来再衍化为"魏东阿王,汉末求甄逸女,既不遂。太祖回与五官中郎将。植殊不平,昼思夜想,废寝与食"①云云,变成曹植、曹丕与甄后之间的三角恋爱,并以《洛神赋》相比附。

《世说新语》关于曹魏皇室的记载,多是"小说家言",有的是根据前代史书的记载而大加发挥,更多的则完全缺乏历史根据。那么刘义庆组织文士编撰《世说新语》为什么要如此诬蔑和作践曹操、曹丕父子呢?这可从两方面解释。一方面,南朝宋武帝刘裕自称是西汉楚元王刘交之后,自然对窃取刘汉江山的曹魏没有好感。另一方面,更重要的是,刘裕建立宋政权后,苛刻地对待刘宋宗室,严加防范;特别是宋文帝刘义隆的猜忌,使诸王和大臣都怀有戒心,惴惴不能自保。②刘义庆撰《世说新语》,借叙写曹丕对兄弟的猜忌和恶毒来隐射他对宋文帝的不满。

从《魏略》到《世说新语》,我们可以清晰地梳理出曹丕、曹植兄弟的恩怨是如何被建构起来的。曹操在立嗣问题上犹豫不决,曹丕为捍卫世子之位而花费心思,应该是史实;至于毒枣事件、七步诗,乃至曹植与甄妃的不伦之恋等"旧谈",不过是小说家言,是后世文士从当时现实处境出发对历史事件的某一方面的强化和夸张。时代越久,细节越生动,离历史真相就越远。这正如刘勰《文心雕龙·史传》所言,"传闻而欲伟其事,录远而欲详其迹,于是弃同即异,穿凿傍说,旧史所无,我书则传,此讹滥之本源,而述远之巨蠹也"。在同一篇里,刘勰就批评鱼豢《魏略》、孙盛《魏氏春秋》等杂史"或激抗难征,或疏阔寡要",鱼豢、孙盛、刘义庆等对曹丕、曹植等的记载,大约可当此批评。

在对曹丕、曹植冲突的建构中,人们的褒贬愈益分明,往往是出于同情弱者的心理,为有才不获驰骋的文士鸣不平,曹丕的文才遭到贬抑,曹植的

---

① 萧统编,李善注:《文选·洛神赋》,第 895 页。
② 周一良:《〈世说新语〉和作者刘义庆身世的考察》,《魏晋南北朝史十二讲》,中华书局 2010 年版。

任性和才气得到夸张和提升，所谓"八斗才""七步之才""才若东阿"在南北朝时成为文才颖异的代名词。这都应了刘勰所谓"文帝以位尊减才，思王以势窘益价"。

第二节　萧齐宗室争斗是刘勰论曹丕曹植的现实考量

曹丕曹植优劣论，体现出人们同情弱者这一普遍的"俗情"，这是由来已久的"旧谈"。刘勰为什么要花费笔墨来对此加以辩驳呢？理由除了刘勰"同之与异，不屑古今"的独立的文学批评精神，还有他的现实考量。这需要联系宋齐，特别是齐代的宗室争斗情况来加以推测。

刘宋、萧齐都是素族豪强凭借其武功而取得政权的。刘宋宗室成员多不读书，粗野鄙陋，如《宋书·刘道怜传》谓其"素无才能，言音甚楚，举止施为，多诸鄙拙"①，出身低微，生性鄙拙，而贪婪无度，动生衅端，觊觎皇位，多不臣之心。因此，宋齐帝王对宗室藩邸管教尤为严格，齐武帝时，"诸王不得读异书，五经之外，唯得看《孝子图》而已"②，不得习学弓箭骑马，并设有典签给予严密监视。宋齐之典签，近乎曹魏时期曹植、曹彰等人身边的监国使者。即便如此，也不能消泯宗室的猜忌之心。兄弟相争、叔侄相斗、宗王叛乱、骨肉相残的闹剧，在刘宋和萧齐的皇室一再上演，特别是刘宋孝武帝时期的大肆杀戮和萧齐明帝对武帝子孙的屠灭，最终导致了两个朝代的衰落，可以说刘宋和萧齐不是败给对手，而是因宗王内斗，自取灭亡。清人汪中《补宋书宗室世系表序》统计，刘宋 60 年中，皇族 129 人，被杀者 121 人，其中骨肉自相屠害者 80 人。罗振玉《补宋书宗室世系表》更详细地统计过，皇族 158 人，其令终者 3 人，子杀父者 1 人，臣杀君者 4 人，骨肉相残杀者 103 人，被杀于他人者 6 人，夭折者 36 人，无子国除及出奔者 3 人，

---

① 沈约：《宋书》，中华书局 1974 年版，第 1462 页。
② 李延寿：《南史》，中华书局 1975 年版，第 1088 页。

其令终与否不可知者 2 人。① 刘盼遂统计，萧齐 7 世 24 年，其本支人物之可考见者，约得 100 人，而被诛夷者 57 人。② 从整个中国历史来说，刘宋和萧齐是皇室骨肉相残最为残酷的朝代，其国祚之不长，原因也正在此。刘勰约生于刘宋前废帝永光元年（465），《文心雕龙》约作于萧齐和帝中兴元年（501）。这 30 余年时光，刘勰耳闻目睹了宋明帝刘彧疯狂屠戮宗室以致萧齐代宋、齐武帝与萧嶷的斗争、齐明帝对武帝子侄的屠杀。现实中的皇室政治斗争不可能不影响到他对历史上的宗王问题的关注和认识。

萧道成趁刘宋皇室无人而夺取其江山建立南齐朝，因此在临终时告诫武帝："宋氏若骨肉不相图，它族岂得乘其弊？汝深戒之。"③ 但是他自己埋下了宗室相斗的隐患。建元年间"世祖（武帝萧赜）以事失旨，太祖（高帝萧道成）颇有代嫡之意"④。"豫章王（萧）嶷素有宠，政以武帝长嫡，又南郡王兄弟并列，故武帝为太子，至是有改易之意。"⑤ 高帝萧道成既立了萧赜为太子，又宠爱次子豫章王萧嶷，有改易之意，这不完全是在重复魏王曹操当年的错误吗？结果导致武帝萧赜与豫章王萧嶷兄弟之间为皇位继承权明争暗斗。⑥ 武帝对几个弟弟时刻防范，不加亲宠。萧嶷"自以地位隆重，深怀退素"⑦。萧晃少有武力，太祖萧道成常曰："此我家任城也。"⑧ 就把他比作曹操之子曹彰，但得不到武帝的亲宠。萧晔有非常之相，"执心疏婞，偏不知悔"⑨，武帝对他颇有忌讳，故无宠爱，未予重任。萧晔曾抱怨说："陛下爱其羽毛，而疏其骨肉。"⑩ 武帝不悦。武帝对萧晃、萧晔诸弟都未加重用，"当时论者，以武帝优

① 罗振玉：《补宋书宗室世系表》，《亚洲学术杂志》1921 年第 2 期。

② 刘盼遂：《补齐书宗室世系表》，《学文》1931 年第 1 卷第 3 期。

③ 李延寿：《南史》，第 1080 页。

④ 萧子显：《南齐书》，第 409 页。

⑤ 李延寿：《南史》，第 1170 页。

⑥ 可参汪奎：《萧赜、萧嶷之争与萧齐政局》，《许昌学院学报》2016 年第 6 期。

⑦ 萧子显：《南齐书》，第 414 页。

⑧ 萧子显：《南齐书》，第 624 页。

⑨ 李延寿：《南史》，第 1082 页。

⑩ 李延寿：《南史》，第 1081 页。

于魏文，减于汉明"①。指齐武帝萧赜对待诸弟既不像曹丕对待曹植、曹彰那样刻薄，也不如汉明帝那样爱护多次造反的弟弟刘荆。萧子显在《南齐书·齐高帝诸子传》后"论曰"中特别引了曹植《表》所谓"权之所存，虽疏必重；势之所去，虽亲必轻"的感慨，并肯定说："曹植之言，远有致矣！"②可见当时人在议论皇室时就已拿汉魏做比较，那么说刘勰评论曹魏宗室时含有对现实政治的考量，也是合乎情理的推断。

齐武帝对兄弟寡恩，已导致宗王离心离德。特别是临死时，走了一步败棋，直接引起萧齐皇室大乱。当时文惠太子早薨，武帝临崩时，众论物议，以为当立次子萧子良。宁朔将军王融就想到要矫诏拥立萧子良即位。从当时的政治格局上说，要想镇住诸宗王和名士大姓，的确需要一个年长成熟的继位者。正如当时袁彖所说："齐氏微弱，已数年矣，爪牙柱石之臣都尽，命之所余，政风流名士耳。若不立长君，无以镇安四海。王融虽为身计，实安社稷，恨其不能断事，以至于此。"③结果没想到武帝遗诏将皇位传给了刚及弱冠的皇太孙郁林王萧昭业，让萧子良辅政。而萧子良素来仁厚，不乐时务，又将辅政实权让给了武帝的从弟萧鸾，于是大权旁落。萧鸾贪狠残暴，连续废掉郁林王萧昭业、海陵王萧昭文，自己称帝，即齐明帝。他登基后，于建武初（494、495）大肆杀戮高帝、武帝的子孙。"自建武以来，高、武王侯，居常震怖，朝不保夕"④，皇室成员人人惶惶不可终日。而"明帝取天下，已非次第，天下人至今不服"⑤，导致宗王叛乱此起彼伏。至明帝临崩的永泰元年（498），他又担心"我及司徒诸儿子皆不长，高、武子孙日长大"，再次大开杀戒，将高帝、武帝和文惠太子的子孙杀戮殆尽，萧齐的根本也就动摇了。明帝驾崩时，年长的儿子萧宝卷、萧宝融才十余岁。于是，宗室之争再次兴

---

① 李延寿：《南史》，第 1080 页。
② 萧子显：《南齐书》，第 1093 页。
③ 李延寿：《南史》，第 1105 页。
④ 李延寿：《南史》，第 1105 页。
⑤ 萧子显：《南齐书》，第 749 页。

起。东昏侯萧宝卷在位时，三弟萧宝玄"恨望有异计"，参与崔慧景的叛乱，兵败被杀，萧齐皇室已虚弱混乱至极。结果梁武帝乘虚而入，取代了萧齐。宗王之争像解不开的符咒一样，萧齐犯了与刘宋一样的错误，落得与刘宋一样的下场。

萧齐政权的短命收场，就归因于宗室的内乱。朝廷是权力斗争场，人人觊觎权杖，都想称帝，必然导致兄弟叔侄之间骨肉疏离，甚至自相残杀。从个人立场看，世道艰难，政治险恶，逞才使气容易招致祸端。如齐武帝五弟萧晔，擅长诗文，执心疏婞，偏不知悔。武帝临崩，大行在殡时，竟然于众中言曰："若立长，则应在我；立嫡，则应立太孙。"①结果于隆昌元年（494）不明不白地死去，年仅二十八岁。齐武帝第八子萧子隆，性和美，有文才，娶尚书令王俭女为妃。武帝以子隆能属文，谓俭曰："我家东阿也。"就把萧子隆比作东阿王曹植。"明帝辅政，谋害诸王，武帝诸子中子隆最以才貌见惮，故与鄱阳王锵同夜先见杀。"②史书载齐高帝凡十九子，唯有萧轩"以才弱年幼"得全，但明帝临死之时还是把他毒死了，以防后患。萧齐宗室与刘宋宗室相比，更饱学擅文，有才华，但以才貌招致祸端的惨案比比皆是。武帝之弟萧锵"性谦慎，好文章"，曾与萧子隆计划废掉明帝萧鸾，结果被萧鸾杀害。另一弟萧锋善书法，能文章，时鼎业潜移，萧锋独慨然有匡复之意，也遭明帝毒手。这些血的教训，不可能不影响刘勰，使他产生对宗室成员逞才任气的警戒。曹植与上列诸人一样，既是文士，更是宗王。像曹植那样任性而行，不自雕励，饮酒不节，便是引颈承戈，自取灭亡。

整个萧齐的皇室中，唯有萧嶷一支保存完好。萧嶷是高帝萧道成次子，辅佐父兄代宋建齐，建立功勋。兄长萧赜继位后，萧嶷"常虑盛满"③，自以地位隆重，深怀退素之心。萧嶷常警戒诸子曰："凡富贵少不骄奢，以约失之者鲜矣。汉世以来，侯王子弟，以骄恣之故，大者灭身丧族，小者削夺邑

---

① 李延寿：《南史》，第 1083 页。
② 李延寿：《南史》，第 1113 页。
③ 萧子显：《南齐书》，第 413 页。

地，可不戒哉！”①临终时，召子萧子廉、萧子恪曰：“吾无后，当共相勉励，笃睦为先。才有优劣，位有通塞，运有富贫，此自然理，无足以相陵侮。勤学行，守基业，修闺庭，尚闲素，如此足无忧患。”②萧嶷在齐皇室中的处境非常近似于曹丕登基后的曹植。而且当时人也是这么看待的。梁武帝取代萧齐后，对萧嶷的儿子萧子恪说：“曹志亲是魏武帝孙，陈思之子，事晋武能为晋室忠臣。此即卿事例。”③曹志是曹植次子，萧子恪是萧嶷次子，梁武帝不正是把萧嶷比作曹植了吗？萧嶷饱读诗书，静默退素，以文史传家，十六个儿子都全身入梁，“有文学者子恪、子质、子显、子云、子晖。子恪亦涉学，颇属文”④。其中萧子显还撰著了《南齐书》。尚文而谦退，是萧嶷一支的门风，为宗王在乱世中的行为举止树立了典范。刘勰在论曹丕、曹植时，有意地矫正过去扬植抑丕的“旧谈”，对曹植任性使气、凭文才盛满而有竞心加以贬抑，实际上就是标尚一种谦退收敛的处世态度，毕竟曹植的身份是宗王，而非一般的文人。刘义庆撰著《世说新语》采取扬植抑丕的态度，是因为他的身份也是宗王，与曹植的立场和处境近似，借扬曹植以吐气。刘勰撰《文心雕龙》，则摆脱了身份的限制，着眼于对政局的关注和担忧，在萧齐的政治格局中，抑制宗王的任性狂悖。这不论对宗王的全身远害，还是朝政的和谐稳定，都是不无意义的。正是有这一层现实的考量，刘勰才一反传统的扬植抑丕论，对曹植显有微词。

在《文心雕龙》的文体论中，刘勰“扬丕抑植”的立场是比较明显的。如《明诗》曰：“暨建安初，五言腾踊。文帝陈思，纵辔以骋节。”⑤把曹丕列在曹植之前。其实，就五言诗来说，曹丕的成绩不足以与曹植并列。钟嵘《诗品》专论五言诗，就把曹植置于上品，曹丕置于中品。《诔碑》论诔体曰：

---

① 萧子显：《南齐书》，第 1065 页。

② 李延寿：《南史》，第 1066 页。

③ 姚思廉：《梁书》，第 509 页。

④ 姚思廉：《梁书》，第 509 页。

⑤ 王运熙、周锋：《文心雕龙译注》，第 23 页。

"陈思叨名，而体实繁缓，文皇诔末，百言自陈，其乖甚矣。"①《封禅》曰：
"陈思《魏德》，假论客主，问答迂缓，且已千言，劳深绩寡，飙焰缺焉。"②
《杂文》曰："陈思《客问》，辞高而理疏。"③《论说》曰："曹植《辨道》，体
同书抄。言不持正，论如其已。"④曹植不善持论，《辨道论》比不上曹丕"辨
要"的《典论》。但曹植之上表，独冠群才，诗体四言与五言兼善，这二体
的成绩是曹丕不可比拟的。兄弟二人在文体上"迭用短长"，各有偏擅。

　　如前所论，刘勰"扬丕抑植"，不只是对历史上的曹丕、曹植的高下之
分，还体现出他对当时萧齐宗王内乱政局的关注和担忧，暗含的用意是，有
文才的宗王在乱世中应收敛个性，明哲保身，维护朝政的稳定。这里表现出
刘勰论文的淑世情怀。淑世情怀在《文心雕龙》里随处可见。如刘勰对近世
文风的批评，《程器》强调文士"达于政事"的实际才干，《史传》感叹"勋
荣之家，虽庸夫而尽饰；迍败之士，虽令德而嗤埋"的不合理，无不具有鲜
明的现实针对性。又《史传》曰："及孝惠委机，吕后摄政，班史立纪，违经
失实。何则？庖牺以来，未闻女帝者也。汉运所值，难为后法。牝鸡无晨，
武王首誓；妇无与国，齐桓著盟；宣后乱秦，吕氏危汉，岂唯政事难假，亦
名号宜慎矣。"如果联系刘勰撰《文心雕龙》的和帝时期"宣德太后临朝"的
政治格局来看⑤，他用七十余字议论"妇无与国"的事，不是无的放矢的。这
些居今论古、借古指今的地方，刘勰说得不太直白，后世研究还不够充分，
有待发覆，需要联系当时的历史做出合理的推断。

---

① 王运熙、周锋：《文心雕龙译注》，第 50 页。
② 王运熙、周锋：《文心雕龙译注》，第 164 页。
③ 王运熙、周锋：《文心雕龙译注》，第 59 页。
④ 王运熙、周锋：《文心雕龙译注》，第 86 页。
⑤ "二年春正月戊戌，宣德太后临朝，入居内殿。大司马梁王解承制，致敬如先。"萧子显：《南
　齐书·和帝本纪》，中华书局 1972 年版，第 114 页。

| 第九章 |

六朝文论文献释读举例

第一节 五言是"俳谐倡乐多用之"吗

挚虞的《文章流别论》是研究中古文学与文论的重要文献，可惜原书散佚，只能通过后人的辑补，略窥其貌。其中有一段辨析五、七言诗体的文字，很具有理论价值，今人频频引述，甚至作为立论的依据。然而今人引述的这段文字是有讹误的。以讹传讹，得出了似是而非的结论，需要重新给予校核。

今人常依据严可均的《全上古三代秦汉三国六朝文》引述挚虞《文章流别论》中这样一段文字：

（1）《书》云："诗言志，歌永言。"言其志，谓之诗。古有采诗之官，王者以知得失。（序号为笔者所加，下同）

（2）古之诗有三言、四言、五言、六言、七言、九言。古诗率以四言为体，而时有一句二句杂在四言之间，后世演之，遂以为篇。

（3）古诗之三言者，"振振鹭，鹭于飞"之属是也，汉郊庙歌多用之。五言者，"谁谓雀无角，何以穿我屋"之属是也，于俳谐倡乐多用之。六言者，"我姑酌彼金罍"之属是也，乐府亦用之。七言

者，"交交黄鸟止于桑"之属是也，于俳谐倡乐世用之。古诗之九言
者，"洞酌彼行潦挹彼注兹"之属是也。不入歌谣之章，故世希为
之。夫诗虽以情志为本，而以成声为节。

（4）然则雅音之韵，四言为正；其余虽备曲折之体，而非音之
正也。

严可均此书主要取材于明梅鼎祚的《西晋文纪》和张溥的《汉魏六朝百三家
集》。张溥《汉魏六朝百三家集》曾旁采了梅鼎祚的《西晋文纪》。现查上
引挚虞《文章流别论》的这一段文字，也赫然存在于张、梅二书中，文字相
同，可见是大家相互转抄，而其始作俑者是万历间的梅鼎祚。梅鼎祚《西晋
文纪》卷十三辑录了挚虞的《文章流别论》，并注："以上见《艺文类聚》《北
堂书钞》《太平御览》。"严可均抄录自梅书，注其原始出处为《艺文类聚》卷
五十六，但并没有核校原文。

其实，《艺文类聚》卷五十六的原文并非如此。查《宋本艺文类聚》（上
海古籍出版社 2013 年影印版）卷五十六引挚虞《文章流别论》曰：

（1）《书》云："诗言志，歌永言。"言其志，谓之诗。古有采诗
之官，王者以知得失。

（2）诗之流也，有三言、四言、五言、六言、七言、九言。古
诗率以四言为体，而时有一句二句杂在四言之间。后世演之，遂以
为篇。古诗之三言者，"振振鹭，鹭于飞"之属是也。

（3）五言者，"谁谓雀无角，何以穿我屋"之属是也。六言者，
"我姑酌彼金罍"之属是也。七言者，"交交黄鸟止于桑"之属是也。
九言者，"洞酌彼行潦挹彼注兹"之属是也。夫诗虽以情志为本，而
以成声为节。

（4）然则雅音之韵，四言为言。其余虽备曲折之体，而非音之
正也。

梅鼎祚、张溥、严可均等书所谓五言"于俳谐倡乐多用之"、七言"于俳谐倡乐世用之"的字样都不见于《艺文类聚》。那是从哪里来的呢？原来是摘自《太平御览》，并发生了拼接的讹误。《太平御览》卷五八六引《文章流别论》曰：

> （1）"诗言志，歌永言。"古有采诗之官，王者以知得失。
> （3）古诗之四言者，"振鹭于飞"是也，汉郊庙歌多用之。五言者，"谁谓雀无角，何以穿我屋"是也，乐府亦用之。六言者，"我姑酌彼金罍"是也，乐府亦用之。七言者，"交交黄鸟止于桑"是也，于俳谐倡乐世用之。古诗之九言者，"洞酌彼行潦泪此注兹"是也，不入歌谣之章，故世希为之。夫诗虽以情志为本，而以声成为节。

细心的读者很容易发现，梅鼎祚、张溥、严可均所引的挚虞《文章流别论》这段文字，是把《艺文类聚》和《太平御览》中的两段文字剪断拼接起来的。（1）（2）（4）段取自《艺文类聚》，而（3）段则取自《太平御览》，并删去重复部分，构成了梅氏的（1）（2）（3）（4）段，在这个剪接拼凑的过程中，不仅略作文字的调整，还把本来是论七言的"于俳谐倡乐世用之"几字重复误植于"五言"之下，于是就变成了"五言者，'谁谓雀无角，何以穿我屋'之属是也，于俳谐倡乐多用之"。其实按照《太平御览》，五言是"乐府亦用之"，七言才是"于俳谐倡乐世用之"。《文章流别论》这一段文字正确的拼接应该是：

> 《书》云："诗言志，歌永言。"言其志，谓之诗。古有采诗之官，王者以知得失。古之诗有三言、四言、五言、六言、七言、九言。古诗率以四言为体，而时有一句二句杂在四言之间，后世演之，遂以为篇。古诗之三言者，"振振鹭，鹭于飞"之属是也，汉郊庙歌

多用之。五言者，"谁谓雀无角，何以穿我屋"是也，乐府亦用之。六言者，"我姑酌彼金罍"是也，乐府亦用之。七言者，"交交黄鸟止于桑"之属是也，于俳谐倡乐世用之。古诗之九言者，"洞酌彼行潦挹彼注兹"之属是也。不入歌谣之章，故世希为之。夫诗虽以情志为本，而以成声为节。然则雅音之韵，四言为正；其余虽备曲折之体，而非音之正也。

梅鼎祚的这个拼接错误，后来产生了广泛的不良影响，张溥和严可均都承袭其误，今人编撰的《魏晋南北朝文论选》《魏晋南北朝文论全编》之类著作甚至包括郭绍虞主编的《中国历代文论选》第一册等，都依据严可均的辑本而发生讹误。唯杨明先生编撰的《中国历代文论选新编·先秦至唐五代卷》（上海教育出版社 2007 年版）"魏晋南北朝"部分选录《文章流别论》分别采自《艺文类聚》和《太平御览》，而不是梅、张、严的拼接本。这才是忠实审慎的治学态度。许多学者的论文也是建立在"五言者，……于俳谐倡乐多用之"的基础上，进一步做出错误的推论，得出"五言诗在魏晋之际仍多用于俗乐歌词""挚虞将五言诗划入游戏之作，认为五言诗是俗"之类的结论。

从文学史来看，五言诗虽然不像四言诗那么雅正，但是在汉末魏晋时，它越来越得到文人的喜爱，逐渐代替四言，成为文人抒写情志的主要诗体样式。曹丕在《又与吴质书》中就称赞刘桢"五言诗之善者，妙绝时人"。刘桢《公宴诗》《赠五官中郎将诗》等五言诗都是在非常庄重的场合为尊敬的君主而作的，绝不是"于俳谐倡乐多用之"。我们读汉末曹魏时的五言诗，公宴赠答，从军纪行，皆是志深而笔长的文人咏怀写志之作，根本得不出"于俳谐倡乐多用之"的印象。当时的文人乐府诗也普遍采用五言的形式，恰符合挚虞所谓"乐府亦用之"的论断。就挚虞存世的诗作来看，以四言为主，有五言残篇《逸骥诗》四句，曰："逸骥无镳辔，腾陆从长川。剪落就羁靮，飞轩蹑云烟。"抒写摆脱羁绊、绝尘远奔的志向，显然也不是"俳谐倡乐"的格调。可见，魏晋的五言诗创作实际，并不是"于俳谐倡乐多用之"。

"于俳谐倡乐多用之"一语用于汉魏晋的七言体，倒是恰当的。翻阅史书，汉魏时诸如"古人欲达劝诵经，今世图官免治生""死诸葛走生仲达"之类的七言体童谣、俗谚时或可见。当时流行的民间故事中也有七言歌词，如《拾遗记》载汉昭帝使宫人为《淋池歌》，歌曰："秋素景兮泛洪波，挥纤手兮折芰荷，凉风凄凄扬棹歌，云光开曙月低河，万岁为乐岂云多。"这正是"于俳谐倡乐多用之"的实情。这些七言体的俳谐倡乐刚刚兴起时，是为文士所轻视的，除挚虞外，如傅玄《拟四愁诗序》云："张平子作《四愁诗》，体小而俗，七言类也。"视七言诗为"体小而俗"，显然有轻视的意思。刘宋初的鲍照创作了不少七言诗，但萧子显在《南齐书·文学传论》中批评其"发唱惊挺，操调险急，雕藻淫艳，倾炫心魂"。直到唐代，据孟棨《本事诗》，李白曾说："兴寄深微，五言不如四言，七言又其靡也，况使束于声调俳优哉？""束于声调俳优"指称的就是七言，其意思与挚虞所谓"于俳谐倡乐多用之"是相近的。所以，结合文学史实来看，挚虞所言应该是"五言者……乐府亦用之。七言者……于俳谐倡乐世用之"，而非五、七言都是"于俳谐倡乐多用之"。

这虽然是一则材料的辨析，但是从中可知文献考据对于文学与文论研究之重要。清人治学，提出义理、考据、辞章相结合。义理是核心，但是应该建立在考据的基础上，将一则则材料的本来面目考核正确了，真实含义阐释准确了，然后提出义理论断，立论才会稳固。

第二节 《文心雕龙》"宋画吴冶"考释

"龙学"是一门显学，自明清以来，许许多多研究者致心力于对该书的校勘、笺注，文献性研究渐臻完善。近日研读《文心雕龙》，觉得有一则注释似有重新考释的必要，现斗胆提出来，就正于方家。

《丽辞》：

> 自扬、马、张、蔡，崇盛丽辞，如宋画吴冶，刻形镂法，丽句
> 与深采并流，偶意共逸韵俱发。

这段话意思显豁，主要指扬雄、司马相如、张衡、蔡邕的文章讲究对偶。其中"宋画吴冶"已经成为一个成语，但是，"龙学"界历来的注释都是不准确、有问题的。这四字元刻本作"宋尽吴冶"，明人朱谋㙔据《淮南子》改，何焯校本、谢兆申校本同朱校改，均作"宋画吴冶"，在文字上做出正确的校勘。"宋画吴冶，刻形镂法"八字，刘勰直接取自《淮南子》。《淮南子·修务训》原文为：

> 夫宋画吴冶，刻刑镂法，乱修曲出。其为微妙，尧、舜之圣不
> 能及。（高诱注："宋人之画，吴人之冶，刻镂刑法，乱理之文，修
> 饰之功，曲出于不意也。"）

清人黄叔琳的注释，没有引《淮南子·修务训》，而是引用《庄子·田子方》一则著名的故事来注释"宋画"，可谓将文引入歧途。黄注曰：

> ［宋画］《庄子》：宋元君将画图，众史皆至，有一史后至者，
> 僵僵然不趋，受揖不立，因之舍。公使人视之，则解衣盘礴臝。君
> 曰，可矣，是真画者也。

黄叔琳《文心雕龙辑注》是古代最为详备的注本，是"龙学"的基石，影响深巨，近人李详、范文澜、杨明照等的校注无不是在黄注本的基础上补苴罅漏，各有新得。范文澜《文心雕龙注》除吸收黄氏此注外，还采纳了李笠说补注出《淮南子·修务训》文字。范注是现代"龙学"的奠基之作，因此，黄叔琳、范文澜对"宋画"的注释几乎被近现代所有的《文心雕龙》注释本所因袭，牟世金、詹锳、周勋初、张国庆等所有的注本，凡是解释"宋画"

的，都追溯到《淮南子》和《庄子》，几无例外。也就是说，几乎所有的《文心雕龙》注释者都认为"宋画"一词出自《淮南子》，而《淮南子》的用典是出自《庄子》，所以把两书的原始文字都注释出来。

溯源至《淮南子》是正确的，刘勰这里完全是"因乎旧谈"，用《淮南子》的陈词。但《文心雕龙》和《淮南子》的"宋画"，跟《庄子》有关系吗？

《庄子·田子方》这则"宋元君画史"的故事，寓意是灭弃世俗礼法，摆脱精神束缚，达到以天合天的境界，才是"真画者"。后代谈艺者多能领悟此意，如明人何良俊《语林》称之为"天机所到""遗人以全天"，又说："苟仅能执绳墨、守途辙而不失者，是工徒之厮役也，曷足以言艺哉！"恽南田《南田画跋》说："作画须有解衣盘礴、旁若无人意，然后化机在手，元气狼藉，不为先匠所拘，而游于法度之外矣。"王士禛《渔洋诗话》卷上曰："诗文须悟此旨。"用今天的话来说，"宋元君画史"蕴含的是审美超越、艺术自由的道理。

而《淮南子》和《文心雕龙》的文字是"宋画吴冶，刻刑（形）镂法"，《淮南子》还进一步说其刻镂的工巧微妙，尧舜圣人都达不到。显然，其文义的重点是刻镂的工巧，这正好与《庄子》寓言的意思相反。《庄子》寓言强调的是天机自由，《淮南子》用意则在刻镂的工巧微妙。刘勰《文心雕龙·丽辞》文义重点也在"刻形镂法"即对偶的工巧上。如果说，《淮南子》和《文心雕龙》用的都是《庄子》的典故，那二书随后的"刻刑（形）镂法"四字意思就落空而无法理解了。《庄子》这则寓言显然没有"刻刑（形）镂法"的意思，因此，引用《庄子·田子方》"宋元君画史"来注释《淮南子》和《文心雕龙》的"宋画"，显然是不妥当的。"宋画"一定另有出处。

其实，《淮南子·泰族训》记载了另一则"宋画"的故事：

> 宋人有以象为其君为楮叶者，三年而成，茎柯豪芒，锋杀颜泽，乱之楮叶之中而不可知也。列子曰："使天地三年而成一叶，则万物

之有叶者寡矣。"夫天地之施化也，呕之而生，吹之而落，岂此契契哉？故凡可度者小也，可数者少也。至大，非度之所能及也；至众，非数之所能领也。故九州不可顷亩也，八极不可道里也，太山不可丈尺也，江海不可斗斛也。故大人者，与天地合德，日月合明，鬼神合灵，与四时合信。故圣人怀天气，抱天心，执中含和，不下庙堂而衍四海，变习易俗，民化而迁善，若性诸己，能以神化也。

这就是著名的"莫辨楮叶"的故事，在当时流传颇为普遍，《列子·说符》《韩非子·喻老》都有记载，文字略有异同，现引录于下，以便参照：

> 宋人有为其君以玉为楮叶者，三年而成，锋杀茎柯，毫芒繁泽，乱之楮叶中而不可别也。此人遂以巧食宋国。子列子闻之曰："使天地之生物，三年而成一叶，则物之有叶者寡矣。故圣人恃道化而不恃智巧。"①
>
> 夫物有常容，因乘以导之。因随物之容，故静则建乎德，动则顺乎道。宋人有为其君以象为楮叶者，三年而成，丰杀茎柯，毫芒繁泽，乱之楮叶之中而不可别也。此人遂以功食禄于宋邦。列子闻之曰："使天地三年而成一叶，则物之有叶者寡矣。"故不乘天地之资而载一人之身，不随道理之数而学一人之智，此皆一叶之行也。故冬耕之稼，后稷不能美也；丰年大禾，臧获不能恶也。以一人力，则后稷不足；随自然，则臧获有余。故曰："恃万物之自然而不敢为也。"②

《列子》《韩非子》《淮南子》这三处记载，虽有若干文字差异，但当为一事。

---

① 张晋注：《列子·说符篇》，上海书店出版社 1986 年版，第 90 页。
② 韩非撰，姜俊俊标校：《韩非子·喻老》，上海古籍出版社 1996 年版，第 93 页。

《列子》所记为源头，《韩非子》《淮南子》在此基础上各有发挥。（虽然，今本《列子》可能晚出，但《韩非子》《淮南子》所引"列子"当有所据。）故事说，宋国有一个人为他的国君用玉（一说象牙）雕刻楮叶（楮是一种落叶乔木），用了三年时间才雕刻成，脉络文理、毫芒色泽都惟妙惟肖，混杂在真楮叶中都辨别不出，几可乱真。这个宋人凭此在宋国获得了俸禄。但列子、韩非子、淮南子对此都不认可，认为"圣人恃道化而不恃智巧"，这样的奇技淫巧，是违背天道自然的。《淮南子·泰族训》这则故事之前谈的是"大巧"，宋人的奇巧正与"大巧"相对。

"莫辨楮叶"故事中所谓"茎柯豪芒，锋杀颜泽"云云，正是《淮南子》"刻刑镂法，乱修曲出"的意思。更重要的是，《列子》在故事之后说"故圣人恃道化而不恃智巧"，《韩非子》以"故冬耕之稼，后稷不能羡也"加以申述，《淮南子·泰族训》进一步以"故大人者，与天地合德。……故圣人怀天气，抱天心"加以申论，这些内容正与《淮南子·修务训》"尧、舜之圣不能及"相呼应。把《淮南子·修务训》关于"宋画"的记载与《列子》《韩非子》《淮南子·泰族训》"莫辨楮叶"故事对读，文义之相应，若合符契。可以确信，《淮南子·修务训》的"宋画"典故就是出自"莫辨楮叶"故事。

也许有人说"莫辨楮叶"是雕刻，不是绘画。大约不能这样机械理解。后世论画多引"楮叶"，如陆绍曾《又为吴兴陆谷真题纸扇》的"由来楮叶全抛俗，试写梅花逼更真"，叶昌炽《挽吉甫同年熙元叠前韵》的"画笥烟云流楮叶，诗龛风月话筒杯"。古人用此典不会计较是绘画还是雕刻。

厘清了《淮南子·修务训》"宋画"典故的源头，就可以理解刘勰《文心雕龙·丽辞》中的"宋画"也是来源于"莫辨楮叶"故事，用宋人以象牙雕刻楮叶惟妙惟肖的故事来形容扬、马、张、蔡等"刻形镂法"，刻意追求对偶的奇巧。《丽辞》上文说《诗经》的对偶是"奇偶适变，不劳经营"，到汉代扬雄等人才刻意追求对偶之巧，这与《淮南子·泰族训》前一则说"大巧"，后一则以"莫辨楮叶"谈人巧一样，是文理顺畅的。后世也有人继续这个话题，如宋末刘克庄《跋徐宝之贡士诗》就以"莫辨楮叶"故事比譬徐氏诗文之工妙。如果像现在大多数"龙学"家那样引用《庄子》的"宋元君画史"，《丽辞》的文意是怎么也解释不通顺的。就浅见所及，在众多的注本里，只有王运熙、周锋译注本注出《淮南子·修务训》，而未引《庄子·田子方》"宋元君画史"。我觉得这是正确的，不过还是应该引出"莫辨楮叶"的故事，意思才彻底清晰。

今人对"吴冶"的注释也欠妥当。范文澜注引《吴越春秋·阖闾内传》："干将作剑，采五山之铁精，六合之金英，候天伺地，阴阳同光，百神临观，天气下降。"这也被当代各种《文心雕龙》注本普遍接受。其实《吴越春秋》这段文字也看不出"刻刑镂法"的意思。范文澜认为吴冶是指干将作剑，其实在《淮南子》那个时代，干将是剑名，还没有转化为人名。王念孙说："干将、莫邪为剑戟之通称，则非人名可知。故自西汉以前，未有以干将、莫邪为人名者。自《吴越春秋》始以干将为吴人，莫邪为干将之妻。"①在《淮南子》里干将还是剑名。载有"宋画吴冶"的《淮南子·修务训》就说："夫怯夫操利剑，击则不能断，刺则不能入，及至勇武攘卷一捣，则摺肋伤干。为此弃干将、镆邪而以手战，则悖矣。"显然这里的干将是剑名，至《吴越春秋》干将才是人名，不容相混。吴冶，黄叔琳注："《吴越春秋》：越王元常使欧冶子造剑五枚。"刘咸炘遵从此注，其他注本多忽略此则黄注，而都依据范文澜注。黄叔琳指出吴冶指欧冶子事，这是正确的。不仅《吴越春秋》这么记载，《淮南子》也多处提到欧冶子：

> 淳均之剑不可爱也，而欧冶之巧可贵也。②
> 得十利剑，不若得欧冶之巧。③
> 故剑工惑剑之似莫邪者，唯欧冶能名其种。④

---

① 王念孙：《广雅疏证》卷八上，上海古籍出版社 1983 年版，第 1043 页。
② 刘文典撰，殷光熹点校：《淮南鸿烈集解·齐俗训》，安徽大学出版社 1998 年版，第 366 页。
③ 刘文典撰，殷光熹点校：《淮南鸿烈集解·齐俗训》，第 366 页。
④ 刘文典撰，殷光熹点校：《淮南鸿烈集解·氾论训》，第 458 页。

区冶生而淳钩之剑成。①

欧冶子为越人，但《越绝书》有"风胡子之吴见欧冶子"的记载，可能是他去了吴国，或者吴越通称，故称"吴冶"。《淮南子》和《文心雕龙》"宋画吴冶"一语，正是把"欧冶之巧"与"莫辨楛叶"之宋人之巧并提，才生出后面"刻刑镂法"一句。如果按现在通行的注释引用"干将作剑，百神临观"注"吴冶"，既与"宋画"龃龉，也与"刻刑镂法"不相干。解释典故，不仅要追溯出处，更要看它是否适合上下文的语境，符合作者的本意。刘勰作文"用人若己，古来无懵"②，读者也要细心体会才好。

第三节 《文心雕龙》"不专缓颊，亦在刀笔"辨义

《文心雕龙·论说》述"说"体云：

> 至汉定秦、楚，辨士弭节，郦君既毙于齐镬，蒯子几入乎汉鼎；虽复陆贾籍甚，张释傅会，杜钦文辨，楼护唇舌，颉颃万乘之阶，诋戏公卿之席；并顺风以托势，莫能逆波而溯洄矣。夫说贵抚会，弛张相随，不专缓颊，亦在刀笔。范雎之言疑事，李斯之止逐客，并顺情入机，动言中务，虽批逆鳞，而功成计合，此上书之善说也。至于邹阳之说吴、梁，喻巧而理至，故虽危而无咎矣。敬通之说鲍、邓，事缓而文繁；所以历骋而罕遇也。

"不专缓颊，亦在刀笔"二句，范文澜解释说："谓不仅口说，落于笔札者，亦得称说。"③把"缓颊"解释为口头言说，"刀笔"解释为书面笔札。现

---

① 刘文典撰，殷光熹点校：《淮南鸿烈集解·览冥训》，第 199 页。
② 王运熙、周锋：《文心雕龙译注·事类》，第 184 页。
③ 刘勰著，范文澜注：《文心雕龙注》，第 353 页。

代的"龙学"研究者大多沿袭此解，如陆侃如、牟世金注："刀笔，这里指书写，即下面说的'上书'。"并翻译二句为"不仅仅是婉言陈说，也要书写成文"[①]。周振甫译为"劝说不是专靠口舌，也用笔墨"[②]。王运熙、周锋先生翻译为"不仅仅是口头陈说，也有写成文字的"[③]。把"刀笔"解释为书写成文字，本于《后汉书·刘盆子传》"其中一人出刀笔书谒欲贺"，李贤注曰："古者记事，书于简策，谬误者以刀削而除之，故曰刀笔。"似乎是有依据的。

但是，若把"缓颊"与"刀笔"解释为口头言说与书面笔札，放回到《论说》这一段里，文义是不顺畅的。如果这句前面所谈的是口头言说，后面所述的是书面笔札，那么这句承前启后，过渡自然。可这段前面述陆贾、张释、杜钦、楼护四人，后面述范雎、李斯、邹阳、冯衍四人，并非前者是口头言说，后者是书面笔札。前面四人中如杜钦就有《说王凤》等文传世，后面四人如范雎上秦昭王书，本来是口头言说，记载于《战国策》和《史记》。也就是说，这一段论"说"体，没有明确分出口头和书面两类，中间插入"不专缓颊，亦在刀笔"谈口头、书面的分别，突兀得很。《论说》这一段的主要意思是谈"说"体的"张"与"弛"的问题，如果把"不专缓颊，亦在刀笔"理解为口头言说与书面笔札，那么这一段文义就显得杂乱，不符合"制首以通尾"[④]的要求。

再看"不专缓颊"二句之前，是提出"夫说贵抚会，弛张相随"，之后数句就是在谈"说"体的"弛张相随"：范雎、李斯"批逆鳞"是"张"；邹阳的"喻巧而理至"、敬通的"事缓而文繁"是"弛"。前后之间插入"不专缓颊，亦在刀笔"句，若是谈口头与书面之分别的话，恰好隔断文意，文气也不顺畅，可见"不专缓颊，亦在刀笔"不能如此理解。

那么，"不专缓颊，亦在刀笔"二句该如何理解呢？"缓颊"一词，不只

---

① 陆侃如、牟世金：《文心雕龙译注》，第241页。
② 周振甫：《文心雕龙选译》，中华书局1980年版，第117页。
③ 王运熙、周锋：《文心雕龙译注》，第90页。
④ 王运熙、周锋：《文心雕龙译注·附会》，第204页。

是口头言说的意思。《史记·魏豹列传》："汉王闻魏豹反，方东忧楚，未及击，谓郦生曰：'缓颊往说魏豹。'"《汉书·高帝纪》略同。这是"缓颊"的最早出处。"缓颊"最初就是用于辩士游说的场合。刘勰论"说"体用"缓颊"一词，当是本于《史记》《汉书》。《汉书》张晏注曰："缓颊，徐言引譬喻也。"徐言，即缓慢地说；引譬喻，借譬喻委婉曲折地说。《论说》这一段中"喻巧而理至""事缓而文繁"，都是呼应"缓颊"，不过一成功、一失败而已。

"刀笔"本来的确是指书写工具，但有时也指法律案牍，如《史记·李斯列传》："（赵）高曰：'高固内官之厮役也，幸得以刀笔之文进入秦宫，管事二十余年。'"刀笔之文即指法律案牍。称法律案牍为"刀笔之文"，取其严厉之意，刀笔就是笔铦如刀的意思。《奏启》赞语的"笔锐干将，墨含淳酖"可以借来解释《论说》的"刀笔"。所以"不专缓颊，亦在刀笔"的意思是，"说"这种文体，不只是从容委婉，也有严酷锐利的。这样解释，和上下文都能紧密地契合：从容委婉，就是"弛"，邹阳、冯衍是也；严酷锐利，就是"张"，范雎、李斯是也。整段文理协调、文气通顺，都是在围绕说体"弛张相随"展开论述，而且"不专缓颊，亦在刀笔"，即"说"体不只从容委婉，也可严厉犀利，还是关键的一句。

过去也有学者认识到把"刀笔"仅仅解释为书面文字不妥。如吴林伯解释说："本篇言辨说直陈利害，情辞或严厉而不缓和，此之谓'张'。……有时不专缓和，还需要严厉。"①这个解释是贴合刘勰本意的。但吴先生把"缓颊"仅仅解释为"缓和"，说："《说文》：'颊，面旁也。'彦和以谓辨士之颜面。辩说不专缓和颜面，即不一味用弛。"还不够确切。加之吴先生的解释尚未得到"龙学"界的充分重视，故而提出来再做辨析。

---

① 吴林伯：《文心雕龙义疏》，武汉大学出版社 2013 年版，第 360 页。

第四节 《文心雕龙》"思表纤旨，文外曲致"指什么

《文心雕龙·神思》后段曰：

> 若情数诡杂，体变迁贸，拙辞或孕于巧义，庸事或萌于新意；
> 视布于麻，虽云未贵，杼轴献功，焕然乃珍。至于思表纤旨，文外
> 曲致，言所不追，笔固知止。至精而后阐其妙，至变而后通其数。
> 伊挚不能言鼎，轮扁不能语斤，其微矣乎！

这一段以"至于"为界阐述两层意思。纪昀眉批曰："补出刊改乃功一层
（周按，指'焕然乃珍'前数语），及思入希夷，妙绝蹊径，非笔墨所能摹写
一层（按，指'至于'后数语），神思之理，乃括尽无余。"纪昀解释得不是
很清楚，容易引起歧义。最近数十年来，"龙学"专家对"思表纤旨，文外曲
致"的解释存在明显的分歧。范文澜先生《中国通史简编》修订版第二编说：
"即使讲到微妙处（'言所不追'处），也并无神秘不可捉摸的感觉。"祖保泉
先生谓是指"文思微妙，非言语所能曲尽①。杨明先生谓："说神思之事太微
妙了，有些东西是语言所不能表述的，我也只能说到这儿为止了。但是写作
高手是能够掌握、发挥其中妙处和规律的。"②但王元化先生的《释〈神思篇〉
杼轴献功说》解释说："艺术作品含有诱导读者想象活动的机能，作家往往在
作品中对于某些应该让读者知道的东西略而不写，或写而不尽，用极节省的
笔法去点一点，暗示一下，这并不是由于他们吝惜笔墨，而是为了唤起读者
的想象活动。这种在文艺作品中经常出现的现象，用刘勰的话说，就是'思
表纤旨，文外曲致，言所不追，笔固知止'。"③范文澜等先生的解释是说，刘

---

① 祖保泉：《文心雕龙解说》，第 527 页。
② 杨明：《文心雕龙精读》，复旦大学出版社 2007 年版，第 107 页。此外如穆克宏先生《思理为
　妙神与物游——刘勰论艺术构思》等文章都采取此种解释。
③ 王元化：《文心雕龙讲疏》，上海古籍出版社 1992 年版，第 105—106 页。

勰认为构思的道理有粗精之分，粗者可言，而精者难表，于是只就可说的部分来说明；至于不可言说的部分，只有作者去不断尝试、操练，在实践中体会与掌握了。而王元化先生解释为，刘勰说的是作家应该善于运用语言的暗示功能，故意在艺术作品中留下空白，唤起读者的想象。或许因为王元化先生的解释颇有现代文艺学的意味，在古代文论学界产生了较大的影响①，但并不能切理餍心，如周明、胡旭二先生就曾对此质疑②。

笔者细审《神思》中的此段文字，并联系《文心雕龙》全书来考察，认为范文澜等先生的解释较为确切。兹在前贤研究的基础上，略加阐述。

"思表纤旨，文外曲致"云云，是由"至于"领起，文意与前数句关系较远，而与后面"至变而后通其数"等句一脉灌注，谈的是一个内容，所以要联系起来看。联系"伊挚不能言鼎，轮扁不能语斤"二语来看，"思表纤旨"显然是指构思的微妙道理，而不是指艺术作品中暗示的部分。查考六朝时期的文论，使用"伊挚言鼎"的典故不多，但运用《庄子·天道》"轮扁语斤"典故的，比比皆是，而其所指，基本是一致的。如陆机《文赋》曰："若夫丰约之裁，俯仰之形，因宜适变，曲有微情。或言拙而喻巧，或理朴而辞轻，或袭故而弥新，或沿浊而更清，或览之而必察，或研之而后精。譬犹舞者赴节以投袂，歌者应弦而遣声。是盖轮扁所不得言，亦非华说之所能精。"陆机此论显然影响了刘勰《神思》那一段。"因宜适变，曲有微情"，近乎刘勰所谓"情数诡杂，体变迁贸"。陆机最后说"盖轮扁所不得言，亦非华说之所能精"，意即创作时的"因宜适变"，是理论所难以显言的。沈约《与陆厥书》论音韵说："韵与不韵，复有精粗，轮扁不能言，老夫亦不尽辨此。"萧

---

① 如胡晓明《中国前意境思想的逻辑发展》（《安徽师范大学学报（哲学社会科学版）》1986 年第 4 期）、吴观澜《一个从玄学向美学转化的论题——论"言意之辨"对〈文心雕龙〉的影响》（《学术研究》1987 年第 1 期）、兴膳宏《〈文心雕龙〉隐秀篇在文学理论史上的地位》（《北京大学学报（哲学社会科学版）》1996 年第 3 期）、陈伯海《"言"与"意"——中国诗学的语言功能论》（《文学遗产》2007 年第 1 期）、张晶《神思：艺术创作思维的核心范畴》（《解放军艺术学院学报》2006 年第 1 期）都基于王元化先生的解释。

② 周明、胡旭：《〈文心雕龙〉释疑》，《江苏教育学院学报（社会科学版）》2006 年第 1 期。

子显《南齐书·文学传论》阐述"今之文章""略有三体"后说："三体之外，请试妄谈。若夫委自天机，参之史传，应思悱来，勿先构聚。言尚易了，文憎过意，吐石含金，滋润婉切。杂以风谣，轻唇利吻，不雅不俗，独申胸怀。轮扁斫轮，言之未尽，文人谈士，罕或兼工。""三体"是可谈的，而"委自天机"之微妙，难以具论。故而萧子显引用"轮扁斫轮，言之未尽"来说明"文人"和"谈士""罕或兼工"。联系萧子显的论述来看刘勰之论，意思非常清楚，"文人"可以通过长期的创作实践"至精""至变"而"阐其妙""通其数"，而"思表纤旨，文外曲致"，即构思的精微妙理，是"谈士"所论的对象。

　　联系当时人的用例来看，文论家引用"轮扁语斤"典故时，都是在说明文章创作道理的精微之处，是难以言说的，而不是说文艺作品要"略而不写，或写而不尽"，用暗示的笔法唤起读者的想象活动。刘勰所谓"思表纤旨，文外曲致，言所不追，笔固知止"，是指构思和言辞之外的纤微妙理，非文字所能传达，因此就搁笔不写了。

　　刘勰把作者思维和写作的道理分为可以言说和不可以言说两部分，在《文心雕龙》全书其他篇章中也可以得到印证。如《总术》说"不剖文奥，无以辨通才"，强调论文要细析文理，但《风骨》又说"然文术多门，各适所好，明者弗授，学者弗师"，即"随手之变"的文术，是无法通过言辞讲授而习得的。《序志》说，论文须"振叶以寻根，观澜而索源"，同时又说"虽复轻采毛发，深极骨髓，或有曲意密源，似近而远，辞所不载，亦不可胜数矣"。联系这些文字来看，刘勰"思表纤旨，文外曲致"之所指，就是"明者弗授，学者弗师""似近而远，辞所不载"，即作者构思文章时的微妙心理，其道理难以运用言辞加以表述，故而刘勰"言所不追，笔固知止"。

　　把作者思维和写作的道理分为可以言说和不可以言说两部分，是六朝时文论家较为普遍的思想。除上引陆机的论说以外，如葛洪《抱朴子·尚博》："文章微妙，其体难识。夫易见者粗也，难识者精也。夫唯粗也，故铨衡有定焉。夫唯精也，故品藻难一焉。吾故舍易见之粗，而论难识之精，不亦可乎？"葛洪将文章的微妙之理分为"粗"和"精"，他自信地要舍粗而论精。范晔《狱中与诸甥侄书》说自己三十多岁后作学问读书"往往有微解，言乃不能自尽"，对于文章，"自谓颇识其数，尝为人言，多不能赏，意或异故也"。自己明白文章的道理，说出来后，无法引起别人的共鸣。正是在这样的背景下，刘勰在《文心雕龙·神思》中才着力于阐述可以言说的神思之状，至于神思的微妙之处，实在难以言说的，他只能按下不表，引导读者通过亲身的实践去"阐其妙""通其数"。

由于受到王元化先生解读的影响，不少学者将《神思》的"思表纤旨，文外曲致"与《隐秀》的"隐也者，文外之重旨者也"联系起来，谓刘勰这二句都是在论文章的含蓄，甚至将它们放到"意境"发展史中去考察。其实"思表纤旨，文外曲致"与"隐也者，文外之重旨者也"所指涉的对象，是截然不同的。"思表纤旨"是指构思的微妙之处，而"文外之重旨"才指涉文本的特征。即使是"隐也者，文外之重旨者也"，就刘勰的本意来看，也是指"隐义以藏用"[①]，是"观辞立晓，而访义访隐"的《春秋》所开创的一种文章表述方式，与后世诗文讲究"言已尽而意无穷""含不尽之意现于言外"还是有一定差异的。特别是在六朝时期，审美风尚追求的是"期穷形而尽相"[②]，而非意境之美。刘勰《物色》所谓"巧言切状，如印之印泥，不加雕削，而曲写毫芥，故能瞻言而见貌，即字而知时也"，钟嵘《诗品序》所谓"指事造形，穷情写物，最为详切"，这才是六朝时期较为普遍的审美取向。

第五节 《文心雕龙》"逐物实难，凭性良易"之所本

刘勰《文心雕龙·序志》赞语曰：

---

① 王运熙、周锋：《文心雕龙译注·征圣》，第6页。
② 陆机：《文赋》，《陆机集》，第2页。

　　　　生也有涯，无涯惟智。逐物实难，凭性良易。傲岸泉石，咀嚼

　　文义。文果载心，余心有寄！

　　关于"逐物实难，凭性良易"二句，"龙学"家的解释也多歧出。如陆侃如、牟世金先生解释说："要钻研事物的真相，那的确很困难；假使只凭个人的好恶，自然比较容易了。"①李曰刚先生《文心雕龙斠诠》解释说："谓以短促之寿命，追逐无涯之知识，实在困难，但凭天赋之才情，抒写自然之灵感，毕竟容易也。"将"逐物"理解为"追逐无涯之知识"。蒋祖怡先生则谓"逐物实难"句系指"穷尽物理为难"之意。②吴林伯先生说："本篇'逐物'指彦和之汲汲求仕。……外物虽可逐，然不必有得，故逐之难也。彦和从政莫由，故叹其难耳！"③周锋先生翻译为"追求外物实在困难，凭着天性去做就较容易"④。"逐物"一词，牟注指出为"理解、掌握事物"意，张灯先生解释说："两句实指：写作事业本就极其艰辛，掌握规律则可较显容易。这样训解，可显得文顺意畅，也契合彦和的基本观点吧！"⑤最后一种解释完全没有道理，因为刘勰在此篇最后的"赞语"中不再论什么文章规律，而是在谈人生。但若解释"逐物"为"追求知识""穷尽物理"，也是不确切的。因为刘勰从来不否定"追求知识""穷尽物理"，如在《议对》中他说："郊祀必洞于礼，戎事必练于兵，佃谷先晓于农，断讼务精于律。"

　　"逐物"二句的意思是什么呢？先要考察此二句之所本，笔者认为刘勰此二句本于陆机《豪士赋序》"循心以为量者存乎我，因物以成务者系乎彼"，而颠倒其文。陆机《豪士赋序》开篇曰：

---

① 陆侃如、牟世金：《〈文心雕龙·序志〉译注》，《文史哲》1962 年第 1 期。

② 参见詹锳：《文心雕龙义证》，上海古籍出版社 1989 年版，第 1938 页。

③ 吴林伯：《文心雕龙义疏》，第 1047 页。

④ 王运熙、周锋：《文心雕龙译注》，第 250 页。

⑤ 张灯：《〈文心雕龙·序志〉疑义辨析》，《天津师范大学学报（社会科学版）》1995 年第 4 期。

夫立德之基有常，而建功之路不一。何则？循心以为量者存乎我，因物以成务者系乎彼。存夫我者，隆杀止乎其域；系乎物者，丰约唯所遭遇。落叶俟微风以陨，而风之力盖寡；孟尝遭雍门而泣，而琴之感以末。何者？欲陨之叶，无所假烈风；将坠之泣，不足繁哀响也。是故苟时启于天，理尽于民，庸夫可以济圣贤之功，斗筲可以定烈士之业。故曰：才不半古，而功已倍之。盖得之于时势也。

"因物以成务者"即刘勰所谓"逐物"，因为"系乎彼""建功之路不一"，"不一"就是没有定数，故而刘勰说"逐物实难"；"循心以为量者"即刘勰所谓"凭性"，因为"存乎我""立德之基有常"，故而刘勰说"凭性良易"。所以，"逐物"是建立功业的意思，建立功业需要"得之于时势"，故而是困难的；"凭性"用陆机文章的话说就是"立德"，用刘勰《序志》的话说就是"树德建言"的意思，且重点偏于"建言"。"树德建言"，循心凭性即可，无须借助外力，故而"良易"。后面"傲岸泉石"四句都是顺着"凭性"即"树德建言"的意思说下来的，文意顺畅。

笔者这样解释，从《文心雕龙》和刘勰的身世上都可以得到旁证。在《程器》中刘勰说："穷则独善以垂文，达则奉时以骋绩。"这是基于儒家的处世观。"达则奉时以骋绩"，也就是"逐物"。和陆机满腹牢骚一样，刘勰深沉地感慨道："嗟夫，此古人所以贵乎时也。"对于东汉冯衍"坎壈盛世"[①]，他抱以同情，赞其《显志赋》和《自序》"蚌病成珠"。"穷则独善以垂文"就是"凭性良易"，就是"树德建言"。刘勰在《文心雕龙》中一方面强调"士之登庸，以成务为用"[②]，另一方面处处表现出对"立言不朽"的深切期待。除了《序志》"文果载心，余心有寄"一语，《才略》曰："一朝综文，千年凝锦。"《诸子》曰："嗟夫，身与时舛，志共道申，标心于万古之上，而送怀于

---

① 王运熙、周锋：《文心雕龙译注·才略》，第 228 页。
② 王运熙、周锋：《文心雕龙译注·程器》，第 243 页。

千载之下，金石靡矣，身其销乎？"这不就是"逐物实难，凭性良易"吗？

刘勰感慨"逐物实难"，即建功之路没有定数，是有其现实背景的。刘勰曾祖辈刘穆之（秀之从叔）在刘裕举义后不久即投奔受署，辅弼刘裕成就大业；伯祖刘秀之在宋文帝、武帝时期也屡建军功。虽然不同于东晋时期的传统士族，但在刘宋时期，东莞刘氏凭借军功跻身于世族大姓。东莞刘氏在刘宋一朝颇为显赫，然到萧齐时陡然衰落，如穆之、秀之叔侄在刘宋时先后为丹阳尹，刘秀之被征为左仆射，卒后赠侍中、司空，贵极一时。但到了刘秀之的孙子刘俊时，"齐受禅，国除"①。萧齐代宋时，刘勰十四五岁，父亲死得早，加之失去袭爵的际会，因此"家贫"。他笃志好学，试图凭此干禄从政，立身扬名。但是在萧齐时期，曾有功于刘宋并在刘宋时期快速崛起的东莞刘氏，很快就家道中落，入仕而无门。"逐物实难"，就是有着这种身世经历的刘勰的现实感慨。这种感慨在《文心雕龙》里有鲜明的反映。一方面，刘勰具有建功立业、扬名不朽的强烈愿望。如《程器》曰："君子藏器，待时而动。……擒文必在纬军国，负重必在任栋梁。穷则独善以垂文，达则奉时以骋绩。"《诸子》曰："君子之处世，疾名德之不章。唯英才特达，则炳曜垂文，腾其姓氏，悬诸日月焉。"另一方面，他对达官贵士在文化上也享有特权表示愤慨。如《史传》曰："勋荣之家，虽庸夫而尽饰；迍败之士，虽令德而常嗤。"《程器》慨叹"将相以位隆特达，文士以职卑多诮"。这些都典型地反映出一个出身家道中落的世族大家的文士的心态。所以，刘勰在齐末用心于"凭性"论文，"树德建言"。而至梁代齐时，可能是朝廷有意起用在齐代受到压抑的家族，刘勰先后做过中军临川王萧宏记室（掌章表书记文檄）、车骑仓曹参军，出为太末（今属浙江衢州）令，政有清绩，实践他"奉时以骋绩"的抱负。这个时候，他大约是不会发出"逐物实难"的感慨的。这一点也可以旁证《文心雕龙》是作于齐末，而非梁初。

---

① 沈约：《宋书·刘秀之传》，第 2076 页。

| 第十章 |

现代"龙学"理论基础之反思

第一节 "纯文学"视野下的《文心雕龙》论

20世纪现代"龙学"的发轫，可追溯到1906年前后章太炎在日本"国学讲演会"上为留学生朱希祖、钱玄同等讲授《文心雕龙》。章太炎的"大文学观"在刘勰《文心雕龙》中找到依据①，因此他对《文心雕龙》的文学观颇为推崇，说："《文心雕龙》于凡有字者，皆谓之文，故经、传、子、史、诗、赋、歌、谣，以至谐、谳，皆称谓文，唯分其工拙而已。此彦和之见高出于他人者也。"②的确，《文心雕龙》涉及的文体非常广泛，如《书记》列举了谱、籍、簿、录等古今多品，"并述理于心，著言于翰，虽艺文之末品，而政事之先务也"。《文心雕龙·总术》曰："发口为言，属翰曰笔。"传统文论里一般明确地把口头的言语与形诸文字的文章区分开来，章太炎据此而提出"以有文字著于竹帛，故谓之文"。但章氏文学观在现代文坛上没有得到多少

---

① "大文学"这一概念可追溯到谢无量《中国大文学史》。章太炎没有直接提"大文学"，今人为了有别于"纯文学""杂文学"，称章太炎"以有文字著于竹帛，故谓之文"的说法为"大文学"。

② 参见拙文《章太炎讲解〈文心雕龙〉辨释》，《复旦学报（社会科学版）》2003年第6期。

响应，章太炎对《文心雕龙》的阐释，也就没有产生什么影响。

传统的"龙学"是在文章骈散之争中展开的，至现代则转化为"纯文学""杂文学"之辨。最早依据"纯文学"观念对《文心雕龙》做出批评的，是北京高等师范学校学生杨鸿烈[①]。他的长文《文心雕龙的研究》连载于1922年10月24—29日的《晨报副刊》，后收入其论文集《中国文学杂论》（上海亚东图书馆1928年版）。在该文导言里，杨鸿烈批评刘勰《文心雕龙》说：

> 他这书最大的缺点，最坏的地方，就是"文笔不分"；换句话说，就是他把纯文学和杂文学的界限完全地打破混淆不分罢了。在他那文学观念已经大致确定明了的时代，他倡导出来立异，要想以文载道，这是他最大的错处。我写这篇文章的目的，固然是想要表明他在当时算得一个文学的革新家，但他的缺点，总是不替他掩饰的。

全文七节，第六节以近两千字的篇幅指摘"《文心雕龙》全书的根本缺点"，他认为从晋代以后，文学的观念就渐渐地确定，所谓"文笔之分"，就是"纯文学"与"杂文学"有分别，狭义的文学与广义的文学有分别，这是文学观念进化的一件可喜的事！"文"就是纯文学，"笔"就是杂文学。但是刘勰却把这个区分打破，倡于复古一面，使文学的观念又过于含混，又使文笔不分。这真是全书的缺点，刘勰犯下了一个大错！该文虽出于一个年轻的在读学生之手，但放到现代"龙学"史上看，则具有重要的意义。张文勋先生曾评价说："像杨鸿烈这样较系统地阐述和评论《文心雕龙》的文章，可谓是凤毛麟角，也称得上是'龙学'理论研究的先驱。"但是杨鸿烈用"纯文学""杂文学"来解释传统的"文笔论"，又是草率的。张文勋先生指出："这

---

① 杨鸿烈（1903—1977），别名宪武，云南晋宁人。1919年入北京高等师范学校史地部，1925年考入清华大学国学研究院，毕业后在上海中国公学、河南大学等校任教。撰著《中国诗学大纲》《中国文学杂论》《中国法律思想史》《历史研究法》等。

是一种误解，或者是把现在'纯文学'的概念硬套在中国古代文学上，没有考虑到中国古代文学发展的实际。……我国古代文学体裁分类和西方文学观念不同，所以也不必要按今天的'纯文学'去要求它。"①

杨鸿烈《文心雕龙的研究》等文标举"纯文学"与"杂文学"的对立，以之解释传统的"文笔论"，对现代学术中刚刚起步的中国文学批评史研究和《文心雕龙》研究产生了直接而深刻的影响。郭绍虞虽然没有直接提到杨鸿烈，但是他1928年的论文《文学观念及其含义之变迁》和实践此思想而撰著的《中国文学批评史》（商务印书馆1934年版），都延续杨鸿烈的观点，以"纯文学"与"杂文学"解释"文"和"笔"。②一直到晚年，郭绍虞都没有放弃这个观点，坚持认为："'文'指诗赋，兼及箴铭、碑诔、哀吊诸体，属于纯文学一类的作品；'笔'指章奏、论议、史传诸体，属于杂文学一类的作品。"③以自西方而来的"纯文学""杂文学"解释中国传统的"文笔论"，对于接引西方文论观念、促使文学革新，当然有其意义，但它是以丧失中国传统文论的独特性为代价的。

杨鸿烈"以西释中"的阐释方式，不仅影响到当时郭绍虞《中国文学批评史》的编写，对现代的《文心雕龙》研究也产生了深重的影响。许多研究《文心雕龙》的文章都秉持"纯文学"观念对刘勰做出批评，如梁绳祎说：

我国自从晋朝就有文笔的分别，就是纯文学和普通文章的分别。虽然他们的讲法很幼稚很笼统，但学术是以分析而进步，所以这种分别，终是有益的。刘氏生在文笔业已分别的时代，硬将二者混而为一，以完成一个广漠的文学的定义，实在是在时代的潮流上开倒车，他在《总术》篇驳文笔的话，完全是闭着眼睛瞎说，不着一点痛痒。他始终不曾看人家用词的含义和他一样不一样，只是说他自

① 张文勋：《云南〈文心雕龙〉研究的先驱》，《学术探索》2000年第3期。
② 张健：《纯文学、杂文学观念与中国文学批评史》，《复旦学报（社会科学版）》2018年第2期。
③ 郭绍虞：《中国文学批评史》，上海古籍出版社1979年版，第72页。

己的话，所以全无是处。①

朱荣泉谓刘勰的文学观念虽正确，然也有谬误的地方，不可不注意。所谓谬误的地方有复古、文笔混杂、文学批评与文章学混杂三个方面，他批评刘勰"文笔混杂"说：

　　文是纯文学，笔是杂文学，在刘勰之先，分得很清楚。偏偏在他的文学批评里，把文笔混合在一起，而纯文学终于不能脱离杂文学而有独立的发展，这也是他的谬误。②

霍衣仙指陈刘勰论文章流别之错误失败，究其症结所在，第一条为"文章定义之错误"：

　　文学定义太广泛，则议论必流于肤浅。文学定义，至晋已有"文——纯文学""笔——普通文"之分别。刘氏竟忽略此点，将二者混为一谈，不能不谓其过于粗疏也。虽为《文心》作注之黄叔琳曾谓："备列各体，一篇之中溯发源，释名目，评论前制，后标用法。"亦终不能掩其失也。③

他们对刘勰文学观念的抨击，几乎全是在重复杨鸿烈的论断，并无多少新意。也就是说，现代论者多已不加思辨地接受了"纯文学"的观念，据此而对刘勰的"大文学观"持否定态度。而曾对刘勰"大文学观"持认同态度的章太炎，也遭到不少"龙学"家的连带批评。如上引梁绳祎文章就说："大约他的定义和近来章太炎差不多，就是凡以文字著于纸帛谓之文，论其法式

---

① 梁绳祎：《文学批评家刘彦和评传》，《小说月报》1927 年"中国文学研究"专号。
② 朱荣泉：《〈文心雕龙〉绪论》，《沪江大学月刊》1930 年第 19 卷第 2 期。
③ 霍衣仙：《刘彦和评传》，《南风》1936 年第 12 卷第 2、3 期。

谓之文学。所包含的非常之多。……但是结果却失败了。因为范围包得太多，所以讲论都不免肤浅了，……牵强附会，横堆硬凑，几乎成了全书的污点。"霍衣仙文章说："其文学定义，与章太炎氏'凡以文字著于纸帛谓之文，论其法式，谓之文学'之定义相同，故将经史子集、百家九流，冶于一炉而谈之。内容既如此包罗万有，议论之有'搔不着痒处'，近于肤浅，为必得之咎矣。"陈翔冰据《原道》苛责"中国评论家对于文学初无精深之见解，但谓文字著之布帛则成文，'文'是对的，实尚非文学。降而至近代，章太炎氏尚持此说"①。

可见，现代"龙学"史上的观念之争，已经不再是传统文章学史上的骈散之争，而表现为"纯文学"观对"杂文学""大文学"观的否定，现代学者多已接受自西方而来的"纯文学"观念，章太炎和刘勰的"大文学"观念难以获得认同。

第二节　朱自清、罗根泽对"以西释中"模式的警觉

当时学界对中国文学批评史研究上流行的"以西释中"模式不是没有警觉的。朱自清对郭绍虞那种"以西释中"的解释模式就有直接的批评，说：

> 只有纯文学、杂文学二分法，用得最多，却可商榷。"纯文学""杂文学"是日本的名字，大约从 De Quincey 的"力的文学"与"知的文学"而来，前者的作用在"感"，后者的作用在"教"。这种分法，将"知"的作用看得太简单（知与情往往不能相离），未必切合实际情形。况所谓纯文学，包括诗歌、小说、戏剧而言。中国小说、戏剧发达得很晚，宋以前得称为纯文学的，只有诗歌，幅员未免过窄。而且这里还有一个问题，汉赋算不算纯文学呢？再

---

① 陈翔冰：《刘彦和论文》，《秋野》1928 年第 4 期。

则，书中说南北朝以后"文""笔"不分，那么，纯与杂又将何所附丽呢？书中明说各时代文学观念不同，最好各还其本来面目，才能得着亲切的了解；以纯文学、杂文学的观念介乎其间，反多一番纠葛。又书中以魏晋南北朝的文学观念与我们的相同，称为"离开传统思想而趋于正确"。这里前半截没有甚么问题，后半截以我们自己的标准，衡量古人，似乎不大公道。各时代的环境决定各时代的正确标准，我们也是各还其本来面目的好。①

郭绍虞尽管"总想极力避免主观的成分，减少武断的论调"，但是他站在新文学的立场研究传统文学，以传统文学观念接引外来的近代文学理论，使他自觉或不自觉地带有"以西释中"的理论偏见。同样为新文学家的朱自清，虽曾留学海外，受英美"新批评"理论的某些影响，但能敏锐地注意到纵向的时代差别和横向的文化之异。

与郭绍虞有师生之谊的罗根泽，早年就读于河北深州高等小学，教师多为桐城派大师吴汝纶私淑弟子，"以《古文辞类纂》讲授生徒"，又受教于吴汝纶的弟子武锡珏。②1927 年考取清华研究院国学门，后又投考燕京大学国学研究所，沐浴在"古史辨"和"整理国故"的学术氛围中，治子部、集部之学。1932 年春，得到郭绍虞推荐，在清华大学讲授中国文学批评史课程，于 1934 年由人文书店出版了自先秦至六朝的《中国文学批评史》。该书"得郭先生所编《中国文学批评史》的提示很多"③，受郭绍虞的影响非常明显，如第四章"何谓文学及文学的价值"开篇即说：

六朝所谓文，上承汉代所谓文与文章而加以净化，颇近于现在所谓纯文学；其所谓笔，上承汉代所谓学与文学而加以净化，颇近

---

① 朱自清：《评郭绍虞〈中国文学批评史〉上卷》，《清华学报》1934 年第 9 卷第 4 期。
② 罗根泽：《罗根泽自传》，《出版界》1945 年第 2 卷第 1 期。
③ 罗根泽：《中国文学批评史·自序》，人文书店 1934 年版，第 1 页。按，再版时，此序被删去。

于现在所谓杂文学。①

这显然是秉承了郭绍虞的说法。但是不同于郭绍虞采用一元的史观来解释中国文学批评的演变形势，罗根泽站在更客观的立场，不以固定的史观来说明整个文学批评史的演变。如在"文笔之辨"一章里，罗根泽就没有采纳郭绍虞"文笔对举，其意义与近人所谓纯文学、杂文学之分为近"的说法。更值得注意的是，抗战期间，罗根泽在重庆的中央大学对《中国文学批评史》做了修改和增补，1943、1947 年分别由重庆和上海的商务印书馆出版，修改本删去了第四章"何谓文学及文学的价值"，上面的"纯文学""杂文学"之论都被删去。第五章"文学观的转变"的章名被删去，内容也被大量改写。如1934 年版的"徐陵之提倡缘情的文学"一章开篇说："载道的学说既已成了过去，缘情的学说自然要继之兴起。"又解释徐陵《玉台新咏序》说："这种心情，除了适用佛洛乙得（Sigmund Freud）一派的性爱说，没有可以解释的了。"② 这些到了 20 世纪 40 年代通通被删去。概括地说，罗根泽在 30 年代初受郭绍虞影响的那些"以西释中"的阐释内容，在抗战期间的修改中都被删去了。这反映了罗根泽治批评史学术观念的变化。1942 年，罗根泽在《学艺史的叙解方法》里论"辨似"的释义方法说：

> 凡是有价值的学说，必有独创的与众不同的异点，但创造离不开因袭，所以也有与众不殊的同点。不幸研究学艺者，往往狃同忽异，不是说某家与某家从同，就是说某人与某人相似。大抵"五四"以前好说后世的学说上同往古，"五四"以后好说中国的学说远同欧美。实则后世的学说如真是全同于往古，则后世的学说应当取缔；中国的学说如真是全同于欧美，则中国的学说应当废除。所以我们

---

① 罗根泽：《中国文学批评史》，第 222 页。
② 罗根泽：《中国文学批评史》，第 242 页。

不应当混合同异，应当辨别同异。辨别同异就是辨似。譬如讲文气说的很多，孟子说"我善养吾浩然之气"，是说的修养身心，不过对文学有相当影响。曹丕说"气之清浊有体，不可力强而致"，是说的先天的体气。苏辙说"文不可学而能，气可以养而致"，是说后天的气势。其他上自刘桢、刘勰，下至姚鼐、曾国藩，都有文气说，都有与众不同的异点，都待我们替他析辨，指出与他家的异同。学术没有国界，所以不唯取本国的学说互相比较，且可与他国的学说互相比较。不过要比较，不用糅合，更不要以他国学术作判官，以中国学术作囚犯。糅合势必流于附会，止足以混乱学术，不足以清理学术。以他国学术作判官，以中国学术作囚犯，则不止是自夷于奴婢，而且是率已死的列祖列妣的洁白高贵之身，使其亦作人奴婢。皇皇华胄，弈弈青年，不会作这种勾当吧！

《学艺史的叙解方法》就是 1943 年版《中国文学批评史》的"绪言"，这段文字在"绪言"里略有变化，最后一句改为"岂只是文化的自卑而已"。可以推论，二三十年代学者以"纯文学""杂文学"解释"文""笔"，在抗战时期的罗根泽看来，就是"糅合""附会"，是"以他国学术作判官，以中国学术作囚犯"，是文化自卑的表现。所以他当时修改增补《中国文学批评史》，把这些内容通通删去。

　　罗根泽治文学批评史的学术观念的变化，根源于他在抗战期间形成的"学术救国"思想。罗根泽 1939 年在《学术救国与救国学术》中说："凡足以削弱国家观念和民族意识的都应当避免，足以助长国家观念和民族意识的则应当提倡。"[①] 该文还对"外国学术做了独裁的法官，中国学术做了阶下的囚犯"提出警戒。罗根泽充满信心地提出："我们不能久作西学的奴隶，而要自

---

① 罗根泽：《学术救国与救国学术》，《精诚半月刊》1939 年第 6 期。

己创造与西学相埒或驾西学而上的学艺。"① 正是意识到人文社会科学的学术独立性和学术救国的迫切性，罗根泽才在《中国文学批评史》中避免"以西释中"的阐释模式，尊重中国文论的自身特征和独特价值。朱自清对罗根泽《中国文学批评史》的这个特点认识得很清楚，称赞他"能将一时代还给一时代"，"切实地将中国还给中国"，意即纵向上能抓住各个时代文学批评的发展特征，横向上不机械地中西糅合，而能尊重中国文学批评的独特性，发掘出中国文学批评的特点。②

以上通过对郭绍虞与罗根泽的比较，特别是罗根泽自身治《中国文学批评史》前后观念的比较，以说明在中国文学批评史学科发轫时期，治学理念上从"以西释中"到学术独立、学术建国的转变。但是，这种转变在"龙学"研究上似乎表现得不明显。撇开对《文心雕龙》的校勘、注释不谈，就理论研究来说，依笔者目力所及，只有方孝岳、罗根泽、朱恕之等少数人能超越"纯文学"观念的限制。方孝岳《中国文学批评》为《文心雕龙》列了专节，标题曰"发挥'文德'之伟大是刘勰的大功"，称："彦和的学问十分博大，他这书可以说是总括全体经史子集的一部通论。"③ 罗根泽《中国文学批评史》对刘勰"原道"文学观持肯定态度④，罗根泽的学生朱恕之《文心雕龙研究》说："'文心'就是讲作文怎样用心的；换一句话说，也就是现在所谓'文章

---

① 罗根泽：《建国期中的文化建设》，《学生月刊》1940 年第 1 卷第 12 期。
② 这是经过抗战洗礼的一代学术的共同特征。朱东润在抗战期间对《中国文学批评史讲义》的修改也表现出"注重发掘中国自己的文学理论""不愿意仰外人之鼻息"的特点，参见拙文《从〈讲义〉到〈大纲〉——朱东润早年研究文学批评史的一段经历》，《古典文学知识》2006 年第 6 期。
③ 方孝岳：《中国文学批评》，世界书局 1934 年版，第 94 页。
④ 罗根泽《中国文学批评史》（人文书店 1934 年版）之第八章"论文专家之刘勰"第三节"几个主要的文学观"，列举的是"自然的文学""抒情的文学""创造的文学""载道的文学"，说："刘勰所以'原道''征圣''宗经'的原因，是在矫正当时文学的艳侈流弊……所以刘勰之主张载道的文学，是无庸奇异的。"至重庆商务印书馆 1943 年版，罗根泽将"载道的文学"改为"原道的文学"，调整至"自然的文学"前面，内容除把"载道"改为"原道"外，没有变化。

做法'的意思了。"①除此之外，大多数"龙学"研究者对自身所持的"纯文学观"并没有做出深刻的反省，依然坚持以"纯文学观"为标准评判《文心雕龙》理论的是非得失，依据西方而来的近代文学观念阐释和评论刘勰的文论观念，如华胥说："今以近代论文之书与之相比附，以见刘氏虽生于千数百年之前，而其胜义精言，往往与晚近之文学理论若合符契也。"②

第三节　"纯文学"视野下现代"龙学"的理论偏见

其实，两种理论观念之间是不能互释的，拿一种理论阐释另一种理论，就是以剥夺被阐释者的理论独特性为代价。现代"龙学"史的不少研究成果，就是采取"以西释中"的方式，以刘勰的文论观念比附现代的文学理论，如陈冠一论刘勰的文学观有三端：主自然、主写实、主创造。③王守伟说："（刘）彦和底观念是这样：他承认情感是文学的生命，也就是说文学是情感的结晶，凡是真正的文学必是充满了丰富的情感。"④朱伯庸说："《物色》篇者，物观之文学论也。"⑤这些论断似乎并没有错，但至少是"高而不切"，并不完全契合刘勰的本意和《文心雕龙》的真实内容，只是拿刘勰《文心雕龙》来比附现代文学理论，并没有给现代文学理论提供多少有益的滋养。传统文论的价值不在于它有多少内容符合现代文论，而在于它能为现代文论提供多少独特的思想资源，它能在多大程度上纠正现代文化与文学上的问题。

以现代"纯文学"观念为基础研究《文心雕龙》，产生了诸多理论偏见，

---

① 朱恕之：《文心雕龙研究》，南郑县立民生工厂 1945 年版，第 5 页。按，第 77 页称"吾师罗根泽"，可推断罗、朱的师生关系。又按，近人多把《文心雕龙》当作历史上的一部文学理论著作，只有王运熙等少数学者称该书"是指导写作，是一部文章作法"（《文心雕龙探索》，上海古籍出版社 2012 年版，第 7 页）。王运熙先生的观点或受朱恕之的启发。
② 华胥：《文心雕龙丛论》，《暨阳校刊》1947 年第 5 期。
③ 陈冠一：《文心雕龙之研究》，《楚雁》1935 年第 2 期。
④ 王守伟：《刘彦和对于文学的情感与技术底观念》，《苎萝》1935 年第 17、18 期。
⑤ 朱伯庸：《物观文学论者刘彦和》，《泸江》1933 年第 2 卷第 4 期。

除了上述将刘勰文论进行现代阐发和比附之外，举其要者有三。

第一，在对刘勰的"大文学观"给予苛刻的批评和否定之同时，相对地，标举萧统的"事出沉思""义归翰藻"为"纯文学"观，人为地把刘勰与萧统置于"杂文学"与"纯文学"对立的两面。① 始作俑者，还是那位年轻的杨鸿烈。他在批评刘勰的文学观念"犯下了一个大错"之后两年即1924年，又发表了《为萧统的〈文选〉呼冤》，说萧统"认为是文学的，必须有两个条件：在内容方面要有情感，在形式方面要美丽"，他"十二分地佩服""萧统弟兄那样文学观念的正确"，"这种文学观念在齐梁时代就有过，是很可以算中国在世界文学史上的一件光荣的事"。② 杨鸿烈为了张扬自国外新引入的"纯文学"观念，抑刘扬萧的态度非常明显。之后，有不少论者都认为萧统明确划分了文学与非文学的界限，似乎萧统提出了中国的"纯文学"观念，如谢康说：

> 昭明一生度过美化的生活，嗜好审美的文学，知道唯有"沉思翰藻"的才可以当一个"文"字，这就是现代文学分类只承认美术文是纯文学的领域的意思。明白了这一层，对于昭明的文学思想和《文选》的工作，方才有基本的概念。③

直到现在还有人继续这个说法，认为"萧统选文之宗旨，实与近代纯文学领域相合"④。这些都是"以西释中"的结论，是拿现代文学理论来解释古代文论，将古人现代化。其实刘勰与萧统的文学观念并没有太大的差异，不论从"文体论"还是从对文章音韵、对偶、辞藻、用典的重视上看，两者都是大同

---

① 传统文论中，很少有人将《文心雕龙》与《文选》两书对立起来，晚清孙梅《四六丛话》卷三十一曰："昭明太子纂辑《文选》，为词宗标准。彦和此书，实总括大凡，妙抉其心；二书宜相辅而行者也。"这是具有代表性的认识。
② 杨鸿烈：《为萧统的〈文选〉呼冤》，《京报副刊》1924年第7期。
③ 谢康：《萧统评传》，《小说月报》1927年"中国文学研究"专号。
④ 林聪明：《昭明文选研究》，文史哲出版社1986年版，第17页。

小异，共同反映了六朝时期的文章观念。之所以把二人区别开来，视为"杂文学"与"纯文学"的理论代表，完全是现代文学观念在作祟。

　　第二，现代"龙学"在文体论研究上出现严重的畸轻畸重现象。20 篇文体论中，《明诗》《诠赋》等少数几篇被认为论的是所谓"纯文学"，研究成果非常丰富，而其他 10 余篇涉及的文体被当作"杂文学"排除在"龙学"研究者视野之外。20 世纪前 80 年里研究《文心雕龙》"文体论"的单篇论文，据吴美兰编《〈文心雕龙〉研究成果索引 1907—1986》（暨南大学图书馆 1986年版）统计，《明诗》11 篇，《乐府》6 篇，《诠赋》6 篇，《颂赞》2 篇，《诔碑》3 篇，《杂文》2 篇，《谐讔》4 篇，《史传》7 篇，《诸子》2 篇，《论说》5 篇，《诏策》1 篇，《檄移》1 篇，只涉及了《文心雕龙》20 篇中的 12 篇，诗、赋、乐府被视为纯文学，因此研究集中在《明诗》《乐府》《诠赋》等篇上，其他文体多被当作"杂文学"置而不论。瞿兑之就对《文心雕龙》文体论的价值提出批评，说："在我们现在的看法，用途虽有不同，而体裁是不能绝对划分的。例如作章表的，何尝不可用论说中的议论？作碑传的，又何尝不可兼采诔祭中的哀吊？所以斤斤在这上面分别，是很不智的。将这一点解放之后，则《文心雕龙》所含的精义，全在左列各篇（按，指《神思》以下 24 篇）。"①其实古人评论《文心雕龙》，最为看重的是文体论部分，如《梁书·刘勰传》曰："撰《文心雕龙》，论古今文体。"晁公武《郡斋读书志》卷四曰："（《文心雕龙》）评自古文章得失，别其体制，凡五十篇。"高儒《百川书志》卷十八："（《文心雕龙》）凡五十首，评骚赋诗颂二十七家，定别得失体制。"到了现代"龙学"，研究重心才从文体论部分转向下编《神思》之后部分。研究者的现代学术视野促使"龙学"研究重心转向，这种转向当然有其积极意义，即更为关注《文心雕龙》的理论内涵和价值，但也留下了文体论研究畸轻畸重的遗憾。

　　第三，忽略刘勰的"大文学"观念，对一些问题的阐释与评论出现了偏

---

① 瞿兑之：《中国骈文概论》，世界书局 1936 年版，第 37 页。

颇。刘勰心中的文，是一切形诸文字的文章，甚至《书记》还提到许多不独立成篇的文字，范围非常广泛。——当然，他论述的重心还是在"五性发而为辞章"的"情文"。他所论之文章，在"政化""事绩""修身"各方面具有重要意义，"五礼资之以成，六典因之致用，君臣所以炳焕，军国所以昭明"①。因此文章的作者，即文士，不能是无节操、无治才、空疏不学之辈，而应该能"以成务为用"，"摛文必在纬军国，负重必在任栋梁；穷则独善以垂文，达则奉时以骋绩"②。在"立功"中"立文"，以"立文"实现"立功"。但是，现代"龙学"除了批评刘勰"文学观念不清晰"，还对《程器》的评论存在较大的偏差，有些论者从"纯文学"立场，以现代文学家的独立身份为标准，对刘勰的"摛文必在纬军国"的"文德说"提出较多批评。这种批评很难说是切中肯綮的。

总之，过去百年的现代"龙学"在理论阐释上存在一些"以西释中""以今律古"的现象，这类阐释的理论基础是现代的"纯文学"观念。"以西释中""以今律古"的阐释模式在特定的时空里有其存在的合理性，但是当代"龙学"的进一步发展，需要我们对这些阐释模式做出检省和反思，回到刘勰立说的根基上来，需要以更为宏通的视野，尊重中华"大文学"的传统，以此为基础，重新认识和研究《文心雕龙》这部伟大的中国文论巨著。

（原载《中国社会科学院研究生院学报》2019 年第 6 期）

---

① 王运熙、周锋：《文心雕龙译注·序志》，第 246 页。
② 王运熙、周锋：《文心雕龙译注·程器》，第 244 页。

下编 | 中国文论再审视

| 第十一章 |

文学史上的北游南归与文化认同

中国古代的读书人，从十余岁外出就傅开始，游学入仕，为官四方，一生就成了"东西南北之人"①。中国古代的政治地理格局中，南北之间存在政治和文化的对峙和融合：在江山一统时期，政治中心多在北方，南方为才士的渊薮，士子入朝，贬官外放，因此南北的迁徙要比东西的流宕，在历代士人心理上引起更为激烈的情感激荡、更为广泛的思绪波澜。空间方位是有情感意义的，如果说东与西隐含着生与死的生命意味的话，那么南与北则多是华夷之辨、出处冲突的政治文化隐喻。南北迁移在士人心中产生的剧烈情感震动，普遍地印记在历代士人的诗文中，据此可以梳理出中国文学史上普遍存在、清晰可辨的"北游""南归"现象。因政治格局的不同，"北游""南归"现象的具体情形也是各有不同的。

第一节 南北对峙形成的心理隔阂

早期的"中国"概念特指黄河流域的中原，随着历史的发展，中国的疆

---

① 《礼记·檀弓上》："今丘也，东西南北之人也。"孙希旦：《礼记集解》，中华书局1989年版，第168页。

域向四周特别是南方逐渐拓展，认同华夏文明的文化共同体也在同步拓展。中国疆域辽阔，内部文化多样。在华夏文明共同体之下，各地还保持着一定的文化独立性。即使在"率土之滨，莫非王臣"大一统的汉代，长江流域的吴楚两地也还存在强烈的地方意识，汉初景帝时的"七国之乱"就是吴、楚带头起来造反的。汉末瓜分豆剖，三国鼎立，吴楚与"中国"的对立意识进一步强化。王粲从长安南投荆州，《七哀诗》曰："复弃中国去，远身适荆蛮。"①分判荆楚与"中国"为二。诸葛亮游说孙权吴蜀联合抗曹曰："若能以吴越之众与中国抗衡，不如早与之绝。"②将吴越与"中国"相对立。三国时期近五十年的分裂，加深了时人这种南北对峙的心理隔阂。《世说新语》就记载了三国和两晋时期大量把江左、蜀地与"中国"相并峙的用例。西晋统一蜀吴后，中原政权对蜀吴士人多有压抑和戏弄。吴人周处，与其说死于讨伐北方叛军，还不如说死于梁王司马肜的阴谋。吴郡张翰在洛阳见秋风起，因思吴中菰菜羹、鲈鱼脍而南归，避免了杀身之祸。时人赞其见机，后世传为美谈。其实张翰之命驾而返，隐忍了吴人入洛后多少辛酸、无奈和愤懑！直至东晋迁都建业以后，吴楚和中原的心理隔阂才逐步得到改变。

这种南北的心理隔阂，在陆机诗文里有充分的反映。陆机出身东吴世家，为名将之后，祖陆逊为吴国丞相，父陆抗任吴镇军大将军，后拜大司马。西晋于太康元年（280）灭吴，陆机二十岁，二兄陆晏、陆景被晋军杀害。陆机被俘，北上入洛，真可谓亡国破家。次年送二兄灵柩归葬华亭，闭门读书十年之久，至晋惠帝永平元年（291）末，被征为太子洗马，再次赴洛，从此参与司马氏政权的斗争，终于惠帝太安二年（303）被成都王司马颖杀害。陆机入洛，既因为才华出众，博得张华等人的欣赏，也遭到中原世家卢志等人的侮弄。陆机诗文主要作于入洛之后，作为亡国之余，笼罩他诗文的是"黍离""麦秀"的悲哀。《白云赋》曰："盈八纮以余愤，虽弥天其未泄。"③这是

① 俞绍初：《建安七子集》，第 86 页。
② 陈寿：《三国志·蜀书·诸葛亮传》，第 915 页。
③ 陆机著，杨明校笺：《陆机集校笺》，上海古籍出版社 2016 年版，第 160 页。

多么深重的忧愤!

其实陆机的悲愤不只是因为亡国破家,也来自长期南北对峙所造成的心理隔阂。陆机并没有融入中原士人群体,他始终是一个"他者"。《叹逝赋》曰:"托末契于后生,余将老而为客。"① 在洛阳,他只是一个外来客。《答张士然》曰:"余固水乡士。"② 这是他的自我身份认同。《谢平原内史表》说得更为直接:"臣本吴人,出自敌国。"③ 吴是晋的敌国。同样,对待西晋,他也难免怀有敌国心态。警策之句"京洛多风尘,素衣化为缁"④,正是这种心态的反映。身事敌国,就像鸟投罗网一样,"借问子何之,世网婴我身","牵世婴时网,驾言远祖征"⑤,他身不由己地被裹挟到当时司马氏集团的权力倾轧中。《幽人赋》所谓"超尘冥以绝绪,岂世网之能加"⑥,只能是一种不可得到的奢望,终究不能做到《豪士赋》所谓"超然自引,高揖而退"⑦,只能如履薄冰地"叹祸至于何及"。

陆机的"吴人"意识非常浓烈,其诗文里弥漫着浓郁的桑梓之念。思亲、怀乡、念归,是他诗文的基本情感主题。《于承明作与士龙》曰:"南归憩永安,北迈顿承明。"《思亲赋》曰:"指南云以寄款,望归风而效诚。"⑧《赴洛二首》其一曰:"南望泣玄渚,北迈涉长林。"⑨ 南与北,在这些诗文里不只是空间方位,而是"臣本吴人,出自敌国"的隐喻,具有特殊的政治文化内涵,引起不同的心理情绪反应。这种心理意识,在陆机给中原士人的那些赠答诗文如《赠冯文罴迁斥丘令》《答贾谧》《答潘尼》等中是发现不了的。他赠答

---

① 陆机著,杨明校笺:《陆机集校笺》,第 138 页。
② 陆机著,杨明校笺:《陆机集校笺》,第 278 页。
③ 陆机著,杨明校笺:《陆机集校笺》,第 612 页。
④ 陆机:《为顾彦先赠妇二首》(其一),杨明校笺:《陆机集校笺》,第 295 页。
⑤ 陆机:《赴洛道中作二首》(其一)、《于承明作与士龙》,杨明校笺:《陆机集校笺》,第 216、231 页。
⑥ 陆机著,杨明校笺:《陆机集校笺》,第 121 页。
⑦ 陆机著,杨明校笺:《陆机集校笺》,第 68 页。
⑧ 陆机著,杨明校笺:《陆机集校笺》,第 83 页。
⑨ 陆机著,杨明校笺:《陆机集校笺》,第 209 页。

中原士人的诗文，都是泛泛地说一些冠冕堂皇的话，近似于《雅》《颂》笔调，情感总是隔着一层，心理上似乎有所防卫。而他给南方士人的赠答诗文《赠尚书郎顾彦先》《赠顾交趾公真》《赠从兄车骑》《答张士然》等中，思亲、怀乡、念归之情往往倾泻而出，如写给从祖昆弟陆晔的《赠从兄车骑》：

> 孤兽思故薮，离鸟悲旧林。翩翩游宦子，辛苦谁为心。仿佛谷水阳，婉娈昆山阴。营魄怀兹土，精爽若飞沉。寤寐靡安豫，愿言思所钦。感彼归途艰，使我怨慕深。安得忘归草，言树背与衿。斯言岂虚作，思鸟有悲音。①

用孤兽、离鸟自比。谷水、昆山，故乡的山水时刻萦绕心头，他反复地唱叹思乡的悲怀。

除了在诗文中流露浓郁的南方意识，身事北方朝廷的陆机还采取实际行动，上表举荐吴郡张畅、广陵郡戴渊，策问而录取丹阳纪瞻为秀才。特别是在《荐贺循、郭讷表》里，陆机径直说："至于荆扬二州，户各数十万，今扬州无郎，而荆州江南乃无一人为京城职者，诚非圣朝待四方之本心。"②为南方士人遭到中原政权的排斥鸣不平。

地域文化观念的对峙，有时还表现在具体的物件上。羽扇本是江南的物件，吴被灭之后，才流传到北方。羽扇为北方上流士人所接受，是有一个过程的。陆机《羽扇赋》假托楚国宋玉、唐勒皆操羽扇，山西与河右的诸侯掩麈尾而笑，于是宋玉铺陈羽扇之精良美妙，最终说得诸侯伏而引非。此赋中羽扇与麈尾，不正是南北方文化冲突的象征吗？虽然羽扇在两晋并不能真正取代麈尾，但是中原士人灭吴之后，翕然重之，未尝不是陆机等江南士人努力的结果。

---

① 陆机著，杨明校笺：《陆机集校笺》，第 273 页。
② 陆机著，杨明校笺：《陆机集校笺》，第 941 页。

　　实际上，陆机入洛后的处境是艰难的。北方士族卢志与二陆趣舍不同，一开始就为难他们，最终还是谗陷二陆，置之于死地。面对中原政权险境，陆机也有过"富贵苟难图，税驾从所欲"的念头①，但是能言而不能行，结果死于敌手。临刑叹曰："欲闻华亭鹤唳，可复得乎？"②念叨的还是南方的故物，引起后人无限感慨。二陆的悲剧未尝不是南北对峙的政治文化心态造成的。

　　陆机之后，再次感受到南北对峙带来深切苦痛的文人是庾信。庾信集中多次提到陆机，以"张翰不归吴，陆机犹在洛"③比拟自己留滞魏周。庾信具有与陆机近似的遭际，因此引为同调。庾信祖籍河南新野，但在东晋之初祖辈就随晋元帝过江，徙居江陵。庾信生于梁武帝天监十二年（513），父亲庾肩吾任太子中庶子，地位显赫。庾氏父子与徐摛、徐陵父子都文才出众，是萧梁皇室的文学贵游，创作宫体诗的名手，声名远播。但梁武帝太清二年（548）的"侯景之乱"彻底改变了他的人生，结束了他的贵游生活。梁元帝承圣三年（554），庾信被聘于西魏，出使长安，恰在此时，西魏攻伐江陵，对江陵百姓进行惨无人道的屠杀，庾信的二子一女相继沦没。不久梁被陈取代，西魏被北周取代。庾信在北周迁骠骑大将军、开府仪同三司、司宪中大夫，进爵义城县侯。虽然被奉若上宾，得到前所未有的宠遇，但一直被羁留在北周，至死不能回南方。他的诗文从前期的宫廷文学顿然转向了后期的流亡文学。

　　庾信与陆机一样，经历了亡国剧变，都背井离乡，滞留于敌国。南北对峙，是他们心头的梗结，在陆机诗文里表现为吴和京洛，在庾信诗文里则表现为自己的家乡江陵（梁元帝迁都于此）与西魏北周的都城长安，即其诗文里频繁出现的楚与秦的对立："周王逢郑忿，楚后值秦冤"④，"《鸡鸣》楚地

---

① 陆机：《招隐》，杨明校笺：《陆机集校笺》，第 227 页。
② 刘义庆著，杨勇校笺：《世说新语校笺·尤悔》，中华书局 2006 年版，第 806 页。
③ 庾信：《和张侍中述怀》，倪璠注：《庾子山集注》，中华书局 1980 年版，第 252 页。
④ 庾信：《拟咏怀二十七首》其十二，倪璠注：《庾子山集注》，第 237 页。

尽，鹤唳秦军来"①，"南冠今别楚，荆玉遂游秦"②。如果说两人的南北观念有明显差别的话，那就是陆机作了《辨亡论》《祖德赋》《述先赋》《吴大帝诔》等文章，努力为吴国正名，宣扬辉煌的祖德；而庾信是中原旧族，且当时南朝的文化正统地位已经确立，魏周朝廷的宗庙礼乐和碑铭鸿文都仰仗他的大手笔，他有文化优势感，不必再费词自我确证。庾信诗文中更多的是如《哀江南赋》《伤心赋》之类控诉侯景之乱、西魏入侵、皇室内乱造成天下丧乱、王室板荡，给江南百姓带来巨大灾难。而当年吴国孙皓面对西晋大军，是肉袒面缚自动投降的，没有大规模的杀戮，因此像《哀江南赋》描写的那种惨烈场景不会出现在陆机笔下。

陆机一直自认是"吴人"，而庾信则遗憾自己生在楚地却成了关外人。《率尔成咏》曰："倘使如杨仆，宁为关外人。"西汉的杨仆，耻为关外民；庾信屈节仕魏，复以入关为耻。"倡家遭强聘，质子值仍留"③，北方仕宦的显达并不能消弭他身事敌国的屈辱感。被迫留滞魏周，身似人质，他的壮情雄图消歇了，"移住华阴下，终为关外人"④，这是他一生的遗憾。虽然庾信得到西魏北周的高规格礼遇，但他感受到的是寒关凄怆、羁旅悲凉："予此衰矣，虽然有以，非鬼非蜮，乃心忧矣。"⑤内心悲怆，加剧身体的衰老。《卧疾穷愁》首四句曰："危虑风霜积，穷愁岁月侵。留蛇常疾首，映弩屡惊心。"⑥实际上是杯弓蛇影、胆战心惊地挨日子。他的整个情怀还是投向了南方的江陵和梁朝。"楚歌饶恨曲，南风多死声"⑦，他的诗文里最真切动人的是乡关之思、故国之念：他把梁元帝比作"南国美人"；"畴昔国士遇，生平知己恩"⑧，念念

---

① 庾信：《拟咏怀二十七首》其二七，倪璠注：《庾子山集注》，第249页。
② 庾信：《率尔成咏》，倪璠注：《庾子山集注》，第339页。
③ 庾信：《拟咏怀二十七首》其三，倪璠注：《庾子山集注》，第230页。
④ 庾信：《拟咏怀二十七首》其五，倪璠注：《庾子山集注》，第232页。
⑤ 庾信：《竹杖赋》，倪璠注：《庾子山集注》，第37页。
⑥ 倪璠注：《庾子山集注》，第283页。
⑦ 庾信：《拟咏怀二十七首》其十一，倪璠注：《庾子山集注》，第236页。
⑧ 庾信：《拟咏怀二十七首》其三，倪璠注：《庾子山集注》，第230页。

不忘在梁朝所受的知遇之恩；"一思探禹穴，无用鎞皋兰"；"还思建邺水，终忆武昌鱼"[1]，忆念南方风物，希望能探游江南，归隐田园。然而这只能是"穷者欲达其言"的梦想。

由梁入魏的士子，不止庾信一人，如王褒、裴政、刘臻都与他经历相似。"虽言异生死，同是不归人！"[2] 因此他们之间诗歌赠答，倾吐共同的乡国之念，相互慰藉。如裴政在北周官至车骑大将军、仪同三司，庾信《和裴仪同秋日》曰："旅人嗟岁暮，田家厌作劳。……栖遑终不定，方欲涕沾袍。"[3] 落难人相互诉说悲伤心怀。当时一个江南僧人侃法师被招入关，后法师南归，庾信《和侃法师三绝》其一曰："秦关望楚路，灞岸想江潭。几人应泪落，看君马向南。"[4] 朋友归南而自己仍滞留北地，不禁断肠。对于庾信来说，北游是现实，南归是梦想。而在他的诗文里，北游是虚，是迫不得已；南归是实，是真正的主题。

魏晋南北朝的长期分裂和对峙造成士人被迫北游而不得南归的悲剧，是普遍存在的，不过对于陆机和庾信两个文人来说，更加刻骨铭心，他们的文学表达也更为触目惊心，成为文学史上的重要事件。所幸的是，隋代的江山一统，结束了这种南北对峙，这样的人生悲剧少了，士人心灵的创伤也逐渐被抚平了。

第二节 天下一家时期文学中的南北问题

天下久分必合，隋唐结束南北对峙的政治格局，实现了政权的统一，历史进入新的辉煌时期。统一的政权随即采取了一系列措施弥合南北之间的裂

---

① 庾信：《拟咏怀二十七首》其二十、《奉和永丰殿下言志十首》其八，倪璠注：《庾子山集注》，第243、336页。

② 庾信：《和王少保遥伤周处士》，倪璠注：《庾子山集注》，第306页。

③ 倪璠注：《庾子山集注》，第302页。

④ 倪璠注：《庾子山集注》，第369页。

痕，唐太宗时期编撰《氏族志》将普天下的土著百宗纳入一统；实行科举考试代替过去的乡举里选，不论南北士人都有进身之阶，全国举人都可自由报考，进士及第即可授官；思想文化上，经学、史学和文学都兼收并蓄，真正做到了南北统一，天下一家。晚唐时闽人王棨《江南春赋》所谓"今日并为天下春，无江南兮江北"①，反映了天堑变通途以后唐代士人的南北一体观。梁启超曾说："盖调和南北之功，以唐为最矣。"②没有了南北对抗，唐代文人浪游梁宋，探海吴越，漫游生活几乎无远弗届，胸襟和眼界都比六朝文人更为开阔，在他们的诗文里很难读到像陆机和庾信那样南北对峙的情绪。

于是，唐代文学中的南北问题呈现出另一番景象。长安是全国的政治和文化中心，洛阳可以说是副中心，不仅唐皇帝经常驻跸洛阳，中央最高机构中书、门下、尚书三省都在洛阳设府，武后、玄宗在洛阳举行过多次进士考试，代宗永泰元年至大历十一年（765—776）正式设置两都贡举。长安和洛阳是举子荟萃、猎取功名的地方。正如李观所感叹："士有才与艺，而不北入洛、西入秦，终弃之矣。"③唐人赠序之类诗文，多鼓励年轻人北游京师谋取功名。如柳宗元《送徐从事北游序》曰："生北游，必至通都大邑。通都大邑，必有显者，由是其果闻传于世欤！"④只有获得了功名官位，才能将儒家之道施于事，及于物，而成为真正的儒者，实现抱负。唐代诗人无不直白地表达出对长安、洛阳的神往之情。李白诗曰："总为浮云能蔽日，长安不见使人愁。"⑤杜甫诗曰："夔府孤城落日斜，每依北斗望京华。"又曰："云白山青万余里，愁看直北是长安。"⑥郑谷曰："黄花催促重阳近，何处登高望二京。"⑦

① 董诰编：《全唐文》，中华书局1983年版，第8024页。
② 梁启超：《中国地理大势论》，吴松等点校：《饮冰室文集点校》，云南教育出版社2001年版，第1808页。
③ 李观：《与处州李使君书》，《全唐文》，第5404页。
④ 柳宗元：《柳河东集》，上海古籍出版社2008年版，第418页。
⑤ 李白：《登金陵凤凰台》，王琦注：《李太白全集》，中华书局1977年版，第986页。
⑥ 杜甫：《秋兴八首》（其二）、《小寒食舟中作》，仇兆鳌注：《杜诗详注》，中华书局1979年版，第1485、2062页。
⑦ 郑谷：《漂泊》，严寿澂等笺注：《郑谷诗集笺注》，上海古籍出版社2009年版，第352页。

（二京指长安、洛阳。）二京是全国政治文化中心，积极入世的唐代士人念兹在兹，谁都不愿意离开。"自从别京华，我心乃萧索"①，道出唐代诗人的共同心声。而且，正统文人一直是在维护这个政治和文化中心的。中唐时河北军阀割据，招引京城失意者归之，妄图与中央对抗。韩愈作《送董邵南游河北序》不赞同董生北游并希望他寻访燕赵的忠义之士归顺朝廷为大唐效力，张籍拒绝地方割据军阀李师道的征召，都是出于对唐朝中央的忠诚拥护。

唐朝时南方文化逐渐兴起，人口大量增加，士人参与政治的热情高涨，参加进士考试的人愈益增加，于是送落第的南方士人还乡，就成了赠送诗文的一个重要主题。翻阅唐人诗文集，送落第之人南还、东归的赠序比比皆是，成了一种文化现象。盛唐时期这些赠送诗文多是积极的勉励之词，失败里看到希望，同情中充满鼓舞。如陶翰《送谢氏昆季下第归南阳序》劝勉曰："他日之奋六翮、登九霄，未为后耳！"又《送田八落第东归序》曰："夫才也者，命在其中矣。屈也者，伸在其中矣。"②既是安慰，更是鼓励。王维《送丘为落第归江东》曰："知祢不能荐，羞为献纳臣。"对不能推荐丘为表示自责。《送严秀才还蜀》曰："献赋何时至，明君忆长卿。"鼓励他来年再战。《送綦毋潜落第还乡》曰："吾谋适不用，勿谓知音稀。"③可谓循循善诱，宽怀慰勉。其中毫无南北之见，充满了积极有为、劝勉鼓舞的话。南北问题在唐代士子身上表现为对政治权力中心的向往、靠近、参与的热情和这种热情不能实现而带来的失落与不平。

唐时的朝廷重京官，轻外官。京师乃衣冠所聚，声名所出，夤缘晋身的机会更多，因此士人任京官后多不愿意外出。唐朝的贬谪制度，"京职之不称者，乃左为外任；大邑之负累者，乃降为小邑；近官之不能者，乃迁为远

① 高适：《淇上酬薛三据兼寄郭少府微》，刘开扬笺注：《高适诗集编年笺注》，中华书局1981年版，第53页。
② 董诰编：《全唐文》，第3382页。
③ 陈铁民：《王维集校注》，中华书局1997年版，第210、82、27页。

官"①。朝廷官员或贬为州刺史，或谪为县尉，数年后遇赦或有政绩而可以量移近地甚至返京。唐代京官以北人为多，而贬谪之地，"南方较之北方，岭南道及江南西、东道较之其他诸道，流贬人数更为集中"②。客观上对于开发偏远的南方、移风易俗、提升文化是有意义的。但从北到南，从京华到蛮荒之地，辽远的空间对比和巨大的人生落差，给士人带来剧烈的心理冲击，因此贬谪成了唐代文学的一大主题，贬谪文学中出现了新的南北空间问题。送贬谪之官，多如王维《送杨少府贬郴州》"长沙不久留才子，贾谊何须吊屈平"③那样宽慰劝勉对方迟早会返京复职。而对被贬者来说，南方"处处山川同瘴疠，自怜能得几人归"④，"瘴疠扰灵府，日与往昔殊"⑤，担心一把骨头老死于瘴疠之地。一直到北宋，秦观被贬郴州还抱有唐人这种心态，苏轼、黄庭坚虽然同遭远斥，但学道坚实，能战胜穷达。今人对唐宋贬谪文学多有研究，兹不赘述。单单从南北问题的视角来看，北方的京华是万人仰望的中心，是士子实现梦想的所在；而南方荒蛮瘴疠之地，是官员的梦魇。北游的热情和憧憬，南还的失意和无奈，南遣的酸苦和绝望，成为唐人诗文中常常出现的空间情感。若回头与六朝陆机、庾信等人的诗文相对照，会发现南北的文化意味和情感意义发生了反向性的转变。

明朝同样是天下一统，而南北问题则出现了新的特征。每一个新兴的朝代都给士子带来新的希望，激发士人参与政治的热情。但是明初朱元璋大量起用北方士人，对南方士人多有疏远和压制，尤其是在永乐迁都北京之后，朝廷中南北矛盾较为突出，高位多为北人占据，南方士人普遍地遭到打压和

---

① 王溥：《唐会要》，中华书局 1955 年版，第 1199 页。
② 尚永亮、邹运月：《唐五代贬官规律与特点综论》，《华中师范大学学报（人文社会科学版）》2008 年第 1 期。
③ 陈铁民：《王维集校注》，第 627 页。
④ 宋之问：《至端州驿见杜五审言、沈三佺期、阎五朝隐、王二无竞题壁，慨然成咏》，陶敏等校注：《沈佺期宋之问集校注》，中华书局 2001 年版，第 433 页。
⑤ 柳宗元：《读书》，《柳河东集》，第 741 页。

打击。① 而明代江南经济发展迅速，生活富庶，因此士人在京师遭到压抑后，往往选择致仕归田，逍遥园林，以诗酒歌舞为乐。弘治正德年间泉州人蔡清所谓"凡百有退无进，自甘槁死于下矣"②，是南方士人较为普遍的仕宦心态。江南士人多田园等产业，有丰厚的经济来源，不必依靠俸禄过活，因此多有辞官归乡者。何良俊就"有清森阁在海上，藏书四万卷，名画百签，古法帖彝鼎数十种"③，自然不愿意局促于南京翰林院孔目这样的微官受人挤对，而早早辞官归隐。南方士人一旦看清报国无门就抽身而退，凭江南经济足可颐养天年。或者像顾宪成等人那样，受到朝廷排挤回乡后，结文社以抗争。总之，明朝虽然一统，但政局中的南北是撕裂乃至对立的。北方对南方的排挤和压制，导致南方士人与政治中心渐相背离，甚至相抗争。而大量南方文士的乡居，促使南方文学的兴盛和地域风格的愈益凸显。

第三节　易代之际，南人对北方异族政权从抗拒到靠拢

中华民族的历史是中华大地上的兄弟民族在冲突中相互融合的过程。异族入主中原带给南方汉族士人的，往往是双重的价值冲突：除了忠君观念，还有"华夷之辨"的问题。宋元、明清易代之际的南方士人，都不得不面对它。

南方士人对元政权的态度有一个从抗拒、徘徊到靠拢的转变过程。

元军南下时，遭到了南方士众的激烈反抗，特别是江西、福建一带如文天祥、谢枋得、郑思肖、谢皋羽等人最为顽强，宁死不屈。但是到了他们的后一辈，如吴澄、何太虚、揭傒斯、戴表元、虞集等人，元朝的江山已经稳

---

① 可参见郑克晟：《明初江南地主的衰落与北方地主的兴起》，《北京师范大学学报（人文社会科学版）》2001 年第 5 期。

② 蔡清：《上东山刘先生书》，《四库全书存目丛书》集部第 42 册《蔡文庄公集》，齐鲁书社 1997 年影印本，第 626 页。

③ 张廷玉等：《明史·文苑传·何良俊传》，中华书局 1974 年版，第 7364 页。

固，反抗已没有意义。是继续隐居乡间不与元朝合作，还是抓住较早投靠元朝的南人程钜夫给予的机会而臣服并参与新政权？这是南方年轻士子不能不面对的两难选择。吴澄于至元二十三年（1286）底被程钜夫举荐至大都，随即以母老辞归；大德六年（1302）因董士选力荐，再入京师，次年又南归。这"两征两起"就体现了他的心灵挣扎。吴澄最后还是采取了合作的态度，并以"士之生斯世也，其必有以用于世也"①的道理鼓舞弟子黄孚（字文中）赴京师展其才用。他在至大元年（1308）撰作《送何太虚北游序》，鼓励表弟何中（字太虚）入京。而何中是抗元志士何天声、何时的后代，北上入大都自然怀有沉重的心理负担，最后还是悻悻而归，一生都是"南冠故国人"②。好友揭傒斯在京，馆于程钜夫门下，送何太虚南归并赠诗："步出城南门，怅望江南路。前日风雨中，故人从此去。"③江南和京城，一对好友从此就人生异路了。吴澄应元朝廷的征辟，北上入都出任国子监丞。当时江西庐陵的刘岳申称赞说："方今出宰大藩、入为天子左右大臣者，皆世胄焉。以故中州之人，虽有杰然者，不在是任；然则南士愈不敢望矣。使先生以道教胄子，他日出宰大藩与为天子左右大臣者，皆出先生之门，是犹先生之志得而道行也。此世道生民之福也。"④吴澄出任国子监丞，不是屈身元朝，而是造就人才、大行儒道的好机会，意义重大。的确，后来吴澄成了元朝大儒，对于元朝国家意识形态的建设发挥了重要作用。

宋亡之后，许多南方文士对于是否认同新政权并与之合作都有过踌躇，在人生选择上出现了分歧。何太虚、戴表元选择隐居家乡；吴澄、虞集、揭

---

① 吴澄：《送黄文中游京师序》，《四库全书存目丛书》第 21 册《草庐吴先生辑粹》，齐鲁书社 1997 年影印本，第 533 页。

② 何中：《正月五日吾族诸老儒服纵游》，《北京图书馆古籍珍本丛刊》第 94 册《知非堂稿》，书目文献出版社 1997 年影印本，第 456 页。

③ 揭傒斯：《晓出顺承门有怀何太虚》，李梦生标校：《揭傒斯全集》，上海古籍出版社 2012 年版，第 61 页。

④ 刘岳申：《送吴草庐赴国子监丞序》，景印文渊阁《四库全书》第 1204 册《申斋集》，商务印书馆 1986 年影印本，第 174 页。

倮斯则出仕新朝，任职翰林院、国史馆等，或为儒学教授。但总的趋势是越来越认同并靠拢新兴的元政权；"华夷之辨"的观念被淡化，代之以"以天下为一家，以中国为一人"的新的国家观①。蜀人家铉翁是比较早就提出这种国家观的。他的遭际有点儿近似庾信，宋末奉使元营，滞留馆中，宋亡后守志不仕，馆河间（今属河北省沧州市），以《春秋》教授弟子。他读到元好问那部兼收南宋出使金国使臣诗歌的《中州集》时，称赞元好问胸怀卓荦过人，是"天下士"，远胜于那些小智自私者，同室藩篱，一家尔汝。他题词曰：

> 世之治也，三光五岳之气，钟而为一代人物。其生乎中原，奋乎齐鲁汴洛之间者，固中州人物也；亦有生于四方，奋于遐外，而道学文章为世所宗，功化德业被于海内，虽谓之中州人物，可也。盖天为斯世而生斯人，气化之全、光岳之英，实萃于是，一方岂得而私其有哉？迨夫宇县中分，南北异壤，而论道统之所自来，必曰宗于某；言文脉之所从出，必曰派于某：又莫非盛时人物范模宪度之所流衍。故壤地有南北，而人物无南北，道统文脉无南北。虽在万里外，皆中州也，况于在中州者乎？……夫生于中原，而视九州四海之人物，犹吾同国之人；生于数十百年后，而视数十百年前人物，犹吾生并世之人。②

家铉翁虽然自称死后墓碑上要镌刻"宋使姓某其名某"做大宋的遗民，但他的这一段"壤地有南北，而人物无南北"的议论，可谓堂堂正正。中州、中国不是地域的划分，而是根据于道统文脉。不论天南地北、四方遐迩，只要承传中华道统文脉的，就属"同国"。当时多族文士越发认同中原文化，如契丹族耶律楚材提出以儒治国，以佛治心；回族诗人萨都剌长期接受儒家文

---

① 孙希旦：《礼记集解·礼运》，第 606 页。
② 家铉翁：《题中州诗集后》，元好问编：《中州集》，中华书局上海编辑所 1959 年版，第 572 页。

化的熏陶；先世为西域贵族的马祖常作文专以先秦两汉为法。元仁宗及其后朝廷大力推行崇文尊儒的政策，就是南北合力，试图建构儒家的道统文脉以整合多族为一家。

　　元代中期以后，入朝为官的南方士人越来越多，他们北上大都后，不再作为"他者"而存有陌生感。浙江临海人陈基曾追随著名学者黄溍游京师，授经筵检讨，后因罪回归吴中。即使如此，他对京师依然充满神往之情，其《送陈希文北上序》比喻说："京师，士大夫之天池也。"[①]鼓励同学陈希文北上，翱翔乎帝乡，徘徊于清都。顾瑛虽然隐居昆山玉山草堂，但《送陈希文秀才北上》末联曰："圣主筑台延国士，虎头食肉定封侯。"[②]多鼓舞激励之意。李存为"江东四大儒"之一，虽在家乡办书院讲学，但撰作多篇赠序鼓舞年轻人北游京师，在天下为一、六合一家的当时，猎取功名。眉州人蒲道源《送罗寿甫北上序》说："夫有可用之才，居无可用之地者，君子之不幸也。无可用之才，居有可用之地者，君子之所耻也。吾子孳孳力学，求免夫后日之所耻；皇皇远涉，思胜夫今日之不幸：可谓有志矣。鸣呼，中州无贤士大夫则已，如有贤士大夫，其必有合焉。则吾子之志，不患乎不伸矣。"[③]可用之才，谋求可用之地。这大约可以代表元代中后期南方士人的普遍心态。作为道统文脉的维护者，他们参与元朝政权，已经毫无道德负担。到了元明易代之际，江南人竟至于想"北降于元以拒明"[④]。这恐怕是文天祥、谢枋得、何太虚等人做梦都想不到的。

　　明清易代以后，南方士人再次面临痛苦的两难选择。清军入关南下，实行残酷的杀戮，遭到南方士众的激烈抵抗。统一南北后，清廷主动采取一系列措施吸纳汉族文士，南方汉族士人是否该投身清朝政权？北游？南归？这一抉择又成了他们不得不面对的难题。

① 陈基：《夷白斋稿》卷十九，《四部丛刊》三编，上海书店出版社1936年影印本，第3页a。
② 顾瑛：《玉山璞稿》，中华书局2008年版，第21页。
③ 蒲道源：《闲居丛稿》，李修生主编：《全元文》第21册，凤凰出版社2004年版，第189页。
④ 张廷玉等：《明史·王逢传》，中华书局1974年版，第7313页。

　　复社成员的抗清意志最为坚决，即使大势已去，也多以遗民自守，与北方的清廷对抗，保持不合作的态度。南与北，在他们的观念里是关涉"华夷之辨"的政治问题。湖北黄冈人杜濬崇祯七年（1634）后一直定居南京，参加复社活动。清军南下时，他"亦思提十万师，横行其间"[①]，但是南明小朝廷实无作为。杜濬后半生浪游于吴楚山巅水涯，足迹未过淮河以北。顺康时期，他对南人北游非常敏感而鄙夷，曾说："北游之彦，多所未识；北游之诗，多所不解哉！"当时有吴县后生吴炯（字初明）曾于康熙二十四年（1685）前两次北游京师，作《北征绝句》《北游诗》，"目击水患，则有仁人之言"，而无投赠干谒之辞，杜濬称赞他"举从前北游之乞态，一扫而空之"，但又劝阻他，"从此将以绕膝为俊游，而不数数然北其辕也"[②]。好友龚鼎孳仕清，仕途享通，康熙五年（1666）回里后返京，杜濬赠诗"古来光史册，知止最为难"[③]，劝其及时知止退隐。杜濬的女婿叶藩（字桐初），江苏昆山人，其祖叶有震、父叶慎行都死于顺治二年（1645）夏的清军昆山屠城，他与清廷有不共戴天之仇，却多次北游，有谋求官职之意。杜濬作赠序给予严厉斥责和阻止，甚至到相决裂的地步。文曰：

　　　　君子之爱人也，见其行事有不合于理者，则言之。言之有听不听，又或不但不听而益加甚焉，则与之言者，意本于相爱，而效至于益其疾，何贵于言乎？叶子桐初，所谓言之而益加甚焉者也。吾何以言为！虽然，吾老矣，言之而听，固不失其亲，其情可以感；言之而不听，而又益加甚，义亦可以别矣，则言其可废乎！
　　　　盖叶子之粤游也，万里之行，逾年而后返，此于理非甚不合也，可以无言也。叶子返不数时，不遑他及，孜孜汲汲然又将唯北游是

① 杜濬：《六十自序》，《续修四库全书》第 1394 册《变雅堂遗集》，上海古籍出版社 1995 年影印本，第 48 页。
② 杜濬：《北游诗序》，《变雅堂遗集》，第 11、12 页。
③ 杜濬：《送龚孝升先生北行》，《变雅堂遗集》，第 130 页。

务。此于理甚不合也，不可不言也。

嗟乎！叶子四十年前，四岁孤婴耳，严君不幸，母夫人秉节抱痛，辛勤鞠子，以至于总角授书，成童能文章，魁然丈夫，尺寸皆母恩，则尺寸皆父泪也。为叶子者，理宜刻苦读书，期破万卷，以《春秋》为法令，以《孝经》为表里，以管氏"六言"为门户，以康侯义例为断制，洁身隐约，力著一书，用明己志。其人其书，可垂久远，使贤者叹服，而凭吊及于先人，乃叶子之事也，奈何专以北游为嗜欲乎？盖叶子自粤游以前不及四年，而三游于北，何其勤也！义亦可以止矣。今又席不暇暖，约车戒徒，若有期会，何也？向使叶子犹平人，吾犹望其少异于众，不屑骈肩叠迹，面积尘而颡流汗，若群丐之争朱门，见之唯有却走，乃为得也。何况别有怀抱如叶子者？无论三千里之程，冒寒触暑，俱属无谓；即见星而起，与众并驰，策其马而北向，惟恐其不及。其时自寻面目，得毋觉其不类乎？……或曰，叶子此行，为葬其亲计也。余曰：噫，是何言与？惟此一事，于此行尤不相宜耳。以此营首邱，是伤亲之心也！诚如是，叶子可以别矣！ ①

文章反复提及叶藩的祖、父惨死于清军南下的不同寻常的身世，谆谆教诲又严词告诫，阻止叶藩北游。在杜濬的阻挠下，叶藩终究未能出仕，生活穷苦潦倒，直到杜濬去世后，才入曹寅的苏州织署幕。而在崇祯举人、后出仕清廷的王岱看来，叶藩不必背上沉重的道义包袱，"可显可晦，俱无碍其身名，正不必守硁硁之节，以一邱一壑老矣"②。这正是王岱与杜濬不同的出处观的表现。

杜濬好友、安徽桐城人方文，明末诸生，入清不仕，与复社、几社的遗

---

① 杜濬：《送叶桐初北行序》，《变雅堂遗集》，第 42 页。

② 王岱：《题叶桐初白云图》，《四库禁毁书丛刊》第 91 册《了庵诗文集》，北京出版社 2000 年影印本，第 656 页。

民交往，声气相求。南和北，对于他来说具有强烈的政治情感意味。《泣象行》叙写一头忠义的大象要从西南送至北京。"象奴虽贱南方人，屈膝北人愤所切"①，表面写大象，实则抒写诗人的愤切。当时有河北"三梁"梁以楠、梁以樟、梁以桂忠于明朝，福王兵败后，隐居江苏宝应，谢绝清廷召用。方文歌赞他们曰："君家兄弟本燕人，坟墓田园在京国。其性乃如鹧鸪鸟，飞必向南不向北。""老死南方不归北，分明亦是露筋人。"②友人夏又新以岁贡入京，方文作诗相送，实为劝阻，末句曰："只此堪终隐，何为蓟北行？"③顺治举人钱湘灵北游，方文作诗，中二联曰："蓟北风尘难作客，江南花鸟且怡颜。稍能薄粥供朝夕，何苦长途数往还！"④也有劝阻之意。北与南，不只是空间方位，还含有政治情感的隐喻，在当时特定情境下，是不同的政治方向。在方文的诗歌里，南京多称"旧京"，北京多称"北平"。这是有政治意味的。方文曾暂寓北平，但"身犹羁岱北，梦已遍江南"⑤，北京对他来说是他者，是羁绊，心梦还在江南。方文交往甚广，晚年时对屈事新朝者的态度才稍微宽容。崇祯举人姚子庄于康熙初年任安徽石埭知县，惠民有政声，方文《石埭访姚六康》曰："仕隐迹虽殊，素心终不暌。"⑥从中可看出一些遗民的态度有微妙的变化。

清初的江南，一方面与清廷存在较为严峻的对立情绪，读书人若屈身北上，往往成为当地民情物议的对象，如当时昆山一个姓侯的年轻人游燕，葛芝曰："侯子而北也，吾知天下致猜于侯子者相踵也。"⑦另一方面，繁重的赋税、萧条的经济、混乱的地方治理，又迫使一些读书人不得不寻求功名出路，

---

① 方文撰，胡金望、张则桐校点：《方嵞山诗集》，黄山书社2010年版，第110页。
② 方文：《梁仲木招同邓孝威饮琼华观醉后作歌兼怀令弟公狄》《露筋祠歌书梁公狄枢部诗后》，《方嵞山诗集》，第113、441页。
③ 方文：《饮夏又新山庄同李二则、孙曼倩》，《方嵞山诗集》，第752页。
④ 方文：《送钱湘灵北游，时予亦将之楚》，《方嵞山诗集》，第833页。
⑤ 方文：《昼寝》，《方嵞山诗集》，第568页。
⑥ 方文：《石埭访姚六康》，《方嵞山诗集》，第663页。
⑦ 葛芝：《送侯子游燕序》，《卧龙山人集》卷三，清康熙九年（1670）刻本，第11页a。

送人北游的赠序也往往以猎取功名后改善地方治理为主题。当时昆山叶方恒、叶方蔼兄弟就先后于顺治十五年（1658）、十六年（1659）中了进士，步入仕途。"闲居不识长安路"的葛芝撰赠序鼓励叶方恒在当今四方颠沛流离、百执事不修、数百万生民号呼的艰难时刻，应当愤然而起，有所作为。[1] 抗清失败隐居昆山的归庄赠送叶方蔼北上任翰林院编修的序文曰：

> 士君子既立朝，上则有补于衮职，中则有裨于世道，下则有造于乡里。余同里人也，先以乡里言之。今日之江南大坏矣！官吏贪猾，士卒骄悍，民力殚竭，士习卑下，人心险诈，风俗浮淫。是数者，亦贤士大夫之当念及也；念及之，则当思有以救之。稽载籍，咨有道，讲求实事，遇凡为吏、为使于江南者，皆有以告之，庶几其有瘳乎？如诿诸言责不在我，事权不属我，优游养望，坐致高位，此在庸人则然耳，非所望贤士大夫也。[2]

叶方蔼此前在"江南奏销案"中受到不公正的对待，实际上反映了地方吏治的腐败，归庄所言乃有感而发，但恰恰可见这位江南遗民考虑的只是"江南大坏"，而不是如何去为朝廷出力，南北情绪还梗阻在他的心头。海宁人陈确，曾受业于江南名儒刘宗周，入清后隐居不仕，但支持年甫弱冠的弟弟陈论（字谢浮）应康熙三年（1664）进士试，提出"出处一理"，并鼓励其弟陈论，"谢浮不出，而图吾民；谢浮诚出，而图吾民"，也就是说不论是否出仕，士都当"以斯世斯民为己事"[3]，立意更高了一层，出仕清朝也更具有正当性。在兄长鼓励下，陈论出仕，官至刑部侍郎。

　　随着大清江山日益稳定，大明祚运一去不返，江南士人对清朝政权的敌对态度逐渐转变，特别是康熙十八年（1679）清廷开设博学鸿词科，是一次

---

① 葛芝：《赠叶岷初序》，《卧龙山人集》卷八，清康熙九年（1670）刻本，第7页 a。
② 归庄：《送叶子吉太史北上序》，《归庄集》，上海古籍出版社2010年版，第234页。
③ 陈确：《送谢浮弟北上序》，《陈确集》，中华书局1979年版，第242、243页。

难得的机会，江南士子趋之若鹜。近 200 位被推荐者中，浙江和江南省有 143 人；录取一、二等 50 人中，浙江和江南省 38 人，真可谓"良朋多北去，江左欲群空"①。而一些复社社员的子弟，如万斯同，则以明遗民自居，虽被举荐而力辞不就。

就像抗元志士的后人在元代踌躇于出处问题一样，抗清志士和明遗民的后代若要响应清廷的招引，须放下比常人更为沉重的精神包袱。浙江鄞县人万泰、安徽宣城人梅朗中和沈寿民，都是"复社眉目"。是继续困守乡野，还是北上京师猎取功名？他们的子辈都面临了两难的选择。梅氏是宣城望族，梅朗中于"国变后誓不下楼者两年"，三十六岁英年早逝。孤子梅庚（字耦长，一字子长），康熙二十年（1681）举人，至康熙三十年（1691）已五十二岁，北上京师，赴礼部春闱。族叔梅文鼎撰赠序送行，其中曰："今夫燕台者，天下政治所从出，而四方英杰之所归。其公卿大夫莫不深明于理道之原，而汲汲于得士，若涉于江湖而需维楫者皆是也。诚得士如吾子长，其不有相见而恨其犹晚者与？子长行矣哉！"②梅文鼎此前曾奉明史馆之召入京，因此他能如此直接地表达对清廷的认同。可惜梅庚会试不中，拟返乡。此时万泰之子万斯同以布衣身份入职在京预修《明史》，作了一篇情真意切的《送宣城梅耦长南还序》，从回忆父辈的深厚情谊和坚贞名节叙起，谈到"从来名父之子难为继"的现象，最后归结至"惟各尊所闻，行所知，益崇令德，毋玷家声，可也"③。"毋玷家声"四字，有千钧之力，可令其汗流浃背。当时沈寿民之子沈公厚亦在京城，于康熙三十三年（1694）南回，万斯同撰赠序，强调"安常守困，庶几不坠家声"，并赠以《孟子》"守孰为大？守身为大"和《诗经·文王》"毋念尔祖，聿修厥德"二格言，相为勉励。④可见，抗清志士和

---

① 曹禾：《送周翼微入燕》，《晚晴簃诗汇》卷四二，民国退耕堂刻本，第 23 页 a。
② 梅文鼎：《送从侄子长北游序》，《清代诗文集汇编》第 131 册《绩学堂文钞》，上海古籍出版社 2010 年影印本，第 309 页。
③ 万斯同：《送宣城梅耦长南还序》，《万斯同全集（8）》，宁波出版社 2013 年版，第 265 页。
④ 万斯同：《送沈公厚南还序》，《万斯同全集（8）》，第 265 页。

明遗民的后代转变南北对立的情绪最为艰难缓慢。

　　江南士人转变立场入仕清廷，需要一种道义上的支撑。浙江鄞县人李邺嗣、范光阳（字国雯）都是黄宗羲弟子，继承刘宗周的学脉。范光阳要参加康熙二十七年（1688）会试，同门多有惋惜，李邺嗣则撰《送范国雯北行序》支持范氏北游。他说：

> 　　国雯之行，固亦吾道之光也。当夫子之世，吴越诸地尽号荆蛮，而子游氏独逾江蹈淮，从游于洙泗，遂得身冠文学之科，南方数千载菁华，尽从此辟。及典午过江以后，士子文章并在江左。其时伧荒之目，几比荆蛮，虽至于今犹然也。今国雯为黄门高弟，尽得所学，更负戴山之遗书，逾江蹈淮，历齐鲁之乡，北极燕中，尽以所载书转相传授，使人知今日圣学宗传，定在子刘子，而其及门老成尚在，讲席重开，一一见诸笔疏。于是北方之学者，亦为丕然一变。余知国雯必能力任其事矣，岂非吾道之光耶！①

　　这让人联想到前引刘岳申鼓励吴澄入京任国子监丞的话，刘岳申从继承道统、造就人才的角度立论，李邺嗣从吴越文明的源流说起，归结至刘宗周、黄宗羲的圣学宗传化及北方。这是以承续道统自居，为南人北游确立了道义的合法性。在这种道义的支撑下，清代中期以后，南方士人积极参与清朝政治，南士北游已经不再成为一个严重的问题。至清朝统治者久已逊国的 1924 年，浙江海宁人王国维因为溥仪被逐出宫而要投御河自尽，那种情感大约是杜濬、万斯同等人怎么也体会不了的。

---

① 李邺嗣：《送范国雯北行序》，《杲堂诗文集》，浙江古籍出版社 1988 年版，第 446 页。

结　语

中国幅员辽阔，乡土观念浓厚，历史上虽有纷争、割据和对峙，但总的趋势是分久必合、天下一家。中国是以文化立国，文化认同感可消弭地域差异性，政治的向心性、道统文脉的普适性和包容性要远远超越地域的狭隘性。地方独特性与文化统一性之间虽时有矛盾，但历代都能做出相应的调谐。正如家铉翁所说"壤地有南北，而人物无南北，道统文脉无南北"。正是中华文化凝聚九州八荒，"以天下为一家，以中国为一人"，保障了中国能够源流不断、江山一统。这一点，在今天依然有其重要意义。

（原载《民族文学研究》2022 年第 1 期）

| 第十二章 |

"文学"概念的古今榫合

中国近现代的"文学"概念,不是自然地从传统文化中发展而来的,而是在 19、20 世纪之交,由日本学者和欧美传教士从汉语传统中发掘出来的,以对译英语的 Literature。目前的研究,多关注于对这种中西对译的源头和路径的钩稽和描述。但是,因为现代的"文学"是一个引入的概念,引入后需要与传统对接,对传统的文学观念加以重释和改造,这就存在一个古今"文学"概念相互榫合的问题。这里的"古今榫合",不是通常意义上的"古今演变"。从内涵上说,固有的骈俪论接引了外来的审美文学观念,形成了中国的"纯文学"思想,试图取代过去的载道文学观;而在现代艰难时势中,"文以载道"并没有被审美超功利文学观完全取代,反而在 20 世纪三四十年代得到重新确立。从外延上说,传统的"文章"被排斥挤压,小说戏曲进入现代"文学"的中心;而强大的"文章"传统又使得"三分法"渐被"四分法"代替。中外"文学"概念相互修正,而最终硬性榫合起来。

第一节　从骈体正宗论到纯文学观

"美在形式"是西方美学的一个基本命题,具体到文学,语言美是文学之美的一个重要方面。早在西方"纯文学"观念引入之前的清嘉庆、道光年间,阮元就将文笔之论转释为骈散之争，强调"文"用韵比偶的语言之美。至近代，刘师培在中西文化冲突交融中重提乡贤阮元的"文笔论"并做出新的发挥，阮元立论的侧重点在用韵比偶，刘师培在此基础上进一步强调藻饰，提出："词之饰者，乃得而文；不饰词者，即不得为文。"①把藻饰之美视作"文之为文"的本质属性。基于这种藻饰论，他提出"骈文一体，实为文体之正宗"。在 1917 年的《中国中古文学史讲义》开篇就强调："惟俪文律诗为华夏所独有，今与外域文学竞长，唯资斯体。"刘师培提出藻饰文学观，一方面是继续与当时势头依然强劲的桐城古文争锋，另一方面是对梁启超等效法日本的"报章体""新民体"的扼制，同时也是应对自西方而来的审美文学观。他标举讲究藻饰的"俪文律诗"为中国的审美文学，以与西方文学相对应。骈文从唐宋明清时期被人"以为不美之名也"②，到近代被视为"固自有其特殊之美，不可磨灭"的文学样式③，固然是阮元、刘师培等自觉努力的结果，但也是西方近代审美文学观传入中国后带来的一种新认识。

以藻饰为文学之美，是当时许多人的共同看法。早期的新派文人也是从这个意义上理解文学美的，如常乃德致陈独秀信说："吾国之骈文，实世界唯一最优美之文。……愚意此后文学改良，说理纪事之文，必当以白话行之，但不可施于美术之文耳。"④意思是骈文作为最优美之文，还可以继续存在。蔡元培 1919 年 11 月 17 日在北京女子高等师范学校演说，谓："美术文，或者有一部分仍用文言。……旧式的五七言律诗与骈文，音调铿锵，合乎调适的原则，对仗工整，合乎均齐的原则，在美术上不能说毫无价值。"⑤显然在"美文"这一点上是认同刘师培的，与年轻的常乃德也比较接近。这样来看，蔡元培担任北大校长后聘请刘师培为国文系教授，解聘姚永朴等桐城派文人，

① 刘师培：《文章源始》，《国粹学报》1905 年第 1 卷第 1 期。
② 李兆洛《答庄卿珊》："今日之所谓骈体者，以为不美之名也。"《清代诗文集汇编》第 493 册《养一斋文集》卷八，第 119 页。
③ 梁启超：《痛苦中的小玩意儿》，《晨报纪念增刊》，晨报社出版部 1924 年版，第 288 页。
④ 常乃德：《致陈独秀》，《新青年》1916 年第 4 号。
⑤ 蔡元培：《国文之将来》，《北京高师教育丛刊》1919 年第 1 期。

未尝没有文学观念上的考量。新文化运动的主将陈独秀虽排斥骈文，但他也是从语言角度理解文学美的，在回复常乃德的信中，陈独秀说："结构之佳，择词之丽（即俗语亦丽，非必骈与典也），文气之清新，表情之真切而动人，此四者其为文学美文之要素乎？"[①]在《我们为甚么要做白话文》里，陈独秀从意思充足明了、声韵调协、趣味动人三个方面阐述文学的"饰美"。[②]比起阮元的"声韵排偶"论、刘师培的"藻绘成章"论，陈独秀对"文学美文"的界定更为宽泛，但他依然是从"饰美"即语言美的角度认识文学的审美性的。这实际上是中国文学观念中一个纵贯古今的传统，即重视文学的语言之美。

在"骈文正宗论"的氛围中，有人开始把传统的骈文与自西方而来的"美文"做对接。谢无量就认同刘师培的藻饰文学观，在《中国大文学史》中称："中国文章形式之最美者，莫如骈文律诗，此诸夏所独有者也。……故吾国文章，所长虽非一端，骈文律诗，则尤独有之美文也。"[③]又撰《论中国文学之特质》说：

> 中国文学为最美之文学。今世以文学为美术之尤美者，故谓之 Fine Art，然文学中又有美文 Belle-lettres，中国文字本为单音，形式整齐，易致于美，而六朝时之文，殆又美文之尤者焉。自汉魏以后，渐有文笔之分，其所谓文，大抵即如今所指美文，虽曰有韵为文，无韵谓笔，有韵云者，非专指句末之韵，一句之中取其平仄调适，亦谓之韵，故骈俪之文，声律之诗，皆是昔之所谓文，而美之至者也。……故欧美诸邦虽有美文而欲使体制谨密，差肩于吾国之骈文律诗，当属万不可能之事。

谢无量对外国的审美文学观已有充分的了解，他把"文笔论"中的"文"解

① 陈独秀：《答常乃德》，《新青年》1916 年第 2 卷第 4 期。
② 陈独秀：《我们为甚么要做白话文》，《晨报》1920 年 2 月 12 日。
③ 谢无量：《中国大文学史》，中华书局 1918 年版，第 40—41 页。

释为"美文"Belle-lettres，这远远超出了阮元和刘师培的界定，对稍后杨鸿烈、郭绍虞等都不无启发。

五四新文化运动后，杨鸿烈在《〈文心雕龙〉的研究》中径直说："我们中国从晋代以后，文学的观念就渐渐的确定；所谓'文笔之分'就是纯文学和杂文学有分别，狭义的文学和广义的文学有分别，这是文学观念进化的一件可喜的事！"①说"文"就是"纯文学"，"笔"就是"杂文学"，显然不符合刘勰、萧统的原义，也超越了阮元、刘师培的解释，是"纯文学"观念引入之后的牵强附会。但这却是20世纪二三十年代比较流行的说法。郭绍虞继续这种"以西律中"的阐释方式，创造性地解释"文笔"："'笔'重在知，'文'重在情；'笔'重在应用，'文'重在美感：始与近人所云纯文学、杂文学之分，其意义亦相似。"②通过这种重新阐释，自西方引入的"纯文学"观念在中国传统文论中找到了相对应的概念，相互嫁接，传统文论被赋予了现代意义。这种阐释是以对传统文论的扭曲为代价的。当时，李笠就敏锐地发现用西方纯、杂文学观解释中国"文笔"论之不妥：与西洋相比，我国文字更侧重于形式之美，"是以文笔之分，与西洋文学之区纯文、杂文，终难共轨"③。

第二节　审美超功利与"情的文学"

欧洲美学自康德提出"审美无利害"理论以后，超功利主义审美观成为近代美学的主流，席勒、叔本华、斯宾塞和王尔德等都主张审美超功利主义。在19世纪末20世纪初，这种超功利主义审美观念传入中国，汇聚为一股冲

---

① 杨鸿烈：《〈文心雕龙〉的研究》，《晨报副刊》1922年10月28日。按，杨氏《中国文学观念的进化》《为萧统的〈文选〉呼冤》（分别载《京报副刊》1924年第1—5期、第7期）表达了相近的认识，参张健《纯文学、杂文学观念与中国文学批评史》，《复旦学报》2018年第2期。
② 郭绍虞：《中国文学批评史》上册，商务印书馆1934年版，第3页。
③ 李笠：《中国文学述评》，中华书局1928年版，第11页。

决传统文学功利论的巨大力量。

在对西洋美学的介绍上，王国维得风气之先。他接受西方的审美超功利文艺观，突出文学的游戏功能、情感慰藉功能，反对以文学为手段追求眼前的实利。他说："文学者，游戏的事业也。"①这是源自席勒的艺术观。他引述席勒所谓"文学美术亦不过成人之精神的游戏"②的观点，基于此而抨击传统的实用文学为"餔餟的文学"，将文学当作奉和应制、巴结逢迎的手段，攫取眼前的实利，绝非真正的文学；甚至于说过"生百政治家，不如生一大文学家"③这样极端的话。王国维是近代中国审美超功利主义文学论的先行者。

20世纪初，西方超功利主义美学和文论的引介成为一股热潮。除了王国维介绍较多的康德、席勒、叔本华美学，如法国维龙④、英国斯宾塞⑤、德国黑格尔⑥等美学思想也纷纷被介绍到国内，文学的审美属性得到前所未有的重视，被标举为文学的本质特征。1904年左右，黄人编撰《中国文学史》，采纳日本太田善男《文学概论》的文学观念而提出："文学则属于美之一部分。……自广义观之，则实为代表文明之要具，达审美之目的，而并以达求诚明善之目的者也。"1907年又撰文说："盖文学之性质，多倾向于美的一方面而不暇兼及于真、善。"⑦同时，金天羽提出文学的双重美术性，即："文之为物，其第一之效用，固在表其心之感，其第二之效用，则以其感之美，将俪乎物之美以传，此文学者之心所以有时而显其双性也。"⑧心感之美，指作者因外物感动而兴起的美好情感；俪物之美，指这种情感通过生动直观的形象而得到逼真的显现。

---

① 王国维：《文学小言》，《王国维全集》第14卷，浙江教育出版社2009年版，第92页。

② 王国维：《人间嗜好之研究》，《教育世界》1907年第146期。

③ 王国维：《教育偶感四则·文学与教育》，《教育世界》1904年第81期。

④ 蒋智由（观云）：《维朗氏诗学论》，《新民丛报》第三年第22、24号。

⑤ 见蓝公武：《斯宾塞之美论》，《教育》1906年第1卷第2期；周越然、沈彭年：《实用与美观：英国斯宾塞杂说之一》，《江苏高等学堂校友会杂志》1911年第1期；等等。

⑥ 徐念慈：《〈小说林〉缘起》，《小说林》1907年第1期。

⑦ 黄人：《国文学赘说》，《东吴月报》1907年第8期。

⑧ 金天羽：《文学上之美术观》，《国粹学报》1907年第3卷第3期。

在认知上将审美尊为文学的本质属性，带来了文学观念的两大变化：

第一，接受康德、斯宾塞等人的理论，将实用与审美明确地区分开来，强调"纯文学"的审美超实用性。王国维 1905 年在《论哲学家与美术家之天职》中明确揭橥了"纯文学"的概念①，在他心目中，"纯文学"是审美超功利的，决不能有现实的功利目的。1907 年，周树人在《摩罗诗力说》中说："由纯文学上言之，则以一切美术之本质，皆在使观听之人，为之兴感怡悦。文章为美术之一，质当亦然。"文学，"益智不如史乘，诚人不如格言，致富不如工商，弋功名不如卒业之券"，"实利既尽，究理弗存"，因此对国家和个人没有实际的功用。但是，"涵养人之神思，即文章之职与用也"。这就是文学的"不用之用"。同年，严复翻译英人倭斯弗《美术通诠》的按语说："文字分为创意、实录二种，中国亦然。"②创意、实录，就是后来所谓美术文与应用文的区别。1913 年，汪炳台撰文区别"应用文字"和"著述文字"。所谓应用文字，就是实用的文章；所谓著述文字，主乎隐秀，不求人人必知，不必求达一时之目的，相当于当时的"纯文学"。③到了五四新文化运动前后，美术文与应用文，成为文章的基本分类。前者为"纯文学"，后者为"杂文学"。1917 年，方孝岳对"纯文学"的性质做出明晰的阐释：

> 今日言改良文学，首当知文学以美观为主，知见之事，不当羼入。以文学概各种学术，实为大谬，物各有其所长，分功而功益精，学术亦犹是也。今一纳之于文学，是诸学术皆无价值，必以文学之价值为价值，学与文遂并沉滞，此为其大原因。故著手改良，当定文学之界说，凡单表感想之著作，不关他种学术者，谓之文学（即西方的纯文学是文学）。……诗、文、戏曲、小说及文学批评等是也。本此定义，则著述之文，学术家用之；记载之文，史家用之；

---

① 王国维：《论哲学家与美术家之天职》，《教育世界》1905 年第 99 期。
② 〔英〕倭斯弗著，严复译：《美术通诠》，《寰球中国学生报》1907 年第 1 卷第 5、6 期。
③ 汪炳台：《论应用文字与著述文字之区别》，《吴县教育杂志》1913 年第 2 期。

> 告语之文，官府用之。是皆应用之作，以辞达意尽为极，不必以美
> 观施之也。世有作者，首当从事戏曲、小说，为国人先导，而寻常
> 诗文集，亦当大改面目。①

方孝岳对文学的内涵与外延做了明确的界定：文学以美观为主，单表感想，与以知见为主的学术相区别；文学包括诗、文、戏曲、小说及文学批评；各种著述、记载、告语之文都以实用为目的，不属于文学。此外，如张学古说："文章不出于美术、应用二端。"②王世瑛说："不明文学之义，混应用文与文学以为一，是不可也。……文学属于美之范围，应用文则只祈于实用。"③按照是否有功利目的，把文章划分为应用文与美术文是当时比较通行的做法。超功利的非实用性，似乎成为"纯文学"不证自明的特征，成为现代文论的一条原则。

第二，接受英国浪漫主义文学批评家德·昆西（De Quincey）的"知的文学""情的文学"的划分，强调"纯文学"的情感特征。日本太田善男的《文学概论》中引述了德·昆西的理论："文学有二：一知之文学，一情之文学。前者以教人为事，后者以感人为事。知之文学为舵，情之文学则棹与帆也。"黄人《中国文学史》从中引录了德·昆西之论，并据以界定"纯文学"。1911年黄人编纂《普通百科新大辞典》为"文学"下定义说："以广义言，则能以言语表出思想感情者，皆为文学。然注重在动读者之感情，必当使寻常皆可会解，是名纯文学。而欲动人感情，其文词不可不美。故文学虽与人之知意上皆有关系，而大端在美，所以美文学亦为美术之一。"这就是根据德·昆西对情与知的分辨而视文学"注重在动读者之感情"，"大端在美"。1914年，吕思勉《小说丛话》也接受了德·昆西的理论，从情与知的角度分辨"纯文学"与"杂文学"。此后出版的各类《文学概论》和《中国文学史》

---

① 方孝岳：《我之改良文学观》，《新青年》1917年第3卷第2期。
② 张学古：《美术文与应用文之根本谈》，《南开思潮》1918年第2期。
③ 王世瑛：《文学与应用文之区别》，《北京女子高等师范文艺会刊》1919年第1期。

类著作，多引述并认同德·昆西所谓"知的文学"和"情的文学"（或译为"力的文学"）。金受申《文学概论讲义》说得非常明白：

> 台昆雪氏（按，即德·昆西）曾把文学与其他科学的界限，分得十分清楚。他说："先有知的文学，后有力的文学；前者职能是教，后者职能是动。"这里所谓"知的文学"，便是指一切普通科学来说；所谓"力的文学"，方是指纯文学来说的。知的文学——普通科学——的任务，是输入一切知识。力的文学——纯文学的任务，是予人以心灵上的感动。所以他这样的分法实在是最精当不过了。①

这种看法在当时有一定的代表性，不少文论家奉德·昆西为"纯文学"的先导者。德·昆西这种"情的文学"之所以能毫无阻碍地为国人所接受，除五四浪漫主义文学的时代精神需求以外，还与中国古代的抒情传统有关系，正是久远而强大的抒情文学传统，使得德·昆西的理论容易得到国人的认同。许啸天和曹百川等文论家都从传统中发掘出曾国藩《湖南文征》所谓"人心各具自然之文，约有二端：曰理，曰情"，以与德·昆西的"知的文学""情的文学"相对接。

"纯文学"的这两个特征，即以情感人和审美超功利性，在一般论者眼里多是融合在一起的。如谢无量《中国大文学史》在引述章太炎和德·昆西等中外论者的文学定义后辨析说："大抵无句读文，及有句读文中之无韵文，多主于知与实用。而有句读文中之有韵文，及无韵文中之小说等，多主于情与美。此其辨也。"②情与知相对，美与实用相对，再加上前节所论的语言美，"纯文学"的三个特征已得到充分的确立。童行白曾通过与"杂文学"的比较而精粹地揭示出"纯文学"的特征：

---

① 金受申讲述，贾溥龄笔记：《文学概论讲义》，崇实中学丛书，民国间铅印本，第51页。
② 谢无量：《中国大文学史》，第9页。

> 文学有纯、杂之别，纯文学者即美术文学，杂文学者即实用文学也；纯文学以情为主，杂文学以知为主；纯文学重辞彩，杂文学重说理。纯文学之内容为诗歌、小说、戏剧；杂文学之内容为一切科学、哲学、历史等之论著。二者不独异其形，且异其质，故昭昭也。[①]

"异其质"指内涵的不同，"纯文学"的内涵是"美术""以情为主""重辞彩"，"杂文学"反之。"异其形"指外延的差异，"纯文学"外延包括诗歌、小说、戏剧，"杂文学"则几乎无所不包。新文化运动及以后一段时间里，新文学家为文学下定义，都不违背上述的"纯文学"内涵，如在 20 世纪二三十年代影响较大的罗家伦的定义：

> 文学是人生的表现和批评，从最好的思想里写下来的，有想象，有感情，有体裁，有合于艺术的组织；集此众长，能使人类普遍心理，都觉得他是极明了、极有趣的东西。[②]

罗家伦这个被誉为"是中国人所下的最完美的文学的定义"[③]，虽然带有五四时代特征，如"文学是人生的表现和批评"一句，但其基本原则是不与"纯文学"相违背的，已摆脱了传统"杂文学""大文学"的束缚，既不像章太炎"以有文字著于竹帛，故谓之文"那样失之宽泛，也不同于阮元所谓用韵比偶方为文那样狭窄。

---

① 童行白：《中国文学史纲》，大东书局 1933 年版，第 1 页。
② 罗家伦：《什么是文学？》，《新潮》1919 年第 1 卷第 2 期。
③ 汪静之：《文学定义的综合研究》，《东方文艺》1933 年第 1 卷第 2 期。

第三节　从"三分法"到"四分法"

所谓"三分法"，是指西方的文学类别，如别林斯基在《诗歌的分类与分科》中把文学分为抒情文学、叙事文学和戏剧文学，通行的说法是诗歌、小说、戏剧。"四分法"是指中国现代文论家根据中国文学的特殊情况，在"三分法"的基础上增加"散文"一体。

中国古代的文章体裁分类颇为碎杂。刘勰《文心雕龙》、萧统《文选》分文章为三十余体，可谓庞杂矣。至清代姚鼐《古文辞类纂》尚分为十三体，依然名目繁多。而小说、戏曲从来都未被列入文章的范围之内。至 20 世纪初，西方的文学"三分法"已渐为国人所接受，传统的文章分类法被破坏和取代。其中的变化是小说、戏曲进入文学范围，并一跃而为文学之正宗，文章特别是散体文被逐出文学领地。

小说、戏曲的地位自宋元以来就有上升的趋势，近代在西方文学思想的启发下，梁启超在《小说与群治之关系》中尊"小说为文学之最上乘"（按，梁启超谈"小说"往往包含戏曲在内）。此后把小说、戏曲视为文学，已经少有异议。传统的散文则多被摒斥于文学范围之外。王国维引入"纯文学"概念时，指涉的就是诗歌、小说和戏剧，未论及散文。①周作人最早从体裁的角度提出"纯文学""杂文学"的划分。1908 年在《论文章之意义暨其使命因及中国近时论文之失》中他说：

> 夫文章一语，虽总括文、诗，而其间实分两部。一为纯文章，或名之曰诗，而又分之为二：曰吟式诗，中含诗赋、词曲、传奇，韵文也；曰读式诗，为说部之类，散文也。其他书记论状诸属，自为一别，皆杂文章耳。

---

① 如王国维《论哲学家与美术家之天职》（《教育世界》1905 年第 99 期）曰："甚至戏曲、小说之纯文学。"

周作人这时所谓"文章"就是文学的意思，"纯文章""杂文章"就是"纯文学"和"杂文学"。"纯文学"包括有韵的诗赋、词曲、传奇和无韵的小说。"书记论状诸属"，即传统的文章被"别"为"杂文学"。到了新文化运动时期，"三分法"已经得到明确。蔡元培《国文之将来》说："美术文，大约可分为诗歌、小说、剧本三类。"① 后来，这个命题进一步被辞典释义固定下来，成为难以动摇的文学常识。谢冰莹、顾凤城编《中学生文学辞典》释义："纯文学，专为文学的目的而写成的作品，例如小说、诗歌、戏剧等纯粹的文学。"②

胡云翼说："理想的《中国文学史》是纯文学的文学史，不是学术史。"③ 这是当时新派人物编写文学史的基本立场。20世纪二三十年代主流的"文学史""文学概论"著述，多采用"三分法"，至少可以列举出如下著作：王耘庄《文学概论》（非社出版部1929年版）、许啸天《中国文学史解题》（上海群学社1932年版）、陈伯欧《新文学概论》（立达书局1932年版）、刘大白《中国文学史》（大江书铺1933年版）、老舍《文学概论讲义》（1934年）、谭正璧《文学概论讲话》（光明书局1934年版）、刘经庵《中国纯文学史纲》（北平著者书店1935年版）、张长弓《中国文学史新编》（开明书店1935年版）。这些教材都只论及诗歌、小说、戏曲，有的略微涉及当时被界定为"散文诗"的赋，连过去一度被视为"美文"的骈体，也没能进入这些纯而又纯的文学史叙述之中。文学观念"纯粹"到极致，乃至推崇东汉末年乐松等之鸿都门学是创造纯文艺观的文学，如钱振东说："鸿都学生，多至千人，皆以'能尺牍辞赋'及'工书写篆'为事者也。不惟提倡文学，且及于美术——书法图画——其目的在求'文学之美''书法之工'。既不受儒教束缚，亦无道德色彩，是唯美主义——纯文艺主义。换言之，要创造纯文艺观的文

---

① 蔡元培：《国文之将来》，《北京高师教育丛刊》1919年第1期。
② 谢冰莹、顾凤城：《中学生文学辞典》，中学生书局1932年版，第220页。
③ 胡云翼：《中国文学概论》，启智书局1928年版，第31页。

学。"①鸿都门学是汉末乱世中一群宵小浅陋之辈的闹剧，历来为正统文论家所不齿，却被他推尊为唯美主义。这正暴露出机械地套用西方"纯文学"观念必然造成失误，真理再向前跨一步就是谬论。

其实，"纯文学"的"三分法"进入中国文坛并不是畅通无阻、大行其道的，相反，它遭遇了传统的"杂文学"的对抗。在王国维提倡"纯文学"的同时，林传甲遵守《京师大学堂编书处章程》，仿日人笹川种郎《历朝文学史》，编撰了一部《中国文学史》教材，采用的就是传统的"杂文学"观，广泛述及奏议、论说、词赋、记述等，而对于小说、戏曲等通俗文学，采取极端轻视的态度：

> 元之文格日卑，不足比隆唐宋者，更有故焉。讲学者既通用语录文体，而民间无学不识者，更演为说部文体。变乱陈寿《三国志》，几与正史相混；依托元稹《会真记》，遂成淫亵之词。日本笹川氏撰《中国文学史》，以中国曾经禁毁之淫书，悉数录之。不知杂剧、院本、传奇之作，不足比于古之《虞初》。若载于风俗史犹可，笹川载于《中国文学史》，彼亦自乱其例耳。况其胪列小说戏曲，滥及明之汤若士、近世之金圣叹，可见其识见污下，与中国下等社会无异。而近日无识文人，乃译新小说以诲淫盗。有王者起，必将戮其人而火其书乎！②

林传甲既丢弃了笹川氏把小说、戏曲纳入文学史的优点，又不像同时的王国维那样眼界开放通明，竟然如此贬抑小说、戏曲，难怪周作人诘责说："其过在不以小说为文章。"③即使在新文学兴起之后，还出现过龚道耕《中国文学

---

① 钱振东：《中国文学史》，1929 年自印本，第 278 页。

② 林传甲：《中国文学史》，武林谋新室 1910 年版，第 182 页。

③ 独应（周作人）：《论文章之意义暨其使命因及中国近时论文之失》，《河南》1908 年第 4—5 期。

史略论》、林山腴《中国文学概要》、袁厚之《中国文学概要》之类教材，视文学为国学，囊括经史子集。这类著述，被新派人物唾弃为不知文学的边界，其与"纯文学"对抗的力量越来越微弱，不占主流，更不足以动摇"纯文学"的主导地位。

对"三分法"有力的矫正，是现代文学理论界根据中国文学的实际情况，将散文纳入文学范围而提出"四分法"。中国本来就具有强大的散文传统，而且散文自身也在不断地变革和演化，在清代中期表现为古文与骈文之间的相互竞胜。骈文派，如前面所言，以阮元为代表，通过对"文笔"的重新解释，限定了"文"的含义，从而釜底抽薪地动摇了桐城派古文的正宗地位，其对语言美的强调为近代"美文"论提供了本土资源。桐城派自身也在不断地变革，在晚清时势中强调经世致用，对文章美的探索更为深入具体。改革八股文，在晚清时期成为日益强烈的呼声。储桂山感慨说："呜呼，中国之积弊至难挽回者，其唯时文乎？"因为时文"所习非所用，所用非所习"[1]，已经不合乎时代的需要，他提出改革的办法是将时文列入"古学"，与词章合为一门，另增加时务策论、格致新学两门。1899 年《亚东时报》第七号发表《论中国文章首宜变革》，其实当时的文章已经在发生变革。随着《时务报》等维新报刊的发行，一种新的文体——报章体出现了，它以讨论政治的论说文为主，思想新鲜，内容务实，语言平易畅达，梁启超、谭嗣同等为主要作者。谭嗣同少年喜读姚鼐《古文辞类纂》，受桐城派影响较深，文风还较为古雅，未脱尽窠臼。梁启超夙不喜桐城派古文，"至是自解放，务为平易畅达，时杂以俚语韵语及外国语法，纵笔所至不检束，学者竞效之，号'新文体'。老辈则痛恨，诋为野狐。然其文条理明晰，笔锋常带感情，对于读者，别有一

---

[1] 储桂山（格致散人）：《时文说》，《字林沪报》1897 年 1 月 28 日、2 月 11 日、2 月 15 日。当时批判八股文的还有张文彬（号浮槎仙吏）《论时文》（1889 年 4 月 19 日《字林沪报》）和唐才常《时文流毒中国论》、伍元夔《改时文为古文论》、康有为《厘正文体疏》（分别载《湘报》1898 年第 47、62、100 期）等。

种魔力焉"①。梁启超戊戌变法之前的政论文，突破了古文"义法"的束缚，吸收骈文和八股文的排偶和长行气势，运用外来新词汇，大都感情充沛，笔墨酣畅，淋漓痛快，气势不凡，道人人所欲言而未能言或未能畅言者，故能剧烈地震撼读者的心灵。流亡日本后，梁启超激赏日本明治时代文学家德富苏峰"雄放隽快"的时论短评，在《新民丛报》和《清议报》上发表了《少年中国说》《过渡时代论》《论进步》《论自由》等八十多篇文章，有意识地模仿德富苏峰的文风，论理透辟，感情充沛，多用排比句，长短句交替使用，雄奇畅达，声势夺人，时称"新民体"，在青年中激起了强烈的反响，影响一代文风，实现了文体的一大解放。时逢国内科举考试"废八股，改策论"，青年人多模仿梁启超这种颇有纵横风的"新民体"②。但是正如钱基博所言，"世之学为'新民体'者，学其堆砌，学其排比，有其冗长，失其条畅"③，因而遭到了骈文派与古文派的阻击。《国粹学报略例》就申明："本报撰述，其文体纯用国文，风格务求渊懿精实，一洗近日东瀛文体粗浅之恶习。"④刘师培《论文杂记》说："若夫矜夸奇博，取法扶桑，吾未见其为文也。"所谓"东瀛文体""取法扶桑"，就是指当时风行的"新民体"。当时各大中学校的国文教习多为桐城派所掌控，他们在教学上也排斥"新民体"。1904 年颁布的《新定学务纲要》就明确规定："学堂不得废弃中国文辞，以便读古来经籍。……戒袭用外国无谓名词，以存国文，端士风。"至 1915 年的《中学国文教授要目草案》还规定："凡作文，不通之新名词禁用，时下报章体文禁学。"⑤从学术理念和教学制度上全面地遏制新兴的"报章体"文风。但是，因为报章本

---

① 梁启超：《清代学术概论》，《饮冰室合集》专集 34，中华书局 1989 年版。
② 朱峙山壬寅年（1902）十二月初十日记载："午后将郑宅借来之《新民丛报》《中国魂》二种，一一阅读之，习其文体，是为科举利器。今科各省中举卷，多仿此文体者。"参见姜荣刚《抵制"东瀛文体"：晚清古文革新的挫折与回潮》，《苏州大学学报（哲学社会科学版）》2014 年第 35 卷第 5 期。
③ 钱基博：《现代中国文学史》，上海古籍出版社 2011 年版，第 283 页。
④《国粹学报略例》，《国粹学报》1905 年第 1 期。
⑤《中学国文教授要目草案》，《教育研究》1915 年第 24 期。

身的存在并愈益发达，报章文风并不能被真正遏制。特别是白话文运动兴起后提出打倒"选学妖孽""桐城谬种"的口号，解放了对报章文体的压制，当时报刊如陈独秀主编的《新青年》，除政论外还发表了大量通讯、随感类文章，鲁迅的散文集《热风》便是在《新青年》上发表的"随感录"的结集，被称为"中国现代散文的第一期"①。茅盾还提出过"应该把'五四'时代开始的'随感录''杂感'一类的文章作为新小品文的基础，继续发展下去"②。五四时期的随感和后来的杂文，都是现代意义上的文学散文，这是不容否认的，它促使现代文学理论对之做出必要的回应。

更重要的是周作人等对"美文"的倡导。他于 1921 年发表了《美文》，说：

> 外国文学里有一种所谓论文，其中大约可以分作两类。一批评的，是学术性的；二记述的，是艺术性的，又称作美文。这里面又可以分出叙事与抒情，但也很多两者夹杂的。……（美文）实在是诗与散文中间的桥。中国古文里的序、记与说等，也可以说是美文的一类。但在现代的国语文学里，还不曾见有这类文章，治新文学的人为什么不去试试呢？……我希望大家卷土重来，给新文学开辟出一块新的土地来，岂不好么？③

批评的和记述的两类，就是西方散文里学理文（Treatise）和小品文（Familiar Essay），周作人称后者为美文。他不仅从西方文学传统里寻找"美文"的源头，而且把中国古文里序、记、说之类视为"美文"，鼓励治新文学的人用国语去创作现代的美文，给新文学开辟出一块新的土地。这篇文章奠定了现代散文理论的基础，对此后文学散文的发展具有重要的指导意义。曾经被桐

---

① 杨之华：《中国现代散文的派别及其流变》，《中国与东亚》1943 年第 1 卷第 1 期。
② 蕙（茅盾）：《关于小品文》，《文学》1934 年第 3 卷第 1 号。
③ 子严（周作人）：《美文》，《晨报副刊》1921 年 6 月 8 日。

城派古文之祖方苞批评为"吴越间遗老尤放恣"的明清小品文，被重新发掘出来，奉为中国古代的"美文"。周作人把新文学的源头追溯到晚明公安派，在《杂拌儿序》里就说现代散文与明代新文学家的意思相差不远。沈启无编选《近代散文钞》，选录的就是晚明公安、竟陵派的小品文。林语堂说，公安、竟陵派的文章，"已抓住近代文的命脉，足以启近代文的源流，而称为近代散文的正宗。沈君以是书名为《近代散文钞》，确系高见"①。在周作人之后，胡梦华提倡"絮语散文"②，林语堂提倡小品文。现代散文创作的巨大成就，使得文学理论不得不正视它。

因为强大的散文传统和繁盛的现代散文创作，现代文学理论逐渐修正了西方"三分法"，增入散文一类而形成"四分法"。考察 20 世纪二三十年代《文学概论》《中国文学史》类著作涉及的文体，情况非常驳杂。

第一类是 1920 年前后出版的各类《中国文学史》教材，依然根据以文章为中心的传统文学观来构筑中国文学史，如林传甲（1904 年）、王梦曾（1914年）、张之纯（1915 年）、钱基厚（1917 年）、谢无量（1918 年）、汪剑余（1925 年）等人编写之作，均以文章为主，兼及诗和词，有的还略微涉及小说，但传统的文章占较大的篇幅。这在新派人物看来是落后的文学观，到 20年代后期，这种情况已比较少见。朱荣泉曾批评说：

> 我们研究中国文学史是研究"文学"的历史，不是研究"文字"的和"文章"的历史。……文学是文章，而文章却不全是文学。……历来治中国文学史者，皆奉古文式的散文为正统，作畸形的研究。对于放过灿烂之光的诗词、小说、戏曲等，反视为"小道"或非文学，不去注重。这种传统的武断的研究法，非唯不能找寻中国文学的新出路，而且也是不能夸张过去的成绩的。况且古文式的散文，

---

① 林语堂：《论文》上，《大荒集》，生活书店 1934 年版，第 197 页。
② 胡梦华：《絮语散文》，《小说月报》1926 年第 17 卷第 3 号。

是否即是文学，尚有问题，怎样就可奉为正统呢？[①]

第二类是 1930 年前后出版的一批《文学概论》和《中国文学史》教材，依据"纯文学"观念，只论及诗歌、小说、戏曲，将散文排除在外。早在 1922 年，段青云就对第一种类型的文学史做出严厉的抨击，他依据德·昆西"知的文学"和"情的文学"的分别，说：

> 所谓"知的文"，当然属于哲学科学的范围，不是文学；唯有"情的文"一类，真是文学。上古文学底作品，唯有《诗经》《楚辞》是纯粹的文学；秦汉以下，唯有诗歌、赋颂、骈文、词曲（小说附）等有韵的文章是纯粹的文学。他如周秦诸子及后代散文的议论、传记等，止可取其有关情感者，附在里面，其专属析理、载道或记事等类的文字，则属于哲学史或其他史底范围，我们作文学史，绝对不可羼入。[②]

这是接受了"纯文学"观念后对文学史划定的新范围，20 世纪 20 年代后期采用"三分法"的《文学史》和《文学概论》越来越多，上文已有列举。他们这样处理的根据，完全是"纯文学"的立场，如李幼泉、洪北平合编《文学概论》只论述诗歌、小说、戏剧，理由是"为创作而创作，为表现而表现，不为狭窄的功利，这就是文学家唯一的目的"[③]。陈伯欧《新文学概论》引述莱列（Ranie）所谓"诗偏于文学的个人主义，表现自己，或自己的感情；文则为实用主义的"等五点理由[④]，作为他不论散文的理论根据。有少数几种文学史在坚持"三分法"的同时稍微扩大，涉猎了在当时被视为"美文"的赋、

---

① 朱荣泉：《我之治中国文学史的几个信条》，《沪江大学月刊》1928 年第 17 卷第 13 期。
② 段青云：《敬告今日之编中国文学史者》，《觉灯》1922 年第 1 卷第 1 期。
③ 李幼泉、洪北平：《文学概论》，民智书局 1930 年版，第 63 页。
④ 陈伯欧：《新文学概论》，立达书局 1932 年版，第 143 页。

骈文、小品文之类，如：郑宾于《中国文学流变史》（北新书局1930年版），论及汉赋；陈彬龢《中国文学论略》（商务印书馆1931年版），以韵文为主体，散文则从略焉；胡云翼认定"只有诗歌、辞赋、词曲、小说及一部分美的散文和游记等，才是纯粹的文学"①。

这类依"三分法"编写的《文学概论》《中国文学史》，看似观念先进，跟得上时代，实际上是削足适履，肢解了中国文学史。中国古代，散文是文章的重心，一部不涉及秦汉散文、六朝骈体、唐宋古文的文学史，怎么也不能说是完整的。研究中国文学，能不能照搬西洋的模式？1925年，尚是武昌师大本科生的蒋鉴璋撰文对此做出可贵的反思。他说：

> 盖文学乃主情之物，至于主知之事，应属哲学范围。文学乃尚美之什，至于尚真之文，应属科学范围也。……晚近西洋文学思潮，流入中土，嗜文之士，常以西洋文学界说，用以范围中国文学。夫西洋文学，小说、诗歌、戏剧三者，乃其最大主干，故其成就者为独多。我国则诗学成就，亦足自豪。而小说戏剧，诚有难言。近数年来，以受西洋思潮，始认小说、戏剧为文学，前此则直视为猥丛之邪道耳，亦何有于文学之正宗乎？今虽此等谬见，渐即损除。然而中国文学，范围较广，历史之沿革如此，社会之倾向如此。若必以为如西洋所指之纯文学，方足称为文学，外此则尽摈弃之，是又不可。吾意国文一科，包含二部：一曰文字，二曰文学。文字之作用在达意，文学之作用在表情。文字之程度，只须合于文法，文学则进而求其合于修词。文字之性质为真，文学之性质为美。如各种科学，皆用文字以记述者也，吾人不能谓之文学，然又不能不承认为文字也。至于诗词、小说、戏剧，以及不朽之散文，取其有关情感者，皆应列入文学范围之中。今取时人某氏之文学界说，录之如

---

① 胡云翼：《新著中国文学史》，北新书局1932年版，第5页。

此，以完此篇："凡用以表情，有修词之程度，其性质属于美之著作，谓之文学。"①

蒋鉴璋是认同"纯文学"的，不同于早期的林传甲、王梦曾等人文学观念模糊。但是，他意识到中西文学的差异，西方文学是小说、戏曲发达，中国则相反，发达的是诗文。他既接受了西方的"纯文学"观，又反对套用西方文学观念来"范围"中国文学，尊重中国文学历史沿革、社会倾向的特殊性，提出对于"不朽之散文"，"取其有关情感者"，列入文学范围。这是对"三分法"的修正，是较早对"四分法"的明确表述。蒋鉴璋随后编著了一部《中国文学史》，给文学下定义："文学者，乃宣达情感，发抒理想，代表言语，使文字互相连续，而成美的篇什。于以觇人生之忧乐，与社会之变迁者也。……兹编所取，凡历代文家与其篇什，但能代表时代，左右当世，而与本书所为文学定义无大背谬者，胥欲论列，以见其全。"②他给《左传》、《庄子》、贾谊、司马相如、司马迁、扬雄、班固、陈寿，以及宋、明、清的散文列了专节，散文的文学史地位得到了充分的肯定。

对"三分法"做出修正，按"四分法"编著《中国文学史》《文学概论》在 20 世纪 30 年代以后逐渐成为主流。潘梓年《文学概论》分文学为小说、诗歌、戏剧三类，又补充说："自然论文、杂记，以及小品文等，也是可以包括在文学之内。"③正反映出从"三分法"向"四分法"过渡时一些论者的踌躇心态。虽然"三分法"并非顿然绝迹，但"四分法"取而代之的趋势愈益明显，甚至有的把文学体裁分为五类、六类，总之都把散文纳入文学范围。陆永恒《中国新文学概论》（克文印务局 1932 年版）在体裁分类中列了散文，但只包括小品文和文学评论；陈介白《文学概论》（协和印书局 1932 年版）分散文、诗歌、小说、戏剧四类；赵景深《文学概论》（世界书局 1932 年版）

---

① 蒋鉴璋：《文学范围论略》，《晨报副刊·艺林旬刊》1925 年第 9 期。
② 蒋鉴璋：《中国文学史纲》，亚细亚书局 1930 年版，第 4—5 页。
③ 潘梓年：《文学概论》，北新书局 1928 年版，第 109 页。

分作小说、诗、戏剧、散文、文学论著五类；姜亮夫《文学概论讲述》（北新书局 1933 年版）分为诗、词、戏曲、小说、赋、散文六类；许钦文《文学概论》（北新书局 1936 年版）分小说、剧本、诗歌、童话、散文诗和随笔（小品文）。顾仲彝、朱志泰《文学概论》（永祥印书馆 1945 年版）论散文包括小品文、传记，书信、日记、历史、文学批评，范围较广。金受申《文学概论讲义》还对散文做出具体的剖析，分为五类："故事底""记述底"，都是"以表现心理及感情为目的"，属于"纯文学"；"讨论底""哲学底"，杂有思想或知识的成分，属于"杂文学"；"批评底"，是纯、杂文学之外独树一帜的"批评文学"。

再看 20 世纪 30 年代以后的《中国文学史》，多能给予古代散文以一定的篇幅，如陈冠同《中国文学史大纲》（民智书局 1931 年版）、张振镛《中国文学史分论》（商务印书馆 1934 年版）、朱子陵《中国历朝文学史纲要》（北平炳林印书馆 1935 年版）、容肇祖《中国文学史大纲》（朴社 1935 年版）、赵景深《中国文学史新编》（北新书局 1936 年版）、羊达之《中国文学史提要》（正中书局 1937 年版）、刘大杰《中国文学发展史》（中华书局 1941、1949 年版）、林庚《中国文学史》（厦门大学 1947 年版）等，都是采用"四分法"，将古代散文纳入文学史叙述，只是详略不同而已。他们论及散文，但与 20 世纪初林传甲等人以文章为中心不同，他们是在确立了"纯文学"立场之后，尊重中国文学的特殊性，对西方"三分法"做了修正而将散文纳入进来的。正如朱子陵所说："狭义的文学范围，那才是正确的，而且适宜于现代的文学范围。本文学史的取材，以狭义的文学范围为标准；同时，为说明历朝文学的思潮和历朝文学的重要变迁起见，而于此范围外的重要材料，亦间叙及。"正是基于这种处理方式，他的《中国历朝文学史纲要》以诗、赋、词、曲、小说为主，但也涉及韩柳古文、明清散文和骈文。

三十年后的《中国文学史》之所以采用"四分法"，还有一个原因是文学史家接受了马克思主义唯物史观和无产阶级文学思想，对文学的实用性和功利性有了更为肯定的认识。如贺凯和谭丕模都是最早以马克思主义历史观和文艺观编著《中国文学史》的。贺凯说："韩愈文起八代之衰，废骈俪复古文，这正表现了虚伪机械的骈文，不切实际应用，势不能不改变，这种古文派的势力，后起的有宋欧阳修、三苏，明八子，清桐城派，直到鸦片战后，古文派的势力渐次衰微了。因为古文的格调，只适用于封建社会的贵族生活，在资本主义化的时代，形式需要通俗普遍的新体文了，内容所载的'道'，不是封建社会的'道'，而是适应资本主义的'新道'。"① 谭丕模说："古文就是拥护封建社会的'道'的最厉害工具，这是古文运动产生的最根本的因子。"② 尽管他们对马克思主义的运用难免机械，但是因为对文学功利性有了新的认识，于是对一度被排斥在"纯文学"之外的古文更为包容，给予了一定的位置。

第四节 "文以载道"的破与立

不论是中国还是西方的传统文论，都重视文学的道德意义和政治功能。西方文论到了启蒙时期，提倡文艺自由，特别是康德提出"无目的的合目的性"之后，审美超功利似乎成为文艺的本质属性。一百年后，在西方文论的刺激之下，国内发起了一场审美性对功利性的冲击。

王国维在引介康德、席勒美学的同时，抨击传统的政治功利主义文学观将文学羁縻于政治之下，文学不能自由发展。他感慨说：

> 呜呼！美术之无独立之价值也久矣。此无怪历代诗人，多托于忠君爱国、劝善惩恶之意，以自解免，而纯粹美术上之著述，往往受世之迫害而无人为之昭雪者也。此亦我国哲学美术不发达之一原因也。③

---

① 贺凯：《中国文学史纲要》，北平文化学社 1931 年版，第 1 页《自序》。
② 谭丕模：《中国文学史纲》，北新书局 1933 年版，第 164 页。
③ 王国维：《论哲学家与美术家之天职》，《王国维全集》，浙江教育出版社 2009 年版，第 132 页。

至辛亥革命前夕，周树人、周作人等对中国传统文论进行大破大立式的革新。他们强调文学应该自由地、毫无顾忌地抒情言志，抨击传统儒家思想加给文学的种种束缚。周树人责难曰："夫既言志矣，何'持'之云？强以'无邪'，即非人志。许自繇（按，同'由'）于鞭策羁縻之下，殆此事乎？"[1]"思无邪""诗者持也"，是儒家文论的经典命题。传统社会的种种政治高压和思想钳制，导致文学界恹恹不振，"故伟美之声，不震吾人之耳鼓者，亦不始于今日"，从无文字"能宣彼妙音，传其灵觉，以美善吾人之性情，崇大吾人之思理者"。鲁迅在热情地引介、赞颂摩罗诗派后，沉痛地感慨："今索诸中国，为精神界之战士者安在？"后来在五四新文化运动中，他就是这样一位精神界的战士。周作人也抨击传统儒家文化导致"中国之思想，类皆拘囚蜷屈，莫得自展"，孔子删《诗》定礼，束缚人心，"夭阏国民思想之春华，阴以为帝王之右助。推其后祸，犹秦火也"，其结果是"文章之士，非以是为致君尧、舜之方，即以为弋誉求荣之道，孜孜者唯实利之是图，至不惜折其天赋之性灵以自就樊鞅"[2]。可见，周氏兄弟已经站在儒家政教功利主义文学理论的对立面，而对其大加挞伐。

　　但是，根深蒂固的传统并不因为几篇文章而发生动摇，辛亥革命后其力量依然强大，如《艺文杂志》1917 年第 1 期发表吴启枫、王纲分别撰写的《文以载道说》，都是正面阐述这个文论命题。所以，新文化运动兴起后，首先要破除的，就是这根深蒂固的"文以载道"观。胡适《文学改良刍议》说："吾所谓'物'，非古人所谓'文以载道'之说也。"[3]陈独秀《文学革命论》指摘韩愈误于"文以载道"之谬见，说："文学本非为载道而设，而自昌黎以讫曾国藩所谓载道之文，不过抄袭孔、孟以来极肤浅极空泛之门面语而已。余尝谓唐、宋八家文之所谓'文以载道'，直与八股家之所谓'代圣贤立言'，

---

① 令飞（周树人）：《摩罗诗力说》，《河南》1908 年第 2、3 期。
② 独应（周作人）：《论文章之意义暨其使命因及中国近时论文之失》，《河南》1908 年第 4—5 期。
③ 胡适：《文学改良刍议》，《新青年》1917 年第 2 卷第 5 期。

同一鼻孔出气。"①1917 年可谓思想交锋最为激烈的一年，与胡适同样在哥伦比亚大学哲学系师从约翰·杜威的汪懋祖，就对胡、陈二人之论很不以为然，撰文为"文以载道"辩护②，但并不能阻止时代的大潮。新文化运动摧枯拉朽地冲决了传统专制思想和文化的禁锢，"道"的根基被破坏了，"文以载道"也很自然地遭到人们的唾弃，"载道"之文被视为"知的文学"的范畴，属于哲学，从"纯文学"中剔除出去，代之而起的是"为人生而艺术""为艺术而艺术"等更为时髦的命题，文艺似乎真正独立了。

周作人在五四新文化运动时期提出"人的文学""平民文学"等新口号以取代过去的"文以载道"。到了 20 世纪 30 年代初，他从传统文论中发掘出"言志"和"载道"，并将它们对立起来，抬高前者，贬抑后者，认为中国文学思潮的演进，是由"载道"派与"言志"派相互交替的，五四时期的新文学运动，是"言志"派替代了"载道"派。③ 周作人所谓"载道"派，就是功利主义文学观念，文学有一定的外在目的；"言志"派则没有确定的外在目的，重在抒写个人情感，获得审美愉悦。联系近现代的文学思潮来看，梁启超与王国维、文学研究会与创造社，都体现出文学观念上的这种分野。"革命文学"的兴起，显然是功利主义的"载道"派，而同时还存在个性主义和唯美主义文学观，算是"言志"派。周作人在 30 年代初提出"言志"和"载道"的对立，就是继续五四时期站在个性主义、审美主义立场上借批判"文以载道"而抨击当时的"革命文学"。周氏的观念在当时产生较大的反响，如林语堂《小品文之遗绪》把现代散文分为说理与言情二派，明显就是受到周作人的启发。

与周作人的文学观念较为接近的是朱光潜。朱光潜接受了从康德到克罗齐一脉相承的审美超功利主义文艺观，主张文艺自由与超实用性。从 1924

① 陈独秀：《文学革命论》，《新青年》1917 年第 2 卷第 6 期。
② 汪懋祖：《论文以载道》，《留美学生季报》1917 年第 4 卷第 4 期。
③ 周作人：《中国新文学的源流》，人文书店 1932 年版，第 34—36 页。相近的观点又见周氏《金鱼》《冰雪小品选序》等文章。

年发表的第一篇美学论文《无言之美》，到 1937 年在北京创办短暂的《文学杂志》，再到 1946 年 7 月复刊，朱光潜都坚持"纯文学"的立场，抨击文艺上的功利主义。1937 年在《我对于本刊的希望》中，朱光潜列举了"为大众""为革命""为阶级意识"，甚至于"为国防"等文艺宣传口号，认为是"文以载道"的继续，而加以否定。他反对统一思想，主张自由，期望文艺本身应该有多方面的调和的自由发展。

但是，正如顾仲彝所说："'纯文学'是国家社会安宁状态下必然的产物。"[1]20 世纪上半叶的中国，先是内战，后是抗日战争，政治动荡，社会极不安宁，没有给"纯文学"提供适宜生存和发展的土壤。不论是 20 世纪 30 年代初无产阶级文学运动和民族主义文学运动的斗争，还是后来民族革命战争的大众文学，都摆脱了"纯文学"的褊狭，而赋予文学以新的社会政治任务，换句话说是新的"载道文学"。各派势力除了从各自的政治立场出发宣言自己的文学主张，还对周作人和朱光潜展开激烈的斗争，对"文以载道"命题给予新的阐发，确立了"文以载道"的新的合法地位。

周作人的"言志""载道"论具有先天的局限。"诗以言志""文以载道"，二者各行其是，在古代从来都不是对立关系，现在将"文"与"诗"统合到"文学"的名下，人为地把古代文学划分为"言志"派和"载道"派加以对立，并不符合文学史事实。[2]"志"与"道"是很难分开的，正如叶圣陶所说："就一方面说，任何作品的材料都是心之所之，所以创作都是'言志'。就另一方面说，任何作品都含有某些东西，都要人家接受这某些东西，所以创作都是'载道'。……既然如此，说'言志'和'载道'标明中国文学的两道主流，似乎未必的当了。"[3]五四时期，陈独秀斥责传统的"文以载道"为谬见，但他提出国民文学、写实文学、社会文学"三大主义"，其实也是"文以载道"，不过是把传统的儒家之"道"换成了近代的内容。周作人说："我

---

① 顾仲彝：《纯文学》，《新中华》1937 年第 5 卷第 7 期。
② 钱锺书曾指出这一点，见其《书报春秋·中国新文学的源流》，《新月》1932 年第 4 卷第 4 期。
③ 叶圣陶：《工余随笔》，《今文学丛刊》1947 年第 1 期。

想破坏他们的伪道德、不道德的道德，其实却同时非意识地想建设起自己所信的新的道德来。"[1] "人的文学""平民文学"就是以文学表达这种"新的道德"，这不是周作人的"文以载道"吗？20世纪30年代的无产阶级文学运动和民族主义文学运动都是新的"文以载道"。"道"虽已换了新的内容，但把"文"当作一种工具，服务于文学之外的社会目的，古今是一致的。

随着抗战形势的日益紧迫，传统"文以载道"的命题被重新激活起来，确立文学社会功用论的正当性。郑朝宗提出口号："言志派回头！载道派努力！"[2]1937年，时任中国国民党中央宣传部部长的邵力子在中国文艺协会上海本会成立大会上致辞说："'文以载道'就是文艺可以指示人生以及国家民族所应该走的道路。"[3]1942年5月，毛泽东《在延安文艺座谈会上的讲话》提出文艺是在为中国人民解放的斗争中的文化战线，是有力的武器。它的功利主义，不是一己之利，而是"以最广和最远为目标的革命的功利主义"。这正是新时代的"文以载道"。

新的"文以载道"是在对审美主义、个性自由主义文学观的斗争中确立起来的。前述朱光潜持审美主义文学观，崇尚艺术自由，在20世纪三四十年代受到周扬、郭沫若等的激烈批判[4]，他被迫在新中国成立后放弃了"纯文学"的观念。新中国成立后的文艺也是"文以载道"。俞平伯就曾说过，所谓"新文学"指为人民大众服务的文学。"咱们似已回到'文以载道'的路线上来了。从前所谓'道'，或利于统治阶级或个人主观的气味很重，拿这'文'来载那个'道'，没有什么好处，反而降低了文学的水准。现在却不然了，咱们所谓道是多数人的，为人民大伙儿服务的，拿这'文'来载这个'道'，岂不再好没有？"[5]

---

[1] 周作人：《〈雨天的书〉序》，《语丝》1925年第55期。

[2] 朝宗：《载道与言志》，《清华周刊》1936年第44卷第4期。

[3] 转引自馨艺：《文以载道的新旧解说及其他》，《务实》1937年第1卷第3期。

[4] 周扬：《我们需要新的美学》，《认识月刊》1937年第1卷第1期；方极鑫：《文学上的新启蒙运动：新美学的建立》，《金箭》1937年第1卷第2期；郭沫若：《斥反动文艺》，《大众文艺丛刊》1948年第1期；蔡仪：《论朱光潜》，《民讯》1948年第3期。

[5] 俞平伯：《新文学写作的一些问题》，《华北文艺》1949年第5期。

结　语

梳理"文学"概念古今榫合中存在的一些对应和龃龉，可以发现，传统与现代文学理论会通适变，既有内在的联系，也发生新的飞跃。其中有几个值得省思的现象。

第一，"纯文学"取代传统"大文学"，成为少数人的事业，曲高和寡，其结果是导致社会上大多数人文而不"文"。早在"纯文学"初兴时，沈昌就感慨："今之学者，常务末而弃本，其为文也，唯求华丽雄伟之作，以耀人耳目；一旦为社会服务，求其作一小简，订一规程，则反瞠目搁笔而不能达。嗟乎，此岂所谓能文者乎？"①20 世纪 30 年代，施蛰存也看到了这个问题。他说：

> 大抵在这二十年来我国新文学运动所影响到的还不过是一些以文学为专业的人。……在我们现代的史、地、哲学或科学书中，不容易寻找出一本足以兼占文学上的地位的著作了。……我们也可以说杂文学作品比之于纯文学作品更有社会的意义，因为它除了文学的趣味之外，还能给予读者以实感和智识。……若是有一部分作家，放弃了向诗歌、小说、剧本这些狭窄的纯文学路上去钻研，而利用他们的文学天才，去研究一些别的学问，写出一本书来，既可达到他的文学表现之欲望，又可使读者获得文学趣味以外的享受，岂不是更有益处的事吗？②

二人所论甚是。只要看一看今天的实用文体之枯槁拙劣，就可以理解他们所言并非无的放矢。中国古代，无论实用文体还是非实用文体，都讲究文体规

---

① 沈昌：《寄友论国文当注重应用文字书》，《江苏省立第四中学校校友会杂志》1918 年第 3 期。
② 施蛰存：《杂文学》，《新中华》1937 年第 5 卷第 7 期。按，施蛰存后于《文学之贫困》（《文艺先锋》1942 年第 1 卷第 3 期）中进一步阐发了该观点。

范，注重可读性和感染力，骈体重辞采，散体讲义法，都将"文"当作一种"技进乎道"来考究。今天可能只有从事"纯文学"创作和研究的人还重视辞章，而社会上一般人多已放弃对辞章之美的讲究了。

第二，"纯文学"的精粹，并没有为现代文论所吸收，"纯文学"在中国现代文学史上并没有绽放出绚丽的花朵。正如前面分析的那样，中国现代文论史上的"纯文学"有三方面意义：一是辞采华美，二是抒情性，三是审美超功利。前面两点往往被视为"纯文学"的要义，而最重要的一点，即审美超功利，却被有意无意地忽略了。关于"纯文学"的意义，王国维释为"追求人类永恒的福祉"，周作人说是"发扬神思，趣人生以进于高尚"，朱光潜提出美术"帮助我们超脱现实而求安慰于理想境界"，而这依然是遥不可及的奢望。现在大多数人理解的"纯文学"，无非是辞采华丽一点，着力在抒写个人情感甚至是男女之情，这在王国维看来是"导欲增悲"的"眩惑"，而非"纯文学"。如果说在近现代的乱世里，没有"纯文学"的生存土壤，那么在国家社会安宁的今天，是不是更应该倡导真正意义上的"纯文学"呢？

第三，"文以载道"论被多重扭曲。传统的"文以载道"论，在五四时期遭到质疑和否定，20世纪三四十年代后被重新确立，似乎是古今一贯的命题，但实际上这个命题被多重扭曲了：（1）这个"文"，在古代是指文章，且多指实用性的文章；在现代被置换为"文学"，甚至特指"纯文学"，要"纯文学"去担负起古代"杂文学"的载道责任，这不是扭曲吗？古代的诗歌多抒写个人情志，小说、戏曲有的具有明确的教化用意，有的只是作者泄愤、娱情之作，如果通通迫使它们肩负"载道"的责任，那真是文艺的灾难！（2）这个"道"，在古代文论家眼里范围是很广泛的。韩愈的"道"既有强烈的道统意识，也具有切实的生活内容，如《马说》《师说》谈的是用人之道、为师之道。柳宗元倡言"文以明道"，现实性更为鲜明，《种树郭橐驼传》从种树谈到为官之道。欧阳修论道，须"修之于身，施之于事"①，"中于时病，而不为空言"②。苏轼提倡"言必中当世之过"，如疗饥之五谷、伐病之药石。但是现代文论中，"道"的内涵被狭隘化，往往成为特定时期政治理论的宣传，文学赤裸裸地为政治主张、思想宣传服务。这在特定时期（比如抗战时期）还有一定的合理性，但绝不是一个周全的、普遍的原则。（3）"文以载道"是宋代理学家周敦颐提出来的，古文家用得更多的是"文以明道"。"文以载道"是一种文学工具论，文学是不独立的；"文以明道"则不同，文是本体性的，首先是作文，在作文中彰显某种道理。五四时期为了打倒封建文化，对"文以载道"加以抨击。20世纪三四十年代重新确立"文以载道"的合法性，"载道"的工具性就被融入现代文论，支撑"革命文学"时期的宣传工具论。如周木斋就说："因为文是一种工具，道也未始不可以载，但要看所载的道是什么。"③这种文学工具论在当时是占绝对主流的论调，后来也没有做出认真的检省，产生了一些负面的后果。重新检讨"文学"的概念，思考文学与社会的关系，还是值得重视的基础工作。

（原载《文学评论》2019年第5期）

---

① 欧阳修：《送徐无党南归序》，洪本健：《欧阳修诗文集校笺》，上海古籍出版社2009年版，第1099页。

② 欧阳修：《与黄校书论文章书》，洪本健：《欧阳修诗文集校笺》，第1784页。

③ 周木斋：《文学上的"言志"与"载道"》，《社会月报》1934年第1卷第6期。

| 第十三章 |

"文笔论"之重释与近现代纯杂文学论

"文笔论"是六朝时期文学批评的重要论题，刘勰《文心雕龙·总术》所说"无韵者笔也，有韵者文也"，揭明了它的基本内涵。唐代以后随着古文运动的兴起，"文笔论"归于沉寂，直至清代中期随着骈文派的崛起，又重新被提起。特别是阮元对"文笔论"做过专门的探究，并提出新的见解，产生了广泛的影响。至近代刘师培尚沿承其说，当然也激起章太炎等的抨击，黄侃采取调停纷争的态度。郭绍虞则在辩驳的同时吸收了阮元"文笔论"的有益因素，并与外来的纯文学、杂文学观念相接榫，对传统文学批评史做出新的诠释。

第一节　阮元为骈文立基而曲解"文笔论"

作为扬州人，阮元自小就受到深厚的"选学"传统的浸润。幼为《文选》学，八岁时，师从扬州名儒胡廷森（号西梦）学《文选》。① 后与汪中、凌廷堪、孙梅等扬州学派人物交游，成为清代中期骈文派的中坚力量，仪征骈文渐有与桐城派古文分庭抗礼之势。桐城派响应官方的程朱理学，授人以法，

———————

① 阮元：《胡西梦墓志铭》，《清代诗文集汇编》第 477 册《揅经室二集》，第 233 页。

文士学子纷纷响应，乃至后来有"天下之文章，其在桐城乎"①之叹；但扬州学派坚守"选学"传统，提倡骈文，以相抗争。方东树云："扬州汪氏（中）谓：文之衰，自昌黎始。其后扬州学派皆主此论，力诋八家之文为伪体。"②孙梅的《四六丛话》和李兆洛的《骈体文钞》则是在姚鼐的《古文辞类纂》外，建构骈体文的统序和典范。而给予骈文派以理论支撑的，则是阮元对"文笔论"的重新阐释。阮元早年对"文笔之辨"并不自觉，汇辑有韵无韵文章的别集还命名为《诂经精舍文集》《揅经室文初集》。四十余岁后，"心窃不安，曰：此可当古人所谓'文'乎？僭矣，妄矣！一日读《周易·文言》，恍然曰：孔子所谓文者，此也。著《文言说》，乃屏去先所刻之文，而以经、史、子区别之，曰：此古人所谓'笔'也，非'文'也。除此，则可谓之文者，亦罕矣。六十岁后，乃据此削去'文'字，只名曰'集'而刻之"③。至道光年间刊刻《学海堂集》《揅经室集》时，则都只名曰"集"，而不名为"文集"。除《文言说》之外，阮元还作了《文韵说》《书梁昭明太子〈文选序〉后》《与友人论古文书》等，申论他的"文笔论"和骈体文学观，并在学海堂以"文笔"策问课士，教儿子阮福与弟子拟对。阮福、刘天惠、梁国珍、侯康、梁光钊等人均撰《文笔考》之类文章，收入《揅经室集三集》卷五或《学海堂集》卷七，并单独刊刻行世，以扩大影响，成为嘉庆、道光年间文学批评史上的重要事件。

阮元重新提出"文笔论"并加以新的诠释，实则是一种学术策略，旨在为骈文派的主张确立理论的根基。具体来说，其要义如下：

第一，采用"依经立论"的方式，将用韵比偶的骈文观上溯至《周易·文言》，试图确立其文学观念的正统合法性。"依经立论"是古人著书立说的一种基本思维方式，一旦某种论断在经典中找到依据，便似上升为不刊

---

① 曾国藩：《欧阳生文集序》，《清代诗文集汇编》第 641 册《曾文正公文集》卷三，第 530 页。
② 方东树：《汉学商兑》，江藩、方东树：《汉学师承记（外二种）》，生活·读书·新知三联书店 1998 年版，第 384 页。
③ 刘声木：《苌楚斋随笔续笔三笔四笔五笔》，中华书局 1998 年版，第 623 页。

之论，不容置疑。因此，立论者总是想方设法地比附经典，甚至于牵强曲解。阮元的《文言说》就是采用这种方法来解释所谓孔子的《文言》的。他说：

> 古人以简策传事者少，以口舌传事者多；以目治事者少，以口耳治事者多。故同为一言，转相告语，必有愆误。是必寡其词，协其音，以文其言，使人易于记诵，无能增改，且无方言俗语杂于其间，始能达意，始能行远。此孔子于《易》所以著《文言》之篇也。古人歌、诗、箴、铭、谚语，凡有韵之文，皆此道也。《尔雅·释训》，主于训蒙，"子子孙孙"以下，用韵者二十条，亦此道也。孔子于《乾》《坤》之言，自名曰"文"，此千古文章之祖也。为文章者，不务协音以成韵，修词以达远，使人易诵易记，而唯以单行之语，纵横恣肆，动辄千言万字，不知此乃古人所谓直言之言、论难之语，非言之有文者也，非孔子之所谓文也。……然则千古之文，莫大于孔子之言《易》。孔子以用韵比偶之法，错综其言而自名曰"文"。何后人之必欲反孔子之道，而自命曰"文"，且尊之曰古也？

这一段话，正反论证，言之凿凿，似乎骈体文的规则在孔子《文言》中就已确立了，后人作"文"不用韵，不比偶，就是违反孔子之道！但是，《易传·文言》的"文言"二字到底是什么意思，历来解释多有歧出：一曰"文王之言"。梁武帝云《文言》是文王所制，《文言》即"文王之言"的意思。二曰"文饰为言"。《经典释文》引庄氏云："文谓文饰，以乾坤德大，故特文饰以为文言。"[①] 三曰"释经文之言"。孔颖达《周易注疏》曰："今谓夫子但赞明易道，申说义理，非是文饰华彩。当谓释二卦之经文，故称文言。"此外，李鼎祚《周易集解》引刘瓛解释曰："依文而言其理，故曰文言。"阮元

---

① 陆德明：《经典释文》，上海古籍出版社 2012 年版，第 25 页。

对于这些歧解均置之不顾，而仅取其中符合自己理论主张的"文饰为言"的解释为自己的理论确立根基，可谓立基不牢。所以，后来章太炎在《文学总略》中重提梁武帝的解释以批驳阮元的说法。其实阮元所谓"孔子以用韵比偶之法，错综其言而自名曰'文'"，也是对前人"文饰为言"的有意曲解。刘勰《文心雕龙》的《原道》和《总术》都将"文言"解释为"言之文也"，即有文采的言，文是文采、文饰的意思，但并非阮元所谓"用韵比偶"那么狭隘。《文言说》作为骈文理论的核心，具有严重的理论缺陷。就连阮元的同乡后学李祖望也不能接受，重新作了一篇《文言说》，逐一批驳阮元的观点。李祖望提出《文言》"盖总文王之卦辞爻辞而解之也"，即承续梁武帝而非阮元的解释。针对阮元所谓《文言》多用韵、用偶，李祖望列举大量例子证明"《文言》有不韵者矣"，"《文言》有不偶者矣"。最后针锋相对地驳斥曰："必以《易》乾坤之《文言》用韵用偶，为千古文章之祖，孔子故自名之曰文言，知非传《易》之本意矣。"①可见阮元作《文言说》将立其论，而适足自陷！

　　第二，兴起"文笔之辨"，曲解刘勰"文笔论"的内涵，将有韵、无韵之别偷换为骈、散之分。刘勰《文心雕龙·总术》曰："今之常言，有文有笔，以为无韵者笔也，有韵者文也。"这是当时人们对于"文笔之辨"的基本认识。范晔《狱中与诸甥侄书》云："手笔差易，文不拘韵故也。"即依是否用韵而区分文、笔。自唐代韩愈、柳宗元发起"古文运动"之后，"文笔论"不再是关注的重点，不再成为重要的文论命题。直到清代中期，人们提及这个话题时依然遵守刘勰的解释。如赵翼（1727—1814）《陔余丛考》卷二十二就说："六朝所谓文笔，当以刘勰言为据也。"但是，阮元于道光三年（1823）在广州学海堂以文笔策问课士，发起了一场"文笔之辨"的讨论。阮元问曰：

　　　　六朝至唐，皆有长于文、长于笔之称，如颜延之云"竣得臣笔，

---

① 李祖望：《文言说》，《清代诗文集汇编》第637册《锲不舍斋文集》，第11页。

测得臣文"是也。何者为文？何者为笔？何以宋以后不复分别此体？①

于是，阮福等人纷纷搜集、梳理文献，作《文笔对》《文笔考》，但已偏离刘勰的原意而做了曲解。如阮福《文笔对》引录刘勰《文心雕龙·总术》文字之后，加按语，把它与萧统《文选序》相糅合，曰：

> 按，文笔之义，此最分明。盖文取乎沉思翰藻，吟咏哀思，故以有情辞声韵者为文；笔从聿，亦名不聿。聿，述也，故直言无文采者为笔。《史记》："《春秋》笔则笔。"是笔为据事而书之证。②

后又征引文献，按语曰："笔即记事之属""笔为无藻韵之著作之名""凡类于传志者，不得称文"。本来笔与文，一无韵，一有韵，区别的标准在押韵与否。而阮福的解释，在"韵"之外加上"藻"，这样一来，"笔"是无韵无藻饰，"文"是有韵有藻饰，记事的传志之类文章是"笔"而非"文"。记事传志，是唐宋以后古文家之所长。这里已经透出将"文笔之辨"扩大到"骈散之争"的苗头。刘天惠《文笔考》的观点基本相同，谓"凡骈俪藻翰皆得谓文"，笔"皆为直言序述之辞，体近乎乙部，义托于龙门（按，指司马迁《史记》），乃文海之别裁"。梁国珍《文笔考》得出结论说："总而考之，韵语比偶者为文，单行散体者为笔。"这已显然违背了六朝"文笔论"的原初含义，而将"文笔之辨"偷换为"骈散之争"，文是骈体，笔是散体。梁光钊《文笔考》也曲承阮元之意，说："沉思翰藻之谓文，纪事直达之谓笔。"并将文笔之分上溯到孔子时代："孔子赞《易》，有《文言》，其为言也，比偶而有韵，错杂而成章，灿然有文，故文之；孔子作《春秋》，笔则笔，其为书也，以纪

---

① 阮元：《揅经室二集》，第418页。
② 阮福：《文笔对》，阮元：《揅经室二集》，第420页。

事为褒贬，振笔直书，故笔之。文笔之分，当自此始。"这种将"文笔"论追溯到孔子撰《文言》《春秋》，与阮元《文言说》依经立论的策略如出一辙，其讹误不足深辩，郭绍虞曾批驳之（详下）。

阮元及其弟子的"文笔考"，虽然采用汉学家的考据方法，钩稽大量史料做考辨，但很明显，他们并没有遵守实事求是的原则，恪守"文笔论"的本来含义，而是有意地加以曲解，在是否有韵之外还加上了骈散的问题，将"文笔之辨"转化为"骈散之争"，并表现出鲜明的尊"文"黜"笔"的态度，这实际上是在为骈体文争取合法性，是攻击当时桐城派古文的一种学术策略。当时受到阮元影响的年轻人力钧在《文笔辨》中直接说："六朝近于文，八家近于笔。今之骈体、散行，即古文笔之名所变焉者也。"①可见，阮元的这种曲解在当时已经产生了不小的影响。

问题是，"文笔"与"骈散"并非一一对应，并不可无缝对接。骈体文的基本特征是句式骈俪对偶，而不是押韵。事实上，大量的骈体文章是不押韵的，只有其中的骈体赋等，才讲究押韵。因此，按照刘勰的说法，不押韵的骈文应该是"笔"而非"文"；骈文派标举的典范即萧统《文选》，既收有韵的文，也收无韵的笔，并非如阮元等人所说是"文"而非"笔"。可见，将"文笔之辨"转化为"骈散之争"，并不能自圆其说。其中的理论漏洞，连阮福都发现了。发问曰：

> 《文心雕龙》云："今之常言，有文有笔。以为无韵者笔也，有韵者文也。"据此，则梁时恒言有韵者乃可谓之文，而昭明《文选》所选之文，不押韵脚甚多，何也？

道光五年（1825），阮元作《文韵说》，就是试图解答这个问题，曰：

---

① 佚名：《致用书院文集》，赵所生、薛正兴编：《中国历代书院志》第13册，江苏教育出版社1995年版，第83页。

> 梁时恒言所谓韵者，固指押脚韵，亦兼谓章句中之音韵，即古
> 人所言之宫羽，今人所言之平仄也。……休文此说，乃指各文章句
> 之内，有音韵宫羽而言，非谓句末之押脚韵也。是以声韵流变，而
> 成四六，亦只论章句中之平仄，不复有押脚韵也。四六乃有韵文之
> 极致，不得谓之为无韵之文也。……综而论之，凡文者，在声为宫
> 商，在色为翰藻。①

本来仅仅是有韵、无韵区别的"文笔论"，到阮元手里，还加上了翰藻与直言
的区别，文有翰藻，笔为直言。而且，对于韵，阮元也做了新的解释，谓韵
不只是押脚韵，还可指章句中的音韵。这样一来，本来属于"笔"的四六骈
体文，虽然句末不押韵，但句中声韵流变和谐，乃是"有韵文之极致"，便不
是无韵的"笔"，而是有韵的"文"了。这看似有理，实则也是曲解。刘勰
《文心雕龙·声律》曰："异音相从谓之和，同声相应谓之韵。"阮元所谓"章
句中之平仄"，即刘勰"异音相从谓之和"的意思，绝非"同声相应"的韵。
文笔之辨，乃以句末是否用韵为依据，而非根据章句中的平仄。阮元这样的
曲解，是难以令人信服的。近人王肇祥《文笔说》驳斥云：

> 阮伯元谓齐梁有韵为文，无韵为笔，所谓韵者，兼赅句中宫羽，
> 不仅指句末用韵。其说弘通，但非所论于齐梁文笔之分途也。齐梁
> 文笔，以韵为限，确指句末之韵。②

郭绍虞也批驳说："他（阮元）这样曲解六朝有韵为文之说，所以断以偶语俪
辞为文。殊不知六朝'文''笔'二字之意义，只指有韵、无韵之分，并不是
指骈俪、散行之别。"③这都击中了阮元"文笔论"的软肋，阮元实际上偷换了

---

① 阮元：《文韵说》，《清代诗文集汇编》第 477 册《揅经室续集》，第 660—662 页。
② 王肇祥：《文笔说》，《国故》1919 年第 1 期。
③ 郭绍虞：《文笔与诗笔》，《睿湖》1930 年第 2 期。

概念。

第三，发挥萧统《文选序》的文学观，严格地将"文"与经、子、史分别开来，本意旨在排斥当时的桐城派古文，客观上强调了"文"的独立性。萧统《文选》不收经、子、史（除了"事出于沉思，义归乎翰藻"的赞论序述）。阮元在确立了"用韵比偶"的骈文观的同时，明确地在文与经、子、史之间划界，突出骈文的正统性，而将唐宋以降的古文一概归入子、史之中，排除在"文"之外，剥夺古文的"文"的资格。阮元说：

> 昭明以为经也、子也、史也，非可专名之为文也；专名为文，必沉思翰藻而后可也。……自唐宋韩、苏诸大家以奇偶相生之文为八代之衰而矫之，于是昭明所不选者，反皆为诸家所取，故其所著者，非经即子，非子即史，求其合于昭明《序》所谓文者，鲜矣。[①]
>
> 《选序》之法，于经、子、史三家，不加甄录，为其以立意纪事为本，非沉思翰藻之比也。今之为古文者，以彼所弃，为我所取，立意之外，唯有纪事，是乃子、史正流，终与文章有别。[②]

阮元的逻辑是：从骈散的角度说，经、子、史多奇少偶，唐宋八大家取以为法，尚奇不尚偶；若将经、子、史排斥在"文"之外，那么唐宋八大家的古文，自然就是"笔"而非"文"了。从纪事抒情的角度说，"子夏《诗序》'情文声音'一节，乃千古声韵、性情、排偶之祖"，"文"须吟咏性情、流连哀思，而经、子、史"以立意纪事为本"，唐宋八家的古文"立意之外，唯有纪事"，属于子、史的正流，而不同于萧统所谓文章。归根到底，当时桐城派所提倡的"单行之文"，只称得上是"笔"而非古之"文"。学海堂的学生梁光钊《文笔考》直接就说："昭明所选多文，唐宋八家多笔。韩、柳、

---

① 阮元：《书梁昭明太子〈文选序〉后》，《清代诗文集汇编》第 477 册《揅经室三集》，第 362 页。

② 阮元：《与友人论古文书》，《揅经室三集》，第 363 页。

欧、苏，散行之笔，奥衍灏瀚，好古之士，靡然从之。论者乃薄选体为衰，以散行为古。既尊之为古，且专名之为文，故文、笔不复分别矣。"阮元等人之所以反复计较"文""笔"的分别，就是要消解桐城派"好古之士"尊崇韩、柳、欧、苏散行古文的正统性和合法性，而为骈文派张本立说。

阮元等人如此执拗地崇骈黜散，难免陷入理论的谬见。他在《书梁昭明太子〈文选序〉后》竟然提出"四书排偶之文，真乃上接唐宋四六为一派，为文之正统也"，把八股文视为正统，恰是暴露出他的骈文理论的褊狭。但是，他们放弃了古文家"文以明道""文以载道"之类表达义理的诉求，强调文章的声韵、性情、排偶属性，严格将"文"与经、子、史区别开来，从文学批评史的角度看，对于文学的独立性发展是有意义的。邱培超说："看似阮元学圈为骈文发声，为骈文立一正统。事实上，他们深层目的是欲令文独立于道之外，为文与其他知识领域作一切割，独立成为有别于经、史、子的另一知识领域。"① 或许不能直接说阮元等人已经明确具有文章独立性的意识，但是如此鲜明地将"文"与经、子、史分开，客观上强调了"文"的独立性，成为近现代文学独立论的重要的传统资源。

第二节 "文笔论"的现代延伸与清算

"骈散之争"自清代中后期形成掎角之势，一直延续至晚清民国，是文学论争的重要话题。"仪征阮氏之'文言'学，得（刘）师培而门户益张，壁垒益固。"② 刘师培虽然是阮元的同乡，饱受"选学"沾溉，但是他提倡骈体文绝非乡曲之见。阮元重释"文笔论"，旨在从根本上消解桐城派古文的理论基础，为骈体文的兴起确立根基，开辟道路；刘师培主张骈体文，重提"文笔论"，则是面对新的时代问题而做出的回应。对于梁启超等人的"报章体"，

---

① 邱培超：《自"文以载道"至"沉思翰藻"》，台北大安出版社 2012 年版，第 242 页。
② 钱基博：《现代中国文学史》，上海古籍出版社 2011 年版，第 106 页。

怀抱国粹主义思想的刘师培就很不以为然。在《论文杂记》中他说：

> 近日文词，宜区二派：一修俗语，以启瀹齐民；一用古文，以
> 保存国学，庶前贤矩范，赖以仅存。若夫矜夸奇博，取法扶桑，吾
> 未见其为"文"也。①

所谓"修俗语，以启瀹齐民"，是指小说、戏曲等通俗文学。刘师培接受进化
论思想，对于通俗文学给予积极的肯定。所谓"矜夸奇博，取法扶桑"，是指
梁启超在日本文学影响下的"报章体"，刘师培批评这种"报章体"称不上是
"文"。他所谓"保存国学"的"古文"，也不是桐城派的唐宋八大家古文，
而是指骈体文。在《中国中古文学史》之开篇，刘师培就说：

> 俪文律诗为诸夏所独有，今与外域文学竞长，唯资斯体。②

刘师培认为，俪文律诗充分发挥了汉字的独特性，是中国文学所独有的，是
文学国粹，唯有这种体制可以与外国文学争长竞短。刘师培在《中国中古文
学史》中说："非偶词俪语，弗足言文"，"沉思翰藻，弗背文律；归、茅、
方、姚之伦，弗得以华而弗实相訾"。这显然是承续了阮元等骈文派的论调。
其中第二课"文学辨体"就是"以阮氏《文笔对》为主"，"以明文轨"。刘
师培完全赞同阮元的"文笔论"，说："偶语韵词，谓之文；凡非偶语韵词，
概谓之笔。盖文以韵词为主，无韵而偶，亦得称文。"笔"为体，惟以直质为
工，据事直书，弗尚藻彩。……后世以降，凡体之涉及传状者，均笔类也"。
与阮元一样，刘师培把句式偶奇与是否用韵当作分别"文""笔"的标准。依
据这种骈体文观念，刘师培对唐宋以降的古文给予更为激烈的批评，认为后

---

① 刘师培：《论文杂记》，人民文学出版社 1959 年版，第 110 页。
② 刘师培：《中国中古文学史》，人民文学出版社 1959 年版，第 5 页。

世文家奉韩愈古文为正宗，"是均误笔为文者也"，"言无藻韵，弗得名文；以笔冒文，误孰甚焉"。如果说刘师培与阮元在骈文具体观念上还有差异的话，那么可以说，阮元立论的侧重点在用韵比偶，刘师培在此基础上进一步强调藻饰。他采用训诂的方法，证明"文章之必以'彣彰'为主焉"，"盖'彣彰'即文章之别体"，"文以藻绘成章为本训"。① 之所以如此强调文的藻饰性，就是旨在针砭桐城派古文和当时流行的"报章体"之不讲究辞藻文采。

刘师培站在骈文派立场看问题，还没有跳脱畸骈畸散的陈旧格局，目光不免狭隘。章太炎自谓作文"清远本之吴魏，风骨兼存周汉"②，已经摆脱了"骈散之争"的胶着。他感慨"今世文学已衰"，不满于当时文科"尚文辞而忽事实"，"重文学而轻政事"等弊端③，以返古求真的态度，重新训诂"文"的意义。在《文学总略》等文中提出："文学者，以有文字著于竹帛，故谓之文。论其法式，谓之文学。"把一切有句读的文章和无句读的表谱之类都囊括在"文"的范围之中，可谓真正的"大文学观"。依据这种"大文学观"，章太炎既批驳了刘师培以"彣彰"解释文章是"恶夫冲淡之辞，而好华叶之语，违书契记事之本矣"，因此"榷论文学，以文字为准，不以'彣彰'为准"，又驳斥了阮元"俪语为文，单语文笔"的"文笔论"，说："前之昭明，后之阮氏，持论偏颇，诚不足辨。"对于"文笔"，他举例证明说："文即诗赋，笔即公文，乃当时恒语。"④ 在20世纪初"纯文学"引入国内大行其道时，章太炎的"大文学观"没有得到人们的响应，连他的学生鲁迅等也难以接受。在"大文学观"背后，章太炎对文坛"尚文辞而忽事实""重文学而轻政事"的针砭，也没有得到人们的关切。但是，他所谓"文即诗赋，笔即公文"的"文笔论"，对于稍后郭绍虞用"纯文学""杂文学"来解释"文笔"有着直接

---

① 刘师培：《广阮氏〈文言说〉》，《中国学报》1916年第4期。
② 章太炎：《自述学术次第》，《制言》1936年第25期。
③ 章太炎：《救学弊论》，《章太炎全集（五）》，上海人民出版社1986年版，第102页。
④ 章太炎：《文学总略》，傅杰编校：《章太炎学术史论集》，中国社会科学出版社1997年版，第43、47页。

的启发。

章太炎的弟子黄侃，喜好骈文，20 世纪 20 年代前后在北京大学讲授辞章学和文学史。他的《文心雕龙札记》试图在其师"大文学观"和阮元的骈文观之间做出调停，给予折中，说：

> 窃谓文辞封略，本可弛张：（1）推而广之，则凡书以文字，著之竹帛者，皆谓之文，非独不论有文饰与无文饰，抑且不论有句读与无句读，此至大之范围也。故《文心·书记》篇，杂文多品，悉可入录。（2）再缩小之，则凡有句读者皆为文，而不论其文饰与否，纯任文饰，固谓之文矣，即朴质简拙，亦不得不谓之文。此类所包，稍小于前，而经、传、诸子，皆在其笔罩。（3）若夫文章之初，实先韵语，传久行远，实贵偶词；修饰润色，实为文事；敷文摛采，实异质言，则阮氏之言，良有不可废者。即彦和泛论文章，而《神思》篇已下之文，乃专有所属，非泛为著之竹帛者而言，亦不能遍通于经、传、诸子。然则拓其疆宇，则文无所不包，揆其本原，则文实有专美。[①]（按，序号为引者所加。）

黄侃把"文"的范围从大到小分为三个层次：第一个层次，即章太炎的"泛文学"概念；第二个层次，即通常一般人的文章概念；第三个层次，是特指阮元所谓有韵比偶的骈体文。对于阮元的"文笔论"，即"无情辞藻韵者不得称文"，黄侃虽然体会其说"实有救弊之功"，但又正确地指摘说："求之文体之真谛，与舍人（按，刘勰）之微旨，实不得如阮君所言。……与其屏'笔'于'文'外，而文域狭隘，曷若合'笔'于'文'中，而文囿恢弘？屏'笔'于'文'外，则与之对垒而徒启斗争；合笔于文中，则驱于一途而可施鞭策。阮君之意诚善，而未为至懿也，救弊诚有心，而于古未尽合也。"这种批驳是

---

① 黄侃：《文心雕龙札记》，华东师范大学出版社 1996 年版，第 10 页。

击中要害的，黄侃的调停态度也是通达中肯的。至此，"文笔之辨"似乎可以平息了。

第三节　郭绍虞以近代的纯杂文学论解释传统的"文笔"

中国文学批评史学科的奠基者郭绍虞，自 1927 年至 1937 年，在十年中先后发表了多篇文章研究"文笔论"与传统的文学观，并将其成果贯穿于最早的《中国文学批评史》编撰中。郭绍虞早年广泛阅读《国粹学报》上刊载的刘师培论文、王国维论词的文章。五四时，他是"新潮"式的人物，曾经翻译过日本人高山林次郎的《近世美学》，介绍俄国的艺术理论。20 世纪 20 年代后期，任教燕京大学，开始讲授中国文学批评史。他后来回忆说："当时人的治学态度，大都受西学影响，懂得一些科学方法，能把旧学讲得系统化，这对我治学就有很多帮助。"[1] 郭绍虞对"文笔论"的考辨和阐释、对传统文学观念的评述，就体现了这一治学理路。这是五四时代新派学者占主流的学术范式，胡适的《白话文学史》、周作人的《新文学的源流》等均是在西学影响下，把现代观念贯彻到传统研究中去，把旧学讲得系统化。具体到郭绍虞身上，突出的表现就是以当时比较盛行的纯文学、杂文学的辨别来解释"文"与"笔"，他在《文笔与诗笔》中提出："以文笔对举，则虽不忽视文章体制之异点，而更重在文学性质之分别；其意义与近人所谓纯文学、杂文学之分为近。"

郭绍虞论"文笔"、论传统文学观，深受阮元和刘师培等人的影响，但并不是步趋阮、刘，而是对二人学说加以辨正，进行现代式的引申发挥。他的辨正主要有以下几点：

第一，将"文笔之辨"的内涵转换为纯文学与杂文学的分别，即从文章

---

① 郭绍虞：《我怎样研究中国文学批评史的》，《照隅室杂著》，上海古籍出版社 1986 年版，第434 页。

体制之异上升为文学性质之别。自阮元至黄侃辨析"文笔论"，最主要的依据都是刘勰所谓"无韵者笔也，有韵者文也"，据阮福《文笔对》载，他当时曾把萧绎《金楼子·立言篇》"至如不便为诗如阎纂，善为章奏如伯松，若此之流，泛谓之笔；吟咏风谣，流连哀思者，谓之文"这段文字呈给阮元看，阮元看后高兴地说："此足以明六朝文、笔之分，足以证昭明《序》经、子、史与文之分，而余平日著笔不敢名曰'文'之情益合矣。"可见，阮元并没有从萧绎这段文字中看出什么独特内涵。郭绍虞则不然。他指出，刘勰《文心雕龙》认为有韵为文，无韵为笔，是重在形式上的区分，实是"文""笔"区分前期的见解。至如萧绎《金楼子·立言篇》所言，"着眼在性质之差异：笔重在知，文重在情；笔重在应用，文重在美感。于是才与近人所云纯文学、杂文学之分，其意义相近。这才是文笔区分的后期的见解。……又'文学'一名，亦至南朝以后，其含义始与近人所称之义相近"①。所谓"知"与"情"的差异，是近代学人引入的英国文学理论家德·昆西的观点；应用与美感的分别，是受西方美学影响的王国维的文学观念，陈独秀《文学革命论》已明确提出"文学之文""应用之文"的分别。显然，郭绍虞是在"以今释古"。他把"文笔论"分为前后两个时期，刘勰所论是前期，萧绎所论是后期。阮元只着眼在前期，郭绍虞则着意于后期，且特别重视萧绎的话，以为是标志着文学观念上确立了纯文学和杂文学的区分，说："若明这一点，则知六朝在文学批评史上之重要贡献，犹不仅如阮元所云只在'文''笔'之分也。"一旦将"文笔论"上升为文学性质上纯文学与杂文学的分别，其"文学"的含义"与近人所称之义相近"，则六朝在文学批评史上的贡献，自然要重要得多了。

"文笔论"与近人所云纯文学、杂文学之分，其意义相近，"'文学'一名，亦至南朝以后，其含义始与近人所称之义相近"，这是 20 世纪二三十年代郭绍虞的一些批评史论文的核心观点，也是他早年《中国文学批评史》的立论基石。他把自西方经日本传入国内的纯文学、杂文学之辨，运用于对传

---

① 郭绍虞：《文学观念与其含义之变迁》，《东方杂志》1928 年第 25 卷第 1 号。

统的"文笔论"的重新辨析。如在《文笔与诗笔》中他得出结论说:

> 是故以文、笔对举,则虽不忽视文章体制之异点,而更重在文学性质之分别;其意义与近人所谓纯文学、杂文学之分为近。以诗、笔对举,则只是文章体制之差异;其意义又与普通所谓韵文、散文者为近。由文学性质言,纯文学与杂文学均为文学中的一种,故时人以"文学"为其共名,而"文"与"笔"为其别名。

郭绍虞的《中国文学批评史》就是以此为理论根基。第一篇"总论"主体内容就是根据上引《文学观念与其含义之变迁》一文改写而成的,第四篇"魏晋南北朝"的"文笔之区别"是根据《文笔与诗笔》改写而成的,其中赞叹说:"时人对于文学的性质,辨析到如此,真是值得注意的一件事。"[①]纯文学、杂文学二元对立的观念还贯穿在他对整个中国文学批评史的系统化叙述中,如说:"儒家虽多论文之语而意旨切实,不离于杂文学的性质;道家虽不论文而其精微处却转能攫得纯文艺的神秘性。……后世诗人或文人所论其意义近于纯文学的性质者,要皆出于庄子;文人或学者所论其意义偏于杂文学的方面者,则又出于孔子。"[②]在《中国文学批评史》中,相似的论述随处可见,不再赘举。

第二,将"文笔之辨"上溯至先秦两汉的"文学""文章"之辨,首次细致辨析了"文学""文章"的内涵。阮元学海堂的鼎生梁光钊在《文笔考》中将"文笔之辨"追溯到孔子为《春秋》"笔则笔,削则削",实为臆测,这个"笔"是记录的意思。郭绍虞予以辩驳,指出"文""笔"区分,最早当始于晋时,另有源头。他在《文笔与诗笔》中提出:"六朝文笔之分,实源于两汉文学、文章之分。"在《文学观念与其含义之变迁》中郭绍虞感慨:"阮元知

---

① 郭绍虞:《中国文学批评史》,百花文艺出版社 1999 年版(据 20 世纪三四十年代本重印),第 92 页。
② 郭绍虞:《儒道二家论"神"与文学批评之关系》,《燕京学报》1928 年第 4 期。

六朝有'文''笔'之分，诚是一大发见。惜犹不知汉初已有'文学''文章'之分，已有'学'与'文'之分。"在文中，他钩稽大量材料详细梳理"文学""文章"含义的变迁，把六朝以前的"文学"含义分为三个时期：第一期是先秦，文学兼文章、博学二义，"以韵文抒情，以散文述学。孔子论文，亦只注重在形式上韵文、散文之别——以韵文称为'诗'，以散文称为'文'，如是而已"。两汉为第二期，"以美而动人的文辞，则称之为'文'或'文章'"。"至魏晋南北朝间，遂较两汉更进一步，于同样的美而动人的文章中间更有'文''笔'之分"，这是文学观念演进中第三期的见解。显然，这是依据进化史观，梳理从先秦至六朝"纯文学"观念的发展史。

第三，依据文学观念演进与复古的二元对立，将中国文学批评史"系统化"，从而抨击道学家功利派的文学观。阮元等清代提倡骈文的论者一方面凸显以萧统《文选》为代表的六朝文学和文学观念，另一方面消解唐宋以降古文的正统性。刘师培也是如此。如在《论文杂记》中，他既称赞"文章之界"至萧统《文选》而大明矣，又贬抑唐代以降"以笔为文"，"与古代文字之训相背矣"，并感叹："流俗每习焉不察，岂不谬哉！"正是在骈文派特别是刘师培的这种文学史观的影响下，郭绍虞在商务印书馆 1934 年出版的《中国文学批评史》中试图以"文学观念的演进与复古"为线索贯通整部文学批评史，而同时代如朱东润、方孝岳、罗根泽等先生的文学批评史类著作，都没有这种弘通的意识。在《文学观念与其含义之变迁》一文中，郭绍虞宏观地对中国文学观念的历史做出总体的概括：

> 大抵自周、秦以迄南北朝，则文学观念逐渐演进，进而至于逐渐辨析得清之时代也。自隋、唐以迄明、清，则文学观念又逐渐复古，复而至于以前辨析不清之时代也。

在《中国文学批评史》第一篇"总论"中，郭绍虞做了更明确的概述：

　　大抵由于中国的文学批评而言，详言之，可以分为三个时期：一是文学观念演进期，一是文学观念复古期，一是文学批评完成期。自周、秦以迄南北朝，为文学观念演进期。自隋、唐以迄北宋，为文学观念复古期。南宋、金、元以后直至现代，庶几成为文学批评之完成期。简言之，则文学观念之演进与复古二时期，恰恰成为文学批评分途发展的现象。

　　在具体阐释时，他细致梳理自先秦至六朝文学观念如何一步步演进，即"纯文学"观念如何一步步摆脱"杂文学"观而成长、独立。论述隋唐时代，重点在于"诗国的复古""文坛的复古"；"文与道"则是阐释宋代文学批评的重心。虽然郭绍虞说过"对于古人的文学理论，重在说明而不重在批评。……我想在古人的理论中间，保存古人的面目"，但是他的这种文学史观显然带有骈文派文学史观的影子。阮元所谓唐宋韩、苏诸大家所著者非经即子，非子即史，不合于昭明《序》所谓文者；蒋湘南所谓"夫古文之弊，自八家始也"；刘师培所谓"文章之界"，至萧统《文选》而大明，唐代以降的古文只能成为"杂著"；等等。这些都可以说是郭绍虞文学观念"演进与复古"论的先声。不过，郭绍虞没有采取骈文派的尊骈黜散的狭隘立场，没有将唐宋以后的古文排除在文学之外。1938 年，郭绍虞为燕京大学编了一部《文学理论》，作为《国故概要》甲辑之一种。这部《文学理论》分为文学之定义、分类、体制、音节四大部分。第一讲"文学之定义"，选了萧统《文选序》、阮元《文言说》、刘师培《论文杂记》一则、章炳麟《文学总略》。可见郭绍虞是继续阮元以来的"文笔论"话题，而把"用韵比偶""美而动人"视为"文学之定义"。第二讲"文学之分类"，选了阮福《文笔对》，刘天惠、梁国珍、侯康、梁光钊的四篇《文笔考》，宋翔凤《论文笔》，刘师培《文笔词笔诗笔考》，王肇祥《文笔论》，章太炎《文学论略》和郭绍虞《文笔再辨》，意即文学可分为"文"与"笔"，即"纯文学"与"杂文学"两类。郭绍虞这部至今尚未得到研究者充分注意的《文学理论》教材已经充分显露了他的纯、杂文学论与清代重新提出的"文笔说"之间的内在联系。

五四时期，一些较为激进的学者对传统文学思想往往给予较为激烈的批判，认为传统文学思想属于落后的旧文化，应该与旧制度一起被埋葬。如罗家伦从西洋文学观念中概括出文学的定义，并要据之揭示出中国文学"同西洋文学根本不同且同文学原理背谬的性质来"[1]。更多的学者是根据自己的需要对传统进行二元切割，如：胡适把传统文学分为白话文学、文言文学，提取前者，摒弃后者；周作人把传统文学思潮分为"言志"和"载道"两派，发扬前者，抛弃后者。

郭绍虞对传统文学观念，在当时的思想背景下，也做出具体的切割和评述。他根据五四以后的"为人生的文学"与"为艺术的文学"之争，把古代的文学理论观念分为"尚文""尚用"两类，孔子的文学观是二者兼备，而后世的诗人、文人各得其一端。"尚饰轻质，尚文轻用，其弊至齐梁诗人而益甚"；"尚用轻文，尚质轻饰，其弊至宋代道学家而极"。阮元、刘师培的骈文观，"均不失孔门'尚文'之旨"，是得到郭绍虞肯定的。他所批判的传统的文学观，"只是后世文人的文学观而不是诗人的文学观"，"只是后世散文家的文学观而不是骈文家的文学观"。[2] 他在文中说：

> 所谓传统的文学观云者，仅仅得到孔子"尚用"的一点而加以发挥而已。文学观而专主于"尚用"，此所以一般人论到传统的文学观恒痛心疾首于文学之丧失其独立性也。

所谓"尚用"，就是指儒家功利主义的文学观。自王国维以降，对这种功利主义文学观念都给予激烈的抨击，认为它压抑了文学的独立性，郭绍虞也是如此。一般来说，骈文派不大讲"明道""载道"之类话头，而古文派则重

---

① 罗家伦：《什么是文学》，《新潮》1919 年第 1 卷第 1 期。
② 郭绍虞：《所谓传统的文学观》，《东方杂志》1928 年第 25 卷第 24 期。

视"义理""明道"。郭绍虞将骈文派的文学观念与近代纯文学观念对接，但摆脱了畸骈畸散的狭隘，把古文也纳入文学的范围。他所着力的，是把古文家的文论与道学家的文论分开，认为古文家的文学观也主明道，"不过犹不失'尚文'之旨，便不能成为传统的文学观"。因此，他所谓传统的文学观，"只是儒家的文学观，只是道学家与经济家的文学观，或者说只是纯粹的道学家与道学家之功利派的文学观。一言蔽之，即是本于孔子文学观中尚用一点以发挥者"。五四时期，学术界对中国传统的文学观念纷纷给予激烈的批判，而郭绍虞对中国自己的传统做了细致的分割，肯定"尚文"的文学观，并把它与现代文学思想接轨，对"尚用"而"犹不失'尚文'之旨"的古文家也予以包容，而把"传统的文学观"限定为"纯粹的道学家与道学家之功利派的文学观"，是这种"传统的文学观"限制、阻碍了纯文学的发展，应该予以抛弃。郭绍虞曾经说："假使能明了旧文艺所以犹有残余势力的其他原因，那么，对于新文艺的推进也不为无益。"① 对"传统的文学观"的辨析厘清，正是为了探求旧文艺仍有残余势力的原因。

文史学术多带有时代性。合乎时代潮流，响应时代呼唤，也必然会有时代的局限性。郭绍虞用"文学观念的演进与复古"来叙述中国文学批评史，在当时就受到钱锺书的质疑②。郭绍虞用近代的"纯文学""杂文学"来解释"文"与"笔"的分别，是继阮元、刘师培之后对"文笔"的新阐释，是受到了章太炎"文即诗赋，笔即公文"的启发，而直接动因则是五四后新派学者受西学的影响，借鉴近现代理论把旧学讲得系统化的学术模式。但是，六朝时期的"文笔"可以解释为"纯文学""杂文学"吗？答案显然是否定的。六朝时期是否就已有了"纯文学""杂文学"的明显分别呢？这也很难说，只能说抒情性的诗赋在当时的文学体裁中得到重视，但并未从应用与审美的角度做出明显的区分。梁元帝的"吟咏风谣，流连哀思者，谓之文"，也并非"接

---

① 郭绍虞：《新文艺运动应走的新途径》，《国文月刊》1942 年第 16 期。
② 钱锺书：《论复古》，《大公报·文艺副刊》1934 年 10 月 17 日。

近于近人所谓的纯文学"。"萧绎之说不但未突破押不押脚韵的界限，而且其说实与刘勰并无不同，所谓'文笔'的概念实无所谓传统革新、前期后期之别。"①郭绍虞从"文笔论"中衍生出"纯文学"与"杂文学"的分别，与阮元从"文笔论"中演绎出骈、散之别来一样，都是"六经注我"式的过度阐释，今天需要重新予以审视。

话又说回来，阮元的阐释虽不切合"文笔"论的原本含义，但是它为清代骈体文的中兴提供了理论支撑，是有意义的。同样，在"纯文学"观与"杂文学"观相互交织、相互冲突的 20 世纪二三十年代，郭绍虞将"纯文学"这种外来观念本土化、历史化，从中国文学传统中梳理出纯文学观念的发生、发展，将传统文论与现代文学观念接榫，虽然结论并非无懈可击，但是这种现代学术眼光和理论探索精神，还是值得肯定的。传统就是在不断的再阐释中获得新生命的！

（原载《文学评论》2015 年第 5 期）

---

① 杨明：《六朝文论若干问题之商讨》，《中州学刊》1985 年第 6 期。

| 第十四章 |

王国维与《人间词话》

第一节 忧生忧世在人间

王国维，字静安，号人间、观堂、永观等。1877 年 12 月 3 日（农历十月廿九）出生在浙江海宁。父廼誉，清诸生，习书画，能仿杭州钱杜（字叔美）之作。得之于家庭的熏陶，王国维对书画有一定的鉴赏力。父王廼誉尝游幕溧阳。值太平军乱，乃弃幕就商。王氏家境清贫，一年所入，仅足给衣食。但童年的生活在后来的诗歌里留下的是美好的回忆："我本江南人，能说江南美。家家门系船，往往阁临水。兴来即命棹，归去辄隐几。"①十六岁时，见友人读《汉书》，心生喜悦。拿出小时积攒的压岁钱，从杭州购得前四史，开启了读书生涯。然不喜《十三经注疏》，也不专事帖括，读书唯究经史大义。弱冠肄业于杭州敷文书院，两应乡举而不售。他并非早慧，早年的《杂诗》里就把自己比喻为生长七年仍不成株的豫章树，结果被交付于拙工之手，削斫得面目全非。

1898 年初，二十二岁的王国维离开家乡到上海《时务报》馆做书记员，

---

① 王国维：《昔游》，陈永正笺注：《王国维诗词笺注》，上海古籍出版社 2011 年版，第 184 页。

做一些校对报纸、抄录信笺的事，薪水低，工作枯燥，然自此"始知世尚有所谓新学"。不久后的一天，在上海创办东文学社的上虞罗振玉去报馆找汪康年，不值，恰看到王国维《咏史》，颇为欣赏其中"千秋壮观君知否，黑海东头望大秦"两句，于是引其入东文学社。从此，王国维与罗振玉结下了终身之缘。第二年留学日本物理学校，但仅数月就因脚气病（因缺乏维生素 B_1 而引起的全身性疾病）归国。他"体素羸弱，性复忧郁"（《静安文集续编自序》）。当时正发生戊戌政变，社会各种政治势力、学术思潮和人生理念大冲突、大裂变、大融合。社会和人生的问题，日萦脑际，促使沉静忧郁的王国维去思考。因此，王国维的诗歌从一开始就带有一种穿透时空表象的深邃和莫可言状的孤独。1899 年，时仅二十三岁的他，便咏出："几看昆池累劫灰，俄惊沧海又楼台。早知世界由心造，无奈悲欢触绪来。"[1]他只身异地，心头无端地涌起"四海一身原偶寄"的凄凉。身体之病弱和心灵的忧郁敏感强化了他心头上与环境的生疏对立："侧身天地苦拘挛，姑射神人未可攀。……终古诗人太无赖，苦求乐土向尘寰。"[2]此时的东文学社以讲授西方科学技术为务，而王国维的兴趣偏重于哲学。通过日籍教师藤田丰八、田冈佐治二君，王国维间接得知康德、叔本华哲学。

1903 年春，王国维应张謇邀请，至南通通州师范学校任教。这一年夏天，他开始读西方哲学、心理学著作，沉浸其中，眼界大开，非常快乐。《端居三首》其一曰："端居多暇日，自与尘世疏。处处得幽赏，时时读异书。高吟惊户牖，清谈霏琼琚。"这异书就是康德专著《纯粹理性批判》之类的西方哲学书，当时"几全不可解，更辄不读"。王国维一直在思索人生的本质，此时他是苦闷的。《端居三首》其二曰："我生三十载，役役苦不平。如何万物长，自作牺与牲？"身处的环境、人事似乎总与他相矛盾，激起心中的不平。既未闻道，"逐物又未能"，"冥然逐嗜欲，如蛾赴寒檠"，所以他希望像

---

① 王国维：《题友人三十小像二首》其一，陈永正笺注：《王国维诗词笺注》，第 36 页。
② 王国维：《杂感》，陈永正笺注：《王国维诗词笺注》，第 37 页。

庄子那样"吾丧我",可以"表里洞澄莹"。稍后,王国维读叔本华的《世界是意志和表象》(今译《作为意志和表象的世界》),"大好之",称其"思精而笔锐",读之不已,更广涉叔本华其他哲学论著。叔本华悲观主义唯意志论哲学之所以和王国维一拍即合,一方面是由于叔氏哲学的社会批判色彩,高扬生命意志的异端精神,顺应了当时的时势思潮,也顺应了王国维少年时即表现出的求新求异、叛逆的倾向;另一方面,更主要的是,叔本华深受东方佛学的影响,在"悲观主义人生论"上,两人有着深度的契合点。叔氏悲观主义哲学可谓深契"性复忧郁"的王国维的心,对王国维此后的人生观、文学观有深刻的影响,也给王国维的文学创作和研究抹上一层厚重的悲观色彩和悲剧精神。1903年《五月十五夜坐雨赋此》的"江上痴云犹易散,胸中妄念苦难除",《偶成二首》其一的"我身即我敌,外物非所虞。人生免襁褓,役物固有余",《六月二十七日宿硖石》的"人生过处惟存悔,知识增时只益疑"等诗句,其中的人生意识都渗透着叔本华哲学的内涵。当时他因为接受叔本华等的西学,自谓对人生有透彻的理解,有"众人皆醉我独醒"之感,所以"人生过处"二句之后又感慨说:"欲语此怀谁与共?鼾声四起斗离离。"似乎众人都还在睡梦之中。王国维家在浙水滨,农村的养蚕,给他深刻的印象,他以蚕比喻人生:蚕化为蛾,蛾生籽再孵为蚕,"茫茫千万载,辗转周复始"①,人生也是如此,造化弄人,让人"草草阅生死"却无法摆脱。人生就像蚕,作茧自缚,还在茧中钻营。"大患固在我,他求宁非谩。所以古达人,独求心所安。……中夜搏嗜欲,甲裳朱且殷。"②首句来自《老子》的"吾所以有大患者,为吾有身"。如何摆脱嗜欲的挟制呢?此时他想到佛教,"蝉蜕人间世,兀然入泥洹",此语说得容易,"践之良独难",甚至就连释迦牟尼也只好在尘世里枯老终生了。《平生》就说:"人间地狱真无间,死后泥洹枉自豪。终古众生无度日,世尊只合老尘嚣。"

① 王国维:《蚕》,陈永正笺注:《王国维诗词笺注》,第79页。
② 王国维:《偶成二首》其二,陈永正笺注:《王国维诗词笺注》,第58页。

　　王国维诗词并非全部都是如此低沉抑郁，也有过明媚的光亮。1904 年 8 月，罗振玉在苏州创办江苏师范学堂，聘请王国维来任教，并协助《教育世界》的编辑工作。这时王国维的心情有过短暂的晴朗，赴任时经过嘉兴西南的石门镇，"老桑最丑怪，亦复可怡悦。……非徒豁双眸，直欲奋六翮"①，似乎自此可以奋翮远骞。甚至他也偶尔少年轻狂过，如作于 1904 年秋的《浣溪沙》："草偃云低渐合围，雕弓声急马如飞，笑呼从骑载禽归。万事不如身手好，一生须惜少年时，那能白首下书帷。"但是短暂的激扬之后，随即而来的是沉重无法排解的忧愁。

　　多病的人生遭逢多难的时代，"忧生"和"忧世"一齐挤压着他，驱策他不断地去探索人生的困惑，追寻人生的真谛，为疲惫的心灵讨取片刻的安慰和宁静。青年时期的王国维就抱有浓郁的厌世情绪，甚至想找一个安静处隐居起来，读尽天下奇书。1903 年的《重游狼山寺》曰："此地果容成小隐，百年那厌读奇书。君看岭外嚣尘上，讵有吾侪息影区？"身体有病的人，总感觉到肉体的存在，而且这种存在是人生的累赘，是对精神自由的羁绊。因此灵魂和肉身往往是分裂的。王国维诗中就表现出这种分裂。《来日二首》其一云："适然百年内，与此七尺遇。尔从何处来，行将徂何处？"精神寄寓在肉体之内是很偶然的事。但沉重的肉身，像荆棘一样阻止他的步伐。"我力既云痛，哲人倘见度。"唯有哲学可以超度灵魂，洞彻人生，所以他乞灵于哲学。恰在此时，叔本华的悲观主义哲学像闪电一样击中他的心灵，似乎他苦苦追寻的人生问题，有了彻底的解答。他的《欲觅》诗云："欲觅吾心已自难，更从何处把心安。诗缘病辍弥无赖，忧与生来讵有端？"与生俱来的忧愁没有穷尽，需要安顿。当时的安顿之处，就在叔本华哲学的启示。《叔本华像赞》曰："公虽云亡，公书则存。愿言千复，奉以终身。"似乎终身要成为叔本华的追随者。三十岁之前，王国维主要精力在介绍和钻研西方哲学美学，特别是自己所信奉的叔本华、尼采哲学。1904 年就发表了《叔本华之哲学及其教

---

① 王国维：《过石门》，陈永正笺注：《王国维诗词笺注》，第 96 页。

育学说》《叔本华与尼采》等哲学论文。谢国桢《悼静安先生》说他"首倡尼采学说，实为介绍西哲之学第一人"。1904 年的《红楼梦评论》就是"全以叔氏为立脚地"，此外像《屈子文学之精神》《文学小言》等，都是运用叔本华、尼采、康德、席勒等人的美学理论来探讨中国文学问题的有名之作。

"知识增时只益疑"，刚跨过而立之年，他又开始了对自己之醉心哲学做反省式责问，说："余疲于哲学有日矣。哲学上之说，大都可爱者不可信，可信者不可爱。……知其可信而不能爱，觉其可爱而不能信，此近二三年中最大之烦闷，而近日之嗜好，所以渐由哲学而移于文学，而欲于其中求直接之慰藉者也。"① 王国维兼备敏锐丰富的审美感情和睿智深刻的思辨理性，集诗人与哲学家的气质于一身。"余之性质，欲为哲学家则感情苦多，而知力苦寡；欲为诗人则又苦感情寡而理性多。"② 两种气质的融合促动，使得他的哲学富有个性和情韵，诗学饱含理性和深度；两者的裂荡冲突，又迫使他不得不做出非此即彼的选择。王国维自视颇高，总是以天才自期自许。他省察自己说："以余之力，加之以学问，以研究哲学，或可操成功之券。然为哲学家则不能，为哲学史则又不喜，此亦疲于哲学之一原因也。"③ 哲学家是"作"，哲学史家只是"述"而已。不能做一个哲学家，又不情愿委屈为一个哲学史家，所以他疲于哲学。

而此时诗词创作上的成就，引起了他另一番人生兴味，改变了他人生求索的路向。"不有言愁诗句在，闲愁那得暂时消？"④ 王国维超越了哲学的玄思，走进了文学的幻境，在情真美幻、深邃杳渺的艺术境界中安顿灵魂。在《去毒篇》中他说："感情上之疾病非以感情治之不可，必使其闲暇之时心有所寄而后能得以自遣。夫人之心力不寄于此则寄于彼，不寄于高尚之嗜好，则卑劣之嗜好所不能免矣。而雕刻、绘画、音乐、文学等，彼等果有解之之

---

① 王国维：《静安文集续编·自序二》，《王国维全集》第 14 卷，第 121 页。
② 王国维：《静安文集续编·自序二》，《王国维全集》第 14 卷，第 121 页。
③ 王国维：《静安文集续编·自序二》，《王国维全集》第 14 卷，第 122 页。
④ 王国维：《拼飞》，陈永正笺注：《王国维诗词笺注》，第 61 页。

能力，则所以慰藉彼者世固无以过之。……而美术之慰藉中尤以文学为尤大。"希求文学来燮理感情的疾病，寄托高尚的嗜好，慰藉饥渴的心灵。

"客里欢娱和睡减，年来哀乐与词增。"①1906 年《人间词甲稿》刊行，1908 年前《人间词乙稿》也已完成。王国维对自己的《人间词》是十分自负的。《静安文集续编·自序二》说："余之于词，虽所作尚不及百阕，然自南宋以后，除一二人，尚未有能及余者，则平日之所自信也。虽比之五代北宋之大词人，余愧有所不如，然此等词人亦未始无不及余之处。"很有自得之意。在《人间词话》中，他转述樊抗父（志厚）称道其《浣溪沙》《蝶恋花》等词后，夫子自道曰："余自谓才不若古人，但于力争第一义处，古人亦不如我用意耳。"自许《人间词》已探得"第一义处"。又谈及自己倡和东坡白石韵的《水龙吟》《齐天乐》，说："皆有'与晋代兴'之意。"与古人原作相比毫无愧色。况且，"余之所长则不在是，世之君子宁以他词称我"，自信自负之情，溢于言表。的确，《人间词》是王国维生命底蕴的流露、精神生气的灌注，不同于"羔雁之具"、模拟之作，是作者对宇宙与人生、生命的悲剧性等基本人生问题讨问和思索的结晶。王国维忧郁沉闷的思虑和个性在《人间词》中完全敞开，《人间词》是此阶段诗人心灵之思、情感之动的真实痕迹，而王国维的《人间词话》就是对《人间词》创作实践经验的总结和理性把握。《人间词》和《人间词话》正是王国维词的创作实践和理论阐发的精粹，两者具有共同的人生信念作为基础，相互关联，相得益彰。《人间词》为《人间词话》提供丰富的感性经验基础，而《人间词话》是对《人间词》之创作感悟和艺术经验的理性概括和理论引申。两者创作时间大致相同，正好是王国维心灵轨迹和思索历程在感性和理性两个层面的清晰印记。

王国维《人间词》和传统诗词的最大区别，就是他不再仅仅关注人的伦理世情，去重复离别相思、宠辱陟黜的主题；而是将个人自我抛入茫茫大块的宇宙、大化流行生生不已的永恒中，让自我去面对注定的人类悲剧，甚至

---

① 王国维：《浣溪沙》，陈永正笺注：《王国维诗词笺注》，第 470 页。

将自我做暂时的人格分裂，做灵魂拷问，去追究人生无根基性的命数。也就是说，王国维开始摆脱传统的伦理视界的限制，进入一种哲学视界，对人生进行一种哲学式的审美思索和艺术表达，用他自己的话来说就是"力争第一义处"。王国维的《人间词》浸透了叔本华的悲观主义哲学观，他用一双充满忧郁、孤独、悲悯的眼睛审视着世界和人生。词中的自然意象多是萧霜秋风、栖鸦孤雁、鹤唳乌啼、残霞落花，基本主题是人间无凭、人世难思量、人生苦局促。这种慨叹不是古人那种片刻失意落魄后的自怨自艾，而是词人王国维对宇宙人生一贯的哲学洞识和艺术感觉。在王国维的《人间词》中，使用频率最高的词是"人间""人生"。"人间""人生"作为诗人体验思索的对象进入诗人的视野。王国维曾以"人间"为室号，将他的词集称为"人间词"，将他的词话命名为"人间词话"，其中似乎暗含着一种人生叩问的哲学况味。

王国维叩问的"人间""人生"究竟是怎样一幅图景呢？他说：

人生只似风前絮，欢也零星，悲也零星，都作连江点点萍。（《采桑子》）

最是人间留不住，朱颜辞镜花辞树。（《蝶恋花》）

人间事事不堪凭，但除却"无凭"两字。（《鹊桥仙》）

人间总是堪疑处，唯有兹"疑"不可疑。（《鹧鸪天》）

说与江潮应不至，潮落潮生，几换人间世。（《蝶恋花》）

算来只合、人间哀乐，者般零碎。（《水龙吟·杨花》）

人间孤愤最难平，消得几回潮落又潮生。（《虞美人》）

人间那信有华颠。（《浣溪沙》）

人间须信思量错。（《蝶恋花》）

掩卷平生有百端，饱更忧患转冥顽。（《浣溪沙》）

人生苦局促，俯仰多悲悸。（《游通州湖心亭》）

人生一大梦，未审觉何时。（《来日》）

王国维的《人间词》旨在揭明乾坤广大、人生须臾这一命定的人生悲剧。人间是一场大梦魇，和地狱没有分别，而芸芸众生，迷失本心，唯务外求，百般钻营，最后统统如过眼烟云，瞬息永逝。这完全是出自叔本华悲观主义哲学观而对人生的解读。往民族文化传统中搜索，与老庄、佛教的生死观也有相通之处。王国维通过诗词向人们挑明，向尘寰苦求乐土是无望的，人生就是一场悲剧，人生活在世界上就是永远的愁烦和揪心。"不有言愁诗句在，闲愁那得暂时消？"（《拼飞》）要打消闲愁，求得心安，只有在诗词艺术境界中才有可能。这就是王国维所说的他词中之"第一义处"。对这种"第一义处"的揭明，也就达到《人间词话》中标举的"真"的境界。1908、1909年发表的《人间词话》透过艺术意蕴对他意念中的人生真义进行哲学式的思索参悟，和传统文学中世俗的、政教的、伦理的思维路向是不同的，将传统诗词理论的心物关系论提升到一个新的层次。这一点，对于理解《人间词话》是很重要的。因为我们已习惯于将王国维艺术理论的哲学式表达拉回到传统的政教伦理式表达的框架之中，忽略了《人间词话》的这一理论转向。

撰著《人间词话》之后，王国维开始将志趣转移到戏曲方面。这种转变也是受西方文学观念激发的。他自叙其有志于戏曲研究的缘故道："吾中国文学之最不振者莫戏曲若。元之杂剧、明之传奇，存于今日者，尚以百数。其中之文字虽有佳者，然其理想及结构，虽欲不谓至幼稚、至拙劣，不可得也。国朝之作者虽略有进步，然比诸西洋之名剧，相去尚不能以道里计。此余所以自忘其不敏而独有志乎是也。"[①]又在《文学小言》中说："元人杂剧美则美矣，然不知描写人格为何事。至国朝之《桃花扇》则有人格矣，然他戏曲则殊不称是。……以东方古文学之国，而最高之文学无一足以与西欧匹者，此则后此文学家之责矣。"王国维鉴于中国戏曲之不振，试图从史的整理入手来担当起振兴的责任。在西方戏剧理论和史学观念的烛照下，结合传统的考据学方法，他撰著了《曲录》《戏曲考源》《唐宋大曲考》《优语录》《古剧角色

---

① 王国维：《静安文集续编·自序二》，《王国维全集》第 14 卷，第 121 页。

考》。1912 年以此为基础，花三个月时间完成了《宋元戏曲史》。郭沫若称道此书和鲁迅的《中国小说史略》说："毫无疑问，是中国文艺史研究上的双璧。"①

1907 年 4 月以后，王国维在京城学部总务司行走，任学部图书馆编辑。1911 年辛亥革命爆发后，王国维东渡日本，寄寓京都，受罗振玉的影响，也以清朝遗少自居。对于辛亥革命这场史无前例的社会巨变的深远意义，王国维是认识不清楚的。他认为袁世凯是篡逆，是大清的乱臣贼子。《颐和园词》曰："焉知今日新朝主，原是当年顾命臣。"这个"新朝主"，讽刺的就是袁世凯。而事实上袁世凯的那一套跟以前的朝代更迭没有多少实质性的差别。1911 年寓居日本时他作诗曰："市朝言论鸡三足，今古兴亡貉一丘。犹有故园松菊在，可能无赋仲宣楼？"②认为袁世凯称帝也不过是改朝换代而已，一个皇帝倒下，另一个皇帝起来。《读史二绝句》曰："楚汉龙争元自可，师昭狐媚竟如何？"斥责袁世凯，比之为篡夺曹魏正权的司马氏。当年袁世凯掌握北洋军阀大权的时候，朝廷里面已经有这种议论，比之为曹操、刘裕。此后的诗词里，王国维一再以大清遗民自居，表达故国之念，唾弃趋新的人物。如七言歌行《送日本狩野博士游欧洲》曰："谈深相与话兴衰，回首神州剧可哀。汉土由来贵忠节，至今文谢安在哉？"显然以文天祥、谢皋羽自我期许。1920 年的《高欣木舍人得明季汪然明所刊柳如是尺牍三十一通并己卯湖上草为题三绝句》曰："幅巾道服自权奇，兄弟相呼竟不疑。莫怪女儿太唐突，蓟门朝士几须眉！"借赞美忠于故明的妓女柳如是来讽刺京城里"旧臣"纷纷做了新官。"人事日隳溃，蒿目无乃创。平生忧世泪，定溢瑶池舫。"如果说辛亥之前王国维之忧郁，在于忧生的话，那么辛亥之后他的忧郁，则是忧生兼忧世了。

辛亥革命后，王国维在人生志趣和治学方向上又一次发生了根本性转折。

---

① 郭沫若：《鲁迅与王国维》，《文艺复兴》1946 年第 2 卷第 3 期。
② 王国维：《定居京都奉答铃木豹轩枉赠之作并柬君山湖南君扬诸君子四首》之四，陈永正笺注：《王国维诗词笺注》，第 115 页。

他曾将以前出版的《静安文集》焚毁殆尽，以示有悔，在写成《宋元戏曲史》后，就埋头于古文字、古器物、古史地的研究。这既是从中寻求精神上的解脱，也有着持存故国文化的深层意旨。袁励准过五十大寿的 1926 年，王国维拟一寿联："世乱春秋文愈治，岁寒松柏意常青。"其实是在自我表白。他是通过努力于"文愈治"来对抗"世乱"的。他作诗送日本狩野博士："我亦半生苦泛滥，异同坚白随所攻。多更忧患阅陵谷，始知斯道齐衡嵩。""斯道"就是指文史学术。一个朝廷不在了，甚至一个国家不在了，只要文化还在，这个国家就会得到复兴。当然，王国维此次学术转向跟罗振玉也有很大关系。罗振玉在给王国维的论学信中规劝道：

> 尼山之学在信古，今人则信今而疑古。本朝学者，疑《古文尚书》，疑《尚书孔注》，疑《家语》，所疑固未尝不当。及大名崔氏著《考信录》，则多疑所不必疑。至于晚近，变本加厉，至谓诸经皆出伪造；至欧西之学，其立论多似周秦诸子，若尼采诸家学说，贱仁义，薄谦逊，非节制，欲创新文化以代旧文化，则流弊滋多！方今世论益歧，三千年之教泽，不绝如线；非矫枉不能返经。士生今日，万事不可为，极此横流，舍反经信古未由也！君年方壮，予亦非到衰落，守先待后，期与子共勉之！

随后在日本与罗振玉朝夕相处的五年时间里，王国维在古器物、文史研究上取得瞩目的成绩。袁嘉谷《我在学部图书局所遇之王静安》一文称赞说："辛亥以后，潜心学问而有古风者，推王静安。"

1916 年王国维返回上海后，为犹太巨商哈同编辑《学术丛编》，后又兼任哈同创办的仓圣明智大学教授，长达七八年之久。哈同、姬佛陀之流并非对中国文化有多少真正的兴趣，不过是附庸风雅，文其浅陋而已，王国维对他们并无好感，交往不多。但是仓圣明智大学和广仓学窘却为一些遗老遗少提供了一个避难所。特别是刊物《学术丛编》和一些丛书为王国维等提供了发表成果的机会，他的许多考据性成果，就发表于《学术丛编》或编入《广仓学宭丛书》。

1923 年春，因清封疆大员升允的举荐，溥仪在北京紫禁城"下诏"："杨钟羲、景方昶、温肃、王国维，均著在南书房行走。"入值南书房，虽仅为一差使，并非升官，却一直是清朝文人的最高荣誉，可以在帝王身边论道论学，甚至影响到皇帝的决策。这四人中唯独王国维是诸生出身。他欣然"应诏"北上，任了末代皇帝溥仪的"南书房行走"。龙峨精灵《观堂别传》说："有清一朝以布衣应征的，朱竹垞后，先生是第一人，所以自己也惊为异数，刻了块'文学诗经'图章。"王国维此举显然标明他是大清的忠臣，而非民国的拥护者。此时他表现出赤胆忠诚，《题春心图》说："杜陵一老沧江上，独自心肝奉至尊。"正是自己心迹的祖露。关于此时他的政治立场，周光午《我所知之王国维先生》记述，溥仪逊位后，王国维曾给钱玄同一信，大致谓"中华民智未开，如实行西洋近代民主政治，徒为野心家所利用而召祸乱，故主张君主立宪之制"云云。周光午说："此盖先生之所以在清帝逊位之后，宁为世人所笑，毅然蓄辫而为遗老者，亦其一种政治理想之寄托也已。"

1924 年 11 月 5 日，冯玉祥派鹿钟麟带兵入紫禁城，逼溥仪离宫。据与王国维有四十年旧交的金梁回忆说，罗振玉自天津赶来，气逆将绝，约王国维、柯劭忞同死。柯唯唯，而王国维以为真，问死所，罗指御河。不久溥仪移至日本使馆（后赴天津）。王国维大惊失色，"尤忧急，数与左右谋，常泣下，皆不省，且笑其迂。罗与某某，更日以同殉相要，而公死志决矣，亲写遗言"①。这就是人们常说的溥仪被逐出宫，王国维视为奇耻大辱，欲投御河自尽未遂。

次年，他愤于"皇室奇变"而遗老们犹"排挤倾轧，乃与承平无异"，决计"离此人海"②。这时，清华国学研究院依胡适的提议，拟聘王国维为研究导

---

① 金梁：《读朱著王静安遗书编辑质疑书后》，《真知学报》1942 年第 1 卷第 6 期。
② 王国维：《观堂遗墨》卷下《三月二十五日给蒋汝藻信》，华东师范大学出版社 2014 年影印本。

师。在当时的一些遗老看来，不用说做民国的官，就是担任民国的大学教习也是对大清的不忠，是"贰臣"。如1917年蔡元培聘郑文焯担任京师大学堂金石学教习，郑文焯拒绝曰："昔者清史馆之聘，忍饿而不就，岂至今而复改节哉？"视之为"改节"。故而胡适向溥仪说请下诏，王国维奉"圣旨"而出任清华国学研究院导师。然而他心灵上一直笼罩着"忧君""忧国"和"君辱臣死"的阴云。清华国学研究院学生眼中的王国维像"古鼎""木鸡""古潭"，寡言笑。吴其昌《王国维先生生平及其学说》描述说："从外貌来看，中年以后的先生，肤色黧黑，颌上留两撇八字胡须，秃顶，脑后拖着一条小辫发，说话时露出长长的两个门牙，其余的牙齿脱掉很多，经常穿一件长袍，外面套上马褂。初次看到这位享有大名的学人，是不免使人感到失望的。"王国维沉默寡言，平生交游很少，与陌生人在一起，孤僻冷酷，但和熟人在一起，爱谈国内外的时事。其精神世界在外人看来是复杂而矛盾的。

1927年春，北伐军北上，湖南叶德辉被杀，北方风声鹤唳，形势紧急。当时同是清华国学研究院导师的梁启超感慨"北京正是满地火药，待时而发，也许比南京更惨"，4月告诉女儿令娴"我大约必须亡命"。6月，当北伐军进抵郑州，直逼北京时，王国维终于留下了"经此世变，义无再辱"的一纸遗书，投昆明湖自杀了。王国维曾说过："余平生唯与书册为伍，故最爱而最难舍去者，亦唯此耳。"[①] 他一生的志趣在与书册为伍，做一个宁静的文人和学者。1903年，他重游狼山寺时曾向往在山中建构一草庐，归隐读书，远离尘寰。"此地果容成小隐，百年那厌读奇书。君看岭外嚣尘上，讵有吾侪息影区？"[②] 离开书本，离开古史世界，在纷纷扰扰的现实中王国维找不到息肩之处。在那政治时势、思想文化都极不宁静的时代，任何人都必须做出自己的选择。王国维最终选择了死。1903年，王国维《尘劳》诗云："投阁沉渊争一间，子云何事反离骚？"屈原之自沉与扬雄之投阁，其实都是文人不甘寂寞、

---

① 转引自王德毅《王国维年谱》叙例，台湾商务印书馆1967年版。

② 王国维：《重游狼山寺》，陈永正笺注：《王国维诗词笺注》，第63页。

其才不售的结果。那时的王国维是看不起文人为政治捐躯的，最终他却走上了屈原的道路。

对于王国维的死因，历来有不同的解释，然而死无对证，很难说哪一种解释确切地捉定了真正的原因。王国维曾就"自杀"发表过一番评论，说："至自杀之事，吾人姑不论其善恶如何，但自心理学上观之，则非力不足以副其志而入于绝望之域，必其意志之力不能制其一时之感情，而后出此也。而意志薄弱之社会，反以美名加之，吾人虽不欲科以杀人之罪，其可得乎哉？"①由早年之鄙薄自杀到晚年之亲身践履，其万不得已之情实在是"力不足以副其志而入于绝望之域"。陈寅恪《王静安先生遗书序》中深沉的感慨，富有文化意味和思想深度。引述如下：

> 寅恪以为古今中外志士仁人，往往憔悴忧伤，继之以死，其所伤之事，所死之故，不止局于一时间一地域而已，盖别有超越时间地域之理性存焉。而此超越时间地域之理性，必非其同时间、地域之众人所能共喻。然则先生之志事，多为世人所不解，因而有是非之论者，又何足怪耶？尝综览吾国三十年来人世之剧变至异，等量而齐观之，诚庄子所谓"彼亦一是非，此亦一是非"者。若就彼此所是非者言之，则彼此终古末由共喻，以其互局于一时间一地域故也。呜呼！神州之外更有九州，今世之后更有来世，其间傥亦有能读先生之书者乎？如果有之，则其人于先生之书，钻味既深，神理相接，不但能想见先生之人，想见先生之世，或者更能心喻先生之奇哀遗恨于一时一地，彼此是非之表欤！

王国维一生的学术道路曲折多变，在对人生永恒意义和心灵慰藉之所的探索路途上，他不断地求索，又不断地否定，否定又是为了新的探索。"人生

---

① 王国维：《教育小言》，《教育世界》1907 年第 150 期。

过处唯存悔，知识增时只益疑。"[1]对过去的后悔，对眼前的怀疑，对未来的迷惘，促使王国维过早地结束了他的人生道路。

哲人其萎，非庸辈所喻。然作为国学大师的王国维的独特的精神世界，对于我们普通读者来说，总是一个深邃难测的谜。正是这个谜，召唤着一代又一代读者走近王国维，并试图走进王国维的内心。王国维的魅力不在于"自杀"，而在于他能将"旧学"和"新知"融会贯通，不新不旧，又新又旧。早年的王国维大力介绍叔本华、尼采的意志哲学和康德、席勒的游戏美学思想，但是他不忘记将西洋哲学和中国的思想，特别是老子、庄子、列子、佛学的思想结合起来，以西洋哲学来阐发传统文化，对中国自己的思想做出全新的解释，掘发传统文化中尚隐而未彰的思想苗头。他也作传统的诗词，也运用"词话"这种传统的著述形式，但其中孕育的新思想、新识见，已远远超出传统思想的牢笼，无法将之归纳到传统文学和文论的系统中去。所以吴文祺说他是"文学革命的先驱者"。后期的王国维转入古史考辨，将文字材料与出土实物相结合的"二重证据法"，是他的创造。特别是他的古史考辨超出了传统学者信古迷经的视域，"经书不当经书（圣道）看，而当作史料看；圣贤不当圣贤（超人）看，而当作凡人看"，实是"旧思想的破坏者"。王国维的去世，对于当时的中国学界，不啻为巨大的损失。

王国维一生的思想和学术在不断变化，从哲学到文学，再到经史金石之学，从早年思想之新锐到后期政治之保守，构成了复杂的人格张力。辛亥革命之前数年里，王国维曾大力介绍叔本华和尼采的哲学，他在《叔本华与尼采》一文中称赞二人"欲破坏旧文化而创造新文化"。这个"破坏"和"创造"，大约也是他向国人引介叔本华、尼采的初衷。辛亥革命后的王国维，已绝口不提叔本华、尼采了，显然应该归入"遗老"一派。1917年前后，他关注张勋复辟事件，与妄图复辟的蒙古贵族升允之间还有过交往，后来又做逊帝溥仪的"南书房行走"。

---

① 王国维：《六月二十七日宿硖石》，陈永正笺注：《王国维诗词笺注》，第53页。

问题是如何看待这些遗老?

过去人们总是用革命／反革命、进步／保守等对立的价值观来衡量前人。若据此标准，后期王国维在政治立场上丝毫不值得肯定。

但若放回到历史中，在今天看来瓦解封建制度的辛亥革命，在王国维等人的眼里，也不过是改朝换代而已，当时国内军阀混战，民不聊生，并没有革命后的新气象。在世变骤急的时期里，认清形势，得风气之先的"趋新"固然可颂，固守本志，挽救道统学统于已坠，同样可敬。反过来想一想，若一个民族的文化，每当剧烈的变革到来时，不论老少，纷纷倒戈，竞相趋新忘本，那种文化是多么可怕啊！王国维称赞大宋遗民汪元量"有宋近臣，一人而已"。他是有节操的、崇尚气节的。王国维晚年政治上的保守，并非他人生的污点。这是题外话。

第二节 审美超功利的文艺观

中国传统的儒家诗文理论，重视诗文的实用功能，所谓"讽谏"，所谓"文以载道"云云，都是将诗文镶嵌于社会政治思想统治的结构中，强调诗文的实际功用，小说戏曲理论也重视社会教化的意义。当然，也有一些人主张以文学来自我调适，娱乐性情，重视创作时要心灵自由，摆脱精神束缚。但总体上，强调文学的现实功用是传统的文学价值论的主流。传统的文学论是在伦理学大语境之下论文学的，而王国维不同，他一开始研究的是哲学，是在哲学视野中审视文学问题。

自 1903 年王国维通读叔本华、康德的哲学，便醉心于西洋哲学，唾弃"今日浅薄之革命家"，他相信叔本华所谓"人为形而上学之动物"的说法，认为"宇宙之变化，人事之错综，日夜相迫于前，而要求吾人之解释，不得其解，则心不宁"，而哲学正是回答这些问题的①。在《叔本华治学及其教育学

---

① 王国维:《哲学辨惑》,《教育世界》1903 年第 55 号。

说》中，他概括叔氏哲学美学之要点说：

> 夫吾人之本质，既为意志矣，而意志之所以为意志，有一大特质焉，曰：生活之欲。何则？生活者非他，不过自吾人之知识中所观之意志也。吾人之本质，既为生活之欲矣。……然则以利害之念，竟无时或息欤？吾人于此桎梏之世界中，竟不获一时救济欤？曰：有。唯美之为物，不与吾人之利害相关系，而吾人观美时，亦不知有一己之利害。何则？美之对象，非特别之物，而此物之种类、之形式，又观之之我，非特别之我，而纯粹无欲之我也。

王国维接受西方的审美超功利文艺观，突出文学的游戏功能、情感慰藉功能，反对以文学为手段，追求眼前的实利。在《文学小言》中，他说："文学者，游戏的事业也。"这是源自席勒的艺术观。在《人际嗜好之研究》中他引述席勒所谓"文学美术亦不过成人之精神的游戏"的观点。基于此，他视传统重视功利价值的文学为"餔餟的文学"，认为以诗词做"羔雁之具"，将文学当作奉和应制、巴结逢迎的手段，攫取眼前的实利，那绝非真正的文学。

翻开古人的诗集，奉和应制、宾荣酬酢之作充斥其间，其实这些诗歌大多数空洞无物，是称不得文学的。王国维引介西方的审美超功利文学观来改造传统文论的实利主义，是有价值的。王国维所谓审美超功利，并非唯美主义，而是有更高卓的旨趣在，那就是谋求人类永恒的福祉。在《人间嗜好之研究》中，王国维说："若夫真正之大诗人，则又以人类之感情为其一己之感情。"真正大诗人的著作"实为人类全体之喉舌，而读者于此得闻其悲欢啼笑之声，遂觉自己之势力亦为之发扬而不能自已"。也就是说，真正的大诗人，应该是先知先觉者，能够敏锐地感知到人类的普遍情感，并将之揭示出来，而不只是以一己的穷通得失为念，钻营眼前的功利。

王国维引介的审美超功利文艺观，对于国人来说是新鲜的。但是他依据西方的审美独立论而严厉地否定传统的文学价值论，也难免矫枉过正，难免偏颇。如他说：

> 呜呼！美术之无独立之价值也久矣。此无怪历代诗人，多托于
> 忠君爱国、劝善惩恶之意，以自解免，而纯粹美术上之著述，往往
> 受世之迫害而无人为之昭雪者也。此亦我国哲学美术不发达之一原
> 因也。

这段话的判断，现在来看是存在问题的。我国哲学美术是否真的不发达？若
以西方的哲学标准来看，似乎如此。然而若能超越"以西律中"的思维模式，
我国哲学美术有其独特的内涵、价值和意义。王国维对于诗歌表达"忠君爱
国、劝善惩恶之意"很不以为然，不是他否定忠君爱国、劝善惩恶，而是认
为这是伦理学的主题，不应该是诗歌的任务。据此，他对杜甫精神也有微词。
《题溁斋少保〈独立苍茫自咏诗〉图卷二首之二》云："许身稷契庸非拙，到
眼开天感不胜。"《坐致》云："坐致虞唐亦太痴，许身稷契更奚为！谁能妄
把平成业，换却平生万首诗。"杜甫一生"许身一何愚，窃比稷与契"，活出
"己饥己溺""民胞物与"的儒家人格，展现博大渊深的仁厚情怀，故而被历
代奉为"诗圣"，然而在王国维笔下竟然成为被揶揄的对象。实际上，不管是
论古代文学还是现当代文学，都应该立足于具体的社会文化环境。在中国传
统的社会结构和思想文化中，杜甫是一个民族诗歌精神的象征，是否定不得
的。即使在当前的社会文化中，既应该提倡追求人类永恒福祉的纯粹审美艺
术，也应该提倡"穷年忧黎元，叹息肠内热"的杜甫精神。

王国维还说："生百政治家，不如生一大文学家。何则？政治家与国民以
物质上利益，而文学家与以精神上之利益。物质上之利益，一时的也；精神
上之利益，永久的也。"[①]这句话也要具体来看，庸庸碌碌、毫无建树的政治家
多至成百上千，也不如生一"大文学家"如屈原，如陶渊明，如杜甫，如苏

---

① 王国维：《教育杂感四则·文学与教育》，《教育世界》1904 年第 73 号。

轼，这当然是正确的。但是，政治家的"物质上之利益"和大文学家的"精神上之利益"都是有益于人类的，难以分出轩轾，比如孙中山和鲁迅，他们对于中华民族和文化的意义哪个更大，这是很难回答的问题。还是祖先说得好："大上有立德，其次有立功，其次有立言。"[1]不论是圣人之立德，还是政治家之立功，还是大文学家之立言，都足以"不朽"，问题的关键是"立"。何谓"立"？仅就"立言"来说，司马迁所谓"究天人之际，通古今之变，成一家之言"，就是"言"而能"立"。王国维的哲学文学论和文史考辨是"立言"之作，也足以使其不朽，但他同时代的那些浴血奋斗，推动历史进步的仁人志士同样也是立功不朽的。就当时社会状况来说，康有为、梁启超等人主张文学为舆论宣传、思想革新服务，是有意义的。在王国维看来，他们于文学固然没有兴味，不过是视为政治之手段而已。在《论近年之学术界》中他说："观近数年之文学，亦不重文学自己之价值，而唯视为政治教育之手段，与哲学无异。如此者，其亵渎哲学与文学之神圣之罪，固不可逭，欲求其学说之有价值，安可得哉！"显然矛头是有所指的。这只是立场和观念不同，康有为、梁启超与王国维，在近现代历史上各有其地位和意义。

在对西洋哲学美学的介绍上，王国维得风气之先。此前的洋务运动和张之洞提出的"中学为体，西学为用"，对西方的介绍主要在器物技术层面，维新派进一步把西方的政治制度和理念介绍给国人，而王国维首先介绍给国人的，是西方的哲学美学思想，这已经突破了"中学为体，西学为用"的限制。他介绍的西学，足可以破坏中学之体，即传统经书中的儒家政治和道德知识体系。王国维主张"学无中西，学无新旧"，因为人类面对共同的问题，"知力人人之所同有，宇宙人生之问题，人人之所不得解也。具有能解释此问题之一部分者，无论其出于本国或出于他国，其偿我知识上之要求而慰我怀疑之苦痛者，则一也"[2]。正是基于这种通达、开放的文化观念，他才努力介绍西

---

① 杨伯峻编著：《春秋左传注》，中华书局 2009 年版，第 1199 页。
② 王国维：《论近年之学术界》，《教育世界》1905 年第 93 期。

方哲学美学。此后黄人、徐念慈等也纷纷引入西方的审美超功利文学观，对传统的儒家文论和美学做重要的补充。当然在 20 世纪特定的社会背景里，这种审美超功利文学观没有得到真正的贯彻，甚至被庸俗化、娱乐化。王国维思考人类永恒的福祉，对人生本质的叩问，没有被很好地继续下去。

另外值得补充的是，辛亥革命以后，王国维闭口不谈哲学和文学，人生问题在王国维的诗词中表现得少了，而是多抒写忠于故国的哀思，表达对"趋新"者的鄙夷，甚至应酬文字也多了，实际上还是将诗词拉回到传统的轨道上来。

第三节 以"境界"说为核心的词学理论

刚过而立之年，王国维对哲学的热衷就冷却下来。而在诗词创作上的成功促使他把兴趣转向文学，首先致力的是词的研究。1908 年季夏，王国维编撰《唐五代二十一家词辑》，《南唐二主词校记》于 1909 年编入晨风阁丛书，同时他还校勘柳永《乐章集》、黄庭坚《山谷词》等，对于周邦彦也下过功夫，编撰《清真先生遗事》。而最著名的则是撰写了《人间词话》。其中六十四则发表于 1908 年 10 月至 1909 年 1 月的《国粹学报》第 47、49、50期上，其核心理论就是提出"境界"说。

王国维的"境界说"是有传统诗词理论为思想资源的，但又超越了传统理论的范围。《人间词话》中说，严羽所谓"兴趣"，王士祯所谓"神韵"，不过道面目，不若"境界"二字为探本之论。这就直接点出"境界"说与传统诗论的联系。大致来说，传统诗学理论体现出重兴会性情和重根底学问的分野，重直寻天然和重人工锻造的分野。钟嵘的"直寻"和"自然英旨"，司空图的"思与境偕"，严羽的"兴趣"说，王夫之论"情景"和现量，以及王士祯的"神韵"说，都是属于重视兴会性情、直寻天然的一路。传统诗词理论，既重视感物兴情，又强调心识对于外物的超越，在佛学的影响下，对心物关系多有探讨。王国维的"境界"说，正是在这一条线索上向前迈一大步，有了质的飞跃。

　　传统诗学，特别重视作家的人格胸襟。黄庭坚所谓"不俗"论，"若以法眼观，无俗不真；若以世眼观，无真不俗"①；沈德潜所谓"有第一等襟抱、第一等学识，斯有第一等真诗"②，虽然具体含义各有不同，但都意识到诗人人格的不俗、诗人对世俗物质世界的超越等等，这也无疑为王国维的"境界"说提供了民族文化土壤。同时，清代的冯煦、周济、刘熙载等人的词论，对于王国维有直接的影响，《人间词话》中一些条目就是在他们的论述基础上引而伸之或加以辨正。而其矛头所指，正是晚清的词坛。龙峨精灵《观堂别传》说："词章方面用冯、李、纳兰的清丽救况蕙风派堆砌，不能不说是革命者。"当时词学多宗南宋，周邦彦、姜夔、张炎、吴文英等受到重视，而王国维的轩轾态度截然相反，矫正时风的用意是显然的。

　　但是，正如徐中舒在《王静安先生传》里所说："先生此时治学，大抵浸淫于西洋学说，译述居多。即自创者，亦带西洋色彩。其论文学，亦重自然而薄雕琢，尚意境而羞堆砌。"《人间词话》标举的"境界"说等理论更多地受到西洋哲学的影响，是中西文艺思想交融的结晶。特别是叔本华深受大乘佛教和印度《奥义书》的影响，汇融东西哲学而形成自己的悲观主义唯意志论哲学，对王国维"境界"说启发尤为明显。

　　《人间词话》的核心理论就是"境界"说。他说："词以境界为最上。有境界则自成高格，自有名句。"视"境界"为诗词的本质属性。在《人间词话》《人间词乙稿序》等著述中，"境界"有时又作"意境"。虽然"意境"及与之相关的范畴在传统文论里早已出现，但王国维认为传统的"兴趣""神韵"等等不过"道其面目"，而"境界"二字"为探其本也"。"境"本来是指空间的界域，后又成为佛学的术语。唐释圆晖在《俱舍论颂疏》中说："心之所游履攀援者，故称为境。""境"为"心识"所达到的广度和层次。王国维

────────────

① 黄庭坚：《题意可诗后》，《黄庭坚全集》正集卷二十五，四川大学出版社2001年版，第665页。
② 沈德潜撰，王宏林笺注：《说诗晬语笺注》，人民文学出版社2013年版，第1页。

的"境界"说也是从主体心识的层次来立论的。魏晋南北朝时期的"感物兴情"说，主体还不具有自主性，物是第一位的，外物（包括自然景物和人事的顺逆穷达）决定着人的情感。中唐以后，在佛学的影响下，特别是宋代道学精神影响下的文论，超越了这种"感物兴情"模式，正如黄庭坚所说："决定不是物，方名大丈夫。"①在物、我关系中，主体超越外物的羁绊，更注重于"我"即主体之"眼"、之"识力"。用黄庭坚的话来说，"若以法眼观，无俗不真；若以世眼观，无真不俗"②。王国维的"境界"说，就是沿着这种主体论方向并融汇西方哲学而更进一步发展的。他引述黄庭坚所谓"天下清景，初不择贤愚而与之遇，然吾特疑端为我辈设"之论并发挥说：

> 一切境界，无不为诗人设。世无诗人，即无此种境界。夫境界之呈于吾心而见于外物者，皆须臾之物。惟诗人能以此须臾之物，镌诸不朽之文字，使读者自得之，遂觉诗人之言，字字为我心中所欲言，而又非我之所能自言，此大诗人之秘妙也。境界有二：有诗人之境界，有常人之境界。诗人之境界，惟诗人能感之而能写之，故读其诗者，亦高举远慕，有遗世之意。而亦有得有不得，且得之者亦各有深浅焉。若夫悲欢离合、羁旅行役之感，常人皆能感之，而惟诗人能写之。故其入于人者至深，而行于世也尤广。③

过去一般把"境界"理解为作品中情景交融之美，但是从上引两段文字来看，王国维论"境界"的着眼点在"诗人"，也即主体。王国维既承续着传统文学思想中主体论的演化，又受到康德、叔本华哲学美学思想的"纯粹主体论"的影响。他所谓"常人之境界"，也就是说，现实生活中的人都是欲望

---

① 黄庭坚：《次韵杨明叔四首》之一，刘尚荣点校：《黄庭坚诗集注》，中华书局2003年版，第437页。
② 黄庭坚：《题意可诗后》，《黄庭坚全集》正集卷二十五，第665页。
③ 王国维：《清真先生遗事·尚论三》，《王国维全集》第2卷，第424页。

主体，受欲望的挟制，以功利的眼光看待外物，毫无美感可言。而"诗人之境界"是指诗人暂时摆脱欲望的挟制，上升为纯粹的无欲望的审美主体，以审美之眼观物，便能直观人生和宇宙的本相。这时作为"须臾之物"的"境界"便呈现于吾心而见于外物，诗人又能形诸笔端，成为有境界的文学。王国维贬斥"铺餟文学""文绣文学"，就是因为这种文学的主体依然还是"欲望主体"；他赞赏苏轼、陶渊明等古之君子，有"超世之致，与不可屈之节"①，即人格崇高，摆脱世俗之见，成为"纯粹主体"，而能感知和抒写诗人的境界。

王国维在《人间词话》中说："能写真景物、真感情者，谓之有境界。否则谓之无境界。"过去解释这句话侧重于景物与感情，于是将王国维的"境界"说等同于传统"情景交融"的意境论。其实王国维这句话的重点在两个"真"字。这"真"，既渊源于黄庭坚"若以法眼观，无俗不真；若以世眼观，无真不俗"的"真"，也融入了康德、叔本华哲学美学思想，即从"欲望主体"上升为"纯粹主体"，获得了"明亮的世界眼"而观审对象，静观人生和宇宙的实相，将之呈现于诗词。摆脱欲望挟制的纯粹主体（"真感情"）审美观照外物，洞见人生和宇宙的实相（"真景物"）并能将之真切不隔地呈现出来，就是境界。

王国维在《人间词话》中将"境界"分为"有我之境"和"无我之境"，说："有我之境，以我观物，故物皆著我之色彩。无我之境，以物观物，故不知何者为我，何者为物。""无我之境，人唯于静中得之。有我之境，于由动之静时得之。故一优美，一宏壮也。"

这还是从主、客关系的角度立论的。联系王国维《红楼梦评论》《叔本华哲学及其教育学说》等文来看，外物"大不利于吾人，而吾人生活之意志为之破裂，因之意志遁去，而知力得为独立之作用，以深观其物"，物以情观，词人的情感濡染、投射到对外物的描写中，故而外物皆著"我"之色彩，所

---

① 王国维：《此君轩记》，《王国维全集》第 8 卷，第 625 页。

写之境为"有我之境",为"壮美"。上面所说"常人"具有的"悲欢离合、羁旅行役之感",诗人能对之进行"深观"而表现出来,就是"有我之境"。王国维列举欧阳修《蝶恋花》("泪眼问花花不语,乱红飞过秋千去")和秦观《踏莎行》("可堪孤馆闭春寒,杜鹃声里斜阳暮"),都属于表现这种主体和客体相冲突的"悲欢离合、羁旅行役之感",是"有我之境"。中国传统的诗词大多数是坎壈失职者的"不平之鸣",所以王国维说:"古人为词,写有我之境者为多。"

所谓"无我之境",是指外物"与吾人无利害之关系","吾人之心中,无丝毫生活之欲存",所以主体是无欲望的审美主体,"我"自失于对象之中,以宁静的心理状态静观外物,从而心中呈现出人生和宇宙的本相并流诸笔端。从审美类型上说,这属于优美。这种"无我之境",近乎《庄子·天道》所谓"圣人之心静乎,天地之鉴也,万物之镜也",天地万物的本相都在诗人静如止水的"心镜"中呈现出来。主体不是情感激切地濡染、投射于外物,而是消泯自己的臆见"我执","以物观物",让深层的内理意蕴透过物象本身浮现出来。向中国文化传统中搜索,如邵雍说:"圣人之所以能一万物之情者,谓其圣人之能反观也。所以谓之反观者,不以我观物也。不以我观物者,以物观物之谓也。既能以物观物,又安有我于其间哉?"[1]朱熹说:"放宽心,……以物观物,无以己观物。""以物观物,不可先立己见。"[2]宋代理学家所说的"以物观物",就是摒弃成见、偏见,能虚己无颇地如镜照物,让对象(物)完整地、本真地呈现其自身。如果先立己见,从一己的立场和感情需求出发去观物,则外物的真实便被臆见曲解或遮掩了。王国维列举陶渊明《归园田居》其一"采菊东篱下,悠然见南山"等为"无我之境"。陶渊明的这两句诗,苏轼赞曰:"初不用意,而境与意会。"[3]"不用意"三字可以帮助我们理解

---

[1] 邵雍:《皇极经世书》卷十二。按,王国维 1904 年的《孔子之美育主义》曾引邵雍这段文字与叔本华的"优美"论相参照。

[2] 黎靖德编:《朱子语类》,中华书局 1986 年版,第 181 页。

[3] 苏轼:《书诸集改字》,孔凡礼点校:《苏轼文集》,中华书局 1986 年版,第 2009 页。

王国维的"无我"之境。

不论是"有我之境"还是"无我之境",王国维都强调诗词要表现"人生的实念",人类相通的、普遍的情怀。上引《清真先生遗事·尚论三》中,他说"大诗人之秘妙"在于他说出了"字字为我心中所欲言,而又非我之所能自言",将常人之情感艺术直观地呈现出来。基于此,王国维论作家,一方面重视作家的人格。他在《文学小言》中说:"无高尚伟大之人格,而有高尚伟大之文学者,殆未之有也。"人格是文学的基础。只有人格伟大的作家,才能创作出有"境界"的高尚伟大的文学。另一方面重视天才。王国维融合传统的"童心"说与叔本华、尼采的天才论,提出:"词人者,不失其赤子之心者也。"意即天才的文学家能够摆脱世俗闻见的污染,避开意志的束缚,而以童真的、不带任何欲求的纯粹去认识直观世界,表现世界。这样的文学更具有普遍意义。用他在《人间嗜好之研究》里的话来说,"若夫真正之大诗人,则又以人类之感情为其一己之感情。彼其势力充实,不可以已,遂不以发表自己之感情为满足,更进而欲发表人类全体之感情。彼之著作,实为人类全体之喉舌,而读者于此得闻其悲欢啼笑之声,遂觉自己之势力亦为之发扬而不能自已。故自文学言之,创作与赏鉴之二方面亦皆以此势力之欲为之根柢也"。

王国维还将"境界"分为"造境"和"写境"。《人间词话》云:"有造境,有写境,此'理想'与'写实'二派之所由分。然二者颇难分别,因大诗人所造之境必合乎自然,所写之境亦必邻于理想故也。""造境"与"写境"之分,或说"理想"与"写实"之别,是王国维"境界"理论的重要组成部分,过去一般论者,习惯于将它们视为浪漫主义与现实主义的分别,当然其中是有一些近似的地方,但是王国维提出"造境"和"写境"、"理想"和"写实"是有特定内涵和思想基础的,即艺术创作既是先天才能和后天经验的结合而又各有偏重,"造境""理想"偏重于先天的才能创造,"写境""写实"则偏重于后天的生活经验。早在1904年的《红楼梦评论》中,王国维就提出"夫美术之源,出于先天,抑由于经验?此西洋美学上至大之问题也"。

的确，亚里士多德的"模仿"说，强调后天经验，雄霸欧洲美学几千年，而康德则提出"美的艺术就是天才的艺术"，强调的是先天的才能。到底艺术是先天还是后天经验的呢？叔本华对这个问题的回答更为全面，他认为"纯粹从后验和只是从经验出发，根本不可能认识美，美的认识总是，至少部分地是先验的"，也就是说真正的艺术家具有一种特殊的天才，当他在个别事物中认识到该事物的理念时，就好像大自然的一句话还只说出一半，他就已经体会了。真正的艺术家，可以代自然说话，表达比自然本身更完美的理想美。但是这种先验的理想只有在经验具象的蓝本上才能显现出来，也就是说，先验的、理想的典型脱离不了经验的蓝本。王国维认为叔本华的论述最为透辟，虽然叔本华"本为绘画及雕刻发，然可通之于诗歌小说"[1]。王国维借鉴叔本华所论，提炼出"造境""写境"二语论中国诗词。所谓"造境""理想"偏重于先验。在写作态度上，"造境"者多为主观之诗人，而"主观之诗人不必多阅世"，凭借其特殊强烈的想象力，表现自然和社会中尚未出现的事物。所谓"写境"和"写实"，是客观之诗人的创造，偏重于后验。客观之诗人需要多阅世，阅世深，材料丰富多样，便能够透过"个象"呈现背后的理念。艺术既是先验的，也是后验的，二者有偏重而无偏废。侧重于描写"理想的典型"，但需要经验作为蓝本；侧重于描写"实际的客体"，需要有天才的想象力。所以，王国维又说："二者颇难分别，因大诗人所造之境必合乎自然，所写之境亦必邻于理想故也。"

王国维融汇中西文艺思想，提出"境界"说，既引入并改造西方哲学论文艺观以运用于中国诗词评论，又发展了传统诗词理论的物我关系论、创作主体论，涉及文艺的根本性、普遍性问题。但是，此后的中国文论还较少从哲学层面接续这个话题继续往前探索。

---

[1] 王国维：《红楼梦评论》，《王国维全集》第 1 卷，第 78 页。

第四节 深刻而片面的词学批评实践

王国维词学批评的态度几乎可以说是倔强的。他批《词辨》时说："予于词，五代喜李后主、冯正中而不喜《花间》。宋喜同叔、永叔、子瞻、少游而不喜美成。南宋只爱稼轩一人，而最恶梦窗、玉田。"这是他基于"境界"说和"始盛终衰"的文体演化史观而对五代两宋词人的基本态度。李煜、冯延巳、晏殊、欧阳修、苏轼、秦观、辛弃疾等人的词，是士大夫之词，词在他们的手里，真正成为一种抒情的文学样式，文学性要远高于音乐性。而《花间》词过于浓艳，遮掩了主体的情怀。周邦彦、姜夔以降的南宋词人，又宅心于词的音乐性和形式技巧，在王国维看来，是迷失正途。王国维对于历代词人极为鲜明的褒贬态度，与他独特的文学观念是相一致的，有自己的理论支撑，因而说是深刻的。但是，从词史实际来看，他对于《花间》词人、南宋词人，以及清代以朱彝尊为首的浙派词人做出过于严厉的贬斥，又是片面的。近代词学大家吴梅说："近人不解律历而多谈词章，吾不知其可也。"矛头所指，或即王国维。他注重于词的文学性，而不是词的音乐性。

清代词坛自朱彝尊崇尚姜夔以来，一直取法南宋，标举南宋词作为词学范本，晚清时依然如此，主流还是学南宋，而王国维能一反众论，独标五代北宋，而且给出自己的富有理论新意的解释，特别是其创作实践能够印证自己的理论主张，故而能够产生巨大的反响。近人蔡嵩云《柯亭词论》指出"治小令途径"，说："取深俊婉约家数，由宋初珠玉、六一、淮海诸家，上溯正中，更以近代王静庵之人间词扩大其词境，此亦一途也。"静安词也俨然成为晚清词坛不可忽视的一家。

后期的王国维对于自己这部早年之作似乎也有悔意。当1925年秋陈乃乾致函王国维说朴社要印行《人间词话》时，王国维强调"发行时，请声明系弟十五年前所作"。自辛亥革命避难日本后，他就不大谈论此前宗奉的哲学、文学理论了。《张尔田覆黄节书》曰："世之崇拜静庵者，不能窥见其学之大本大原，专喜推许其《人间词话》《戏曲考》种种，而岂知皆静庵之所吐弃不屑道者乎？"[1]这是王国维治学道路转变后的态度，不可据此否定《人间词话》的价值。王国维的众多成果中，《人间词话》对于20世纪的中国文学思想史的影响是巨大的。它对胡适《词选》的影响，早已有人论述。朱光潜、钱锺书、缪钺、叶嘉莹等先生都对《人间词话》的相关思想有所阐述、辩论和发挥。如朱光潜1934年在《诗的隐与显》一文中就说："近二三十年来中国学者关于文学批评的著作，就我个人所读过的来说，似以王静安先生的《人间词话》为最精到。"《人间词话》之所以能得到人们的关注和喜爱，一个很重要的原因是它在一定的哲学理论层面上观察传统的词和词论，与传统的伦理思想体系中产生出来的文学理论相比，更有新意，富有启发性。而他选择的叔本华哲学美学，本身就具有东方文化的因子，与中国传统的"尚意诗学"具有同源性，读来亲切，易于接受。叔本华哲学美学中的东方文化因子又作为触媒，使得西方某些哲学观念能为王国维所消纳。用西方思想来阐释中国文论，后来者不乏其人。如刘若愚的《中国文学理论》就是其中的佼佼者。但是后来的"以西释中"都不免于"隔"，没有达到如《人间词话》那样"西洋之思想与我中国固有之思想相化"的境界。《人间词话》给我们这样一个启发：具备一定的创作实践经验和研究积累，并吸收、内化某种新的哲学理论，与本国固有之思想相通相化，针对时代的问题，挺起脊梁，撑开只眼，提出自己独立的思想观念和理论见解，才是有生命、有意义的。

（原载《人间词话》卷首，凤凰出版社2013年版）

---

[1] 张尔田：《张尔田覆黄节书》，《王国维全集》第20卷，第264页。

| 第十五章 |

民初通俗教育研究会的小说审查

辛亥革命推翻了数千年的帝制，建立中华民国，历史翻开了新的一页。但是辛亥革命的成功带有偶然性，社会经济、政治、思想和文化并未随着旧帝制的轰然倒下而相应地发生巨大的变革。特别是社会民众，如何从过去匍匐的臣子臣民转变为现代的国民，还需要一个转变的过程。民国初期的政府和文化界已意识到民众教育的迫切性，重视对社会民众的教育。通俗教育研究会的设置就是其中一个举措。

第一节　上海的通俗教育研究会

早在 1912 年初南京临时政府成立时，因为国体变更，亟须进行社会教育，教育部就设立了社会教育司，专意提倡。临时政府教育总长蔡元培，与社会教育司第三科科长伍达协商，发起通俗教育研究会。发起人有伍达（博纯）、于右任、唐文治、姚文枏、章炳麟、张謇、黄炎培等三十八人，赞成人有宋教仁、蔡元培等三十六人，都是政界、文化界、教育界的名流。不久，南京临时政府解散，移往北京。通俗教育研究会在上海的江苏教育总会设事务所，伍达辞去教育部工作，在上海负责筹办事宜，但筹措经费非常艰难。当时在北京的教育部社会教育司下设三科，第一科主办宗教礼俗，第二科主办科学美术，第三科主办通俗教育。上海的通俗教育研究会虽然在教育部备案，但与教育部社会教育司下第三科并不是一回事，它只是一个社会性团体，并非行政机构，教育总长蔡元培也只是通俗教育研究会的名誉会员，偶尔参加讨论会。

通俗教育研究会的成员多在北京、上海，伍达穿梭于两地，积极张罗，在 1912 年 12 月 1 日将研究会正式命名为"中华通俗教育会"，颁布章程，提出宗旨是"联络全国同志提倡通俗教育，启发有益社会事业，尤注重于培养道德，灌输谋生必需之智识技能，以增进国民程度，维持国民生计"[1]；施行通俗教育的方针是"注重卫生、谋生、公众道德、国家观念之四主义"[2]。

这个带有半官方性质的中华通俗教育会重视利用通俗图书改良社会，如伍达在《刊行通俗图书之意见》中提出二十种通俗图说书报项目，其中第七项为章回小说："一般社会无不受小说之影响，无论略识字义与深通文墨，未有不阅小说者。即不识字者，于《三国志》《西游记》等之故实，迨无不知之。盖于听说书、观剧时，间接得之，故小说足以左右社会。"[3]但是随着伍达于 1913 年 10 月 26 日溘然去世，中华通俗教育会的处境更艰难了，似未展开多少实质性的活动，影响也非常有限。

第二节　教育部通俗教育研究会小说股

民国初年教育部的社会教育司担负着审查通俗书籍的责任。如 1913 年训令：

> 通俗教育为瀹瀹民智之良图，而入手方法，尤以编辑图书、广
> 为讲演为最要。所有通俗书籍，如小本歌曲、章回小说、传奇弹词

---

① 《中华通俗教育会章程》，《通俗教育研究录》1912 年第 5 期。
② 《本会在京会员第一次谈话会纪事》，《通俗教育研究录》1912 年第 3 期。
③ 伍达：《刊行通俗图书之意见》，《通俗教育研究录》1912 年第 1 期。

等类，亟应由各属先从境内书肆及民家藏版一律检查明晰，填表，并将每种一部随同呈司审定。某书宜删宜改，某版宜存宜毁，一俟审定后再行饬遵。嗣后如有未经呈报及有伤风化之书，私自出售，一经查出，应即从严究办。①

特别是袁世凯窃取政权后，推行尊孔复古，格外重视对社会文化和舆论的审查和控制。1915 年是查禁尤为严格的一年，中华革命党的宣传品遭到梁敦彦任总长的交通部十多次查禁。② 小说也在查禁之列。是年 1 月 7 日，"大总统"袁世凯下令查禁"乱党由海外所寄小说"等一切印刷文件。③ 民国之初，文化管理还没有提上议事日程，当时《中华小说界》《礼拜六》等小说杂志纷纷出现，其中内容良莠不齐。受袁世凯控制的教育部于 1915 年 1 月 22 日发布了改良小说杂志的通告，阐明文教与国势的密切关系，指陈"吾国学衰文敝，非一日矣"，伤风败俗的小说杂志在推波助澜，应该对小说杂志加以改良。④ 随即便咨内务部请查禁荒唐小说。教育部文告说：

> 述作之事，条贯千殊，而综其旨归，必存训范。是以六艺而外，兼存十家。稗官之说，亦资观采也。吾国小说，本自《青史》《虞初》，作者继兴，支流渐衍，迄于近日，篇卷大繁。总揽条流，大较近古诸家，多承诵训训方之遗、舆诵刍辞之旨，捃摭典实，传道方物，撰集途言，搜采灵异，谊比识小，志在拾遗。唐宋而后，乃有虚构事迹，叙以俚辞，取便于里巷者。虽文义浅俗，无裨典训，而大体亦有资劝惩，无伤教理。间有浮杂鄙薄者，多已毁禁。

① 《教育司训令》，《江西通俗教育杂志》1913 年第 3 期。
② 中国第二历史档案馆：《北洋政府交通部查禁中华革命党宣传品史料一组》，《民国档案》2000 年第 1 期。
③ 《奉申令查禁乱党小说一体遵照》，《江苏省公报》1915 年第 405 期。
④ 《教育部改良小说杂志之通告》，《教育周报》1915 年第 72 期。

至于欧西艺文，特崇小说之体，高才踵起，巧制纷纶，各骋芳轨，互陈盛藻。或原上古荒幽之迹，或饰人间贞信之传。或以意造端，绘形声于冥漠；或踬实而纪，穷情变于言文。时亦因谈谐而涉笔，资嫚戏以成篇，体势不同，风流殊别。而要其宗趣，或以虚玄之想，擢情灵于云天；或以迻实之谈，动劝戒于视听。言亦近俚而必不伤雅，事虽有恑而终存其理，并有陶钧之益，皆弘辅教之功，故足贵也。

惟近日坊间流行小说多种，或称新制，或号旧本，并专为诡诞，竞尚轻薄，叙记既甚鄙猥，主旨尤极乖剌。帷薄挑招，奸盗怪乱之事，连篇累纸。其情节之荒唐，言辞之秽媟，几令人不堪卒读。而又多于书中倡为狂恣之论，显诋人道，常目方正为迂拘，美放僻为识达。且有公言青年子弟可不必营求世业、循守轨法者。是其意在诱全国后生，荒弃本务，习为佻达。用心可为奇谬！其名为杂记古今事迹，各种亦至为诬妄。薰莸杂置，朱紫溷淆，贞淫并为一谈，邪正毫无抉择，变乱黑白，荧惑听闻，莫此为甚。此类小说，每喜藉口于滑稽讽刺针砭社会之名，殊不知滑稽讽刺针砭社会之书，旨趣必甚宏远，取材宜极矜慎，遣辞宜极丽则，庶足使人读之瞿然惊觉，迁善远过而不自知。如欧西纪实派之小说即是其类，岂此等庸鄙支离、诲淫诲盗之作可得相提并论！

社会一般士女，喜读小说之人每占多数。今此类之书充斥市肆，一经涉目，皆为有害身心，设使时时习近，必至丧失志气，荒废本业，灭弃经常，败坏行检。其流风所被，渐染之深，或且使社会中奸僻滋兴，贞良销寂。吾国数千年所传淳朴贞固之民俗，将因以坏灭而不可振救，其流毒之巨，胡可胜道？[①]

[①]《教育部咨内务部查禁荒唐小说文》，《京师教育报》1915 年第 18 期。

这时鲁迅已在教育部社会教育司工作，从文告的一些观点和措辞来看，或许他参与了文告的拟定，如"唐宋而后，乃有虚构事迹"正是鲁迅后来在《中国小说史略》里的观点。这次查禁的小说有三十二种，其中有晚清之前的小说，如秦雪坞的《续红楼梦》；更多的则是最新出版的狭邪艳情小说，如《民国艳史》《最新女性现形记》等。而像《自由结婚》（一名《情天劫》）这样叙写反抗礼教，追求自由婚姻故事的小说也在查禁之列，显示出袁世凯窃取政权后以行政力量对小说加以审查、干预和控制。

这种审查的行政制度化，以教育部通俗教育研究会的成立为标志。

1915 年 7 月 18 日，教育部设立了通俗教育研究会，它着力于改良小说、戏曲、讲演等与普通民众切近的事项。会员主要来自教育部，由教育总长指定，外加京师劝学所职员、警察厅职员、教育会会员等。该会"以研究通俗教育事项、改良社会、普及教育为宗旨，其职务分为三项：（一）小说，（二）戏曲，（三）讲演。小说股所掌事项为新旧小说之调查、编辑改良、审核、撰译等事项"①。教育研究会会员、教育部佥事周树人（鲁迅）受教育总长汤化龙之命，于 1915 年 9 月 1 日担任小说股主任，从此审查小说的工作才走上正轨。

鲁迅早于 1912 年 8 月 6 日因拗不过伍达的劝说而加入伍氏主事的那个通俗教育研究会，但实际上未参与活动。他作为教育部佥事，当时主要是在社会教育司负责科学美术科的工作。自 1915 年 9 月任教育部的通俗教育研究会小说股主任起，鲁迅才真正担负起审查小说的工作，至 1916 年 2 月 14 日辞职，他召开过十二次会议，主要是制定了数种规程，将小说股的工作制度建立起来，但并没有开始实际的审核工作。②

首先是在 1915 年 9、10 月份小说股第四、第五次会议上确定了《审核小说标准草案》：

---

① 《通俗教育研究会之组织法》，《兴华》1915 年第 12 卷第 30 期。
② 孙瑛：《鲁迅在通俗教育研究会的工作》，《徐州师范学院学报（哲学社会科学版）》1978 年第 1 期。

小说亦开通风气之利器，尽人皆知。但其种类甚为复杂，苟取材无一定标准，恐诲盗诲淫，转觉无益而有损。通俗教育研究会特规定审核小说之标准，已拟定草案如左。

小说种类，就实质上言之，可约分为八：（一）关于教育者，（二）关于政事者，（三）关于哲学及宗教者，（四）关于历史地理者，（五）关于实质科学者，（六）关于社会情况者，（七）寓言及谐语，（八）杂记。

关于教育之小说：理论真切，合于吾国之国情者为上等；词义平稳者为中等；思想偏僻或毫无意义者为下等。

关于政事之小说：宗旨纯正，叙述详明，有益国民之常识者为上等；虽未精美，尚无流弊者为中等；立意偏激，或叙述多误者为下等。

关于哲学及宗教之小说：理想高上纯洁，足以补助道德教育及国民教育之不逮者为上等；平正通达者为中等；意涉荒渺，或迷信太过者为下等。

关于历史地理之小说：取材精审，足资观感者为上等；事实不谬者为中等；疏误太多，或语涉猥亵者为下等。

关于实质科学之小说：阐明真理，有裨学识者为上等；叙述无讹者为中等；借研究学术之名，支节离奇，颇滋流弊者为下等。

关于社会情况之小说：以改良社会为宗旨，词意俱精美者为上等；纪载翔实，足广见闻者为中等；描写猥琐，有害道德及风俗者为下等。

寓言及谐语之小说：言近指远，发人深省者为上等；虽无精意，尚少诞妄者为中等；轻薄挑达，有伤风化者为下等。

杂记一类，内容最杂，应择其最要之部分，仍以上七项之标准审核之。

附志：上等之小说，宜设法提倡；中等者宜听任；下等者宜设法限制，或禁止之。各种小说之封面及绣像插画等，均宜参照上列标准，分别审核。

根据内容把小说分为八类，列三等品第。该审核标准登载于当时的多种教育期刊上①，广为传播，影响甚众。小说股建议对那些依照审核标准被列入下等的小说，设法限制或禁止，对上等小说应设法提倡。1915 年 11 月 17 日和 24 日的第八、九次会议，又通过了《劝导改良及查禁小说办法案》：

> 改良小说，专事查禁，仍恐非正本清源之法，拟一面行文劝导，令自行取缔，以理其本源。查禁之时，并通知各关卡认真搜检，以绝其来路。又书贾贩卖多不问书之内容，查禁时亦应将已禁书目通知各商人，使之自行戒慎。今拟办法如左：
> 　　一、请部通知书业商会并通咨各省巡按，使分饬商会转知出版家，令此后自行取缔，不复印行有害社会之小说。
> 　　一、报馆附载之小说，每有甚妨害于风俗者，应请部咨行内务部并各省巡按，使转饬各报馆令其注意。
> 　　一、请部将应禁之书籍目录按次咨行财政部及税务处，对于商人贩卖书籍按照书目搜检核办。
> 　　一、请部将应禁中书籍目录按次通知书业商会，并通咨各省巡按，使分饬商会，转交书铺自行取缔，停止贩卖。②

当时确定的小说审查，重点在于提倡良好小说，所以又提出《公布良好小说目录案》，拟两条办法："一、上等之小说于审核时应加具评语，以供社会之参考。一、上等之小说目录及评语除登载本会议事录外，应送登《教育

---

① 同时载《中华教育界》1915 年第 4 卷第 11 期、《教育杂志》1915 年第 7 卷第 12 期、《京师教育报》1915 年第 24 期、《文友社杂志》1915 年第 8 期、《善导报》1915 年第 38 期、《教育周报》1915 年第 107 期。
② 《教育部通俗教育研究会议决劝导改良及查禁小说办法案》，《京师教育报》1916 年第 30 期。

公报》及各种新闻杂志。"①该决议 1916 年 2 月 2 日得到批复。但是 2 月 14 日
鲁迅辞去小说股主任之职，改由王章祜担任。同年 10 月初，鲁迅又被通俗小
说研究会推定为小说股的审核干事，该职务一直持续到 1924 年。

鲁迅辞去小说股主任一职的直接原因，现已难以确考，或认为与张一麐
的训词有关。1915 年，张一麐受袁世凯委派任教育总长，10 月 28 日在通俗
教育研究会第二次大会上讲话，论及小说：

> 小说，则近时新小说固多佳作，但上海有一种恶劣之习，大率
> 无赖文人，不务正业，乃造作一二册小说，名为著作，而实则引诱
> 良家子弟，遗祸社会习俗者，不知凡几。不正当之印刷局，又多唯
> 利是图，发行各埠。四方之人取而读之，势必使青年子弟，入于邪
> 途，流毒无穷，良可痛恨。前者本部亦尝指其恶劣者，咨行内务部，
> 悬为厉禁矣。然此时绝非空文禁止所能扫除净尽，是宜多方调查，
> 如书肆有秘密私售者，一经查出，必严其罚而焚其书，务使此种不
> 良之小说，驱逐无遗。此消极一方面之办法也。而积极一方面，则
> 编辑极有趣味之小说，寓忠孝节义之意，必文词情节，可泣可歌，
> 在在能引人入胜，使社会上多喜阅有益之小说，而视不良之小说如
> 毒药之不可复进，则社会必因之日良矣。②

所谓"寓忠孝节义之意"，正体现出袁世凯妄图复辟帝制时的思想倒退。或许
是这一点引起鲁迅的反感，进而辞去小说股主任一职。孙瑛就说："张一麐不
外是再抓一个机会推销他的那一套反动方针，但鲁迅对他却是不肯买账的。"③

---

① 《教育部通俗教育研究会议决公布良好小说目录案》，《京师教育报》1916 年第 27 期。
② 《通俗教育研究会第二次大会张总长训词》，《教育公报》1915 年第 2 卷第 8 期，又见《社会教
育星期报》1915 年第 19 期、《京师教育报》1915 年第 23 期。
③ 孙瑛：《鲁迅在通俗教育研究会的工作》，《徐州师范学院学报（哲学社会科学版）》1978 年第
2 期。

王章祐继鲁迅接任小说股主任，随即于 1916 年 2 月下旬召开股员大会，研究小说之编辑法、小说之改良法、现在流行社会之小说其有关于人心风俗者应如何加以奖勉以示鼓励①；颁布了《奖励小说章程》，奖励分为甲、乙、丙三个等级。"自撰之小说经本会审核认为有裨益于人心风俗者，得受领甲种褒状"；"迻译外国人旧著或新撰之著名小说，经本会审核认为可补助我国人之道德智识者，得受乙种褒状"；"采辑古今中外之杂事琐闻汇为一书，有类札记，经本会审核，认为有益于社会者得受领丙种褒状"。② 王章祐主持小说股工作后，基本上是延续了鲁迅定下的规矩进行小说审查的工作。1917 年 1 月 17 日，王章祐调任内务部秘书，小说股主任由戴克让暂代。同年 11 月 14 日，王章祐被简任直隶教育厅厅长，教育部令戴克让正式接任小说股主任。③ 到 1921 年以后，由于经费不足，工作几乎停顿了。到了 1927 年曾重新恢复，那是另外一回事了。

第三节　通俗教育研究会小说股的小说审查

如上文所言，教育部社会教育司从 1913 年至 1915 年上半年一直在进行小说审查。但通俗教育研究会小说股的小说审查，则从 1916 年查禁《眉语》开始。

《眉语》是 1914 年 9 月创刊于上海的一份妇女文学刊物，由许啸天夫人高剑华创办、主笔和主编，以女子文学创作为主，是"鸳鸯蝴蝶派"作家的阵地。1916 年 9 月教育部通俗教育研究会咨请内务部查禁该杂志，得到批复。教育部 9 月 7 日呈文曰：

窃惟不良小说，最为风俗之害。其传播之由，厥有三途：一编

①《通俗教育研究会小说股之大会》，《时报》1916 年 2 月 28 日。
②《通俗教育研究会议决议案三则（奖励小说章程草案）》，《教育公报》1916 年第 3 卷第 4 期。
③ 陈漱渝：《鲁迅与通俗教育研究会——介绍〈通俗教育研究会第一、二、三次报告书〉》，《山东师院学报（社会科学版）》1977 年第 5 期。

售新书，二翻印旧籍，三刊行杂志。本会成立以来对于新印及翻板
之不良小说，已次第详加审核，择其尤甚者，呈请钧部咨行查禁在
案。唯杂志一类，纂积成书，则内容复杂，继续出版，则篇帙繁
重，调查审核尤宜详慎。近时坊间此种杂志日出不穷，经本会查得
有《眉语》一种，其措辞命意，几若专以抉破道德藩篱、损害社会
风纪为目的，在各种小说杂志中实为流弊最大。查是项杂志现正陆
续出版，亟应设法查禁，理合检送原书呈送钧部，拟请咨行内务部
转饬严谨发售，并令停止出版，似于风俗人心不无裨益。因到部查
《眉语》杂志所载小说图画各种，大率状态猥亵，意旨荒谬，几不知
尊重人格为何事。此种风气之流布，其为害于社会道德，实非浅鲜。
相应将原书十五册咨送贵部，请烦查照，转饬所属严禁再行印售，
以正人心而维风教，实纫公谊。此咨内务部。①

9 月 25 日得到内务部批复，训令京师和各地警察厅查禁《眉语》杂志。鲁迅
在《上海文艺之一瞥》里曾提及《眉语》遭禁的事。

现在，通过查阅当时的《政府公报》和《教育公报》，可以比较完整地知
道通俗教育研究会小说股于 1916 年至 1921 年的审核小说情况，列表如下：

年份	开会次数 / 次	审核小说数 / 种	呈请奖励数 / 种	禁止数 / 种
1916	21	250	14	13
1917	14	380	15	5
1918	12	177	1	14
1919	6	112	1	7
1920	10	130	3	4
1921	3	102	1	1

①《咨内务部据通俗教育研究会呈请咨禁〈眉语〉杂志请查照文》，《教育公报》1916 年第 3 卷第
11 期。

1916 年，奖励小说 14 种，其中：获甲种褒状的 3 种，是《孤雏感遇记》《馨儿就学记》《埋石弃石记》；获乙种褒状的 11 种，是《块肉余生述》《冰雪因缘》《模范町村》《义黑》《英孝子火山报仇录》《爱国二童子传》《孝女耐儿传》《稗者传》《冶工轶事》《黑奴吁天录》《秘密使者》。查禁小说 13 种，是《绣榻野史》《浪史奇观》《国色天香》《瑶华传》《马屁世界》《野草花》《秽情小说龟生涯》《牛鬼蛇神之情场》《新鸳鸯谱》《官眷风流史》《姨太太之秘密》《玉楼春》《金屋梦》（即《隔帘花影》）。

1917 年，奖励小说 15 种，其中：获甲种褒状的 2 种，是《秦汉演义》《湘娥泪》；获乙种褒状的 13 种，是《薰莸录正续编》《电影楼台》《欧美名家短篇小说丛刊》《玑司刺虎记》《乡里善人》《风俗闲评》《苦儿流浪记》《弃儿正续编》《美洲童子万里寻亲记》《二义同囚录》《鲁滨逊漂流记》《大荒归客记》《鹰梯小豪杰》。查禁小说 5 种，是《龙凤配》《苦尽甘来》《艳史》《风流皇后》《株林野史》。

1916 年与 1917 年，情况较为接近。如果考虑到审查总量，那么 1917 年比 1916 年褒奖与查禁的比例都更小。

1918 年是查禁最为严厉的一年。奖励的小说只有 1 种，为获乙种褒状的《正续贤妮小传》；查禁了 14 种，是《绘图秘密女子》《鸳鸯梦》《帘外桃花记》《牡丹奇缘》《痴婆子传》《桃花庵鼓词》《和尚奇缘》《淫学》《武则天外史》《三国还魂记》《留东外史》《小姊妹秘密史》《浓情快史》《帘外桃花记》（3—7 册）。

1919 年奖励的小说只有 1 种，为获乙种褒状的《黑伟人》；查禁了 7 种，是《色欲世界》《中国家庭黑幕大观》《女学生之百面观》《兰因絮果录》《桂枝儿、夹竹桃》《乡姑娘》《隔墙红杏记》。

1920 年，奖励小说 3 种，其中：获甲种褒状的 2 种，是《双雏泪》《商人妇》；获乙种褒状的 1 种，是《苦海双星》。查禁了 4 种，是《杏花天玉蒲团合刊》《痴婆子野鸳鸯合刊》《春艳写影》《世界未来观》。

1921 年，奖励小说 1 种，为获甲种褒状的《爱国英雄小史》；查禁了 1 种，是《三十二姊妹秘史》。

小说股审核小说，一般分为上、中、下三等，然后再于上、下等里分别选出给奖与禁止书目。以 1920 年为例，审核 130 部，上等 9 部，其中 3 部给奖；中等 70 部；下等 51 部，其中 4 部禁止。[1]1921 年，审核 102 部，上等 4 部，其中 1 部给奖；中等 46 部；下等 52 部，其中 1 部禁止。[2]

查禁小说均为国人自著，最基本的理由一般是"有伤风化，贻害人心"。给予褒状的，乙种最多，均系翻译小说，这符合《教育部改良小说杂志之通告》"多译外国书"的提倡，其中又以"林译"占绝对多数。甲种为国人自著，不到 10 种。给予褒状的理由一般是笔墨雅洁，宗旨正大，提倡美德，劝善惩恶，给予知识与经验，有益于社会人心。1916 年至 1918 年给予褒状的小说，都出具千字左右的审查报告。1919 年至 1921 年，则上、中、下三等小说都出具简短的审查报告。兹举《黑伟人》的审查报告以见一斑：

> 是书为博嘉华盛顿自叙其一生之经历，由奴隶而为工人，为苦学生，为教师，为校长，终乃得美国各大学赠与博士之学位，称为黑人中第一教育家，其生平志愿，专在竭其心力，以为同种谋幸福，使其稍有畏难苟安之念，未有不遭失败者也。书中所抉发，皆至理名言，随在足以促国民之觉悟，不仅可作小说读也。译者能达其旨趣，且于书尾略述著者之历史与是书之来历，亦于读者有益，宜列上等给奖。[3]

这些审查报告本身就是重要的小说评论文献，理应得到重视。

尤其可贵的是，小说股的会员还亲自示范，创作了一些小说，刊载于《通俗教育研究丛刊》上，如昆山朱文熊、绍兴寿玺合著短篇小说《结交少年

---

[1]《通俗教育研究会小说股第五次审核小说一览表》，《通俗教育丛刊》1921 年第 10 期。
[2]《审查小说报告》，《通俗教育丛刊》1921 年第 11—13 期、1922 年第 14 期。
[3]《教育部令：指令第一千九百二十七号》，《教育公报》1920 年第 7 卷第 1 期。

场》，寿玺发表长篇连载小说《前途》，此外会员作品还有《担夫谈话会》《厂甸》《星期》等。实际上鲁迅《狂人日记》等现代小说的创作，与他从事通俗教育研究会小说股的审核工作就不无关系。①

第四节 小说股的两次劝告

鲁迅辞去主任之后，还继续参与审核小说的工作。鲁迅辞任后，通俗教育研究会小说股的主任一职先后由王章祐、戴克让担任，这时的小说股发过两次通告，产生较大的影响。

一是1917年以研究会名义致函江苏省教育会，请"筹画禁止不良小说"，函曰：

> 本会小说股，自上年决议本股进行办法案，呈教育部核准后，于奖励良好小说及禁止不良小说事项，均经实力进行。唯禁止之事，尚有应从根本着手者。查我国各种小说之出版所，大抵集于上海一隅。其地既为全国商务之总汇，而租界地方，或为本国官厅法令所不及。本会迭次呈请禁止之各种小说，虽经教育部核准，咨行内务部，转饬警厅查禁在案。在京师一方面，固已令行禁止。而上海地方情形，对于本会维持风俗之苦心，谅荷赞同，究竟对于上海租界查禁上项小说一节，以若何办法，为能收效，统祈贵会察酌情形，筹划办法，详加函示，俾本会于改良小说之事，得以实力进行。不胜感荷。②

当时的查禁令对京师和其他地方，多有法律约束力。但是由江苏省管辖的上

---

① 李宗刚：《通俗教育研究会与鲁迅现代小说的生成》，《文学评论》2016年第2期。
②《教育部通俗教育研究会请筹画禁止不良小说办法书》，《江苏省教育会月报》1917年5月号。

海是出版社和小说杂志的大本营，是当时许多"不良"小说的发源地，因为有租界的庇护，恰成了文化管理的真空地带，故通俗教育研究会特意致函。而江苏省教育会其实无权管辖，对于"不良"小说也就无法禁止，只能回函曰：

> 上海租界有此等小说发行，既为警权所不及，惟有由政府社会，各以正当之议论，劝导青年，俾知利害。至开单示禁，据敝会见闻所及，不惟无效，且不啻为射利者代登广告，似非适宜之办法。此后能提倡高尚之美感教育，庶社会思想，渐可改革。仍请酌裁为幸。①

事实上，江苏省教育会在查禁小说方面几乎是无能为力的。江苏省教育厅曾发布《租界内禁止淫秽小说之公文》（见 1922 年 11 月 10 日《时报》），也是收效甚微。当时有上海书业公所，但是对于出版《国色天香传》的国华书局、出版《男女大魔术》的新华书局等设在租界的出版机构，也是鞭长莫及，只能采取吁请的方式加以倡导。上海书业公所于 1920 年曾登报通告取缔淫书，1922 年又组织书业正心团，集资收买淫书及底板，一并销毁。上海书业正心团曾向全国同行发出销毁淫书的倡导，文曰：

> 淫书之害，甚于洪水猛兽。方今学堂林立，青年子女血气未定，一经浏览，其害有不可胜言者，败门风，丧名节，成奸拐，戕生命，甚而《新台》见咏，《墙茨》贻羞，廉耻尽亡，毫无人格在。售之者图微利于一时，而阅之者受大害于终身。清夜以思，当亦自愧。本团成立以来，曾将流行各种淫书书板搜罗焚毁，并商诸印局不印，钉作不钉，发行所不售。已蒙全体赞成，上海一隅似可由渐杜绝。

---

① 《复教育部通俗教育研究会书》，《江苏省教育会月报》1917 年 5 月号。

　　第思人之欲善，谁不如我。外埠同业，不少好善名流、热心君子，倘存有新旧淫词小说，无论石印木版，务望竭力提倡，悉行销毁，以免流毒青年，遗祸社会。从来果报昭彰，毫厘不爽。试观撰淫曲者嚼舌亡身，售淫书者终遭回禄。篇章记载，开卷可知。[①]

　　其实这样的倡导书，只能以"果报昭彰"为警示，算是道义的感召，并无法律约束力。他们坦言："敝所究系团体性质，只有劝导之力，而无强制之权；只有习惯可凭，而无法律可援，区区笔舌之功，殊难见效。"[②]的确，它在当时的影响力是非常有限的，但算得上是对通俗教育研究会查禁小说的一种声援和支持。

　　二是通俗教育研究会小说股于 1918 年发函劝告小说家勿再编"黑幕"一类小说，发起了对"黑幕"小说的清算。函曰：

　　小说家言，能使粗知文字者，无不乐于观览，于通俗教育，最有关系。在小说之良者，提倡道德，辅助文艺，悉属有益于教育。即或援主文谲谏之义，成嬉笑怒骂之词，言者无罪，闻者足戒，有识之士，亦所不讥。若乃意旨不正，体例未纯，暴扬社会之劣点，诱导国民之恶性，流弊所至，殊难测想。夫吾国教育，尚未普及，不乏程度幼稚之人，故良小说劝导社会之力，常不敌不良小说诱惑社会之力。本会成立以来，对于不良小说，迭经呈准教育部咨行内务部，通行查禁。惟是不检之行为，与其赖官厅之禁令，终不如国民自知以道德为重之为愈。近时黑幕一类之小说，此行彼效，日盛月增。核其内容，无非造作暧昧之事实，揭櫫欺诈之行为，名为托讽，实违本旨。况复辞多附会，有乖实写之义；语涉猥亵，不免诲

---

① 《上海书业正心团劝告外埠同业销毁淫书启》，《时报》1922 年 7 月 19 日。
② 《上海书业公所函复劝勿再编售不良小说一切障碍情形》，《通俗教育丛刊》1921 年第 12 期。

淫之讥。此类之书，流布社会，将使憸薄者视诈骗为常事，谨愿者畏人类如恶魔。且使觇国之人，谓吾国人民之程度，其卑劣至于如此，益将鄙夷轻蔑，以为与文明种族，不足比伦。

作者诸君，孰非国民？孰无子弟？自返良心，何忍出此！本会为此滋惧，用敢敬告今之小说家，尊重作者一己之名誉，保存吾国文学之价值，勿逞一时之兴会，勿贪微薄之赢利，将此日力，多著有益之小说，庶于风俗人心，不无裨益！

辛亥革命后的一段时间，中国人"在'夜梦迷惘'的状态，精神上蓄积着对于现状不满的气，而又正当社会里无事可做的时候"①，上海的《礼拜六》《半月》《星期》《时事新报》等杂志上充斥着大量小说，细致甚至不乏生造地描写社会黑暗，暴露官场丑恶，写得有门有径，标榜为警世，实则是"诲盗"，诱人作恶。通俗教育研究会及时发现了这个问题，不仅对小说家予以劝告，还查禁了《中国家庭黑幕大观》《女学生之百面观》《三十二姊妹秘史》等"黑幕小说"，在引导小说界的方向上发挥了积极的作用。

通俗教育研究会的这一举措，在当时引起了极大的反响。周作人作《论"黑幕"》一文，进一步申述对"黑幕小说"的看法，认为社会上的黑幕，当然应当披露，但不是像黑幕小说那样流于表面，而是应该揭示背景，"用一副医学者看病的方法"，揭示"这中国民族在中国现在社会里，何以做出这类不长进的事来"，揭示"中国人的根性怎样，他们怎样造成社会，又怎样的被社会造成"。②也就是说，小说的重心，不在于描写黑幕本身，而在于挖出中国人的"劣根性"，揭示背后深层的社会问题，当作"问题小说"来处理。但也有人为黑幕小说辩护。有一个叫杨亦曾的，自称黑幕小说的"辩护士"，作了一篇长文，认为黑幕小说是写实派小说，符合近世文学的潮流，是人生

---

① 东：《黑幕派与恶魔派》，《民国日报·觉悟》1921 年第 11 卷第 18 期。
② 仲密（周作人）：《论"黑幕"》，《每周评论》1919 年第 4 期。

进化必经过的阶段，等等，并逐条批通俗教育研究会对黑幕小说的论断。他不是站在文学的立场，而是从暴露社会黑暗与罪恶的角度肯定黑幕小说。周作人读了杨文，觉得"可以斟酌的处所，实在很多"，于是作了《再论"黑幕"》，对杨文观点一一做了批驳，提出黑幕小说不是写实小说，也不是社会主义，黑幕小说没有触及人生问题，总括来说："黑幕不是小说，在新文学上并无位置，无可改良，也不必改良。"①可见在认识黑幕小说上，存在针锋相对的两种观点。周作人因为鲁迅的关系也参与通俗教育研究会的小说审查，他们曾一同为《欧美名家短篇小说丛刊》写审查报告。鲁迅对黑幕小说也给予贬抑，其《中国小说史略》最后一句论谴责小说云："又或有嫚骂之志而无抒写之才，则遂堕落而为'黑幕小说'。"鲁迅、周作人兄弟对黑幕小说的抨击态度，正是通俗教育研究会对黑幕小说斗争的延伸。随着新文学家的"问题小说""写实小说"的成长，特别是出现了像茅盾《子夜》那样的现实主义作品，现代新小说才真正战胜了黑幕小说，削夺其文坛地位，取而代之。

民国初年是中国现代通俗小说膨胀式发展的时期，数量一多，自然就良莠不齐。通俗教育研究会对其中的淫秽小说和黑幕小说等"不良小说"予以查禁，是一种必要的社会文化管理手段。当时就有人指出，世界各国都对"秽恶书籍"采取相应的措施，尤以德国最为周密。②对于查禁"不良小说"，有良知的小说家是支持的，如报人兼小说家严独鹤就发文说：

> 出版界里面，独多小说，已经算不得是好现象。但是小说这件东西，倘然做得好，也狠可以发扬文化，改良社会，所以外国的名家小说，都占着文学界的重要位置，讲到中国的小说，在前些年各种小说杂志盛行的时候，觉得风起云涌，异常发达。不过所谓发达，依旧是占着一个"多"字罢了。若要加上一个"好"字，却似凤毛

① 仲密（周作人）：《再论"黑幕"》，《新青年》1919 年第 6 卷第 2 期。
② 昧爽：《为书业公所取缔淫书进一解》，《出版界》1922 年第 63 期。

麟角，难得其选。

　　不过那时的小说，虽然不见得十分好，究竟还循规蹈矩，算得一种文字。至于近两年来，不晓得是什么人造出来的风气，所有许多出版品，不是诲淫，就是捣鬼（什么签书咧、神课咧，都是说鬼一类）。论他的实际，无非是骗钱罢了。我尝对一个朋友说，现代新出版的书，千奇百怪，都是些淫词和鬼话，不能称为"小说"。连"小说"两个字都不配，更不必再讲什么好歹了。

　　这些不良的出版品（不能认作小说），单靠官力查禁，是没有用的。应该由社会上有识的人想法子去遏制他。最好是多出些有实益的兼有趣味的书籍来，和他对敌，使这些怪书渐渐的无人顾问，等到销路一绝，自然也没有人肯发行了，也没有人肯著作了。[1]

这是一位有正义感和使命感的小说家对"不良小说"的认知态度，算是对通俗教育研究会那些"劝告"和"查禁"措施的正面响应。除前面提到的杨亦曾等极个别人物外，总体来看，知识界对当时通俗教育研究会的审查小说工作是予以肯定的。正是这种审查措施的奖优黜劣，树立了正确的小说观念，端正了小说发展的方向，其对于中国现代小说的萌生和发展，是具有积极意义的。

（原载《文艺研究》2020 年第 10 期）

---

[1] 独鹤：《不良小说》，《新闻报》1921 年 2 月 23 日。

| 第十六章 |

现代国文教育中的文学理论问题

在中国传统里没有"国文"的说法，"国文"是晚清随着国门的开放、西方文化的传入和近代教育体制的建立而新出现的概念。近现代学人对"国文"的探讨，从一个侧面反映了本土与外来、传统与现代的文化冲突和融合，体现出传统文学观念因应强势的外来理念和当下的文化问题而做出的坚守和调整。其中有经验，有教训，需要加以总结，对今天的文学发展和人文教育也不无启示意义。

第一节 国文与国粹

"国文"一词，可追溯到 1902 年底蔡元培在上海成立的爱国学社。此前，如 1897 年颁布的南洋公学章程和纲领中，只有"讲解经史""学作论说"等课程；1902 年颁布的《京师大学堂章程》规定十四门课程，其中有"作文"，但均无"国文"这一名目——当时教育的重心在西方的器物之学。至爱国学社成立，才仿照日本松下讲社和鹿儿私学之意，"重精神教育，重军事教育而所授各科学皆为锻炼精神激发志气之助"①，寻常学级和高等级教学科目都有

①《爱国学社之章程》，《选报》1902 年 10 月 21 日。

"国文"。虽然爱国学社持续仅一年，未能产生大影响，但受日本学制的启发而开设"国文"课，具有发凡起例的开创意义。

废除八股，改革文风，是晚清维新运动中愈益强烈的呼声。各地兴建学堂，1905 年正式废除了科举，实现了教育制度的近代变革。新式学堂以西方的外语、政治和格致器物之学为教学的主要内容，引起一些官僚对"国本"的担忧，1903 年颁布的《新定学务纲要总目》就规定："学堂不得废弃中国文辞，以便读古来经籍。……中国各体文辞各有所用，古文所以阐理纪事，述德达情，最为可贵；骈文则遇国家典礼制诰需用之处甚多，亦不可废。"提出国文是"保存国粹之一大端，戒袭用外国无谓名词，以存国文，端士风"①。江宁省高等学堂总教习缪荃孙"因现在停废科举，恐国粹难以保全，特于该学堂内添设'国文'一科。凡在堂附学诸生，均令先习国文，以存国粹"②。国文成了国粹的象征，学习国文就可以保存其所承载的国粹。影响更为广泛的是湖广总督张之洞于 1904 年动议在湖北建设存古学堂。张之洞《奏立存古学堂折》说："今日环球万国学堂，皆最重'国文'一门。国文者，本国之文字语言历古相传之书籍也。即间有时势变迁不尽适用者，亦必存而传之，断不肯听其澌灭。"奏折中多处用"国文"一词，指称传统的经、史、词章。存古学堂以国文为主，分为经学、史学、词章学三科，"重在保存国粹，且养成传习中学之师"③。湖北的存古学堂于 1907 年建成招生，全国各省竞相效仿，纷纷设立类似的学堂，在全国兴起一股重国文、保国粹之风，以与当时的西学西风相抗衡。这与张之洞的政治保守主义是相一致的，是他一贯主张的"中学为体，西学为用"思想在教育界的贯彻，给当时的教育、思想和文化以消极的影响，正如其去世的 1909 年有一篇评论说："吾国文化之不进，文襄实尸其咎。"④

---

① 《新定学务纲要总目》，《政艺通报》1904 年第 3 卷第 7 期。
② 《高等学堂添设国文科》，《北洋官报》1905 年 12 月 31 日。
③ 《两湖总督张札设存古学堂文》，《秦中官报》1905 年 2 月第 2 号。
④ 《张文襄公与教育之关系》，《教育杂志》1909 年第 1 卷第 10 期。

以国粹主义态度认知国文，把国文视为保存国粹的手段，是晚清民初一股强劲的文学思潮。唐文治 1909 年编撰《国文大义》开卷第一句就是"国文关系国粹，而人品学问皆括其中"，他认为"凡人情风会之变更，历史掌故之纪载，礼教法律之沿革，胥惟国文是赖"，担忧"今乃一切扫除之，纲维政治者将何所措其手"。① 他为"纲维政治者"着想，视国文为国本、国粹，与张之洞的思想不相违背。而 1912 年蔡元培任南京临时政府教育总长时主持制定的《中学令》则对"国文"提出新的解释："国文，要旨在通解普通语言文字，能自由发表思想，并使略解高深文字，涵养文学之兴趣，兼以启发智德。国文，首宜授以近世文，渐及于近古文，并文字源流、文法要略，及文学史之大概，使作实用简易之文，兼课习字。"② 其中"自由发表思想""启发智德""作实用简易之文"云云，挣脱了张之洞卫道宗经的思想藩篱，带有民国肇兴的新精神、新气象。可惜在袁世凯主政及其后一段时间尊孔复古的氛围里，"强国之本在于国文""振兴文学以保存国粹"等国粹主义论调，依然在文化界甚嚣尘上③，它阻碍了文学和文化的革新，成为五四新文化运动和文学革命急需廓清的思想迷雾。

经过胡适、陈独秀、钱玄同等人对以林纾为代表的旧势力的一番冲突后，1920 年北洋政府教育部颁布法令，凡国民学校的国文，到 1922 年止一律要改用国语，还拟定了小学、初中、高中的国语课程纲要。国文教育实现了一次革命性的飞跃。当时一些学校的"国文科"改为"国语科"，白话文、新文学占据相当的分量。如胡适制定《高级中学公共必修的国语课程纲要》，白话与文言兼顾，毕业最低限度的标准要求"能标点与唐宋八家古文程度相等的古书"，"能自由运用语体文体发表思想"④。这秉承了 1912 年蔡元培制定《中学

---

① 唐文治：《国文大义序》，王水照：《历代文话》，复旦大学出版社 2007 年版，第 8188 页。
②《中学校令施行规则》，《中华教育界》1913 年第 1 期。
③ 姚明珮：《论强国之本在国文》，《女报》1909 年第 1 卷第 2 期；蔡方忱：《振兴文学以保存国粹说》，《艺文杂志》1917 年第 1 期；史别抱：《学校宜注重国文说》，《大世界》1919 年 11 月 16 日。
④ 胡适：《高级中学公共必修的国语课程纲要》，《河南教育公报》1923 年第 2 卷第 15 期。

令》的"国文"思想而更突出语体的地位，毫无国粹和保守色彩。至1932年南京国民政府教育部组织编写的《高级中学国文课程标准》，依然是语体与文言兼顾，还进一步把"培养学生创造新语新文学之能力"[1]列为四大目标之一；而1940年重庆国民政府教育部颁布《修正高级中学国文课程标准》则将这一目标改为"陶冶学生文学上创作之能力"，并明确规定"选文精读，各学年均以文言文为主"，文言文的比重大大提升。[2]两份课程标准都强调"使学生能应用本国语言文字，深切了解固有的文化"，1932年版的表述是"以期达到民族振兴之目的"，1940年修正版表述为"并增强其民族意识"。

重庆国民政府的"国文"教育强调民族意识，更重视文言文，看似是国粹主义的翻版，实际上是民族主义的复活，这是有其现实背景的：一方面为了对抗当时的文艺大众化运动；另一方面，日本侵略东三省，觊觎华北，继而爆发全面抗战，日益严重的民族危机迫使当局提倡民族主义文化和民族精神。20世纪30年代中期的"复兴文言"和"中国本位文化论"就是这种思想态势的反映。民族主义的复活不仅表现在中学国文教学中，还直接影响到当时"大学国文"教材的编写。

北京大学、清华大学、燕京大学等诸多高校都为大一新生开设公共课"大学国文"，一般是各自为政，没有统一的大纲和教材。1938年西南联大在昆明成立后，由杨振声负责主编《西南联合大学国文选》，这是抗战时期影响最大的"大学国文"教材，成为一代人的记忆。在抗战背景下，该教材的选目格外突出传统文学中的爱国主义和抗争精神，如选了《左传·鞌之战》、《战国策·鲁仲连义不帝秦》、《汉书·李陵苏武传》、《通鉴·巨鹿之战》、王先谦《史可法传》、《诗·小雅·六月》、《楚辞·九歌·国殇》等；选杜甫诗十首，陆游诗八首，均是忧时悯乱、抒写爱国情怀的战争诗。杨振声1933年就曾著文反思中华民族文学传统中弥漫着"衰老的气息"，才子佳人观念使民

---

[1]《高级中学国文课程标准》，《安徽教育行政周刊》1932年第5卷第48期。

[2]《修正高级中学国文课程标准》，《中等教育季刊》1940年第1卷第1期。

族衰弱，须要斩除净尽。① 他的选文重在激昂宏壮之声，是情理之中的。《西南联合大学国文选》的另一个特征是重视新文学，全书分上、中、下三卷，上卷文言二十篇，下卷诗歌四十四首，中卷选胡适、鲁迅、周作人、徐志摩、郁达夫、谢冰心、茅盾、巴金、朱光潜、沈从文等现代文十六篇，这体现出作为新文学家的杨振声对语体文的重视，符合西南联大中文系的基本精神。

而重庆国民政府教育部高教司，于 1940 年秋指派西南联大的魏建功和朱自清、西北联大的黎锦熙、中央大学的伍叔傥和卢前、浙江大学的王焕镳六人负责重新编选《大学国文选》。这六人思想并不守旧，朱自清是新文学家，魏建功、黎锦熙是较早的国语推行者，但提出的"大一国文目录"五十目六十篇全是文言文，语体文一篇未选，选篇侧重于上古，经史子集色色俱备，经部达十篇之多，而唐宋以降只占四分之一，简直与晚清民初的国文选本相差无几。这实际上是当时的教育部长陈立夫推行"民族复兴运动"的意志在大学国文教材中的体现。陈立夫给该教材撰序就直接说："大学一年级之国文学程，为共同必修科目，所以养成学者理解载籍之能力，与运用文字之技术，以期渐进而阐扬固有之精粹者也。"②国文又重新与"国粹"联系起来，弥漫着宗经复古的气息。部编"大学国文"教材引起广泛的非议，尤其是朱光潜、罗常培等著文直揭要害。朱光潜批评该书缺乏语文训练③，罗常培则遗憾该书"把语体文删的连影儿都没有了"，认为这不是一件小事，"这正是新旧文学消长的枢机"。④杨振声对部编教材也很不满，指出："大一国文的目的，不应单是帮助学生读古书，更重要的是养成他们中每一个人都有善用文字的能力。……让我们继承古人的精神，不要抄袭古人的陈言；让我们放开眼光到世界文学的场面，以现代人的资格，用现代人的语言，写现代人的生

---

① 希声（杨振声）：《关于民族复兴的一个问题》，《独立评论》1933 年第 65 期。

② 陈立夫：《大学一年级国文选本序》，《大学国文选》，国立编译馆 1943 年版，第 1 页。

③ 朱光潜：《就部颁"大学国文选目"论大学国文教材》，《高等教育季刊》1942 年第 2 卷第 3 期。

④ 罗常培：《中国文学的新陈代谢》，《国文月刊》1943 年第 19 期。

活，在世界文学共同的立场上创造现代的文明。"①本此宗旨，他编选《西南联大语体文示范》（作家书屋 1944 年版），选了胡适、鲁迅、徐志摩、宗白华、朱光潜、梁宗岱、谢冰心、林徽因、丁西林等人的十三篇语体文，显然是旨在弥补部编《大学国文选》忽略语体文的缺陷。

　　通过以上梳理可以发现，在国文教学中存在着文化理念的胶葛，随着政治文化思潮的变化，对国文的思想定位和文化认知也做出相应的调整，是把国文当作宗经复古、保存国粹的手段，还是鼓励学生自由发表思想，涵养文学兴趣，启发智德？是固守传统，还是面向世界，创造现代？在不同的时代背景里，基于各自的政治和文化立场，不同的人会有不同的选择。好在博大精深、源远流长的国文传统会满足不同探索者的不同选择，不会让人空手而返。

第二节　美文与实用文

　　把审美与实用对立起来，是自康德以来的西方近代文艺思想观念，西方传统文论并未将二者相对峙。同样，在中国传统文论里，审美与实用也没有截然明晰的划分。刘勰《文心雕龙·情采》曰："圣人书辞，总称文章，非采而何！"辞采华美，富有表现力和感染力，是一切文章的基本要求。《文心雕龙》既论诗赋也广及三十余种实用文体，萧统《文选》除赋、诗、骚外也收入诏、册、令、表等大量的实用文章。隋唐以后的科举考试在经义与诗赋之间畸轻畸重，但这是选拔经生还是辞人的人才观问题，而不是审美与实用的问题。唐代的实用文体多为骈体，骈散之分也无关审美与实用之别。一直到清代的《古文辞类纂》《骈体文钞》等都没有做出审美与实用的划分。20 世纪初，王国维首先介绍康德、叔本华等的审美主义纯文学观念。严复翻译英国倭斯弗（W.Basil Worsfold）《文学评论实践》（*On the Exercise of Judgment in Literature*）有"美术所以娱心，而实艺所以适用"的论断，并明确地划分了

---

① 杨振声：《新文学在大学里》，《国文月刊》1944 年第 28—30 期合刊。

"创意之文"与"实录之文"，严复按语比之于中国传统的"文"与"学"之辨①。同时，受日本文学观影响的鲁迅在《摩罗诗力说》中阐发"纯文学"之"实利离尽，究理弗存"的审美超功利属性。20 世纪头十年，西方审美主义文学观和纯文学概念涌入中国，对中国传统文章观念产生较大的冲击。

纯文学观念的引入，促使论者对中国传统的"国文"做出新的划分。高凤谦首次明确地提出："文字有二，曰应用之文字，曰美术之文字。……欲文化之普及，必自分应用之文字与美术之文字始。"正式在应用文与美术文之间画出界限。当然，他认为应用文如衣食，不可或缺，应加强教育；美术文是专门学科，不必人人皆学。"文字偏于美术，其害甚大"②，与王国维、鲁迅等人之推崇"纯文学"迥异其趣。至五四新文化运动前后，美术文与实用文的二元切割，已经成为较普遍的共识。③但实际所指，又各有不同。谢无量把美文、实用文之辨转化为骈文、散文（古文）之别，说："窃谓吾国文学，当分别美文与实用文二种，各为门户，美文以六朝为中心，实用文以唐宋为中心。"④这种说法其实并不确切，六朝的骈文多为实用文，算不上美文。蔡元培1919 年论国文的趋势，把国文分为实用文与美术文，美术文又分为诗歌、小说、戏剧，实用文又分说明的、记载的两类。⑤也有学者试图确立更具有学理性的划分依据，如刘永济借鉴英国学者德·昆西的理论而提出"属于感化之文"与"属于学识之文"两大类。⑥实际上也就是当时所谓纯文学与杂文学的分别。既然中国传统文章学并没有明确的审美、实用之别，那么现代学者将

---

① 〔英〕倭斯弗著，严复译：《美术通诠》，《寰球中国学生报》1906 年第 1 卷第 3 期、1907 年第 1 卷第 5—6 期。相关研究参见狄霞晨、朱恬骅：《严复与中国文学观念的现代转型——以新见〈美术通诠〉底本为中心》，《复旦学报（社会科学版）》2021 年第 1 期。

② 高凤谦：《论偏重文字之害》，《东方杂志》1908 年第 5 卷第 7 期。

③ 如张学古《美术文与应用文之根本谈》（《南开思潮》1918 年第 2 期）、王世瑛《文学与应用之区别》（《北京女子高等师范文艺会刊》1919 年第 1 期），一般学生都接受了这较为通行的解释。

④ 谢无量：《实用文章义法·绪言》，中华书局 1917 年版，第 4 页。

⑤ 蔡元培：《国文之将来》，《教育丛刊》1919 年第 1 期。

⑥ 刘永济：《文学论》，湘鄂印刷公司 1922 年版，第 7 页。

国文划分为美文与实用文，就会涉及几个绕不开的话题。

　　首先，文章是否可以泾渭分明地划分为美术文与实用文？有不少学者就对此提出过质疑。施畸说：

　　　　文章断无应用、美术之分。功用犹之乎目的，美术犹之乎手段。无美的手段，则绝不能达其功用。若是有美的价格，必然俱达功用底能力。要知道就文章形式上观察，只是件美术品，与雕刻、绘画是一样的。若由其内容上观察，那就所谓"思想之花"了。所以我常说，有好思想没好艺术，或有好艺术没好思想，全不能谓之好文章。由此推论去，这文章分应用与美术，从何处定标准呢？①

施畸认为应用与美术是目的与手段的关系，就文章来说，是思想与艺术的关系，二者不可分开。叶圣陶也说："普通文与文学，骤然看来似乎是两件东西，而究实细按，则觉它们的界限很不清楚，不易判然划分。"因为它们都是把思想情感表达出来。针对有人以为普通文指实用而言，叶圣陶说，文学发抒情绪，描绘景物，"在作者可以留迹象，取快慰；在读者可以兴观感，供参考，何尝不是实用？至于议论事情、发表意见的文字，往往被认为应付实际的需用的。然而自古迄今，已有不少这类的文字被认为文学了。'实用'这个词又怎能做划分的标准呢？既然普通文与文学的界限不易划分，从作者方面想，更没有划分的必要"②。显然，施畸和叶圣陶都承续了中国自身的文章学传统，而对实用、美术二分法提出非难。中国的文章学传统从来没有做出实用与美术的切割。这种划分只是西方近代纯文学观念引入后对中国传统文章的强力肢解。

　　其次，对"美文"意思的理解发生了转变。中国传统里没有"美文"的

---

① 施畸：《我的白话文章观》，《南风》1920 年第 1 卷第 1 期。
② 叶圣陶：《作文论》，商务印书馆 1924 年版，第 6—7 页。

概念，美文、美术、美术文，是王国维、严复、鲁迅等译介自西方的纯文学观念，指文学的审美超功利的属性，如王国维《人间嗜好之研究》引述席勒所谓"文学美术亦不过成人之精神的游戏"①，就是强调美术使人"易忘物我之关系"的审美超功利性。这是对中国文论传统的重要改造和提升。但是事实上，现代文论史上很少有人从这个层面上认识美文，更多人认为美文不过是指美好的文字。谢无量《实用美文指南》说："散文主实用，骈文主美。……吾国所谓'美文'有二定义：一在比对，一在用韵。"②他对美文概念的理解就前后不相一致：比对和用韵，是美文的语言形式特征，而前面与"实用"相对的"主美"是指美文的超实用性，两者不是一回事。正是这种理解的偏差，导致谢无量、刘师培等把自西方而来的美文概念与中国传统的骈文相对接，认为骈文就是美文。陈独秀意识到了学界的这种误读，说："鄙意固不承认文以载道之说，而以为文学美文之为美，却不在骈体与用典。"但接着又说："结构之佳，择词之丽（即俗语亦丽，非必骈与典也），文气之清新，表情之真切而动人，此四者其为文章美文之要素乎？"③他认为"文学的饰美"表现在结构巧妙、意思充足明了、声韵调协、趣味动人四个方面。④刘半农说："应用文与文学文，性质全然不同。"⑤应用文侧重于字义、文法、论理学（逻辑性），文学文注重修辞学，讲究文采和老练。陈独秀、刘半农都是从文学形式角度解释美文，美文只是"文学的饰美"，显然不合美文的原义，违背了王国维、严复、鲁迅等人译介美文概念的初衷。傅屯艮虽然认识到"文美的用处有二种：一感乐，二慰苦"，但也把美文解释为"文美"，说："大抵美文之构造，固不外韵语与俪词二种。"⑥

之所以出现对美文内涵理解的偏差，一方面因为中国没有较明晰的审美

① 王国维：《人间嗜好之研究》，《教育世界》1907 年第 146 期。
② 谢无量：《实用美文指南·绪言》，中华书局 1917 年版，第 5 页。
③ 陈独秀：《答常乃德》，《新青年》1916 年第 2 卷第 4 期。
④ 陈独秀：《我们为甚么要做白话文》，《晨报》1920 年 2 月 12 日。
⑤ 刘半农：《应用文之教授》，《新青年》1918 年第 4 卷第 1 期。
⑥ 傅屯艮：《美文之研究》，《国学周刊》1923 年第 17 期。

超功利的文学传统，另一方面，中国传统文论强调"言之无文，行之不远"，不论骈散文都重视形式与文采，重视文字的表现力、感染力。再者，战乱频仍的现代中国没有为审美超功利文艺思想的成长提供安定的社会环境。除了朱光潜、梁宗岱等少数学者主张美文、纯文学的审美超功利属性，为社会现实服务的革命文学占据主流。像章梅魂所谓"美术之文，人读之，感慨系之，歌泣随之，不惟求文字之雅驯，句读之美妙已也，务必使人读后，能授以高超之思想，优美之情感，启发人之性灵，陶养人之德性"①，在现代文学史上只是难以奢求的理想。更常见的情况是让已被纳入"纯文学"范围的诗歌、小说、戏曲去实现传统的文章所担负的"文以载道"功能。

　　再次，美文、实用文的语体问题。与美文、实用文二元切割几乎同时，白话与文言之间发生激烈的斗争，于是，语体之争自然就关系到文类之辨。在上引《国文之将来》中，蔡元培说："照我的观察，将来应用文，一定全用白话。但美术文，或者有一部分仍用文言。"意思是，应用文广泛地运用于普通社会生活，适应不同阶层的需要，因此一定要全用白话；而旧式的五七言律诗与骈文，音调铿锵，对仗工整，作为美术文还有继续存在的意义。而陈独秀《我们为甚么要做白话文》论"文学的饰美"则肯定"白话胜过文言"，美文、纯文学更应该运用白话。蔡元培和陈独秀同样是新文学的大力提倡者，蔡元培在美文中为文言划了一块自留地，陈独秀的白话文学主张则更加彻底。在新文学家中，陈独秀的观点获得更多的拥护者。孙俍工说："国语文也是一种适合于美的表现的纯文艺。……古文在现代是没有价值的无用的废物了，国语在今日实在是我们创作文艺，发表思想的最好的工具。"②这种观点在五四新文化运动后有相当的代表性。蔡元培的话，只能算对了一半。民国时期旧体诗文依然存在，并没有完全消失，印证了他所谓"美术文或者有一部分仍用文言"的说法；但是应用文，从政府公文到一般人的书信、电报，都

---

① 章梅魂：《实用文与美术文》，《新新日报》1926年3月4日。
② 孙俍工：《从文艺的特质上解释国语文的价值》，《学生杂志》1924年第11卷第7期。

还是古色古香的文言文，这恐怕是蔡元培始料未及的。正如郭绍虞所说，"由文艺言之，白话文自占优势；由应用言之，文言文犹有其需要"①。朱自清也感慨："白话已经占领了文学，也快占领论学论政的文字；但非等到它占领了应用文，它的任务不算完成。"②胡适、黎锦熙等极力推行公文的白话化，但收效甚微，1948年纪念"五四"，胡适感慨说："到今天，革命的政府所用的公文尚不能改为白话，甚且比古文更古，亦可见新文化未能达到目的。我们纪念五四，应继续努力，在政治空气浓厚的时候，仍应打开文化运动的路线。"③公文的白话化，直到中华人民共和国成立后继承延安的文艺大众化成果，才成为现实。

第三节　文体系统的探索与应用文的弱化

礼以立体，以礼为核心的中华礼乐文明非常重视文章的体制规范。体以尊礼，文章立本有体是对礼法制度的尊重。文体论是中国传统文章学的重要内容，自刘勰《文心雕龙》、萧统《文选》至姚鼐《古文辞类纂》和曾国藩《经史百家杂钞》，文体论有一条明晰的统绪。但是到了现代，接受西方"纯文学"观念的一些论者只承认诗歌、小说、戏曲是"纯文学"；在新文学家眼里，"桐城谬种""选学妖孽"，都是没有价值的无用的东西，在打倒之列。本为中国文章之正宗的散文，在现代"纯文学"标准的衡量下，地位一落千丈。就连现代散文大家朱自清也曾在《〈背影〉序》中承认，散文"不能算作纯艺术品，与诗、小说、戏剧，有高下之别。……我以为真正的文学发展，还当从纯文学下手，单有散文学是不够的"。这就暴露出"纯文学"观念的褊狭。

中国文学传统的继承和发展，需要摆脱这种褊狭，而从"国文"的视角看待文体的分类和演变。正如高步瀛所说："近来有人主张按西洋的分法，以

---

① 郭绍虞：《近代文编·编例》，燕京大学1939年版，第1页。
② 朱自清：《中学生的国文程度》，《国文月刊》1940年第1卷第1期。
③《胡适论怎样纪念五四，应继续为白话而努力》，《和平日报》1948年5月5日。

属于情感的才算作文学，如诗歌、小说、戏剧为纯文学，史传、论文为杂文学。这却和我国旧有的文学观念不合。我以为各国有各国的国情，不必强同。所以今天所说的，并用不着这种的分清。"①近现代文论史上，有不少论者从"国文"视角研究文体论，既赓续传统，也吸收外来滋养，弥补和纠正了"纯文学"三分法的不足。可惜，这些探索很少得到今人的注意，需要我们暂时撇开"纯文学"的褊狭去做一些钩沉。

刘勰和萧统的文体分类，名目繁多。至姚鼐和曾国藩，以简驭繁，得到世人的称赞，如陈遵统的《国文学》（福建协和大学出版科 1937 年版）就完全遵循曾氏的分类。但姚、曾二氏均不收诗歌、小说、戏曲，恰恰没有包罗现代意义上的文学体裁，因此难以适应现代国文的需要。1905 年科举废除，国文成为学堂最重要的科目之一，除了延续姚、曾的国文分类法，国人还及时引入了日本学者的文体分类法。日本人池田芦洲《文法独案内》本于真德秀《文章正宗》的辞命、议论、叙事、诗赋四分法，1905 年被龙伯纯《文字发凡·修辞学》引入国内。日本人武岛又次郎《修辞学》的记事文、叙事文、解释文、议论文四分法，同时被汤振常《修词学教科书》引入国内。二者大体相同，略有区别，为现代的国文分类确立了基础。几乎同时，章太炎基于"凡著于竹帛者皆谓之文"的观点，把文分为"无句读文""有句读文"，"有句读文"再分为有韵文和无韵文：凡十六科。②章氏把"无句读文"皆列为文章，庞杂无垠，除谢无量《中国大文学史》、郭象升《文学研究法》有所引述外，并不为世人所接受。但他首次把小说、戏曲与传统的文章纳入一个分类系统里，为后来者标识了新的方向。如国民政府教育部颁行初级高级中学国文课程标准，分为记叙文（包括描写文）、说明文、抒情文（包括韵文）、议论文四种体裁，虽然简略，但"纯文学""杂文学"都包罗在里面。高步瀛认为文章类别不出说理、叙事、言情三大端，他斟酌姚、曾两家而定国文为

---

① 高步瀛：《国文研究法》，《女师学院期刊》1936 年第 4 卷第 1—2 期。
② 章绛：《文学论略》，《国粹学报》1906 年第 2 卷第 5 期。

三门十六类①。黎锦熙肯定高氏的分类法可适用，又补充了纯文学之诗歌、辞赋、乐府、词、戏曲、小说，杂文学之散文、骈文，名为"文艺八体"，并把"文艺八体"与高步瀛的三门十六类贯通起来：诗歌、乐府、词曲，即辞章门之"诗词"类；辞赋即"辞赋"等类；小说、戏曲亦即记载门之"传状""叙记"等类；散文、骈文则包括论议、记载两门诸类之全体。②施畸借鉴国外心理学，先把文章分为"理智文"与"情念文"两组；理智文又分为"论理文"与"记事文"两门，情念文则列"抒情文"一门；三门之下又各分若干种类。

　　在中国古代，从来没有人把各种文体与小说、戏曲纳入一个系统里，这是 20 世纪现代学术提出的新任务。古文家之排斥小说、戏曲和有些新文学家之漠视古文，都不是应有的科学态度。黎锦熙和施畸都把纯文学和杂文学的各种文体统摄起来加以分类，尝试建立包罗新旧和文白的中国"国文"文体系统。这种探索是值得肯定的，它是现代中国文论的重大创造。列表如下：

章太炎	无句读文				有句读文											
					有韵文						无韵文					
	图画、表谱簿录、算章				赋颂	哀诔	箴铭	占繇	古今体诗	词曲	学说	历史	公牍	典章	杂文	小说
高步瀛	论议门							辞章门					记载门			
	论辩	传注	序跋	赠序	诏令	奏议	书说	辞赋	箴铭	颂赞	哀祭	诗词	传状	叙记	碑志	典志
黎锦熙	散文、骈文							辞赋	散文、骈文			诗歌、乐府、词曲	小说戏曲		散文骈文	

① 高步瀛：《文章源流》，余祖坤：《历代文话续编》，凤凰出版社 2013 年版，第 1360 页。
② 黎锦熙：《大学国文之统筹与救济》，《高等教育季刊》1942 年第 2 卷第 3 期。

续　表

施畸	表现理智者					表现情念者			
	论理文			记事文		抒情文			
	论评	疏证	告语	史乘	小说	舞歌	徒歌	咏歌	诵歌

当然，这只是在学理上把古今文体纳入一个系统中。事实上，中国古代以实用文体为中心的"大文学"传统到了现代，被脱离具体实用的"纯文学"取代了，现代的"纯文学"是不包括实用文体的。且随着时移世易，诏令、奏议、赠序、颂赞、哀祭、碑志等传统应用文，已被排斥在现代应用文之外。现代应用文不属于文学，在学校"国文"课里成了可有可无的零碎搭配。如澄衷中学校长曹慕管虽然承认姚鼐划分的十三类文体是广义的应用文，但他强调的是，"信札、电报、广告、契约等，在我所谓应用文的范围内，尤其要占很重要的位置"①。陕西榆林中学教师王森然编的《中学国文教学概要》（商务印书馆 1929 年版）"应用文"仅讲授书信、公文程式、普通文柬三种。这是现代应用文教学较为普遍的情况，真可谓"文体解散"！"文体解散"背后更深层次的原因是对中华礼乐文明的放弃，这是值得忧思的。

在中国古代，学文是以训练写作为重心，以提高文章写作能力为目标；而到了现代，中学和大学中文系不培养作家，学习文学以文艺欣赏和掌握文学史知识为重心，应用文写作则被狭隘化为书牍和公文程式，难怪有许多教师感慨学生国文程度之低落、写作能力之欠缺。朱自清《中学生的国文程度》一文就曾指出中学生文言写作能力差，是因为学生没有背诵古文做底子，教师"只知讲解，不重训练"，"现在的学生只知注重创作，将创作当作白话文唯一的正当的出路；就是一般写作的人，也很少着眼在白话应用文的发展上。这是错的"。

应用文受到"纯文学"的排斥和挤压，对学生文字表达能力的培养与训练严重不足，是现代人文教育的一个问题，民国时期就已经引起有识之士的

---

① 曹慕管：《应用文作法之原则》，《澄衷》1923 年第 4 期。

关注。开明书店编辑丁晓先说："应用文实在是人人必需、人人应有的常用工具。说句小题大做的话，实在与立身处世、国计民生不无相当的关系。"他建议"把应用文列为国文课程的主体"。[①]当时学校讲授应用文一般仅仅讲解公文程式，"所重独在格律之末。于从政之本，经国利民之旨，皆不之及"[②]。学习者不明治体，不通政术，苏渊雷鉴于此而编了一部《经世文综》，弥补学生实际治才之不足。黄早阳等"鉴于注重应用文这实用学问的人不够普遍，同时感到具有应用文技能的人，又仍多相沿旧习，徒学敷衍，不务实际的现象"[③]，而创立"中国应用文进修社"。石苇编《现代应用文》、戴龙孙编《应用文概要》，都主张文学文和应用文不但不能划分，而且不必划分，提出消除文学文与应用文的划分，旨在接续中国"大文学"的传统，提升学文者应对实际事务的能力。在回顾现代学术史时，这些学者的努力是不容忽视的，其中还有着值得今人借鉴的思想文化资源。

第四节 几点思考

国文教育，是全民人文教育的重要内容，在现代开放的国际文化环境中，它关系着传统文化的延续和发展，对于培植现代精神的民族文化根基，筑牢中华精神文化共同体，具有重要的意义。当前我国重视传统文化，国文教育在培育中华民族共同体意识上，发挥着无可替代的作用，但是对国文不能抱着国粹主义态度，国文的内容精神需要站在新的时代高度予以鉴别，去粗存精，做出创造性转换和创新性发展。国文教育的意义不在于"存国粹"，而在于培养源于中华文化母体的思想共识、审美共情、心灵共振。启发智德，涵养文学兴趣，鼓励学生自由地发表思想，依然是国文教育的重要目标。

中国当代的文学观念，既不是传统的自然延伸，也不能是西方文学观念

---

① 丁晓先：《认清应用文的本来面目》，《国文杂志》1942年第1期。
② 苏渊雷：《经世文综·前言》，黄中出版社1943年版，第2页。
③ 黄早阳：《我们的希望》，《应用文学》1945年第1期。

的生搬硬套。当前的文学研究，既需要接受 20 世纪"纯文学"观念的合理内核，借以激活传统里较为微弱的审美超越论和"无用之用"论，让文学在纷繁的现实之外营造调谐心灵、安顿灵魂的审美之境，更需要借鉴中国古代"凡著于竹帛者皆谓之文"的"大文学"传统，突破过去狭隘文学观的限制，建构以审美超功利的纯文学为核心、以重视表现力和感染力的实用文章为基础的多层级文学系统。特别是在当前互联网信息时代，人人可以发言，个个都是"写手"，也可以说人人都有可能是文学家，如何像古人敬惜字纸一样地谨慎立言，做到情信而辞巧、义正而事核，这是每一位提笔为文者和网文写手都应思考的问题，也是国文教育者应有的关切。

传统的文学理论重视实际写作能力的培养，如刘勰《文心雕龙》就是一部指导文章写作的著作，由"知"而"能"是文学教育的目的。现代大学里，文学教育专门化、专业化，只重对文学知识的系统掌握，而忽略对文章写作能力的培养。即使谈写作，也多是诗歌、小说、影视戏曲的写作，而如衣食一样不可或缺的应用文、实用文字能力却被忽略了。朱自清当年指摘教师只知讲解，不重训练，一般写作的人也很少着眼在白话应用文的发展上。这种错误，在今天依然有增无减。其实，虽然中文系不以培养作家为目标，但中文系出来的或者接受中文教育的，应该人人都是精良的写手，凡是经过中文系训练的，都应该掌握汉语书面表达规范，精湛于文字技法。"文学"和"国文"教育的重心应该从"知"转向"能"，知、能并重，借鉴和发扬中国古代重视培养学子实用文章写作才能的教育传统，把实用文章纳入文学教育范围，提高学生的文体规范意识和文章写作能力。

（原载《文学评论》2022 年第 1 期）

| 第十七章 |

易君左"新民族诗"的实践与理论

第一节 名父之子

易君左（1898 — 1972），湖南省汉寿县人，出身文学世家，为名门之后。祖父易佩绅历任贵州按察使、山西布政使，后移四川，官至四川藩司，有《函楼诗钞》《函楼文钞》等传世。父亲易顺鼎，是清末官员，入民国后为逊清遗老，是近代著名诗人，有《琴志楼编年诗集》传于世。易君左自幼就显露出卓异的文学天赋，文思迅捷，笔墨畅达，在寒山诗社打诗钟，曾取状元。但是，他的父亲易顺鼎在清帝逊位后，以遗老自居，一蹶不振，纵情于歌楼妓馆，易君左少年时受到"以娱余年"的父亲的影响，成天泡在戏园里，荒嬉无度，作了不少吟咏名伶的诗，崇拜、模仿父亲的诗歌，费心于用典，追求文字奇巧，内容平庸，格调不高。1915 年夏天，当时文坛诸豪借京师法源寺开丁香会，在北京四中读书的易君左作了一首七言歌行《法源寺丁香会》，发表于《学生》1916 年第 3 卷第 4 期，虽不脱旧套，但诗末抒发"花香不过一时耳，人须千古留芬芳"的抱负，表现出不俗的心胸。在四中四年级时，他作了一篇《游颐和园记》，其中议论说："唯能与民同乐，故民乐之，且当民物丰阜之时，藉以宵旰息劳可也。"文末他幸运地慨叹说："清社既屋，五族共和，蒸蒸元元，方得一游福地，吾人适丁斯时，可云幸矣！"显然，年轻的易君左已经沐浴了民国的新风，身上显露的朝气，是以遗老自居、恹恹无生气的易顺鼎所不具备的。当时国家遭遇列强的侵略，还处于瓜分豆剖状态，易君左七律《有感》曰："知兵安得如孙武，纾难谁能学子文？……班生投笔封侯日，好帅貔貅十万军。"①希望自己像孙武、班超和春秋时楚国令尹子文那样，投笔从戎，纾解国家之难，彰显了年轻人的宏大抱负。

真正使他摆脱父辈的束缚，成为民国的新人，是 1916 年他赴日本留学的经历和随后的五四新文化运动。在《难道这也应该学父亲吗？》一文里，他说父亲诗歌的影响直到 1919 年才"一扫而尽"；在日本早稻田大学接受新思潮的洗礼，一变从前的人生观，怀疑包括他父亲"名著大作"在内的中国旧诗，觉得毫无趣味。这类的诗，直可谓"典故的结晶体"，哪里够得上"有生命的文学"？他反思过去十年受了旧体诗的"梅毒"，乃至堕落，现在决计不作旧体诗：（1）因为旧诗是"死文学"，（2）作旧诗带有奴隶性质，（3）越作得好，人家看了越不懂。②该文的题目《难道这也应该学父亲吗？》就鲜明地表达了五四时代的青年人走出父辈的牢笼③，与旧时代划清界限的勇气。

易君左在日本留学时，正是国内胡适、陈独秀等人提倡"文学革命"之时，为了响应新兴的白话文学运动，他摆脱了父辈的旧诗的束缚，转而创作白话诗。如 1919 年，在《少年中国》第 1 卷第 2 期发表白话诗《园中看花》：

> 鲜红的花，低著头儿羞见我。
>
> 我与你有爱情，你为什么羞见我？
>
> 你若是羞见我，你为甚么不躲我？
>
> 你既是不躲我，又为甚么羞见我？

---

① 易君左（易家钺）：《有感》，《学生》1916 年第 3 卷第 5 期。

② 易君左：《难道这也应该学父亲吗？》，《少年中国》1920 年第 1 卷第 8 期。

③ 大刀王五说："文人实行打倒父亲者，自易家钺始，易君亦人杰也哉！"见王五：《缠夹斋谈荟》，《社会新闻》1934 年第 9 卷第 3 期。

后来在 1925 年，他还作了新体诗《玉箫明月》，长达六百多行，算是当时最长的新诗，发表于《小说月报》1926 年第 17 卷第 4 期。

易君左在日本期间，对于日本军阀觊觎中国领土的野心多有警惕，频频集会游行，发表讲演，抗议段祺瑞政府的卖国行径，遭到日本警察的逮捕，1918 年被驱逐回国。这种反对日本军阀的情绪，一直埋藏在心底。到了 20 世纪 30 年代，在日本帝国主义入侵东北，进而发动全面侵略中国的战争时，易君左心中的这种反日情绪被进一步激发为英勇坚强的抗战精神。1938 年发表长诗《寄曾琦》，末二句曰："重申二十年前志：不灭倭奴不再逢！"[1] 当然，这不是简单的复仇，而是旧仇新恨的交织。

易君左在日本早稻田大学学习的是政治学，这一段时间他特别关注家庭与社会问题，回国后在北京大学出版了《奋斗旬刊》和《家庭月刊》，前者是五四时期北大法学院第一个革命性刊物，后者宣传反抗大家庭制的革命思想。易君左还是北大"社会主义研究会"发起人之一、"少年中国学会"的骨干成员，撰著了《中国家庭问题》（与罗敦伟合著）、《西洋氏族制度研究》、《社会学史要》、《西洋家族制度研究》等专著，发表过大量研究家庭和社会问题的论文，还发表过家庭小说《命运》等。

易君左回国后在文坛上曾闹出两起笔墨官司。一是"《呜呼苏梅》事件"。1921 年 4 月，北京大学出版部新知书社印行了湖南老名士谢楚桢的《白话诗研究集》，新知书社总编辑易君左、副总编辑罗敦伟出于同乡之谊，题词推介。北师大学生苏梅（后改名苏雪林）购得此书，读后非常失望，在《益世报》发文《对于谢君楚桢〈白话诗研究集〉的批评》，并连带批评了推介人易君左等，双方展开了论战。特别是易君左署名为"右"在 1921 年 5 月 13 日《京报》上发表了《呜呼苏梅》一文，以谩骂的态度和下流的语词进行人身攻击，产生极坏的影响。新知书社董事长兼总经理成舍我，一怒之下将易、罗二人免职，易君左进而被"少年中国学会"除名，仓皇南下。另一件是易

[1] 易君左：《寄曾琦》，《国防线》1938 年第 5 期、《国光》1938 年第 7 期、《国论》1938 年第 17 期。

君左在江苏省教育厅任编审科主任、教育厅秘书时，撰著一本《闲话扬州》，由中华书局 1934 年出版，对扬州的风俗文化有一些贬抑性的描写，招致扬州旅沪同乡会的严重抗议，致电蒋介石要彻究易君左，甚至要对簿公堂，后来是江苏省教育厅厅长周佛海出面调停，才算了事。从这两件事可以看出，易君左还没有摆脱名门贵公子的轻狂浮薄性儿。

第二节　抗战时期的"新民族诗"

真正使易君左脱胎换骨的，是抗日战争的洗礼。易君左以民族主义为核心的诗歌创作和诗学理论是在现代民族解放战争中确立起来的。

早在 1925 年五卅惨案爆发半年多后，易君左在好友曾琦创办的进步杂志《醒狮》上发表《全民救国》的论说，文中呼吁：

> 中国者，全中国人民之中国；全中国人民应爱之，护之，救之。一如爱其身，护其家，救其邻里。——凡我中国人民，当牺牲一切而爱中国，护中国，救中国，当切切实实，从实际上，爱中国，护中国，救中国。[①]

当然，易君左对马克思主义和中国共产党还缺少正确的认知。他与郁达夫、田汉、郭沫若等交往密切，但是与郭沫若、田汉等左翼文人的政治立场不同，易君左一生忠诚于中国国民党。不过，他也不同于南京政府里的一班"御用"文人，在日记中曾发感慨："（南京）文人笔墨贱如狗屎！非自立一局，无由替天下笔杆子出一口气！"[②]所谓"自立一局""替天下笔杆子出一口气"，在当时就是以笔墨文字服务于抗战救国的时代主题。

---

① 易君左：《全民救国》，《醒狮》1925 年第 55 期。
② 易君左：《竹头木屑》，1936 年 1 月 9 日日记，《青年界》1937 年第 12 卷第 1 期。

1932 年初，在"九一八"事变三个多月后，在国难声中，《精武画报》复刊，"要以警惕的文字，唤起被压迫的弱大民族（非弱小民族），共同奋斗"①。第 1 页刊载了易君左的《铁血歌》并配上简谱。歌词曰：

> 只有铁，只有血，只有铁血可救中国！还我河山誓把倭奴灭！
> 醒我国魂誓把奇耻雪！风凄凄，雨切切，洪水祸西南，猛兽噬东北。
> 忍不住心头痛，抵不住心头热。起今起今大家团结！大家团结！努
> 力杀贼！！②

这是"九一八"事变后，易君左作的第一首抗战诗歌，在当时产生较大的影响，国民党陆军第十四师党部于 1933 年底发行《铁血》月刊，在第二年 2、3 合期上，刊载了易君左的《铁血歌》，改题为《抗日铁血歌》。

易君左当时任职于江苏教育厅，应教育部主管部门的要求，创作了一些庄严神圣的抵抗侵略、鼓舞斗志的爱国诗歌，并与音乐家合作，谱曲可歌，如易君左作词、阮叔平作曲的《救国歌》③，易君左作词、郑隐飞作曲的《巍巍乎，我中华！》④，被当作学生教材，远近传唱。一直到"卢沟桥事变"之前，易君左的生活还是比较安定的。这个时候，民族危机日益深重，作为一位教育工作者，易君左有意识地创作一些具有强烈民族意识的诗篇，以唤醒民族的魂灵，如《岳王歌》以三十余个"我愿化为岳王"的排比句构成排山倒海的气势，最后感叹曰："呜呼千古忠贞卫国第一此完人，而今空见有胡尘！"⑤从讴歌历史上的爱国将领转向对当前民族危机的忧虑。1936 年 5 月以后，日本增兵华北，不断制造事端，占领了北京丰台。北平的朋友归来谈及近事，

---

① 《发刊词》，《精武画报》1932 年第 1 卷第 1 期。
② 易君左：《铁血歌》，《精武画报》1932 年第 1 卷第 1 期。按，此诗最早发表于《奋斗》1931 年第 18 期。
③ 易君左：《救国歌》，《江苏教育》1934 年第 3 卷 第 1、2 期，《教与学》1936 年第 2 卷第 2 期。
④ 易君左：《巍巍乎，我中华！》，《天风》1937 年第 1 期。
⑤ 易君左：《岳王歌》，《江苏学生》1936 年第 7 卷第 3 期。

易君左义愤填膺，创作了长篇歌行《北平归客谈》，前段记述日本军阀在北平横行霸道的罪恶：

> 北平归客谈近事，令我闻之悲愤集。壮士无剑空扼腕，美人有帐私垂涕。丰台高飘红心旗，连营百里战马嘶。赤帽敌兵似狼虎，黔首众庶类犬鸡。济南以北通车上，遇倭必将座位让。浪人怒目正狰狞，路警卑颜翻痴望。客谓北平不可居，我为俎肉任人屠。伤心秦桧怀奸计，满眼张松献地图。酣歌恒舞不知耻，求荣胯下反为美。三种交叉异国旗，几人痛哭发朝垒。宁为一犬死太平，不愿生作乱离民。宁为一鸡脱毛斗，不愿众雀争迎春。长吁短叹客言毕，长吁短叹嗟何益。呜呼客尚有心人，流水无情花有意。

易君左在北平生活过十五年，很早就认识到日本侵略中国的危机，听了朋友的叙述后，他悲愤交加，恨不得像当年在博浪沙椎击嬴政的张良一样，在战场上抵抗侵略。《北平归客谈》后段曰：

> 我居北平十五年，其时已觉危机煎。少年奋笔呼号地，悲鼓哀茄落日悬。中年更具少年愿，跃马冰天当再现。洗尽西山万斛愁，消来北海千秋怨。我今密问客心肠，曾闻兴汉有张良。白登退敌美女计，黄石纳履老人方。博浪一椎天下震，退而辟谷亦能忍。报韩兴汉此其时，客若有心应速醒。时危我惯作高歌，不作高歌可奈何。蝉但有声鸣到死，烛原无泪滴偏多。[1]

易君左虽只是一介书生，但是面临严峻的民族危机时，他毅然地将十四岁的儿子易鹗（字云翔）送入福建海军学校学习，并撰《送儿行》以壮行，这首

---

[1] 易君左：《北平归客谈》，《诗林双月刊》1936年第1卷第3期。

诗被称为"在中国父母文献中，当然是不朽之作"①。他"八方风雨我高歌"，用诗歌的声浪，唤起民族意识的觉醒。1936 年 6 月，他说：

> 这半年来我发愤做了一些诗歌。自去年起，除开偶然写点抒情的小诗词及歌颂我国雄壮的山川外，重要的诗歌都是关于激发民族精神的古风。我感觉当前的时代已不能让我们无病呻吟，我们更不忍心幽默玩世，我们应该吐出自己满腔的热血真情，歌颂民族的伟大创造，激励群众的爱国情感，以共同冲破当前的国难！②

易君左后来的"新民族诗"理论，在《八方风雨我高歌》一文里已初见端倪，他认为诗歌应该关切当前的国难，激发民族精神，为民族战争服务，形式上多采用古风，"诗一定要能歌"，配合着音乐，激昂慷慨的乐歌更具有激励心志的效果。1936 年底，傅作义将军在绥远抗日时，易君左作《血战歌》，勖勉傅将军和绥远抗战诸将士，"傅将军尝交前敌士卒全体学唱，今绥军官兵，均能熟读此悲壮之歌，每逢行军操演时，齐声高唱，士气为之一振"③。

1937 年 7 月 7 日，日本帝国主义悍然制造"卢沟桥事变"，发动全面侵华战争。抗战期间，易君左平静的生活被彻底打破了，1938 年回到湖南长沙，任湖南《国民日报》总编辑，后任重庆国民政府宣传部专员，在成都办过《国民日报》。抗战结束后，1946 年在镇江担任江苏文协主席，编辑《和平日报》上海版副刊《海天》。1949 年冬，南奔香港。

抗战使每一个人都被裹挟其中，而非置身事外。易君左更是以如椽的健笔，及时地记录这场伟大的民族战争，记载民族危机、民众苦难，更高歌坚强不屈的民族精神，激励同胞团结御辱，一致抗日。卢沟桥事变爆发后，国民革命军第二十九军奋力抵抗，易君左在 7 月 11 日即战争爆发的第四天，挥

---

① 陈征帆：《父母教育随笔》，《现代父母》1937 年第 5 卷第 2 期。
② 易君左：《八方风雨我高歌》，《江苏教育》1936 年第 5 卷 第 5—6 期。
③ 朝人：《易君左制〈芦沟桥血战歌〉》，《星华》1937 年第 11 期。

汗创作了长诗《卢沟桥血战歌勖二十九军将士》：

> 赤日炎炎正当空，卢沟桥头血飞红。拼将鲜血抗暴日，血光誓将日光熔。我祖轩辕驱獯鬻，大败蚩尤于涿鹿。无牛不是周室放，有马未许胡儿牧。国防前线卢沟桥，府军抗战英名高。桑干河泪未枯竭，化作奔腾万里涛。愤兹驴虏赫然怒，慷慨悲歌临古渡。纵死不愿将兵撤，卢沟桥即我坟墓！我撤兵兮敌驻军，丰台第二宁无闻？一手扼断平汉路，华北全局成秋坟。假名演习已堪骇，捏造失踪愈费解。青史重张倭寇狂，黄金再把汉奸置。国于天地寡廉耻，信义束之长矛尖。得陇望蜀从未已，无熊与鱼皆欲兼。此世界有此一国，山河草木无颜色；此人类有此一格，虫鱼鸟兽亦凄恻。徐福当日悔求仙，童女童男恨未旋。遗来逆种如枭獍，坐使王庭染腥膻。关河萧瑟久沦落，故都似燕巢危幕。商女犹闻唱后庭，将军曷起图高阁？二十九军有宝刀，二十九军有血袍，二十九军将士人人心中皆战壕，二十九军将士人人血向云端溅、向敌前抛！生即为复兴华夏之荣光，死亦为洗荡三岛之怒潮！胜固为保疆保土卫国兼卫民，败亦为再接再厉不屈与不挠！君不见，三十六人壮志豪，深入虎穴汉班超；又不见，千秋伟迹姓名彪，马踏匈奴霍骠姚。为存为亡兴或灭？视此一战卢沟桥！①

诗中强调卢沟桥对于华北全局形势之重要，揭穿日本"假名演习""捏造失踪"，找借口侵略中国的险恶用心，斥责日本帝国主义"逆种如枭獍，坐使王庭染腥膻"，最后热情赞颂二十九军将士不屈不挠、浴血战斗、保家卫国的伟大民族精神。

---

① 易君左：《卢沟桥血战歌勖二十九军将士》，《政训半月刊》1937年第14期、《创导》1937年第2卷第1期、《江苏广播周刊》1937年第50期。

可惜，第二十九军未能有效阻止日军的疯狂进攻，平津告急。1937 年 7 月30日，易君左作《哀平津》①。于个人，他对平津是有特殊感情的，曾"客天津三两旬"，"居北平十五寅"，"呜呼噫嘻！从此难逢我故人"。于国家，平津是"历代帝王都""举国屏障地""全身大动脉""满盘稀世珍"，而今一切都成灰烬。诗末曰："呜呼哀哉！人妖今日出汉奸！亡国由来有顺民！堕五里雾铸大错！挟万钧力袭春申！屈原沉湘终负楚，鲁连蹈海不帝秦！哀平津！哀平津！耻何时雪？冤何时伸？"不仅充满哀叹的眼泪，更有抑制不住的对汉奸、顺民的愤激斥责，对申冤雪耻之日的殷切期待！

日军攻下平津后，立即移师南口，南口在北平西北，临居庸关，是燕山山脉和华北平原的交接处，形势险要，打通山脉，日军就可长驱直入。中日双方投入大量的兵力，自 1937 年 8 月 8 日至 26 日在南口殊死血战十八日，伤亡惨重。易君左也揪心地关注战役的进展，像战地记者一样，捕捉到南口之战中一位英勇无比的战士的事迹，9 月 6 日作了《南口一勇士》诗，以纪实手法叙写了这次战役中的两个场景，其记述之细致生动，超过了关于南口之战的任何史料，真可谓"补史之阙"。诗曰：

> 南口一勇士，兴和一哨兵。能为人所不能为，能行人所不能行。南口死守犹未破，五千余发敌弹落。存留枪弹数甚伙，转瞬资敌载兵车。一人之力虽有限，一人之心无穷算。仓忙输运积当冲，准备敌军来进犯。弹引药线伏战壕，俄而敌军蜂拥巢。急燃药线轰然裂，敌尸乱叠堆山高。倭奴疑神复疑鬼，狼狈下山气早馁。一时不敢再攻侵，谁谓神州少男子？为怜团长殉国家，此兵智勇殊堪嘉！遂使继食团长禄，赴汤蹈火报中华。绥东寇复扬狂焰，三机轰炸兴和县。我军发炮中一机，倏尔三机皆不见；奔逃南部高原中，三机同落鸟惊弓。一机修理二机护，哨兵发觉忧心忡。向前奋掷手榴弹，一机

---

① 易君左：《哀平津》，《创导》1937 年第 2 卷第 1 期。

焚毁四敌丧。夺来三挺机关枪，血花红向火云烫。当时飞绕两敌机，破空射扫竟横地。哀我哨兵避未及，负伤殉国真堪悲！及今失南口，亡居庸，虑察北，忧绥东。胜败兵家之常事，旋转乾坤反掌中。血肉之躯固难当大炮，大炮亦难攻破金刚百炼之层胸！人人皆有勇士智，人人皆向前哨冲！生死置之脑背后，唯知抗敌御侮振我大汉之雄风！蕞尔倭奴何足畏？即我一兵一卒亦可抵尔千军万马大炮之隆隆！①

南口战役非常惨烈，我方牺牲两万余人，团长张树桢壮烈牺牲，另一团团长罗芳珪受伤。我方守军一团仅剩一人，仍不后退，堆积枪弹榴弹等炸死无数敌人。易君左在诗中先记述这一勇士的事迹，又记述一哨兵掷手榴弹，焚毁一敌机，炸死四敌人，最后壮烈牺牲。诗末鼓舞战士冲锋陷阵，表达必胜的信念。该诗分别在 1937 年 9 月、11 月发表于《火线》和《创导》，具有通讯报道的及时性和纪实性特征，令人想起"安史之乱"中杜甫的一些新题乐府诗。

　　继华北战场之后，日军还开辟华东战场，1937 年 8 月 13 日，爆发了惨烈的淞沪会战。随后自 14 日至 20 日，中国空军连连告捷，给予日军以重创。易君左作七律《八月二十四夜独坐》：

> 夏尽炎氛尚卷尘，贻求羽扇自高淳。
> 临风喜听空军捷，抗日高涨汉帜新。
> 草未剪除花没踝，藤犹牵绕树藏身。
> 先生静向门前坐，国难家贫百感陈！②

---

① 易君左：《南口一勇士》，《火线》1937 年第 1 期、《创导》1937 年第 2 卷第 2 期。
② 易君左：《八月二十四夜独坐》，《火线》1937 年第 2 期。

虽然国难家贫，但也抑制不住他听到空军捷报后的喜悦心情。可惜淞沪会战形势很快逆转。日军为了从上海宝山登陆，以数倍兵力发起猛烈攻击，国民革命军第八十九师独立营姚子青营长奋勇抵抗，战至城陷，姚子青和全营六百壮士英勇牺牲。这就是当时震惊全国的宝山保卫战。9月7日战斗结束，9月13日易君左就作了《姚将军歌》：

> 孤城如斗大，天不怕，地不怕。勇士溅血花，只有国，没有家。吴淞口岸宝山城，一营力抗千万军，一出一入拼命守，十决十荡誓死争。城存与存，城亡与亡，勇哉营长姚子香！全营六百人，只有死，没有降！英雄义气高，只有死，没有逃！生不能保孤城，死当化为冲荡三岛之怒涛，战至最后一卒，战至最后一场，战至最后一枪，战至最后一炮，战至短刃相接，战至血肉相搏，战至"时日曷丧，予及汝偕亡！"六百人一颗心，六百人一条命，六百人一个头颅，六百人一道号令。向前杀，向前冲，血迸出吴淞，血流入江红。弹已尽，枪已折，泪未枯，血未绝。城头犹见国旗飘，护此最后之一朝。敌炮密射如雨电，敌机投弹逞燃烧。城尽毁，兵不退，巷战不稍馁。六百人尽变成鬼。一鬼痛咬千敌腿，忠魂杀敌风披靡。吁嗟乎！田横五百人，壮烈标千古。读史至此泪如雨，高歌至此心血沸！男儿必死在沙场，今之田横姚子香！①

这首诗富于写实性，就像白居易的新乐府诗一样，及时地歌咏重大的现实事件。诗人采用自由灵活的歌行体，多用短句、排比句、感叹句，叙事、议论和抒情相结合，对民族英雄姚子青将军的忠烈精神给予热情的赞颂。姚子青将军不仅得到国民政府的嘉奖，毛泽东也称他"给了全中国人以崇高伟大的

---

① 易君左：《姚将军歌》，《新运导报》1937年第11期。按当时报载，姚子青、姚子香为同一人。

模范"①。报刊上还出现了多首记载、咏赞姚子青的诗文。易君左这首诗，不仅创作时间最早，而且影响最大，被各种报刊多次转载，甚至被地方学校用作教材。在激励民众抗战精神上，产生了积极的意义。

上海陷落后，日军继续西犯。1937 年 12 月，镇江、南京相继沦陷。易君左不得不离开镇江，经武汉，回长沙。一路上，他没有放弃用诗歌这种批判的武器，抨击侵略，鼓舞士气，讴歌抗战。身为楚人，他在诗歌中特别激发了"楚虽三户，亡秦必楚"的传统复仇精神，如《渡江至武昌访希圣》："三户一成今日事，誓将铁臂护金瓯！"又如《抵长沙》："亡秦三户终推楚，落木寒鸦莫乱猜。"易君左 1938 年在长沙任《湖南国民日报》总编辑，虽然长沙也时刻响起警报，但他依然急切地关心着前线的战事，及时地用诗歌纪事抒怀。1938 年 2 月 18 日，武汉空战，李桂丹大队长率领空军勇士击落日机十一架。2 月 21 日午，易君左闻此喜讯，在长沙的紧急警报中，在某行地下室一角的黯淡烛光下，创作了歌行《武汉击落敌机十一架，闻讯高歌》：

> 壮士报国不生还，一机飞上五云端。白云浩荡天风寒，勇战机师李桂丹。纵横起落逞旋盘，我机天上联成环，围而射击战斗酣。敌机十一架，弹丸中斑斑。青烟万缕坠深潭，无人与机皆命完。汉水月明疑燕掠，长江浪滚似鸥翻。空军神勇一敌三，我亦毁四机，两人殉难两人安。于海不能事争夺，于陆仅能抵强顽。于空发挥神勇力，一架一架打阑珊。金陵雨花著奇迹，岭南铁翅沉海湾。黄鹤楼头第一次，无怪万人竞投弹。一弹一页教科书，倭寇罪恶儿童谣。无辜妇孺肢炸残，破脑拖肠露心肝，厥状奇惨不忍观，倭奴之肉宁足餐！祝我神鹰飞扶桑，一弹速毁富士山！②

---

① 毛泽东：《在纪念孙中山逝世十三周年及追悼抗敌阵亡将士大会上的讲话》，《毛泽东文集》第二卷，人民出版社 1993 年版，第 113 页。
② 易君左：《武汉击落敌机十一架，闻讯高歌》，《民心》1938 年第 1 期。

当时国民革命军在海陆两路战事不利,而空军表现神勇,诗人最后发出"祝我神鹰飞扶桑,一弹速毁富士山"的祝愿,真是"楚三户"的决心! 1938 年3—4 月,我军取得台儿庄大捷,在长沙的易君左,4 月 14 日在敌机的空袭中作了长篇歌行《鲁南大捷歌》。对于鲁南,易君左是熟悉的。1928 年,易君左时任国民革命军政治部主任,那一年 4 月,北伐的国民革命军在鲁南击败了张作霖部下张宗昌,易君左时在军中。《鲁南大捷歌》就从这里写起:

> 十一年前血战场,枣庄临城台儿庄。革命大军鹰飞扬,打倒军阀张宗昌。我时服务政治部,日行百里曝骄阳。驰驱鲁南与苏北,其地贫瘠真荒凉。黄土泥沙无清水,渴极捧饮欣琼浆。赤膊横卧铁轨侧,野马跨过践未伤。临城山如黑烟突,如头癫痫生高粱。守门一二老与弱,盗匪洗劫无完乡。人生辛苦阅沧桑,十年春梦剩一场!

易君左在诗中特地自注:"书至此,敌机临长沙市空,我高射枪炮轰击巨响震全楼,时为午后两点三刻。"就是在敌人隆隆的枪炮声中,他记述当前的鲁南大捷:

> 而今倭寇逞疯狂,打通津浦笑彼伧,夺取徐州尤茫茫。中华抗战九阅月,宁死断无一人降。前方将士争浴血,后方子弟勤趋将。鲁南忽传大捷报,其地即在台儿庄。敌之精锐尽歼灭,两师团军悉覆亡。夺取步枪万余杆,九百余挺机关枪。七十七门步兵炮,百门大炮制精良。三十余辆坦克车,马四百匹皆龙骧。空前胜利未曾有,一战而显黄魂黄! 三湘民气素激昂,鼓舞热血如沸汤。大街小巷放鞭爆,墙头号外贴万张。……教育坪中三万人,神情飞跃乐洋洋。提灯游行断交通,火炬五百烛穹苍。狂风暴雨又何妨? 挟而趋之猛难当。其势有如虎出谷,其形不顾鸡落汤。以此抗敌何不胜,以此

　　立国何不强？吾诗未竟又得报：大明湖畔庆重光！[①]

这次的大捷，扬我国威，熄灭了敌人的嚣张气焰。这是抗战以来前所未有的胜利，诗人细致列数了战利品，铺排三湘人民欢欣祝捷的盛况，最后进一步拓展开去，凭此精神勇气，无坚不摧，何国不强。

　　易君左的这些诗篇，有一些共同特征。第一，紧密关切现实，反映时事。这些诗篇具有鲜明的纪实性，诗题如《六月十一日成都被炸》等，可谓"即事名篇"，创作时间非常迅捷，像战地通讯一样，及时地报道前线的最新消息。第二，以鼓舞民族精神、支持抗战为基本主题，抵抗侵略，歌颂和平，坚定必胜的信念，洋溢着乐观主义色彩。第三，多采用古风、歌行的形式，可长可短，形式比较灵活自由，不用典故偏僻字，语言通俗易懂。第四，长句短句交替运用，句式较为整齐，音韵铿锵，节奏明快，多可配乐歌唱，如《出征歌》《征途歌》《雪耻歌》等以"歌"命名，就像行军曲一样，具有激发人心、鼓舞斗志的高亢旋律。

　　易君左诗歌创作上的这些特点，在他 1939 年入川以后的诗作中依然保存着。1945 年，易君左曾把入川以后的九百七十九首诗结集为《中兴集》，是不可忽视的抗战文学成果，易君左因此而当得起"爱国诗人"这一名号，在现代诗歌史上占有重要的地位。早在 1936 年，葛贤宁就评论说：

　　　　易君左先生的诗总是特异于众的，在诗歌方面正十足显示了他的大天才。从歌咏伟大的自然到被压迫的弱小民族的同情，它的气势真如霓虹一样，伟大，美丽，高亢，热情。假如说雨后的霓虹是给予人以清明、平静、幻美、辽远的感觉的话，那么他的诗，是显示了庄严、雄俊的自然神姿，与人间公理与正义的呼声。又如闪电闪透彻了地面的黑暗，春风般，带来了鲜花、明月和欢畅。它的效

---

① 易君左：《鲁南大捷歌》，《民心旬刊》1938 年第 5 期。

用，足以打破人间生活的窒闷，恢复民族的麻痹，复活了国民垂死的精神。在这处所，诗人的精神早与被压迫的中国民族与世界一切弱小民族相连系了。在西欧，我们见到拜伦、山陀尔，在中国，古来有陆游，近代有黄遵宪，民国以来是易君左！人类社会是循着曲线进行的，一个人的精神也是这样：诗人易君左早年堕入个人主义的感伤；中年精神扩大而为全民族担负痛苦，现更深入民众，观目前所作诗歌，又颇沾染老杜气息，家，国，民众，同为歌吟主体，这样，年纪还青的易先生，前途成就的伟大，是可预卜的！①

"古来有陆游，近代有黄遵宪，民国以来是易君左！"评价可谓高矣！葛贤宁指出易君左精神由个人主义上升到家国民众，这个观察也是敏锐深刻的。

第三节　提倡建立"民国诗学"

1938 年秋，易君左受湖南同乡、老上司、位居国民党中央宣传部部长的周佛海邀请，入川担任中宣部专员、中央文化运动委员会委员等职。此时的易君左不只是"战前一支笔"，更要擎起一面旗帜，将他在诗歌创作上的探索和实践理论化，进而引导抗战时期的诗坛。②他先是在成都发起一个中兴诗社，在于右任的倡导下，与卢冀野努力于鼓吹中兴，出版《民族诗坛》，提出建立"民国诗学"的号召；后又与梁寒操、易声伯等一起发起膺社，从事新诗创建

---

① 葛贤宁：《诗人易君左》，《西北风》1936 年第 4 期。

② 事实上，易君左此时的学术研究也是服务于抗战的。如他的《杜甫今论》(连载于《民族诗坛》1939 年第 2 卷第 6 期至第 3 卷第 5 期)称杜甫具有革命主义的人生观，以"国家至上主义"奠定生命的基石。他研究《春秋》的系列文章，如《读"春秋"杂感》(《中央周刊》1941 年第 3 卷第 45 期)、《敬以春秋大义勉全国同胞》(《时代精神》1941 年第 4 卷第 3 期)、《中国最古的国策：尊王攘夷之春秋大义》(《民意》1941 年第 173 期)、《春秋时代的民主精神》(《文化先锋》1942 年第 1 卷第 9 期)，发掘"尊王攘夷"的现代意义，从"尊王"引出"拥护中央"，从"攘夷"引申出抵抗外侮，都具有鲜明的时代性。

的运动，提出过关于"如何创建新民族诗"的系统的理论主张。就诗学活动来说，入川前，易君左主要从事诗歌创作；入川后，则诗歌创作和理论建设并重，算得上是国统区最具有影响力的诗歌理论家。

其实，自抗战初起，国民党的文化宣传就以民族主义相号召。1937 年底，于右任聚集一批诗人学者成立了"民族诗坛"，1938 年 5 月推出《民族诗坛》创刊号。该刊"以韵体文字发扬民族精神激起抗战之情绪为宗旨"，易君左在抗战期间的诗歌完全符合这一宗旨，于是很自然地加入《民族诗坛》阵营，成为主要作者之一。1939 年，易君左在《民族诗坛》上发表了《建立民国诗学刍议》，从思想理念到组织形式提出建立"民国诗学"的主张，算是《民族诗坛》举起的一面诗学旗帜。他认为，民国建立虽已有二十八年，但诗学不振，不适应国家民族的需要，当前是"抗战建国"的大时代，诗歌应该担负起时代所赋予的使命，奋起直追，"以大民族之精神，为划时代之写作，而建立'民国诗学'之基石"。"民国诗学"须：（1）以民族主义为灵魂。（2）以集体力量为大规模、有计划的写作。（3）新诗学必与音乐、图画相连；诗必能歌，歌必能画，以造成三位一体的真艺术。[①] 第一、三两点都是易君左基于自己的创作实践和一贯主张提出的，第二点则是他任中宣部专员以后的职责使然。他还从对象、题材、体制、风气、办法等方面提出建立"民国诗学"的具体办法和要求。易君左关于"民国诗学"的主张，与当时国民党的文艺政策是完全一致的，甚至可以说本身就是国民党文艺政策的重要组成部分。

中国古代，一代有一代之文学。即使就诗歌来说，一代也有一代的风貌。到了民国，新诗与旧诗分道扬镳，各自划界，相互攻讦。针对诗坛的这种状况，易君左于 1941 年发表长文《"中华民国诗"之建立》，配合抗战的需要，提出建立"中华民国诗"的口号：

> 我们既是一个堂堂皇皇的中华民国的人，就应该建设一种堂堂

[①] 易君左：《建立"民国诗学"刍议》，《民族诗坛》1939 年第 2 卷第 4 期。

皇皇的"中华民国诗"。……"中华民国诗"的建设,是破除了目前所谓新旧体诗的界线,一洗过去及现存的渣汁,而崭新创造一个诗的整体;不但是担负了我们过去历史上的旧使命,而且要开发中华民族将来的新生命。因此,这一个抱负是极其伟大的、神圣的! ①

易君左还提出建设"中华民国诗"三大原则:第一,"中华民国诗"必守中华民族的国格,表现时代精神,发扬民族意识,提高国家信念,体验社会疾苦。第二,"中华民国诗"必合中华民族的国情,即继承优秀的诗歌传统,诗必能歌,诗必能舞,诗必能画,诗歌与音乐、绘画、舞蹈相配合。第三,"中华民国诗"必用民国的国音,不主张用旧韵,不主张用方音,但诗必有韵,押韵依据民国的国音。

抗战期间,同样是强调文艺服务于抗战,延安解放区的文艺走的是"大众化"道路,国统区的文艺政策则是"民族化"。重庆国民政府的民族化文艺政策在诗歌上的一个表现,是易君左提出创建"新民族诗"。对当时的新、旧诗,易君左都有不满,认为旧体诗最大的缺憾是没有时代性,新体诗最大的缺憾是没有历史性。诗在当时的中国已面临必然的革命的机运。"我们要求的诗,是要有历史性,同时要有时代性。换句话说,不但要求是现代的诗,而且要求是中国的诗。今天我们发动诗的革命,不但要革旧体诗的命,而且要革新体诗的命。我们要求建立今日中国的诗——革命的新民族诗!" ②

什么叫作"革命的新民族诗"?历史性与时代性,是易君左理论探索的两个向度。旧体诗缺乏时代性,新体诗缺乏历史性,因此需要进行革命。革命的新民族诗的灵魂,"是寄托在中华民族开国五千年光荣悠久的历史上,是寄托在我国境内各宗族的融合同化以团成无比的大民族与建立无比的大文化

① 易君左:《"中华民国诗"之建立》,《时代精神》1941 年第 4 卷第 4 期。
② 易君左:《如何创建新民族诗》,《文艺先锋》1943 年第 3 卷第 2—6 期。

上，是寄托在自卫的精神抵抗一切暴力的压迫而求独立自由的生存上，特别是寄托在近一百年来所受耻辱的反映，近五十年来中国国民党领导全民的奋斗，近十五年来国民革命军北伐的成功，统一基础的奠定上，尤其重要的是近六年来抗战建国的伟大工程上"①。易君左在文中具体地阐发了"革命的新民族诗"在思想、情感、风格、价值、体制等方面的特征和要求。他还发文《新民族诗的音节和符号》对新民族诗的音节、符号等具体问题提出主张②，如新民族诗要押韵，但比旧体诗束缚要小，应采用新音韵，用国语、普通官话为标准，采用《中华新韵》；应提倡新节奏，用长短参差的语句，配合着心弦脉搏的旋律。新民族诗讲究音乐美，反对死的音节而主张用活的音节，反对散文化的音节而主张用纯诗的音节，反对浮词滥调的音节而主张用朴实纯厚的音节。新体诗的文字也要大胆地革命：反对用艰深僻涩的语言文字，而采用浅近熟练的语言文字；反对用浮华浅薄的语言文字，而采用纯朴笃实的语言文字；反对用矫揉造作的语言文字，而采用其直截明朗的语言文字；反对死的语言文字，而采用活的语言文字。易君左勉励全国的青年诗人：

> 我们不写诗则已，写诗一定要写世界第一流的诗；我们不做诗人则已，做诗人一定要做历史上永垂不朽的诗人！我们愿新中国的文艺青年，挺胸膛，立大志，取法历史上最伟大的诗人和光被世界的最辉煌的诗篇。③

易君左发表这些诗学革命的主张，既是他自己在抗战期间诗歌创作的实践经验的理论总结和提升，也反映了抗战时期的文学需求和诗歌自身的革新诉求。他发表这些文章，"切望以此引起论坛广大的共鸣"。事实上，于右任、梁寒操、王亚平、戈茅、卢前等许多文化人都在抗战的背景下思考诗歌

---

① 易君左：《如何创建新民族诗》，《文艺先锋》1943 年第 3 卷第 2—6 期。
② 易君左：《新民族诗的音节和符号》，《文艺先锋》1944 年第 4 卷第 6 期。
③ 易君左：《勖全国青年诗人》，《中国青年》1944 年第 11 卷第 4 期。

的方向，易君左是其中理论主张最明确、理论表述最为系统的一位。过去出于历史的原因，学界对此较少给予关注。其实，这是民国诗学乃至 20 世纪诗学研究不可忽略的内容。

（原载《中国文学研究》2019 年第 1 期）

| 第十八章 |

"非战"论与现代杜诗学

战争与和平是人类永恒的主题，也是文学不可回避的素材；同样，文学研究也关注着这一主题，并受其制约和影响。中国古代杜诗学的盛衰，就与社会治乱、朝代兴废有着紧密的联系。

过去百余年，中华民族在艰苦卓绝的反侵略战争中走向胜利，走向独立。战争是近现代中国的严重问题，也是各种文化思潮的基本背景。研究现代中国文化，难以回避战争问题。第一次世界大战后欧洲的衰败悲惨景象令国人震惊；随后国内的军阀混战，激起了人们的非战厌战情绪；日本帝国主义发动的侵华战争，掀起了国内抗战的热潮，而不同的政治势力，对抗战持有不同的立场和态度。这种种关于战争的观念，都曾直接地影响到现代的杜诗学。战争本来就是杜甫诗歌的基本主题，现代学人在阐释杜诗时表达了各自的战争观，甚至借杜诗宣扬自己的战争理念。

第一节 "欧游心影"与《情圣杜甫》

1914 年至 1918 年的第一次世界大战，造成欧洲社会的严重破坏，经济急剧衰退，促使思想文化的反省和转向。这场战争也给予中国思想界以强烈的震动。1920 年梁启超游欧归来，发表了著名的《欧游心影录》。欧洲"一战"后的凋零荒废，令人触目惊心，詹姆斯、柏格森等的"新人文主义"又燃起他新的希望，促使梁启超的思想发生巨大的转变。他感慨"野蛮人的暴力，又远不及文明人"①，否定科学万能，强调人类的互助互爱，重新反思传统文化，对传统文化中"尊德性"的部分表示更多的偏爱和肯定，更重视文学的美、趣味、人性意义和人格价值。如梁启超《晚清两大家诗钞》说："文学的本质和作用，最主要的就是'趣味'。"②他在《中国韵文里头所表现的情感》里认为："情感教育最大的利器，就是艺术。"③与维新运动时期鼓吹"文学界革命"的梁启超几乎判若两人。

正是在这种思想转向之后，梁启超于 1922 年 5 月 21 日在诗学研究会发表了演讲《情圣杜甫》，对杜甫其人其诗做出别具一格的解读，是第一篇现代意义上的杜诗学论文，在学术界产生了广泛的影响。杜甫被宋人尊为"诗圣"，作为忠君爱国的诗人典范，被历代诗人奉为至尊。但是"一战"后的梁启超，对"国家主义"观念有所克制，更多地宣扬超越"国家主义"的"世界主义"，在《先秦政治思想史》中认为"国家主义之苗，常利用人类交相妒恶之感情以灌溉之，而日趋蕃硕，故愈发达，而现代社会机阱不安之象乃愈著"④。正是基于这种政治观念，梁启超笔下的杜甫，不再是忠君爱国的化身，转而成为"中国文学界的写情圣手"，梁启超称之为"情圣"。⑤梁启超列举诸多诗例，说明杜甫是个"最富于同情心的人"⑥，目光常常注视到社会最下层，对兄弟姊妹处处至性流露，爱情浓挚，对朋友多情，泛爱生物等。此前，袁枚曾说过杜甫"其于友朋、弟妹、夫妻、儿女间，何在不一往情深耶"⑦。但是，像梁启超那样对杜甫诗歌的情感做如此深刻透辟的阐发，在杜诗学史上

---

① 梁启超：《饮冰室合集》专集 23，第 110 页。

② 梁启超：《晚清两大家诗钞》，《梁启超全集》，北京出版社 1999 年版，第 4927 页。

③ 梁启超：《中国韵文里头所表现的情感》，《梁启超全集》，第 3922 页。

④ 梁启超：《饮冰室合集》专集 50，第 2 页。

⑤ 梁启超：《情圣杜甫》，《梁启超全集》，第 3978 页。

⑥ 梁启超：《情圣杜甫》，《梁启超全集》，第 3979 页。

⑦ 袁枚：《随园诗话》，人民文学出版社 1982 年版，第 498 页。

还是第一次。梁启超如此讴歌赞美杜甫的至性真情，就是希望"这位情圣的精神，和我们的语言文字同其寿命；尤盼望这种精神有一部分注入现代青年文学家的脑里头"[1]，也就是要发扬优秀传统艺术的价值，涵养当代人的情感，往高洁纯挚方面向上提挈，以矫正科学至上、国家主义等现代观念的偏颇。

文本的意义永远在建构之中。从"诗圣"到"情圣"的转变，是传统政教文学观转向现代抒情文学观之后对杜诗的重新释义。正是通过不断的重新释义，传统才能融入当下变得鲜活起来，现代理论才能获得传统资源的支撑。不过，国内军阀混战和随后的抗日战争、解放战争都没有为梁启超的"情圣"论提供适宜的社会基础，现代杜诗学并没有按照"情圣"论的方向发展。

第二节 "非战运动"与杜甫"非战"诗论

20 世纪上半叶的中国，饱受战争的苦难。辛亥革命虽然推翻了封建帝制，但并没有给百姓带来和平与安宁，随之而起的是十余年的内战。军阀混战搅扰得中国无片时的宁静，遭受战争灾难的是无辜的百姓。满目疮痍的现实迫使有识之士起来反对战争，呼吁和平。20 世纪 20 年代，"非战运动"声浪日高，成为时代的主潮。"非战运动"的兴起，与人道主义思想的传播有一定的关系。1924 年，印度诗哲泰戈尔来到中国发表演讲，宣扬大爱和良知，反对暴力。这对于"非战"运动在青年中的流行起到了推波助澜的作用。

至 1927 年 6 月，法国外长提议法美永好，得到美国的响应，欧美国家签订了《非战公约》，后扩大范围，共四十六个国家加入公约。当时的中国政府也加入了这个公约。《非战公约》的内容，一是极端排斥以武力为政策之工具；二是以和平代武力，来解决国际的纠纷。《非战公约》促进国内对"非战"的讨论。其实公约的约束力非常有限，各国都在扩充军备，增强武力，

---

[1] 梁启超：《情圣杜甫》，《梁启超全集》，第 3984 页。

因此"世界大战仍恐难免"①。日本虽然加入了《非战公约》，但1931年日本帝国主义悍然发动了侵华战争，爆发了"九一八"事变。这次事变在国内思想文化界再一次掀起了"非战运动"的高潮。

文学界积极参与了20世纪二三十年代的"非战运动"。1924年8月，为纪念第一次世界大战十周年，《小说月报》推出了"非战文学"专号。当时，外国作家如托尔斯泰、莫泊桑等的非战思想和非战文学作品被大量介绍到中国，出现了一批以"非战"为主题的小说。不仅如此，中国传统文化与文学中的非战主题、非战思想被有意识地挖掘出来，以响应时代的诉求。正如当时政府发布的《我国赞同非战公约照会》所言，"今日之非战公约，在我国视之，直无异发扬先贤之遗训，所谓'天下为公''世界大同'者是也"②。的确，中华民族热爱和平，反抗侵略，传统文化中"非战"资源十分丰富。当时出现了不少阐述中国古代"非战"文化和文学的文章，其中以阐发和演绎杜甫的"非战"诗歌为最多。刘尚达将杜甫的《石壕吏》演绎为短篇小说，最后附言说："我写完了这篇《石壕吏》的演义，知道兵即是匪；更想那'虐人害物即豺狼，何必钩爪锯牙食人肉'的句子，真是有今昔一致的感慨！"③俞宗杰将《石壕吏》编为独幕历史悲剧，发表于《京报副刊》1925年第342、346期。这是当时青年学生以编剧方式宣扬杜甫的"非战"思想。文学研究会的年轻成员顾彭年撰著专书《杜甫诗里的非战思想》，于1928年出版，在序中他说："迫江浙战争发生后，作者对于战争的恶魔的面庞益认识清楚，这位大诗人的非战作品，也就愈加涌现在我的脑际了。"④正是对当时国内军阀混战的灾难局面的严重关切，促使他撰著此书。作者剖析了杜甫诗歌所揭示的长久战争、寇盗充斥、镇将专横与兵制腐败等弊端，与其说这是唐代社会问题，不如说是当下现实积弊的影射。

---

① 王维骃：《轰动一时的非战公约之解剖》，《暨南周刊》1928年第3卷第12期。

②《我国赞同非战公约照会全文》，《军事政治月刊》1928年第16期。

③ 刘尚达：《石壕吏》，《南开周刊》1922年第34期。

④ 顾彭年：《杜甫诗里的非战思想》，商务印书馆1928年版，第1页。

但是，是否所有的战争都应一概反对呢？显然不是！"非战运动"只是基于人道主义精神的一种和平吁求，本身并非解决现实政治问题的正确方法。一味地渲染战争带来的苦难，只会散布消极、颓废情绪，削弱被压迫者的抗争意志，不但不能阻止军阀放下屠刀，反而成了施暴者的帮凶。当 1923 年初京汉铁路工人罢工失败，工人士气消沉之时，当 1925 年发生"五卅惨案"之时，当 1927 年大革命失败之时，如果只是搬演《石壕吏》的惨剧，只是在鼓吹"非战文学"，那就是民族精神的颓丧沦亡。在这个看似学术的问题上，是有思想交锋和政治斗争的。当时有几位思想进步的知识青年对"非战文学"的理论思考显得更为深刻。曾任上海总工会秘书的魏金枝撰文分析说，战争有两种：一种是从那些私人的手里夺其所有到这些私人的手里的战争，一种是从那些私人的手里夺其所有到民众的手里的战争。也就是说，战争有正义与非正义之分。从历史上看，既有非战文学，也有投笔从戎的文人，并非文人都主张非战。根据战争的目标，应该有两种文学：一种是非难不义之战的，一种是鼓吹革命战争的。他评论当时国内"非战文学"的功过，说：

> 间接有指出军阀对于民众的暴行，可以激动民众对于暴行的抵抗；然只给民众以消极的厌乱的观念，与其说有益于革命事业的进步，不如说是增进民众的厌世色彩。……非战文字本来是种反抗精神的表现，决不是感伤主义的文学可以代替。……固然，目今中国是陷在多种战的炮火中，一时不易逃出这炮火的重围，一面应该有非战的文学出来替人民诉苦，但一面也该指示人民以鉴别战争的方向，须以反抗不义战争的力量，培养真正战争的勇气。不然，我恐非战文学将列入颓唐主义文学的旗帜下，失却了反抗精神与革命精神的色彩，而结果更在资本帝国主义列强刀枪之下，造成更多的呜咽的悲声，与被损害的可怜的众生而已！①

---

① 魏金枝：《非战文学的原理与革命》，《民国日报·觉悟》1924 年第 9 卷第 21 期。

　　非战文学不能只渲染感伤主义，陷入颓唐厌世。它应该是对不义战争的谴责，是对正义战争的支持和鼓舞。在恽代英等人介绍下加入中国国民党和中国社会主义青年团的许金元，也撰文分辨战争的性质，说："为自私、为压迫人家而战的'战争'，是要不得的；为向着争自由而战的'战争'是千万要得的。血，是自由底代价呵！"当你在叫喊和平非战，"吴佩孚辈正枕戈而冷笑着呢"①。战争本身具有正义与邪恶之分，如果不认清战争性质而一味地反对战争，过分地宣扬战争的惨烈，渲染战争的破坏性，会在民众中产生削斫士气、挫败斗志的消极后果。

　　特别是自"九一八"事变之后，战争的性质转变为日本帝国主义和中华民族之间侵略与反侵略的斗争，在被侵略、被占领的国土上宣传"非战"，显然是不合时宜的。当民众涌起抗日怒潮、十九路军浴血奋战时，南京当局一再退让，奉行不抵抗政策。这种社会意识的分裂就表现在当时对杜诗"非战"的评论上。如绍禹还在阐述、张扬杜甫的非战思想，认为这是杜甫的国民意识。②当时人们阐论杜甫的非战诗歌，一般重在突出杜诗对战争的破坏性、悲惨性的抒写，把"三吏""三别"等都解读为反对战争的诗篇。班文茗则指出，杜甫并非一味地非难战争，"杜工部所反抗的，乃是穷兵黩武的外征，和兵祸连年的内战，如果遇着敌人侵略边围，他仍是主张血洒疆场，奋勇杀贼呀！爱国而不流于黩武，这是研究杜甫思想者所宜注意的"③。这样的分析更为辩证，既能具体辨别杜诗战争诗的不同性质，契合杜甫诗歌的实际，也寄予了作者对当下政治问题的关注。这样的研究就激活了传统，把历史与现实连接起来，将现实思考蕴含于历史叙述和评判之中，在历史中映照现实。

---

① 许金元：《论非战文学和非战思想》，《民国日报·觉悟》1924 年第 8 卷第 7 期。
② 绍禹：《国民诗人杜甫》，《文化与社会》1935 年第 2 卷第 1 期。
③ 班文茗：《杜甫诗里所表现的思想》，《桂潮》1934 年第 5—6 期。

第三节　不同政治背景下的杜诗论

1937 年 7 月 7 日，日本帝国主义制造"卢沟桥事变"，发动了全面侵华战争。中国抵抗日本侵略、保家卫国的一场民族性的全面战争打响了，国、共两党形成了抗日民族统一战线，主张团结抗日，一致对外。日本军国主义者采取"以华制华"手段，于 1939 年培植以汪精卫为代表的国民党投降派，后在南京成立了傀儡政权汪伪"国民政府"，宣扬所谓"和平建国"。战争不仅是军事实力的较量，也是道义、信念、士气、斗志乃至整个民族意志和精神的较量。"批判的武器"在战争中具有举足轻重的地位，延安红色政权、重庆政府、汪伪政权都明确地认识到这一点。不同的政治力量都重视思想文化宣传，重视利用文学研究来表达各自的战争观念、影响民众。

一、重庆国民政府治下的杜甫论

新的战争形势促使当局对非战文学做出批判性反省，在杜诗学上，体现为对杜甫相关诗歌的歧解。1938 年初教育部颁布禁令，禁止杜甫《兵车行》《石壕吏》一类文字充为教材。杜甫《兵车行》《石壕吏》等作品，在 20 世纪二三十年代均被解释为"非战诗歌"，揭示兵役之苦，这被认为对 1937 年底的抗战形势是非常不利的。1937 年冬，湖南汉寿县党务指导委员会采纳王金才的提案，称杜甫《兵车行》《石壕吏》等诗歌削弱士气，妨碍征兵制度的实施，应严切禁止发行，以鼓励民气；呈文提出应选择《国殇》《满江红》之类鼓舞斯民同赴国难的作品，辑为专书，俾供传习。当时的中央执行委员会接此呈文后，发布《国民政府军委会宣传部致教育部公函（武字第一一九号）》：

> 查有唐诗人杜甫所作《兵车行》《石壕吏》等一类文字，虽有非战思想，然系描写专制时代君主开疆拓土及官吏扰民之作，与现时对外争民族生存之战争，不能混为一谈。且此项作品，流传已久，未便骤予查禁。唯值兹对外抗战厉行兵役时期，各级学校如采用此

类作品，充为教材，实非所宜。除关于原呈所请选辑鼓励民气文字部分由部另案办理外……转令各省市教育厅社会局，饬知各学校，不得选录非战文学作品及文字充为教材，并由各该厅局负责监察检查。至已故邵翼如先生所辑《军国民诗选》《民族正气文钞》，在鼓励民气文字未编定以前，可核令各校酌量选用，至纫公谊！①

国民政府军委会宣传部认为杜甫《兵车行》《石壕吏》等"流传已久，未便骤予查禁"，但在当时的情势下，不适合充为教材，因此致函教育部，告诫各级学校，不得选录非战文学作品及文字充为教材，并提议暂时选用国民党中央委员邵元冲编纂的《军国民诗选》《民族正气文钞》作为教材，以鼓励民气。于是 1938 年 2 月，教育部颁布训令："各校不得选录非战文学作品充为教材，以邵元冲先生所编《军国民诗选》《民族正气文钞》等书可令各校选用。"②《军国民诗选》选辑自《诗经·秦风·无衣》以来历代忠烈之士慷慨激昂的爱国诗词，希望激励国民同仇敌忾，以挽回民族的危运。《民族正气文钞》选辑自宋以后历代忠烈的六十三篇文章，表现中华民族激昂伟大的正气和果毅刚劲的美德。从 20 世纪 20 年代的非战文学热，到 1938 年以行政手段禁止杜甫《兵车行》《石壕吏》进入教材而提倡上述两部诗文选，正显示了随着战争形势的变化，当局重视用文学来鼓舞斗志，弘扬爱国主义精神，从而使之服务于抗战动员。

杜甫是不是一个非战主义者？《兵车行》《石壕吏》之类诗篇在抗战中是不是只会产生消极影响而应该禁止呢？在凝聚民族精神、汲取传统文化的精神资源时，杜诗是否毫无意义呢？当时的一些学者没有回避这些问题，而是站在时代的制高点上给予杜甫诗歌新的阐释。

在重庆国民政府里任过多种文化宣传职务的"三湘才子"易君左在 1939

---

①《公文·训令》，《安徽政治》1938 年 2 月创刊号。
②《公文·训令》，《安徽政治》1938 年 2 月创刊号。

年发表了《杜甫今论》，主旨在纠正"杜甫是非战主义者"的论调，提出"杜甫是抗战神圣论者"的判断。他提出，杜甫的一切政治活动都是为国家的，一切人事上的批评也都是为国家的，"国家至上主义"是杜甫"革命主义的人生观"的生命基石。①1942 年，易君左又发表了《杜甫的时代精神》，对于一度被解释为"非战文学"甚至禁止选入教材的杜诗"三吏""三别"的主题做出新的阐释，认为："少陵先生诚然是一个反对军阀混战的人，但决不是'非战'，不仅不'非战'，且极力主张'抗战'。……'三吏''三别'不单不是'非战'的作品，而且确是'抗战'的巨篇！"②虽然易君左也难免以当时的思想观念来解释杜甫，但他对"三吏""三别"的解释更为确切，杜甫这些诗篇所歌咏的是抵抗安禄山、史思明叛乱和保家卫国的战争，杜甫对这类正义之战是支持的。

二、汪伪政权下杜甫"非战文学"论调之重启

"利用文艺为'和平反共建国'的反革命事业服务，是汪伪政权的一贯政策。"③汪伪政权重视利用报纸、期刊、广播、电影等传媒方式散布亲日卖国言论，误导民众。在前期，他们利用汉奸文艺宣扬所谓"抗战无益""和平建国"等错误思想来消磨民众的抗战意志。1943 年汪伪政权对美、英宣战后，又鼓吹战争。这种汉奸政治思想侵蚀了汪伪政权辖区的古代文学研究。

曾在汪伪时期任江苏博物教员的吴和士，在汪伪刊物《经纶月刊》上发表文章说："唐诗价值之一种，是鼓吹非战主义。"④并感慨："七七事变，是中日双方很早就积了许多误会的因基，一旦总爆发，所以当时的情势，要避免这次战争，诚然不易，可是遇到光荣的媾和机会，就应该解除误会，言归于好；须知多一日战争，国家多耗一日元气，人民多受一日荡析流离之苦。若闭目一想前线战争情状，父死于前，子仆于后，一炮轰然，无量数的生命资

---

① 易君左：《杜甫今论》，《民族诗坛》1939 年第 3 卷第 2—6 期。
② 易君左：《杜甫的时代精神》，《时代精神》1942 年第 7 卷第 1 期。
③ 余子道等：《汪伪政权全史》，上海人民出版社 2006 年版，第 968 页。
④ 吴和士：《唐诗在中国学术史上的价值》，《经纶月刊》1942 年第 2 卷第 2 期。

产化为灰烬，'一将功成万骨枯'，是亦不可以已乎？所以我们的献身和运，目的不在人，端的是为了国家元气，为了人道主义。"①说得冠冕堂皇，但丝毫不能掩盖他卖国投降的用心。这时期汪伪政权亲日投降政策在杜诗学上的表现，就是重提杜诗"非战"论，过度阐释杜甫的"非战"思想。1939年创办于上海的《更生》杂志，鼓吹汪精卫的"新国民运动"，宣扬投降主义。该刊1940年发表了黄一鸣的《杜甫反战诗歌的研讨》，把"三吏""三别"通通解释为"非战"诗歌，极力渲染战争的破坏性、残忍性，标举杜甫为中国历史上反战争、爱和平的民族诗人，而作者写作此文的目的，则是用历史影射现实，他说：

> 每一念及现今我们国破的情状，真令人不寒而栗，痛恨蒋、共抗战到底的失策，想不到当年杜甫描写战争罪恶的那许多诗，竟是今日中华民国的写真！我们敬爱杜甫的思想和他的诗，便应该以大无畏的精神消弭中日惨酷的战争，向前努力，以期实现我们理想中合于正义的和平，救国家于危亡，拯人民于水火，这是每一个民族志士应负的重责。②

抨击当时国民政府和中国共产党"抗战到底"的决心，才是该文的真正主旨。作者站在被侵略的土地上，面对遭受帝国主义铁骑践踏蹂躏的苦难同胞，不去谴责侵略者的暴行，激发民众抗敌救国的精神和勇气，反而大力渲染战争的残酷无情，鼓吹"消弭中日惨酷的战争"，卖国投降的嘴脸昭然若揭！

日军侵占广州时，曾组织一个叫"协荣"印书馆的出版机构，编辑《华南公论》刊物，鼓吹"东亚共荣共存"。袁文在该刊著文称杜甫的诗歌"无

---

① 吴和士：《历代诗家的非战主义》，《经纬月刊》1942年第2卷第6期。
② 黄一鸣：《杜甫反战诗歌的研讨》，《更生》1940年第5卷第6期。

一不是写当时战争之痛苦"①。兆麒编写《石壕吏》短剧，其中说："这样连绵争战，我想都是世界的末日啊！"②在反侵略战争最为艰难的时刻传出这种声音，显然是居心险恶的。

《新东方杂志》是汪伪特工头子苏有德主办的刊物，宣扬"中日亲善"。庄有铖在上面发表《杜甫的非战文学》，哀叹："我们现在所处的时代有过于杜甫的时代，我们人民为战争而所流的血泪、所受的颠沛流离的痛苦，比他那时代的人民，不知要加上多少倍，然而当今在文学上能有多少是代表时代的作品？"③这完全是用汪伪政权所谓"和平亲善"的宣传策略来解读杜诗，过分扩大杜诗对战争灾难性的描写；不管战争的性质，以偏概全地阐述杜甫所谓"非战"思想，有意识地遮蔽杜甫对正义的、反侵略战争的支持，以杜甫所谓"非战文学"为对照，指斥当时为民众呼吁和平者能有几人。而他撰著此文的真正目的是"代作我人的借镜，以开辟新的文学园地，统一新的非战文学的阵线"④，显然是为汪伪政权的反动政治宣传服务的。

然而，随着汪伪政权对英、美"宣战"，它的宣传策略又做出了巨大调整。1943 年，根据日本的指令，汪伪政权发表《宣战布告》，在军事、政治、经济上与日本全面合作，对英、美宣战。汪精卫号召沦陷区的人们"从今日起，踏入了保卫东亚的战争了。我们每一个人，要努力做成一个保卫东亚的斗士"⑤。配合这种新的形势，曾经为汪伪政权机关报《中华日报》工作的萧剑青，发表《唐代非战诗人的检讨》和《杜甫非战思想的再检》等文章，在前文中他说："非战在某一种环境中，是错误的。……在种族被压迫至不能喘息的时候，我们为要求得生存与自主，就要自己结合起来，向那侵略的野心者作最后一兵的战斗，俾得'死里求生'的达到。中国古谚有云'宁为玉碎，

① 袁文：《杜工部之非战诗》，《华南公论》1939 年第 1 卷第 2 期。
② 兆麒：《石壕吏》（一幕两场剧），《华南公论》1940 年第 2 卷第 5 期。
③ 庄有铖：《杜甫的非战文学》，《新东方杂志》1940 年第 2 卷第 4 期。
④ 庄有铖：《杜甫的非战文学》，《新东方杂志》1940 年第 2 卷第 4 期。
⑤ 汪精卫：《踏上保卫东亚的战线》，《政治月刊》1943 年第 5 卷第 2 期，第 6 页。

毋为瓦存'便是这个意思。"①他辨析二十五位唐代诗人的"非战"作品,均给予激烈抨击,最后的结论是"唐代所有非战的诗人,思想全是谬误的,他们不应该写出那些煽动逃军或分散军心的文字"②,他们应该多多地替政府写出雄壮热烈的铁血主义的作品,来感动、鼓励民众,一致去赴难!在《杜甫非战思想的再检》一文里,萧剑青提出"非战误国",据此批评杜甫:"唐诗人中以文艺论,杜工部当数第一;但以贪生怕死,宣扬'非战'而论,杜工部亦数第一。"③

如果脱离了历史背景去阅读这些文章,或许会产生萧剑青是一个爱国主义者的错觉。萧剑青在文中很明白地交代:"当两年前,国民政府参战,向英美发动攻势的消息传入我的耳鼓的时候,我正在整理这《唐代非战诗人的检讨》一文,我认为唐代非战诗人的思想是谬误的。……目前,是需要发挥拥战文艺的时期!东方民族的文化分子联合起来!"④他所谓"国民政府参战",就是指汪伪政权向英、美宣战,他所谓"东方民族",就是指日本帝国主义鼓吹的"大东亚共荣圈",所以萧剑青的这两篇文章完全是"应时"奉命之作,是为配合汪伪政权对英、美"宣战"而作的。他不惜歪曲历史,对以杜甫为代表的唐代爱国"非战"诗人做出如此苛刻、粗暴的抨击,对杜甫做出不恰当的贬抑。其实,杜甫既有一些非难不义战争的诗篇,如《兵车行》反对穷兵黩武地扩张领土,也有不少支持正义的反侵略战争的作品,如"三吏""三别"与后面所举的《甘林》等,并非如萧剑青所说,是"第一"贪生怕死之人。他的荒谬结论,反过来暴露了"遵命"式的学术研究存在多么大的盲点和误判!

三、延安红色政权影响下的杜甫论

中国共产党领导的延安红色政权非常重视思想宣传、文化建设和精神鼓

---

① 萧剑青:《唐代非战诗人的检讨》,《众论月刊》1944年第1卷第2期,第5页。

② 萧剑青:《唐代非战诗人的检讨》,《众论月刊》1944年第1卷第2期,第16页。

③ 萧剑青:《杜甫非战思想的再检》,《众论月刊》1944年第1卷第3期。

④ 萧剑青:《唐代非战诗人的检讨》,《众论月刊》1944年第1卷第2期,第5、16页。

舞。在抗日民族统一战线的总方针指引下，延安文艺界和各地倾向于中国共产党并受其影响的作家，创作了大量的"抗战文艺"，进行积极的思想动员，统一民众意识，坚定抗战意志。古代文史中抗敌救国故事和爱国主义精神由此得到挖掘和发扬。如郑振铎于 1939 年以"源新"笔名在《鲁迅风》上连载"民族文话"；郭沫若不仅创作了历史剧《屈原》，还发表了近十篇研究屈原的论文。这些都是发掘中华传统文化中的爱国主义精神，为当前的民族解放战争服务。杜诗作为优秀的传统文化资源，也为进步的革命文人所重视。桂涛声 1928 年就加入了中国共产党，后投身抗日宣传。1939 年，他在河南巩县拜谒杜甫墓，发表《杜甫墓上》，激切地呼号：

> 起来吧诗人！起来吧杜甫！我们的国家危险极了，我们的民族危险极了，我们正需要你伟大的民族诗人来号召群众、保卫祖国。起来吧诗人！起来吧杜甫！啼饥号寒的人太多了，流亡他乡的难民太多了，我们正需要你伟大诗人的同情来安慰他们，组织他们！起来吧诗人！起来吧杜甫！背叛民族的汉奸越来越无耻了，醉生梦死的人们越来越多了。我们正需要你伟大刚方的笔来批判他们，来刺破那汉奸丑恶者的脸谱！ [1]

同样是以文学的方式来演绎杜甫，桂涛声此文与前面所提在"非战"声浪中出现的《石壕吏》小说、戏剧不同，他着力发掘杜甫积极有为、振奋人心的抗争精神，而不是一味地哀怜悲叹。饱受战争之苦的人们需要杜甫诗歌来安慰，更需要从杜诗中汲取奋勇斗争的力量！抗战时期的爱国文人把抗战精神读入杜诗之中，借杜诗来抒写抗战情怀，正是视界的融合。杨子固就说："我们的老杜，好像对我们太多情了，他歌咏着我们胜利以前，他又在歌咏着我们胜利以后，而且他那笔触的沉着有力，总在激荡着我们现在的每一个

---

[1] 桂涛声：《杜甫墓上》，《北战场》1941 年第 4 卷第 1—2 期。

人！"①

当时一般论者阐述杜甫战争观时，多列举"三吏"、"三别"、《兵车行》、《哀王孙》等诗篇，黄芝冈则另辟蹊径，依据杜甫的《甘林》诗来阐论"国民义务"。《甘林》诗曰：

> 舍舟越西冈，入林解我衣。青乌适马性，好鸟知人归。晨光映远岫，夕露见日晞。迟暮少寝食，清旷喜荆扉。经过倦俗态，在野无所违。试问甘蔗蕌，未肯美轻肥。喧静不同科，出处各天机。勿矜朱门是，陋此白屋非。明朝步邻里，长老可以依。时危赋敛数，脱粟为尔挥。相携行豆田，秋花霭菲菲。子实不得吃，货市送王畿。尽添军旅用，迫此公家威。主人长跪问，戎马何时稀。我衰易悲伤，屈指数贼围。劝其死王命，慎莫远奋飞。②

大历二年（767）吐蕃寇近畿，郭子仪屯泾阳，京师戒严。诗中的邻老向杜甫诉说因负担战时重税已没有饱饭吃了，辛辛苦苦种的豆子也都充作赋税供军队用了。黄芝冈分析说："杜甫'屈指数贼围'是答问也是安慰，但劝他'死王命'、莫逃亡，却正告邻老以国民义务。至今读两千年前的诗更感到词严义正，杜甫真不可及了。"③杜甫虽然同情邻老，但对这场驱逐侵略者的战争是支持的，故而末四句答邻老，"勖以急公之义"④，用今天的话来说，就是履行战时的国民义务。

翦伯赞于1937年5月在南京秘密加入中国共产党，抗战期间在重庆从事文化工作。1944年，他在中共于重庆出版的理论刊物《群众》杂志发表了

---

① 杨子固：《杜甫与我们抗战时代》，《国光新闻》1947年创刊号，第15—16页。按，抗战期间，杨受党的委托，在开封从事地下工作，1947年加入中国民主同盟。
② 仇兆鳌注：《杜诗详注》，第1667页。
③ 黄芝冈：《杜甫诗论国民义务》，《民族正气》1945年第3卷第3期。
④ 仇兆鳌注：《杜诗详注》，第1668页。

长文《杜甫研究》。文中，翦伯赞以唯物史观和阶级论观点阐述杜甫的时代、身世、性格和作品，称赞杜甫具有"反抗强暴，鄙视权贵，同情穷人，痛恨贪官污吏"的性格，他的作品"揭露社会的黑暗，控诉权贵的罪恶，谴责贪污剥削"，具有"写实主义"特征。特别值得注意的是，翦伯赞讨论了杜甫的战争诗，说："为了讨伐安史，唐代政府发动了大规模的战争。在战争的进行中，捕捉壮丁，征发粮草，弄得民不聊生。"[1]并列举了《石壕吏》《新安吏》《垂老别》《无家别》《新婚别》等诗加以说明，但是在发表时，被国民党的文化审查官通通删去了。[2]这一手段正暴露出国民党当局对杜诗"非战"还是"抗战"还存在着依违的态度。

在延安解放区，杜甫则被视为苦难人民的代言人，杜诗被认为写出了被压迫阶级的呼声。时任中共中央政治局秘书的胡乔木1946年曾写信指示"边区应该对中国的最大诗人杜甫有所纪念"[3]。恰好延安城南外杜甫川口有唐左拾遗杜公祠，陕甘宁边区政府拟把杜祠修葺一下，于次年诗人节开一纪念会。同时，任陕甘宁边区政府参议的钱来苏发表了《关于杜甫》，称赞杜甫"是我们中华民族历史上最有骨头的一个人。……中华民族正面临着灭亡的危险，一面是强暴的帝国主义，一面是极无耻的汉奸群，我们需要有很多的像杜老这样有民族气节、有骨头、富正义感而又是非分明的人。作诗的朋友们，要学习杜老，把复兴民族的义愤和勇气，以新的形式，歌唱到广大人民中去"[4]。

当然，并非所有的论者都是从特定的政治立场出发来论杜甫的。是相似的时代苦难、现实困境，使得他们感同身受、千载同心。1937年9月，同济大学教授冯至随校内迁，年末抵达赣州。冯至作《赣中绝句四首》，其二曰："携妻抱女流离日，始信少陵字字真。"[5]至晚年，他的《自遣》诗依然回

① 翦伯赞：《杜甫研究》，《群众》1944年第9卷第21期。
② 翦伯赞《杜甫研究》补订稿收入氏著《中国史论集》（第二辑），上海文风书店1947年版。
③ 焕南（谢觉哉）：《案头杂记》，《解放日报》1946年11月3日。
④ 钱来苏：《关于杜甫》，《解放日报》1946年11月3日。
⑤ 冯至：《冯至全集》第2卷，河北教育出版社1999年版，第192页。

忆说："壮岁流离爱少陵。"①抵达昆明后，冯至转入西南联大外语系，与闻一多、朱自清等民主进步人士多有交往，对国民党特务杀害闻一多和进步学生表示愤慨和抗议，思想愈益进步。1946年后，他发表了多篇研究杜甫的论文，至1952年出版了《杜甫传》。冯至研究杜甫，是把自己在战乱频仍中的感受与杜甫漂泊西南的生活联系起来，强调杜甫在乱世中的执着精神，崇仰杜甫是"爱人民爱国家的诗人"②。从抗日战争到解放战争再到中华人民共和国成立，社会矛盾的性质在不断改变，通过不断地重新阐发，杜甫最终以"爱人民爱国家的诗人"的形象进入了新的文化视野。传统依然能够适应时代的需要，为新思想提供文化资源，在不断的现代阐释中走入当下生活。

结　语

中国传统的文史学术历来具有实事求是和经世致用的双重追求，前者力求还原研究对象的真实存在，后者追求学术的当下价值和意义，二者并非泾渭分明、水火不容，而是相互补充、相互矫正，各有偏向而又构成张力。汉代从荀子儒学中找到了确立大一统宗法社会结构的理论基础；宋人转向孟子儒学寻找心性论资源以应对外来的佛学，从而将传统儒学发展至新的境界；清代戴震重新考证、解释孟子"性""理"等的含义，从而给被压抑的合理的情感欲望松绑，促进了市民经济和个性精神的发展。从汉学到宋学，到清代乾嘉实学，学术不断地回溯它的历史源泉，从中汲取新的力量，以应对现实提出的问题，为当下的社会思想文化困境寻找出路。文学研究同样如此：宋代在理学背景下标举的是"自适"的陶渊明和"一饭未尝忘忧国"的杜甫；明代在弘治中兴的时势里，文法秦汉，诗宗盛唐；清代，与实学、考据学同步的是讲究学问根底的学宋诗风的崛起。文学研究总脱离不了时代性，与时

---

① 冯至：《冯至全集》第2卷，第206页。
② 冯至：《杜甫与我们的时代》，《萌芽》1946年第1卷第1期。

代思潮息息相关，或襄助思潮的澎湃，或引导潮流的转向。

杜甫是一位将儒家"淑世"情怀发挥至极的诗人。杜诗被誉为"诗史"，紧贴时代，补史之阙。后世每当兵革兴起、世运危难、生灵涂炭之时，杜诗研究就活跃起来，人们感同身受，从杜诗中获得同情和慰藉，得到信心和勇气。正如北宋爱国将领李纲所言："子美之诗，凡千四百三十余篇，其忠义气节，羁旅艰难，悲愤无聊，一见于诗。时平读之，未见其工，迨亲更兵火丧乱之后，诵其辞如生乎其时，犁然有当于人心，然后知其语之妙也。"①20世纪上半叶的中国，遭遇兵火丧乱，人们多是杜诗的知音。通过许多学者的研究，杜诗又一次走进人们的心田，安慰和鼓舞人心。但是不同时期，战争的性质各有不同。同样是抗日战争，不同政治势力的立场、对战争的认识态度也互有不同，甚至同一政治势力的战争态度前后还发生变化。他们都借助杜诗研究来宣传自己的思想观念，把自己的战争理念贯彻在对杜诗的阐释和评论中，借以左右舆论、引导民众。今天，我们回顾这段学术史时，不能笼统地评论杜甫"非战"说，而是需要进一步探究言说者的政治立场、思想动机和社会效果，进行具体剖析。

在今天的和平环境里，杜甫的战争诗已经不再是一个热点。我们可以更为从容、平心静气地面对古人。今天的时代也向人文研究者提出了新的课题，需要研究者做出各自的回答。人文研究的淑世情怀，同样不能迷失。

（原载《文艺研究》2018 年第 12 期）

---

① 李纲：《重校正杜子美集序》，《李纲全集》，岳麓书社 2004 年版，第 1320 页。

| 第十九章 |

"寒衣曲"的古今演变

中国文学从古代到现代的演变，是质的飞跃，不论语言形式还是思想内容，古今之间都有着明显的差异。但如果眩惑于这种差异而视古今文学为不相干的两橛，则不免惊诧、慨叹文化断裂和理论"失语"。事实上，不论文言还是白话，毕竟都是汉语；不论古代还是现代，国人的精神意识、文化心理依旧一脉贯之。现代与传统之间，既存在巨大的变化，也有赓续相通之处，二者是通与变的关系。深入认识古今之间的通与变，既需要大处着眼，更需要细部解剖。本文选取吟咏捣衣、制衣、送衣等题材的"寒衣曲"为对象，作纵向考察，探讨其古今演变。

衣食住行，乃人生四柱，一刻也离开不得。衣为四柱之首，尤为重要，因此也很早就成为诗歌吟咏的对象，如《诗经》中《豳风·七月》之"九月授衣"和《秦风·无衣》。

《礼记·月令》曰："仲秋之月……乃命司服。"每当秋日天气转凉、白露为霜之时，便响起万户捣衣声。清冷的月光下，闺妇捣素裁衣，缄封寄远。清脆的砧声在寒夜里飘荡，蕴含着幽怨，传递着思念，感动许多文人墨客，因此"捣衣诗""寒衣曲"的传统源远流长。

第一节　南北朝"捣衣诗"主题之差异

"捣衣"是古代妇女的日常劳作，自然很容易进入"劳者歌其事"的诗歌吟咏中。六朝的民歌中就有咏叹捣衣的，"吴声歌曲"《子夜四时歌》之《秋歌十八首》其一、其十六就以捣衣为题材：

> 风清觉时凉，明月天色高。佳人理寒服，万结砧杵劳。

> 白露朝夕生，秋风凄长夜。忆郎须寒服，乘月捣白素。

天气转凉的漫长秋夜，想念远行在外的游子需要寒服，闺妇于是乘着月色，一声接一声地辛苦捣练。民歌《清商曲辞·青阳度》"隐机倚不织，寻得烂熳丝。成匹郎莫断，忆侬经绞时"，更是采用谐音双关，表达浓浓的爱恋和深切的相思。虽然流传下来的这几首民歌都产生于东晋后，但是可以推想民间吟咏捣衣生活的歌曲要早得多，数量也应不止此若干首。

文人吟咏捣衣，流传下来最早的是东晋曹毗《夜听捣衣诗》，曰：

> 寒兴御纨素，佳人理衣襟。冬夜清且永，皓月照堂阴。
> 纤手叠轻素，朗杵叩鸣砧。清风流繁节，回飙洒微吟。
> 嗟此嘉运速，悼彼幽滞心。二物感余怀，岂但声与音。

诗人从"听"的角度，摹写秋夜捣衣的场景，清寒的秋夜，皓月当空，秋风送来有节奏的捣衣声。触动吟怀的，不只是捣衣杵声；时光飞逝，引起诗人对生命不永的咨嗟；游子幽滞他乡，有情人不能团圆，也引起诗人的伤悼。

在曹毗之后，南朝诗人谢惠连、颜竣、萧衍、柳恽、王僧孺、费昶、僧正惠偘等都有"捣衣诗"传世。比较而言，这些诗歌基本上大同小异。

从写作角度看，曹毗采取"听"者的立场，费昶《华光省中夜听城外捣衣》也是从"听"角度入手的,"徒闻不得见,独夜空愁伫",诗人听着砧声而展开想象去虚拟"红袖往还萦,素腕参差举"的捣衣情景。而大多数南朝诗人则是转变性别角色,"男子而作闺音",以闺妇的口吻来抒写,如谢惠连《捣衣》"盈篋自余手,幽缄俟君开",僧正惠偘《咏独杵捣衣》末二句"令君闻独杵,知妾有专心",柳恽《捣衣诗》末二句"念君方远游,望妾理纨素",都是以"妾"为抒情主人公。这算是有了一点变化,但在转变性别角色这一点上,又多是雷同的。

南朝"捣衣诗"的意象,在曹毗写秋风、皓月、永夜、砧声的基础上只略作变化,都是为了营造深秋月夜捣衣的清幽萧瑟气氛,如谢惠连《捣衣》"白露滋园菊,秋风落庭槐。肃肃莎鸡羽,烈烈寒蜇啼"等句的铺排,柳恽诗中"亭皋木叶下,陇首秋云飞。寒园夕鸟集,思牖草虫悲"等句的白描,都只是加强景物描写,进一步渲染悲秋的氛围,构思方式没有太大的变化。

南朝"捣衣诗"的情感,也未超越曹毗诗"嗟此嘉运速,悼彼幽滞心"的范围,以闺思为情感基调,偶尔融入一点青春流逝、时不我待的生命紧张感。谢惠连《捣衣》首二句"衡纪无淹度,晷运倏如催",王僧孺《咏捣衣》首四句"足伤金管遽,多怆缇缲促。露团池上紫,风飘庭里绿",都感慨时间流逝之快,生命像绿叶在秋风中变黄一样渐渐苍老。谢朓《秋夜》"谁能长分居,秋尽冬复及",就把悯时和闺思融为一体。

从以上的举例中,就可以看出六朝"捣衣诗"主题之相似、意象构造之稳定。[①]"捣衣"在六朝诗歌中成为一种集体情绪的文化符码,这种文化意象中凝聚的艳情哀思,是民族的集体无意识。而在审美偏好上表现出"以怨为美"的六朝文人,从这个文化符码中往往更能获得心弦的共振、情感的共鸣,因此更偏爱这一题材。钟嵘《诗品序》列举"凡斯种种,感荡心灵",其中之一就是"寒(一作'塞')客衣单,霜闺泪尽"。萧绎《金楼子》也说:"捣

---

① 王宜瑷:《创造与因袭——论六朝"捣衣诗"同题之作》,《文学遗产》1992年第6期。该文对这种现象有详细分析。

衣清而彻,有悲人者。此是秋士悲于心,捣衣感于外,内外相感,愁情结悲,然后哀怨生焉。苟无感,何嗟何怨也?"不论在创作上还是在理论上,六朝人都认识到"捣衣"是容易写得动人的诗歌题材。

但是,如果我们把南方文人与北方文人的同题诗歌做对比,就会发现它们之间存在明显的差异。南朝"捣衣诗"中所思念的对象,是行役不归的游子,如谢惠连《捣衣》"纨素既已成,君子行未归"、柳恽《捣衣诗》"行役滞风波,游人淹不归",就像《古诗十九首》一些诗篇那样,这些长久外出不归的"游子"的身份不是特定的。而北朝"捣衣诗"中所思念的对象则是沙场上的士兵。北魏著名文人温子升,被时人誉为"曹植、陆机复生于北",也有一首《捣衣诗》:

> 长安城中秋夜长,佳人锦石捣流黄。香杵纹砧知近远,传声递响何凄凉。七夕长河烂,中秋明月光。蠮螉塞边绝候雁,鸳鸯楼上望天狼。

温子升这首诗尤为人称道,其中"锦石""流黄""香杵""纹砧",似有南朝的绮丽;较整饬的七言句式,被后人视为七律的滥觞。情感依然是闺思,但闺思的对象则在"绝候雁"的"蠮螉塞边",蠮螉塞在晋代就是军事要塞,显然闺妇所思的是征人。再看北周时庾信《咏画屏风诗二十四首》之十:

> 捣衣明月下,静夜秋风飘。锦石平砧面,莲房接杵腰。
> 急节迎秋韵,新声入手调。寒衣须及早,将寄霍嫖姚。

屏风所画的应该是《捣练图》,庾信这首诗近似于后世的题画、咏画诗,吟咏的对象是捣练。最后二句"寒衣须及早,将寄霍嫖姚",显然诗人想象闺妇制寒衣所寄的夫君,是远在边塞的将领,身份也是"征人"。庾信《夜听捣衣》中"谁怜征戍客,今夜在交河"说得更为清楚,捣衣所寄对象是远在交河的

"征戍客"。可见北朝"捣衣诗"中围妇制衣所寄的是身份、行踪确定的"征人"，与南朝同题诗中身份、行踪都不明确的"游子"，是截然不同的。

其中原因在于西魏、北周实行的是府兵制。与南朝的募兵制不同，府兵制是一种寓兵于农、兵农结合的古代兵制，建于西魏，历北周、隋，至唐而完备。其间虽有变化，但取兵于农、物资自备的情形是一致的。西魏时，"军中许多需用物品，像兵仗衣驮牛驴甚至糗粮都要自备"[1]。北齐时，"府兵之制全部兵农合一"[2]。北周时，府兵制进一步扩展，建德二年至三年（573—574），"募百姓充之，除其县籍，是后夏人半为兵矣"[3]，汉族人口成了主要的兵源。上引北魏温子升《捣衣诗》所思念之人在"蠮螉塞边绝候雁"，就是当时的府兵。庾信那首《咏画屏风诗》，清人吴兆宜笺注：

按《北史·文苑传》：齐后主因画屏风，敕通直郎萧放及晋陵王孝式录古贤烈士及近代轻艳诸诗，以充图画。是时子山仕于周，岂遥为之咏耶？[4]

北齐实行府兵制，取兵于农，战争时自备衣粮，基于这种生活，屏上画有《捣衣图》。同样，庾信生活的北周也实行府兵制，有着相同的生活基础，因此在吟咏这幅屏风时，发出"寒衣须及早，将寄霍嫖姚"的感慨。如果当时的生活中，像南朝那样，没有士兵自备衣粮、家人寄寒衣的实景，庾信怎么会想到及早制寒衣寄给边塞将士呢？

明人杨慎阅《类要》及《北堂书钞》《修文殿御览》，会合丛残，得一首诗曰：

---

① 岑仲勉：《府兵制度研究》，上海人民出版社1957年版，第21页。
② 陈寅恪：《隋唐制度渊源略论稿》，三联书店2009年版，第152页。
③ 魏征：《隋书》卷二四《食货志》，中华书局1973年版，第680页。
④ 庾信撰，吴兆宜笺注：《庾开府集笺注》卷五，景印文渊阁《四库全书》本。

闺中有一妇，捣衣寄远人。深夜不安寝，杵声闻四邻。夫婿从
军久，别离无冬春。欲寄向何处，边塞多风尘。兰茝徒芬香，无由
近君身。

杨慎谓此诗乃"《古诗十九首》之遗也"[1]。然而联系南北朝时不同的兵制来
看，此诗应该是实行府兵制的北朝或者唐代诗人作品。许学夷就不相信它是
《古诗十九首》之遗，谓其"浅近不类"[2]。

第二节　府兵制下的唐代"寒衣曲"

唐诗中有很多吟咏捣衣、缝衣、寄衣的"寒衣曲"，制寒衣寄征人是唐代
诗人特别喜爱的题材。从初唐沈佺期《古意》"九月寒砧催木叶，十年征戍忆
辽阳"到晚唐王驾《古意》"夫戍萧关妾在吴，西风吹妾妾忧夫。一行书信千
行泪，寒到君边衣到无"，无数诗人各出机杼，吟咏这相似的题材，表达相
近的情感。与前代相比，唐人融南北之长，把南朝的闺怨主题和北朝的边塞
题材糅为一体，或承续南方的委婉幽怨，或延宕着北方的苍茫辽阔。沈佺期
《古意》显然继承了北魏温子升《捣衣诗》的主题和风格，李白则采用《子夜
四时歌》吟唱："长安一片月，万户捣衣声。秋风吹不尽，总是玉关情。何日
平胡虏？良人罢远征。""明朝驿使发，一夜絮征袍。素手抽针冷，那堪把剪
刀。裁缝寄远道，几日到临洮。"而南朝时的《子夜四时歌》是没有把"寒
衣"与"征人"联系在一起的。

为什么唐人偏爱"寒衣曲"？一方面因为这是"一个极美的题材"[3]。爱
而不能，有情人的分离和相思，这本身就是人间凄美的场景，能引起人们的

---

① 杨慎：《升庵诗话辑录》，陈广宏、侯荣川编校：《明人诗话要籍汇编》，复旦大学出版社 2017
　年版，第 556 页。
② 许学夷：《诗源辩体》卷三，陈广宏、侯荣川编校：《明人诗话要籍汇编》，第 3701 页。
③ 祝实明：《谈谈"寒衣曲"》，《国论》1939 年第 13 期。

情感共鸣。清凉的月光下，孤独的闺妇捣衣裁素，习习凉风传送着砧声，忽远忽近，其中蕴含着闺妇多深的相思、牵挂和幽怨啊！这最能打动诗人敏感的心灵。特别是，少妇和征人、闺阁与军营、素丝与刀枪、江南与边塞、缠绵与悲壮，构成强烈的审美张力，吸引着诗人去想象、体味和表现。这类诗歌容易作得情意缱绻，富有感染力。严羽《沧浪诗话·诗评》就说："唐人好诗，多是征戍、迁谪、行旅、离别之作。"

另一方面更重要的原因，则是唐人的生活基础，即唐代实行的府兵制。府兵制至初唐时期进一步发展乃至完备。"唐盛时人口八百万，府兵占四十万，即二十分之一。"[①] 这些府兵，取之于民，且须自备衣粮。史书载："唐初府兵粮食皆自备。开元以后始募兵为骑而有养兵之费。"[②] "唐初府兵番上入卫，衣粮自备，而官未有费也。至玄宗变为𬼁骑，而长从宿卫，官始资给之，而费昉于此矣。"[③] 初盛唐时期府兵数量众多，开疆拓土战争频繁，衣粮之类物资需要自行准备，缝衣寄边是平民百姓日常生活中的重要负担，对征人的牵挂和担忧也是百姓的日常情感。正是有了这种现实生活基础，才能形诸诗人笔端，出现了诸如"征客近来音信断，不知何处寄寒衣"[④]、"南陌征人去不归，谁家今夜捣寒衣"[⑤]、"裁缝双泪尽，万里寄云中"[⑥] 之类的咏叹。

抒写闺阁之思、边塞之苦的"寒衣曲"在唐代尤为盛行的原因，清人就联系府兵制给予了解释。卢元昌笺释杜甫《无家别》时说：

> 唐人作诗，多言遣戍从军之苦，而宋元以下无闻焉。盖唐用府兵，兵即取之于民，故有别离室家、远罹锋镝，及亲朋送行、历历悲惨之情。宋明之师，或用召募，或用屯军，出征临战，皆其身所

① 岑仲勉：《府兵制度研究》，第 70 页。
② 章如愚：《山堂考索》后集卷四十二，景印文渊阁《四库全书》本。
③ 王迈：《乙未馆职策》，《臞轩集》卷一，景印文渊阁《四库全书》本。
④ 张纮：《闺怨》，《全唐诗》，中华书局 1980 年版，第 1076 页。
⑤ 宋之问：《明河篇》，《全唐诗》，第 627 页。
⑥ 吴大江：《捣衣》，《全唐诗》，第 8774 页。

习熟，而分所当为者，故诗人亦不复为哀苦之吟矣。①

唐人作诗多言遣戍从军之苦，严羽已指出这种现象但未做解释，卢元昌才揭示其真正原因。清后期陆继辂《捣衣》诗首四句曰："唐代多军事，深宵怨捣衣。府兵征戍急，征妇会夫稀。"②正可与卢元昌的话相印证。宋代以后，因为不再实行府兵制，诗词中"寒衣曲"也相应地减少，砧声、捣衣往往只是作为一种情感意象遗留在后代的词曲中。

府兵制至开元年间日益废弛，逐渐为"矿骑"募兵制所代替。这时寒衣等军备物资可能由朝廷提供。张籍《寄衣曲》曰："官家亦自寄衣去，贵从妾手著君身。"可见这时虽然闺妇也寄衣，但在制度上应该是朝廷（官家）寄衣。这些衣服或出自后宫闲暇的宫女之手，由此还引出一些爱情故事。《诗话总龟》卷二三记载：

> 开元中，赐边将军士矿衣，制于宫中。有兵士短袍中得诗曰："沙场征戍客，寒苦若为眠。战袍经手作，知落阿谁边？留意多添线，含情更著绵。今生已过也，重结后生缘。"兵士以诗白帅，帅进呈。明皇以诗遍示宫中曰："作者勿隐，不汝罪也。"有一宫人，自言万死。明皇深悯之，遂以嫁得诗者，谓之曰："吾与尔结今生缘。"边人感泣。③

"征袍绣诗"，这艰苦之中不乏浪漫的举动，到了现代战争时期又在重演。

---

① 仇兆鳌注：《杜诗详注》引，第 539 页。
② 陆继辂：《崇百药斋三集》卷十，《清代诗文集汇编》第 506 册。
③ 阮阅编，周本淳校点：《诗话总龟》，人民文学出版社 1987 年版，第 250 页。

第三节 现代诗歌中的"寒衣曲"

"寒衣",凝聚爱情、亲情,寄托思念,带来温暖,作为一种文化符码,已经融入中华民族的精神血液中。至现代,"寒衣曲"在诗坛上又悠然响起。"寒衣曲"在现代诗坛的演化,大体以抗战爆发为界,分为抗战前和抗战后两个阶段。撇开那些模拟古人、古色古调、没有多少新面貌的作品,抗战前的"寒衣曲"与传统的同题诗相比,在两个方面有较大开拓。

第一,在校园中出现一些"寒衣曲",抒情主体从闺妇转向游子,而游子的身份主要是学子。传统的"寒衣曲",虽然作者多为男性,但在诗中往往转以闺妇为抒情主人公,即"男子而作闺音"的现象比较普遍。现代"寒衣曲",作者与诗中的抒情主人公往往是一致的,多从"游子"的角度立意。而且随着现代教育体制的建立,越来越多的年轻人离开家乡,外出求学,成为诗歌创作的主体。他们往往从"接寒衣"的角度抒写学子对亲人的感激和愧疚之情,实际上是把孟郊的《游子吟》主旨融入"寒衣曲"中。如鲍尔韶《旅沪接寒衣》:"飘零未得一枝安,接到寒衣心暗酸。密密缝痕身上认,迟迟归意梦中看。三春化日恩知重,寸草蓬心报总难。游子吟终万感集,恨无菽水奉亲欢。"①模仿《游子吟》的痕迹非常明显。校园"寒衣曲"在20世纪二三十年代轰动一时的是著名作曲家黎锦晖之女黎明晖歌唱的《寒衣曲》,包括"慈母念子之曲"和"游子念亲之曲",引录于下:

> 寒风习习,冷雨凄凄,鸟雀无声人寂寂。织成软布,斟酌剪寒衣。母亲心里,母亲心里,想起娇儿没有归期。细寻思,小小年纪远别离,离开父,离开母,离开兄弟姊妹们,独自行千里。难记!难记!腰围粗细?身段高低?尺寸无凭难算计。望着那灰线空着急,望着那剪刀无凭依,望着那针儿只好叹息,望着那线儿没有主意,

---

① 鲍尔韶:《旅沪接寒衣》,《复旦》1918年第1卷第5期。

没有主意，记起！记起！哥哥前年有件衣，比比，弟弟！

　　琴歌声声，笑语殷殷，课罢欢娱欢不尽。绿衣人来，送到包和信。仔细看清，仔细看清，看罢家书好不开心。是母亲，亲做的新衣寄远人，一千针，一万针，千针万针密密缝，穿来暖又轻。对镜！对镜！不短不长，不宽不紧，新衣恰好合儿身。穿起了新衣不离身，穿起了新衣记起人。记起了人来眼泪零零，记起了人来不能亲近，不能亲近，亲近！亲近！且把新衣比母亲，亲亲，母亲！

　　这两首歌词的作者是黎明晖还是黎锦晖，难以确考。它们具有学堂乐歌的特点，将传统的《游子吟》融入"寒衣曲"中，抒写母爱的伟大与孩子对母亲的感激和亲近，感人至深。据说黎明晖未入电影界时，即以善歌驰名沪上。凡学校开会，往往邀请女士唱一曲，其所唱《寒衣曲》尤佳，不但歌声凄婉动人，歌词亦绝妙。当时的作家毕倚虹称为"黎娘到处送寒衣"①。

　　第二，"寒衣曲"主题从抒发闺怨转向揭露社会矛盾和阶级对立，表现劳工大众的怨情。这是在五四新文化运动以后出现的新主题。文华短篇小说《捣衣女》以揭示社会的对立和不平等为主题，作者在最后呼喊："劳工的姊妹们呵！你们受尽万恶金钱的践踏，而阶级眼光的人们偏说是另一种阶级的女性！资本家的口中还说是劳工神圣？！"②吾宗彭《捣衣曲》也鲜明地反映这种阶级对立，其中一节说："捣衣复捣衣，满筐皆罗绮。偶自一低头，破袄难蔽体。富贵富室郎，贫贱贫家子？！"③这类主题，往传统里追溯，可以在杜甫《自京赴奉先县咏怀五百字》"彤庭所分帛，本自寒女出。鞭挞其夫家，聚敛贡城阙"和白居易《红线毯》等乐府诗，特别是宋人张俞《蚕妇》"昨日入城市，归来泪满襟。遍身罗绮者，不是养蚕人"中找到一些影子，但现代诗歌的思想高度已非传统新乐府所可比拟。闻一多早年留学国外时，痛心于

①《黎明晖女士所唱之〈寒衣曲〉》，《民众文学》1926 年第 14 卷第 17 期。

② 文华：《捣衣女》，《妇女旬刊》1933 年第 17 卷第 25 期。

③ 吾宗彭：《捣衣曲》，《金中学生》1939 年第 4 期。

"国人旅外之受人轻视"①，不平则鸣，作了著名的新诗《洗衣歌》。虽然"洗衣"与"捣衣"显有差异，但也算是同题之作。闻一多此诗的立意，在传统"寒衣曲"的基础上做了进一步开掘，可谓华人劳动者的现代怨歌。

在艰苦卓绝的民族解放战争时期，为了配合"捐寒衣运动"的政治宣传，"寒衣曲"大量涌现，成为抗战诗歌的一支主旋律。日本帝国主义侵略中国，蓄谋已久，装备精良，物资丰富；而我国经历多年的内战，国力贫弱，物资匮乏，准备不足。特别是寒冬来临，士兵们衣着单薄，难以抵挡严寒，挨冻病死，严重地削弱我方军队的战斗力。从沦陷区逃离至后方的难民，也缺少衣食，受冻挨饿，有人因此而投靠敌方。于是，自战争爆发始，有识之士就号召后方踊跃制寒衣、捐寒衣，"寒衣曲"也随之响起。如 1936 年 11 月，驻守绥远的傅作义抵抗日伪军，取得"百灵庙大捷"。消息传来，举国振奋。时当大寒，国人争制寒衣，输往军前。当时的上海培成女校制丝绵背心两千件，并绣制"国家干城"旗帜赠送傅作义部队。② 诗人杨圻作《寒衣曲二首》，印数万份，随衣附赠，表达对前方将士的敬爱之情和勉励之意③，这种传播方式令人想到唐开元宫人的"征袍绣诗"。1937 年，广州妇女慰劳会为前线战士缝制棉衣，内衣前面绣着"忠勇卫国"四字，以鼓舞士气。④ 特别是自1938 年秋开始，一年一度，从中央到基层，从政府到慈善机构和学校，全国性的"征募寒衣运动"轰轰烈烈地开展起来。当时的中央政府宣传部和军委会组织中央及各地成立征募寒衣委员会，宋美龄召集重庆各政府机关的女职员和眷属，成立妇女工作队，热烈地开展"征募寒衣运动"。当年全国征募的目标是从 9 月 11 日开始到"双十节"为止，新制棉背心两百万件，分发军队；征募旧衣三百万件，分发难民。⑤ 后来采取摊派的办法，各级政府、机关

---

① 闻一多：《洗衣歌》，《大江季刊》1925 年第 1 卷第 1 期。

②《寒衣源送前线》，《中国学生》1936 年第 3 卷第 16 期。

③ 云史（杨圻）：《寒衣曲二首》，《青鹤》1937 年第 5 卷第 7 期。

④《家家儿女送寒衣》，《广东画报》1937 年第 2 期。

⑤《全国征募寒衣计划》，《冲锋》1938 年第 24 期。

团体、学校、市民都有任务，有的地方设置"一日捐"，教员捐助一日所得。行政院善后救济总署、女青年会、真心慈善会、各地育幼院、中国童子军等组织，甚至海外华侨，都发动起来，真正兴起了全民性的"征募寒衣运动"。

"征募寒衣运动"中，宣传工作尤为重要。中央妇女工作队成立宣传组，地方上有宣传周。由当时的中央宣传部牵头，"九月十一日起，全国宣传机关及报纸刊物，应作广大之征募寒衣宣传运动"①。宣传形式多种多样，诗词、歌曲、文章、小说、话剧、木刻、版画，以及散曲、鼓词、莲花落等通俗文艺形式，各逞其能，发挥宣传鼓动之力。其中，诗歌的作用尤其突出，涌现出一大批以"捐寒衣"为主题的诗歌作品。

中国妇女抗敌救援会主席、著名民主人士何香凝就作过几首"寒衣曲"，其《赠前敌的亲爱将士》诗云：

> 前者牺牲后者师，家家儿女送寒衣。
> 感君勇敢沙场去，留得忠名万古垂。②

何香凝诗歌传到前线后，极大地鼓舞了将士的斗志。国民革命军第九十师师长欧震步韵曰："一样同仇敌忾意，救亡端趁此时机。"③十九路军少校秘书张慕槎酬答曰："男儿自合沙场死，国族生存一线垂。"④张治中将军的夫人洪希厚女士在后方捐助一万件寒衣，时任国民政府军事委员会副委员长冯玉祥作《咏张主席夫人捐棉衣》：

> 天气已经大秋凉 / 战士还穿单军装 / 早晨夜晚风露重 / 不久更会下严霜 / 张主席夫人洪希厚女士关心抗战 / 赤心热肠 / 各省各地

---

① 《全国征募寒衣计划》，《冲锋》1938 年第 24 期。
② 何香凝：《赠前敌的亲爱将士》，《集美周刊》1937 年第 22 卷第 8 期。
③ 欧震：《步何香凝先生送寒衣原韵》，《宇宙风》1937 年第 50 期。
④ 张慕槎：《奉酬廖夫人赠前敌寒衣诗》，《军事杂志》1939 年第 119 期。

捐寒衣 / 希厚女士努力提倡 / 自己捐助一万件 / 还要代募万件送前方 / 三湘人士闻风起 / 一千两千来输将 / 全国同胞必感奋 / 前线士气必发皇 / 弦高爱郑国 / 为缓秦兵赠牛羊 / 令尹子文毁家产 / 力助楚国打胜仗 / 希厚女士比先辈 / 今与古，相辉煌 / 还望各地女同胞 / 奋起募捐不相让 / 政府只要百万件 / 我们要把百万双 / 爱国心肠热不热 / 要在此时来较量

可能是因为洪希厚女士不识字，故冯玉祥用了通俗白话，随后还被人改为《劝捐寒衣诗》七言歌行在《冲锋》1938 年第 27 期上发表。

抗战时期的"寒衣曲"服务于"征募寒衣运动"，为了达到更好的宣传效果，往往采用歌曲的形式，便于演出歌唱。蔡冰白（笔名骆驼）作歌、张昊（笔名祖望）作曲的《寒衣曲》抗战初期在上海非常流行，其歌词曰：

> 雁南归，树叶黄，想起战士在前方。浴血苦战西风里，还是穿件单衣裳。不受西风威胁，忍着难堪的冻饿，为了民族的前途，咬紧着牙关肉搏。多加一根线，多铺一层棉，密密的缝结起，许个大心愿。[1]

显然其主题是劝勉后方多捐献寒衣，全力鼓舞抗战。但是，到了 1939 年底在"上海之歌"舞台剧演出中由夏霞歌唱时，迫于压力，不得不将歌词改为：

> 雁南归，树叶黄，想起难民无家乡。日夜飘零西风里，还是穿件单衣裳。不受西风威胁，忍着难堪的冻饿，为了生命的前途，咬紧着牙关手搏。多加一根线，多铺一层棉，密密的缝结起，许个大

---

[1] 骆驼作歌，祖望作曲：《寒衣曲》，《自学》1938 年第 1 卷第 8 期。

心愿。①

这样一改，原来的抗战主题全然消失，变成了救济难民的人道主义主旨。这正是 1939 年汪精卫在上海建立伪政权后政治气候变化的一个表现，反过来也说明了 1938 年版《寒衣曲》的思想宣传力量。

与蔡冰白、张昊等盘桓于上海十里洋场不同，现代作曲家孙慎担任战地服务队音乐股股长，其夫人洪冰（曾用名吕璧如）任战地服务队队员，深入战区前线开展音乐工作，创作了一批抗日歌曲，其中就有《募寒衣》，词曰：

> 秋风起，秋风凉，人人添做棉衣裳。战士在前方，没有棉衣穿，冻坏了身体打不了仗。北风吹，北风寒，大家快做棉衣裳。棉衣送前方，送给战士穿，战士穿上努力杀东洋！②

这首歌曲，主题鲜明，歌词简洁直白，曲调也简单朴素，更易于歌唱和传播。

抗战时期的"寒衣曲"，与传统相比，具有鲜明的现代特征：

第一，它摆脱了传统的"闺怨"主题，发展了自《诗经·秦风·无衣》以来的"尚武"精神，同仇敌忾，发出"中国人总要帮中国人"③的呼喊，具有提升民族精神凝聚力的意义。传统的寄寒衣是个体的行为、家庭的私事，而在全面抗战时期，支持抗战，人人有责，捐助寒衣不是为了特定某一个亲人，而是"一针慰问／一针祷祝／对那遥遥的祖国健儿"④。后方妇女全上阵，"诸姑姐妹急商量，齐去裁布缝衣裳"⑤。捐助寒衣是人人的心愿，"有衣一件送

---

① 夏霞唱，蔡冰白词，张昊曲：《寒衣曲》，《歌曲精华·银花集合刊》1940 年第 6 期、《好友无线电》1940 年第 1 期、《理想家庭》1941 年第 2 期。

② 吕璧如作词，孙慎作曲：《募寒衣》，《浙江妇女》1941 年第 5 卷第 5 期。

③ 胡不归：《捐送寒衣》，《文学月刊》1940 年第 2 卷第 1 期。

④ 吴秋山：《寒衣曲》，《福建青年》1940 年第 1 卷第 2 期。

⑤ 艾辛：《寒衣曲》，《军民旬刊》1940 年第 18 期。

一件，有钱一串送一串。各人但尽各人心，各人速了各人愿"①。就像中央妇女工作队宣传组拟订的《寒衣曲》最后一节所唱的："珍重寒衣曲，雄狮醒国魂。无穷针线迹，也作纪功论！"后方捐助寒衣也是在为抗战立下功勋。

第二，抗战时期的"寒衣曲"摆脱了传统同题诗缠绵幽怨的格调，崇尚英雄主义，洋溢着战争必胜的豪迈，坚定民族复兴的信念。古代的"寒衣曲"，多是"不怨飞蓬苦，徒伤蕙草残"②、"声声捣秋月，肠断卢龙戍。未得寄征人，愁霜复愁露"③之类哀婉悲怨的格调。即使在国力强盛的初盛唐，也只是吟唱着"年光只恐尽，征战莫蹉跎"④、"何日平胡虏，良人罢远征"⑤，重点不在战况如何，而在征人早日归来，不脱"闺怨"主旨。现代的抗日战争则截然不同，那是一场关乎民族和国家生死存亡的战争，抵抗侵略、保家卫国，取得最后的胜利，是唯一的出路。"裹尸马革男儿志，何必临行泪暗垂！"⑥战争的性质不允许国人消极低沉。因此那些配合着战争宣传的"寒衣曲"无不歌唱胜利、迎接凯旋："我们的寒衣缝来棉又软，将士穿起倍勇敢！冲上前，三天两夜，把鬼子齐杀完。鬼子杀完了：我们大家才好过个太平年。"⑦"杀退倭寇回三岛，国旗重在失地上飘扬。"⑧"杀尽倭奴好还乡。"⑨"送寒衣，送寒衣，送与壮士凯旋归！人人齐唱寒衣曲，中华民族何巍巍！"⑩"寒衣曲"歌唱出必胜的信念，鼓舞了前方战士的勇气，提高了对民族抗战的热情，增进了全民族的团结力量，其意义是巨大的。从文学的角度来说，现代的民族解放战争，提高了传统"寒衣曲"的格调，升华了它的主题，使之获得新的生命。

---

① 《寒衣曲》，《政治情报》1938 年第 23 期。

② 柳恽：《捣衣诗》，徐陵：《玉台新咏笺注》，中华书局 1985 年版，第 196 页。

③ 刘长卿：《月下听砧》，《全唐诗》，第 1524 页。

④ 徐彦伯：《春闺》，《全唐诗》，第 826 页。

⑤ 李白：《子夜吴歌·秋歌》，《全唐诗》，第 1711 页。

⑥ 菊庐：《和何香凝赠前线将士韵》，《抗战青年》1938 年第 10 期。

⑦ 李莲青词，晓封曲：《寒衣曲》，《田家半月报》1940 年第 7 卷第 1 期。

⑧ 丁伯骝词，陈梓北曲：《寒衣曲》，《戏剧岗位》1940 年第 1 卷第 4 期。

⑨ 其永：《送寒衣》，《崇真教育月刊》1944 年第 2 期。

⑩ 《寒衣曲》，《政治情报》1938 年第 23 期。

第三，传统"寒衣曲"多出自文人之手，追求文辞的雅致、表达的含蓄。抗战时期的"寒衣曲"作者身份多样，除诗人作家外，还有记者、学生、官员和将士等。这些诗篇配合着"征募寒衣运动"，具有明确的政治目的，预期切实的宣传效果，接受的对象甚至是不识字的普通民众，因此，多采用白话新诗和歌曲形式，即使是旧体诗，文辞也不忌直白，意思则唯求显豁，发扬了白居易的新乐府"其辞质而径，欲见之者易谕也；其言直而切，欲闻之者深诫也"[①]的特点。也许在和平年代阅读这些作品会遗憾其艺术性不足，但它们是"觉世文学"，抒发中华儿女的温情热意，激励前线将士浴血奋战，在当时产生了积极的社会意义，是中华民族的优良精神传统，当然具有其文学史价值和地位。

通过对"寒衣曲"个案的探讨，可以发现，中国古代文学与现代文学之间是"会通适变"的关系。文学既因时而变，又扎根于传统文化与文学的土壤中，需要我们以"古今通变"的眼光，打破学科疆界，对数千年中华文学做贯通式的考察。同时，它也启发当代作家，文学创作既需面对时代，"文章合为时而著"，也需要从文化和文学传统中汲取营养，在契合中华民族的文化精神和审美心理的基础上加以改造。

（原载香港中国语文学会《文学论衡》第 36 期，2020 年）

---

① 白居易：《新乐府序》，谢思炜校注：《白居易诗集校注》，中华书局 2006 年版，第 267 页。

| 第二十章 |

当代旧体诗的理论历程

第一节 被压抑的旧体诗

自新文化运动开启了白话的新文学道路之后，传统的文学样式便被称为"旧文学"。旧文学在新时代，虽然不断地参与新时代的思潮演进，表达现实生活和时代关切，但其合法性依然屡遭质疑和否定，需要以创作实绩来获得肯定和确认。尽管有一批批作家在努力地坚守，在坚守中革新，但旧体文学终究呈现出颓败之势。1942 年，柳亚子曾断言："旧诗，只是一种回光返照，是无法延长它底生命的。……再过五十年，是不见得会有人再做旧诗的了。"[1]

但旧体诗并没有消失，在戎马倥偬的革命岁月里，延安还成立了"怀安诗社"。中华人民共和国成立后，旧诗词与新时代是不是相矛盾的？郭沫若在 1950 年致吴韵风的信《论写旧诗词》中做出回答。郭沫若说："单从形式上来谈诗的新旧，在我看来，是有点问题的。主要还须得看内容，还须得看作者的思想和立场，作品的对象和作用。……旧式的诗词在今天依然有它的相对的生命。"旧诗词是民谣体的加工，那么"利用旧诗词来写革命的内容，

---

[1] 柳亚子：《新诗与旧诗》，《新文学史料》1979 年第 3 期。

也就尽有可能收到完整的统一与为人民服务的效果了"。不过他坚持认为"写作新诗歌始终是今天的主要的道路"①。起初,旧体诗在创作和理论上并没有大的起色,诗歌界主要关心和讨论的是新诗的形式问题,随着讨论的深入,提出了现代格律诗,即新诗需讲究格律。格律的创造,既可以从民歌中借鉴经验,可以模仿外国诗,当然也应该从传统格律诗中吸收有益的因素。于是一些学者如朱偰、沙鸥等都提出旧体诗具有现代意义,肯定"旧体诗的形式(如律诗、绝句、词等)也还在继续为社会主义服务"②,提倡"用民族形式的诗词歌赋来歌唱社会主义的文化"③,"旧体诗词的形式还会存在"④。

旧体诗创作问题,在 20 世纪 50 年代还少有人涉及。1957 年 1 月《诗刊》创刊号发表了毛泽东过去所作诗词十八首。毛泽东给《诗刊》主编臧克家的信中说:"这些东西,我历来不愿意正式发表,因为是旧体,怕谬种流传,贻误青年;再则诗味不多,没有什么特色。……诗当然应以新诗为主体,旧体可以写一些,但是不宜在青年中提倡,因为这种体裁束缚思想,又不易学。这些话仅供你们参考。"这封信同时在《诗刊》上发表,是进入社会主义建设时期最高领导人对旧体诗的定调,基本上是判了旧体诗的死刑。在当时"百花齐放,百家争鸣"相对较为宽松的氛围里,《诗刊》5 月号还发表了《老舍谈诗》,其中对旧体诗做了肯定,主张旧体诗词与新诗、通俗歌曲三种形式百花齐放,彼此竞赛,同时又感慨当时的诗坛比较凋敝,"旧诗词中有很好的,可也有只能算作韵语的。新诗有了很好的发展,但精彩的也不很多。至于通俗的鼓词之类的作品,就数量既少,质量也未提高"。此后的一段时间内,政治环境更为严峻,虽然旧体诗创作并没有完全消失,但多没有公开发表,还处于"潜在写作"的状态,占据诗坛主流的是革命领袖和先烈的作品。如1957 年,中国青年出版社推出了臧克家讲解、周振甫注释《毛主席诗词十八

---

① 彭放:《郭沫若谈创作》,黑龙江人民出版社 1982 年版,第 62 页。
② 朱偰:《略论继承诗词歌赋的传统问题》,《光明日报》1956 年 8 月 5 日。
③ 朱偰:《再论继承诗词歌赋的传统问题》,《光明日报》1956 年 10 月 20 日。
④ 沙鸥:《新诗的道路问题》,《人民日报》1958 年 12 月 31 日。

首讲解》，旨在帮助青年同志们学习和欣赏。次年再版，累计印数达 376000 册。后来人民文学出版社于 1963 年、1976 年出版《毛泽东诗词选》，成为中华人民共和国成立后 30 年里销量最广的旧体诗词选本。1958 年，董鲁安的《游击草》由作家出版社出版。1959 年，萧三编《革命烈士诗抄》，由中国青年出版社出版，前有董必武、林伯渠、郭沫若、吴玉章、谢觉哉等题诗。该书收李大钊、杨超等 81 人的近 160 首诗歌，体兼新旧。该书 1962 年增订重印，印量达 974500 册，1966 年又出了修订本。除了革命领袖和烈士作品，进步民主人士的诗集也得到出版，如人民出版社 1959 年推出了《柳亚子诗词选》，郭沫若作序，称赞柳亚子的精神"是随着时代的进步而进步的"。1961 年作家出版社推出了赵朴初的《滴水集》，书名是作者自勉，将自己的作品比作一滴水，要放进人民的大海里去。同时我国党政高级官员也出版旧体诗集，如曾任中国驻丹麦大使馆文化委员的陈大远《北欧行诗话》《大风集》由百花文艺出版社于 1962、1963 年出版。中国青年出版社 1962 年还编选了《十老诗选》，选录朱德、董必武、林伯渠、吴玉章、徐特立、谢觉哉、续范亭、李木庵、熊瑾玎、钱来苏等 10 位革命前辈的诗歌 350 余首。这时期旧体诗集的编选和出版，不是出于艺术境界和创作水平的考量，而是基于作者的革命家身份和作品的政治性主题，正如《十老诗选》的"出版说明"所言，是"学习和继承光荣革命传统的教材"。

当时的高层政治领袖也关心旧体诗的创作。如 1962 年 4 月 19 日，在毛泽东《在延安文艺座谈会上的讲话》发表二十周年纪念的前夕，《诗刊》杂志社在北京举行座谈会，朱德和陈毅都对旧体诗创作问题做了重要的发言。朱德说："中国几千年历史中，好东西确实不少，无论在文化上、经济上、政治上，都有我们自己的特点。……有些东西现在还是很需要，可以继承，甚至可以遗传到共产主义时代去。把新旧掺和起来，推陈出新。……做事情没有根总觉站不稳，什么事都从根上发生，一切都要从根做起来，这样才能站稳脚。"陈毅说："我写诗，就想在中国的旧体诗和新体诗中取其所长，弃其所短，使自己写的诗能有些进步。"陈毅反对歧视旧体诗词的做法，主张新诗可以作，旧诗也可以作，新旧糅合的也可以作，写诗要写得使人家容易看懂，有思想，有感情，使人乐于诵读，按不按严格的诗词格律都可以。①对于按不按严格的诗词格律，毛泽东有不同的看法，1964 年 10 月致陈毅的信中就说："律诗要讲平仄，不讲平仄，即非律诗。"

不过这些讨论还仅仅停留在高层领导人的范围。诗坛上是不提倡旧体诗创作的，对旧体诗创作的理论问题也少有人问津。马进、苏则文发表的《需要好的旧体诗词》一方面肯定报刊上适当地发表些旧体诗词，扩大读者的眼界，增强读者的兴趣，未尝不可；另一方面批评当时的一些旧体诗词"或者是典故的堆砌，一般读者很难理解；或者是内容一般化、陈词滥调，缺少诗意。这样的诗词读多了，是会败坏兴味的"②。该文算是在抽象原则上对旧体诗做出较为中肯的认识。事实上当时一些功力深厚的旧体诗人的创作，还是遭到了批判。如王力之子、任教于广西师院中文系的秦似 1959 年底在《广西日报》上发表旧体诗《咏古莲》《吊屈原》，被批判为"没落阶级的哀歌""抒发了不健康的感情"，存在世界观的问题。③各种报刊偶尔刊登一些旧体诗词，但缺乏真正的理论探索和艺术批评。

在当时的政治环境之下，能够面世的旧体诗集非常有限，只有《鲁迅诗歌选》和《毛泽东诗词选》等若干种，但是旧体诗创作并没有停止。特别是一批受到迫害的文人，因为有深厚的旧体诗词修养，在逆境中以诗歌创作面对苦难，慰藉心灵，抚平创伤，秉承"诗穷而后工"的传统，在旧体诗创作上取得突出的成绩。这些诗篇，不是为了公开发表，取悦他人，而是一种自我书写，是自我灵魂的叩问和坦露，往往显得更为真挚深沉、亲切动人。如陶光 1957 年因诗得祸，被划为右派长达二十年之久。而这二十年却是他诗歌

①《诗座谈记盛》，《诗刊》1962 年第 3 期。

② 马进、苏则文：《需要好的旧体诗词》，《人民日报》1959 年 8 月 3 日。

③ 方之：《这是什么样的感情——评秦似的〈咏古莲〉和〈吊屈原〉》，《广西日报》1960 年 1 月 24 日；宋垒：《批判秦似的〈咏古莲〉和〈吊屈原〉》，《诗刊》1960 年第 6 期。

创作的高峰期，他"用血泪写成了大量诗篇"①，编纂为《南薰吟草》。聂绀弩在惨遭迫害期间，也创作了大量的旧体诗，写劳动，写生活，以幽默乐观的态度对抗人生的滑稽和艰辛，在诗歌中自得其乐，自我调适。"文革"期间，诗人的创作往往转到地下，虽然诗坛沉寂，但"潜在写作"从未消失。诗人的态度或豁达或悲观，各有不同，而共同的一点是用诗歌来排遣心中的怨愤，对抗人生的苦难，调适自我的情绪。艰难时世尤其需要诗歌，"牛棚诗"成为现代诗歌的一道独特风景。陈永正甚至称"文革"10年是旧体诗词的大开拓、大创新的时期。②

1976年4月5日清明节，北京百万群众自发地来到天安门广场，以诗歌悼念周总理，声讨"四人帮"。天安门诗歌运动，打破了诗坛的沉寂，让旧体诗的潜在力量得到猛烈的爆发，拉近了旧体诗与新时代的距离，证明了旧体诗完全可以表达当代生活和当代思想感情，显示了旧体诗的强大生命力。但这种群众性的诗歌运动转瞬即逝，旧体诗坛并没有及时苏醒。如1979年《诗刊》编辑部编选了一部《1949—1979诗选》，除《天安门诗选》部分包括若干旧体诗外，旧体诗一律未选。

第二节 当代旧体诗的复兴

新时期之初，旧体诗创作的恢复还是继续20世纪五六十年代的道路，从编选和出版革命家的旧体诗集起步的。人民文学出版社于1977年推出《陈毅诗词选集》《董必武诗选》和叶剑英《远望集》，《朱德诗选集》出了第二版，1979年编选出版了《怀安诗选》——抗日战争与解放战争时期，在延安工作和学习的一部分旧体诗作者组成的"怀安诗社"所创作的诗歌选集。中国青年出版社除了于1979年重新出版《十老诗选》，还先后推出《林伯渠同志诗

---

① 陶光：《陶光自书诗稿·前言》，中国画报出版社2004年版。
② 陈永正：《当代诗词的衰落》，《当代诗词》1987年第10期。

选》(1980 年)、《熊瑾玎诗草》(1981 年)。革命家诗集得到出版的还有《周总理诗十七首》(四川人民出版社 1977 年版),《罗瑞卿诗选集》(四川人民出版社 1978 年版),陈雷《露营集》(黑龙江人民出版社 1983 年版),程潜《程潜诗集》(黑龙江人民出版社 1984 年版),钱家楣选编、隗莤注释《钱来苏诗选》(时代文艺出版社 1985 年版),莫文骅《莫文骅诗词选》(书目文献出版社 1985 年版),至《将帅诗词选》和《将帅诗词选续集》(辽宁人民出版社 1987、1988 年版)的出版,达到了顶点。这些老革命家亲身经历了现代中国艰苦卓绝的革命斗争,参与并见证了伟大的时代变革。基于这种非凡的人生遭际,他们的作品是血与火的记录,展现革命家的思想境界和人生阅历,是伟大时代精神与历史行动的结晶,叙事宏大,情感豪迈,洋溢着英雄主义气概和革命乐观主义精神。而形式上虽也注意韵律,但一般不太讲究平仄和对仗,不遵守严格的格律,少用典故,语言通俗直白,风格质朴明朗,不够含蓄蕴藉。这种诗风被谑称为"老干体"①。

对于现代旧体诗坛上流行的"老干体",评论界褒贬不一。施议对为"老干体"正名,溯源到《诗经》的"雅""颂"传统并联系时代精神,肯定地说:"经过岁月的洗礼,作为当代诗词创作中的干部体,已经成为众多体式中的一种体式而载入史册。"②的确,"情深而文明,气盛而化神,和顺积中,而英华发外,唯乐不可以为伪"。20 世纪是伟大的历史变革的时代,许多革命者参与这场变革,浴血奋斗,亲手缔造了新的时代,诗歌源自他们的切身生活和真实情感,就像莫文骅在《莫文骅诗词选》前言中所说,"我的诗、词,是五十七年来长期革命征途中心灵的产物,它是随着当时对客观事物的感触而激发出来的篇章"。如果这些身经百战的革命家去摹写什么绮罗香泽之态,

① 施议对:《一帜新张,收拾烟云入锦囊——大陆词坛干部体举例》,香港《镜报》1995 年 5 月号。
② 施议对:《大雅正声与时代精神——为新世纪的歌德派正名》,《新声与绝响——施议对当代诗词论集》,华中师范大学出版社 2015 年版;《形容圣德自成体,最爱于今老干诗——为新世纪歌德派正名》,《古典文学知识》2017 年第 2 期。

靡靡之音，或故作深沉含蓄，反而是无病呻吟的矫揉造作，是虚假的诗歌。当然，20 世纪 80 年代出版界对老革命家诗集的推重，是有思想意识形态背景的。正如莫文骅为《将帅诗词选续集》写的代序所说："《将帅诗词选续集》的出版，无疑将有助于贯彻党的'十三'大路线，贯彻邓小平同志提出的坚持四项基本原则，反对资产阶级自由化，提高共产主义、爱国主义的思想觉悟，对建设社会主义现代化和保卫祖国起鼓舞作用。"当时的思想文化建设，有意识地阐扬"老干体"的思想精神，"老干体"在旧体诗坛上继续流行和蔓延，表现出歌德化、程式化、空洞化、官气化和应制化的特点，招致一些批评。①黑格尔曾说："凡是合理的都是现实的，凡是现实的都是合理的。"在革命家的革命生活的基础上产生的"老干体"是现实的、合理的；而在和平建设年代，没有革命经历和革命生活，却要模仿革命家的口气去写一些假大空的"老干体"，是不现实的，也是不合理的。因此，"老干体"是现代旧体诗坛上的一种历史现象，随着历史进程的发展，必然会从诗坛上渐渐淡出。

新时期之初，旧体诗坛另一种声音是来自在"反右"和"文革"中遭遇挫折和屈辱的文人的"不平之鸣"。中国古代本来就有"发愤抒情""诗穷而后工"的传统。20 世纪 50 年代后期至 70 年代，许多知识分子被打成右派，进"干校"，住牛棚，受尽屈辱，满腔悲愤，用诗歌记录下他们悲惨的遭际，抒写内心的冤屈和悲怨，抚慰枯寂落寞的心灵。有些诗歌幸运地保留了下来，平反后得到发表和出版。如李锐《龙胆紫集》，湖南人民出版社 1980 年出版，其中《地北天南》收集他 1959 年被打成右派后的八年劳改生活的诗歌，《狱中吟》是 1967 年 11 月至 1975 年 5 月在秦城监狱生活的吟咏。荒芜《纸壁斋集》，黑龙江人民出版社 1981 年出版，在"代序"中，荒芜坦言："我写诗，完全出于逼情。我的第一首诗是在'牛棚'里写的。……这些年来，埋藏在心里的悲愤，充满在记忆中的那种难以想象的折磨，噩梦一般的苦难太多了，非倒出来不可。"荒芜秉承、发扬了白居易的"新乐府"精神，"为人而作"，

① 杨子怡：《古今诗坛"老干体"之漫论》，《惠州学院学报》2013 年第 33 卷第 2 期。

创作了大量讽刺诗，辛辣地嘲讽、揭露社会上邪恶的名公、达宦、末角、小卒和各种不合理现象，颇具勇气。李汝伦"静观那热战，那荒唐，那闹剧，那人性被泯，理性遭践，而兽性被发动的现实。我同情，也愤怒，有时痛心，甚至鼻酸、流泪"，于是"仅仅凭了一点直感，写下了一点直感"①，结集为《性灵草》。这类诗集里影响最大的，要算聂绀弩的《散宜生诗》。聂绀弩长期从事党的文化工作，但是 1955 年受"胡风案"牵连被隔离审查，后被打成右派，遣送到北大荒"劳动改造"，摘帽后又于 1967 年初以"现行反革命"罪行被捕入狱。十年后的 1976 年 10 月 10 日才得以特赦获释。这段曲折坎坷、充满悖谬和荒诞的人生经历成就了诗人聂绀弩。平反后，香港野草出版社 1981 年出版了《聂绀弩旧诗集三草》（包括《北荒草》《赠答草》和《南山草》三部旧体诗集），次年聂绀弩略做删订，交人民文学出版社出版，题曰《散宜生诗》。胡乔木在序中说：

> 我认为他的诗集特别可宝贵的有以下三点：
>
> 一、用诗记录了他本人以及与他相关的一些同志二十多年来真实的历史，这段历史是痛苦的，也是值得我们认真纪念的。
>
> 二、作者虽然生活在难以想象的苦境中，却从未表现颓唐悲观，对生活始终保有乐趣甚至诙谐感，对革命前途始终抱有信心。这确实是极其难能可贵的。
>
> 三、作者所写的诗虽然大都是格律完整的七言律诗，诗中杂用的"典故"也很不少，但从头到尾却又是用新的感情写成的。他还用了不少新颖的句法，那是从来的旧体诗人所不会用或不敢用的。这就形成了这部诗集在艺术上很难达到的新的风格和新的水平。

这三点若扩大一点说，是"反右"和"文革"时期"牛棚诗""干校诗"

---

① 李汝伦：《性灵所至，缘情而发》，《性灵草》，花城出版社 1986 年版，第 153 页。

的共同特征：

第一，如果说革命家诗歌是他们革命峥嵘岁月的"诗史"的话，那么，这些"牛棚诗""干校诗"则是中华人民共和国成立后一段曲折、痛苦的历史的记录和心灵的折射，同样具有深刻的思想意义和历史价值。

第二，革命家诗歌洋溢着崇高的英雄主义和理想主义色彩，接续着传统"大雅""三颂"的精神；"牛棚诗""干校诗"嬉笑怒骂，挪揄讽刺，诙谐风趣，多抒写穷愁悲怨之怀，是骚怨传统的继续。革命家多唱颂歌，"牛棚诗""干校诗"多作讽刺诗，正如李汝伦所言，"咏与骂，起着消除块垒的同等作用"①。

第三，不论是革命家诗歌，还是"牛棚诗""干校诗"，都是新旧结合，既遵守旧体格律诗的基本规范，又能因时而变，突破旧框框的限制，努力用旧瓶装新酒，表现新时代、新思想、新感情，形式上有一些变化。荒芜对当时的旧体诗的看法很有代表性："对于传统的格律诗，我并不像有些人那么悲观，认为是回光反照，强弩之末，但是我也觉得老调子不能再唱下去，必须闯出一条新路来。我的办法是：在形式上，放宽声韵，多用长短句的歌行体，多用口语乃至外来语；在内容上，密切结合现实，广开诗路，扩大题材范围，少谈点风花雪月，多关心点世道人心，尤其要独创新意，言人之所不能言与不敢言。"②

新时期之初，旧体诗坛快速复苏的另一个表征是各类诗社纷纷成立，旧体诗创作愈益活跃。早在1962年1月，镇江就成立了多景诗社，编纂《多景诗词集》。但是进入"文革"后，文人噤若寒蝉，创作转入地下，诗社之类组织一度中断。粉碎"四人帮"后，文网开禁，人们从十年浩劫中解放出来，蹉跎岁月，出生入死，感慨万千，胸中块垒唯有歌咏可消，同声相应，同气相求，于是自发地成立各种诗社。如北京有野草诗社；上海有半江老人诗画

---

① 李汝伦：《性灵所至，缘情而发》，《性灵草》，第154页。
② 荒芜：《自序》，《纸壁斋续集》，湖南人民出版社1987年版，第3页。

社、北社、春申诗社、枫林诗社；江苏有南京的石城诗社、扬州的绿杨诗社、苏州的沧浪诗社，多景诗社与湖海艺文社恢复活动；浙江有杭州的西湖诗社、嘤鸣诗社和钱塘诗社，温州的鹿城诗社，海宁的跃龙诗社，德清的余不诗社，萧山的苎萝山诗社等；福建有永泰县的争鸣诗社、霞浦县的长溪诗社、仓山的烟台诗社、福州的三山诗社和鼓山诗社、莆田的兴泰诗社等；湖南有长沙的嘤鸣诗社和岳麓诗社、岳阳的洞庭诗社、津市的兰津诗社、益阳的会龙诗社、常德的武陵诗社；湖北有黄冈的东坡赤壁诗社、蕲春的滨湖诗社；安徽有蚌埠的珠城诗社、马鞍山的太白诗社；广东有广州诗社、石湾诗社、韶关诗社、东山诗社，并于 1981 年创办了《当代诗词》，是中华人民共和国成立后大陆第一份诗词专业刊物；重庆有建设诗社、晚晴诗社；吉林有长春的长白山诗社；山东有历山诗社。至 1988 年，全国地市以上的诗词创作和研究团体已达四百多个。有的诗社还出版社刊，为社员发表诗作、切磋交流提供园地。在民间诗社的基础上，各地逐步成立了挂靠"作协"或"社联"的诗词学会，如 1981 年成立了兰州诗词学会，1983 年南京成立了江南诗词学会，1984 年成立了延安诗词学会、山西诗词学会，1985 年成立了湖北太白楼诗词学会、安徽诗词学会，1986 年成立了江苏诗词学会，1987 年成立了上海诗词学会、甘肃诗词学会、黑龙江诗词协会、湖南诗词协会。在各地的诗词学会的基础上，1987 年 5 月 31 日，中华诗词学会正式成立。这是我国有数千年传统的旧体诗词在新的历史时期全面复兴和蓬勃发展的重要标志。中华诗词学会在理论上为新时期的旧体诗词创作正名，确立其合法性，建设和壮大诗词队伍，编辑会刊《中华诗词》，出版评论研究著作，促进诗词进校园，利用网络等新媒介扩大旧体诗词的影响，恢复了中华诗词在群众文化生活中的应有地位，繁荣了中华诗词的创作和评论。至 2011 年 9 月，中华诗词研究院成立，挂靠国务院参事室和中央文史研究馆。多个省份成立诗词研究院，与高校、地区合作，组织多样性的学术研讨，举办中华诗词大奖赛和一些群众性普及活动，有力地推动了中华诗词的传承、繁荣和发展，对弘扬中华优秀传统文化、提高国民综合素质发挥了积极作用。

第三节　旧体诗合法性的争取

旧体诗词的当代合法性是需要去努力争取的。新时期伊始，社会上对创作旧体诗词还存在较多的否定和非议，如新诗人公刘就说："新诗最终一定要战胜旧诗，这是任谁也无法改变的历史趋势。……想想吧，如果一旦我们的意识形态，上层建筑的一个部分——诗歌，旧的东西竟然全面复辟，以至于'收复'它们在民主主义革命前的'失地'，那么我们还搞社会主义革命和社会主义建设干什么？"[1]似乎旧诗只能服务于旧的意识形态，与社会主义革命建设是相对立的。针对这种论调，楼栖发表《不薄新诗爱旧诗》做出回应，认为："旧诗可以表现新的意识形态。……在社会主义革命与建设年代，不少旧诗也在起着鼓舞人民的作用。……新诗与旧诗，其实并不存在谁战胜谁的问题。……新旧诗体，各有千秋。两者可以取长补短，不应互相排斥。"[2]新旧之争，是 20 世纪诗坛上的大问题，新诗处于上风，似乎不证自明；而旧诗的合法性却不断遭到否定。因此，旧诗的合法性论证也就成为一项重要的议题。1981 年，李汝伦与丁力的通信，就极力辩驳新诗人对旧诗的种种诬蔑，为旧诗正名，肯定"诗词格律是中国汉民族语言的珍珠宝贝"[3]，不能丢掉，诗要走民族化、大众化道路。但是，否定旧体诗的声音，时不时就会冒出来。如1996 年，钟叔河撰文认为旧体诗是老干部"退了以后，闲得发慌，无可奈何，才以作诗自遣。……我看旧体诗和京戏、儒学一样，是属于古代的东西，在古代早就发展到了顶点，顶点也就是尽头了"[4]。今人作旧体诗，就是假古董，没有存在的价值。这种论调的不时重弹，就逼迫许多旧体诗拥护者对其当代生命力和社会价值，从不同角度给予论证和肯定，甚至不得不抬高调门，大力强调甚至夸大旧体诗表现时代的意义，维护旧体诗的合法性。其实，旧体

---

[1] 公刘：《关于新诗的一些基本观点》，《文学评论》1983 年第 4 期。
[2] 楼栖：《不薄新诗爱旧诗》，《羊城晚报》1984 年 5 月 26 日。
[3] 李汝伦：《为诗词形式一辩》，《种瓜得豆集》，花城出版社 1983 年版。
[4] 钟叔河：《大托铺的笑话》，《文汇报》1996 年 3 月 13 日。

诗人一般是不反对新诗的，更没有独霸诗坛的狂妄，通常的态度是认为旧体诗能够与新体诗并存不悖，相互借鉴，相互竞胜，共同促进诗坛的繁荣。事实上也有不少诗人兼顾新旧体诗，"勒马回缰作旧诗"的情形在现代诗坛和当代诗坛上都同样存在。如郭小川、邵燕祥、臧克家等新诗人都有不少旧体诗存世。

随着旧体诗创作成果的逐步积累，创作队伍的日益壮大，群众性普及活动的愈益开展，社会影响的渐渐扩大，创作界也在为旧体诗争取相应的文坛地位。比较强烈的声音，一是呼吁为旧体诗评奖，二是关于旧体诗入史的争鸣。

文艺创作方面的国家评奖，长期以来是没有旧体诗的一席之地的。这不利于从国家层面对旧体诗创作的促进。早在 1990 年 1 月，文化部代部长贺敬之就提出"重视评论，奖励诗词创作"，要求"我们宣传、文化部门的许多负责同志，对中国的传统诗词，应该更加重视、更加关心，因为事实已经向我们提出了这样的要求"。至 2014 年 8 月，旧体诗人周啸天凭其旧体诗集《将进茶》获得鲁迅文学奖，尽管还存在较大的争论，但这正反映了旧体诗创作在当前社会的尴尬处境，评奖作为一种风向标，它标志着国家层面对当代中华诗词的创作成就的认可。

在当前的学科格局中，现当代旧体诗词是没有取得合理的学科地位的。所谓"现代文学"，特指五四以来的"新文学"，是以白话为载体的白话文学，因此《中国现代文学史》之类的书籍绝大多数是不给五四以后的旧体诗词留篇幅的，五四以来的新体文学和旧体文学并存于同一时代，却被严格地划分为两个学科，旧体文学虽然创作繁盛，取得成绩，但似乎不古不今，很少得到古代文学或现代文学研究者的关注，古代文学视其为等而下之，现代文学贬之为封建落后的东西。20 世纪 80 年代以来，关于旧体诗词创作该不该进入中国现当代文学史的争论，渐成交锋。姚雪垠 1980 年初致茅盾的一封信，提出一种"大文学史"的编写方法，即把五四以来的旧体诗词纳入现代文学史编写之中。①但现代文学史著名学者唐弢则不赞成把旧体诗词放进现代文学史里去，说："'五四'到现在几十年了，我们在'五四'精神哺育下成长起来的人，现在怎能又回过头去提倡写旧体诗？不应该走回头路。所以，现代文学史完全没有必要把旧体诗放在里面作一个部分来讲。"②两种观念形成了鲜明的对立。20 世纪八九十年代，旧体诗创作界一般还是着力在为当时的旧体诗创作争取合法性，很少对现代诗坛上的旧体诗做全面的关注和梳理，反而是现代文学研究界出现了分化，如倪墨炎提出"应重视旧体诗在现代诗歌中的地位"③，李怡主张"将现代新诗与现代旧诗统一考察"④，吴晓东也认为应该把旧体诗词纳入现代文学史的研究视野⑤，钱理群也认为20世纪诗词是"一个有待开拓的研究领域"⑥，黄修己主张现代旧体诗词应入文学史⑦。这是现代文学研究阵营里发出的不同声音。但是，一种既定的格局很难被立即打破。王富仁、王泽龙等学者依然坚持唐弢先生的看法，特别是《文学评论》2007 年第 5 期同时发表了王泽龙《关于现代旧体诗词的入史问题》和马大勇《"二十世纪诗词史"之构想》，再次将关于现代旧体诗词的文学史地位的争端推向前台，论争尚在继续。其实，当理论推进到一定层面的时候，需要的是付诸实践。如果能写出一部包含新旧诗体的真正意义上的《二十世纪诗词史》或《现代诗歌史》，要比无谓的论争有意义得多。

---

① 姚雪垠：《无止境斋书简钞》，《社会科学战线》1980 年第 2 期。

② 唐弢：《关于中国现代文学史的编写问题》，北京师范大学中文系现代文学教研室编：《现代文学讲演集》，北京师范大学出版社 1984 年版，第 8 页。

③ 倪墨炎：《应重视旧体诗在现代诗歌中的地位》，《书林》1985 年第 5 期。

④ 李怡：《十五年来中国现代诗歌研究之断想》，《中国现代文学研究丛刊》1995 年第 1 期。

⑤ 吴晓东：《建立多元化的文学史观》，《中国现代文学研究丛刊》1996 年第 1 期。

⑥ 钱理群：《一个有待开拓的研究领域——〈二十世纪诗词选〉序》，《安顺师专学报（社会科学版）》1998 年第 1 期。

⑦ 黄修己：《现代旧体诗词应入文学史说》，《粤海风》2001 年第 3 期。此外，还有王建平《文学史不该缺漏的一章——论 20 世纪旧体诗词创作的历史地位》（《广西大学学报（哲学社会科学版）》1997 年第 3 期）等持相似的观点。

第四节　旧体诗理论的两大议题

新时期以来，旧体诗词创作的理论问题得到了多方面的探讨，主要可以归结为两个大的议题。

第一，时代主旋律和个人情怀。20世纪里革命家的诗歌来自火热的斗争生活，因此是不缺乏时代性的。到了80年代以后，进入和平时代，传统诗歌能不能表现现代生活，如何表现现代生活，一直是令人困扰的话题。一些开始学诗的人往往沉湎于古典意象和情感的模拟，袭用旧辞藻，模仿旧风格，古色古香，缺少时代感。因此不少论者提出作旧体诗要有时代性。丁芒就指出："当代诗词的致命弱点，在于时代性不强。"[①]杨金亭具体列举了旧体诗"立意陈旧""题材狭窄""形式单调""艺术手法贫乏"等平庸表现，认为旧体诗的出路在于创造，要有时代感和当代意识。[②]进而有论者提出"社会主义核心价值观是当代诗词的灵魂"，"诗词要唱响时代主旋律"。[③]作为文艺号召，这些提法本身没有错，但是，旧体诗词自身有其特殊性，如果不顾及诗词的特殊属性而过分强调主旋律和价值观，只能导致主题先行，作品思想的概念化和程式化。旧体诗词的生产方式与现代新诗不同，现代新诗是伴随着报纸、期刊等现代传媒方式而兴起的。新诗人在写作时，考虑的是在期刊上发表，其阅读对象是不特定的普通读者，内容的表达首先考量的是对普通读者思想情感的影响。而传统旧体诗词，或是二三知己的往来酬唱，或是一种心灵的独白，写作时不考虑对普通民众的影响，只是心灵的自我慰藉，或者知己间的情感交流和技艺切磋。[④]更直白地说，传统旧体诗词是一种内在的心灵生活，外在的时代社会需要诗人像采花酿蜜、食叶吐丝一样地内在化；现

---

① 丁芒：《从当代诗歌总体论旧体诗词的社会价值》，《当代诗词》1987年第2期。

② 杨金亭：《旧体诗创作漫议》，李汝伦：《当代诗词研讨文集》，广东人民出版社1992年版。

③ 《第二次全国当代诗词研讨会纪要》的第一个问题是："时代生活、时代精神，应是当代诗词的主旋律。"见李汝伦：《当代诗词研讨会文集》，第208页。

④ 邵燕祥说："我是在写新诗不得发表时，不得已而写旧体诗的。"可见新诗与旧体诗创作机制的不同。参见炜天：《邵燕祥的旧体诗》，《人民日报》1986年6月26日。

代诗词相对来说，更注重宣传和表达的外在性，与时代社会的关系更为直接。因此不能过于强调旧体诗词的时代感。抒情性是中华诗词的本质属性。白居易说："诗者，根情，苗言，华声，实义。"诗歌植根于人的感情。感情的善恶深浅，又是基于人的胸襟。沈德潜《说诗晬语》说："有第一等襟抱，第一等学识，斯有第一等真诗。"所以，诗词若要唱响时代主旋律，首先需要诗人是时代的弄潮儿，置身于时代之中，走在时代前列，有深切的时代体验和生活感受，将外在的时代生活内化为真切的怀抱情感，用鲜明可感的意象加以艺术表现，这才是真诗。身为革命家，才能写出革命诗歌；亲身进干校，住牛棚，才能写出当代的"牛棚诗"。诗歌只能抒写自己的生活感受、人生体验和思想感情，他人代替不得，也不能无感而发，"为赋新词强说愁"。当然，正如金圣叹所说：

> 作诗须说其心中之所诚然者，须说其心中之所同然者。说心中之所诚然，故能应笔滴泪；说心中之所同然，故能使读我诗者应声滴泪也。①

"诚然"，是指诗人作诗应该抒写自己心中的真切感受，应该是心血之呕，是滴泪之作；如果说这种感受只是私心独见，是一种稀奇的怪癖，那怎么能引起他人的情感共鸣呢？因此又须说其心中之"同然"，所谓"同然"，即同时代人的共同感受，甚至是上下数千年人类的普遍感受，是人人心头舌尖万不获已，而必欲说出的一句话。所以，时代感最根本的要求是诗人把握时代脉搏，自己内心体会到时代的普遍情绪，将这种既是个人独特体验又具有一定代表性的时代情怀通过诗歌表达出来。这一点，当代一些诗论家已有过论述，如周锡馥说："当前一些报刊发表的诗词质量不高，主要表现在什么地方？我

---

① 金圣叹：《答沈匡来元鼎》，陆林辑校整理：《金圣叹全集》（一），凤凰出版社 2008 年版，第 109 页。

认为，关键不在如好些人说的那样没有表现时代、表现社会，而在于缺乏真正的感情和艺术个性，缺乏有血有肉的形象。"①马斗全说："当代诗词创作的关键，或曰第一重要的问题，是作者应有一颗诗人的心，要有诗人的良心。"②所谓"诗人的心""诗人的良心"，就是沈德潜所谓"有第一等襟抱，第一等学识，斯有第一等真诗"，这是传统诗学的精粹，今天仍需要秉承和发扬。

第二，尊体和变体。刘勰《文心雕龙·通变》曰："设文之体有常，变文之数无方。"传统旧诗词有一定的体制规范，创作既须遵循这种体制规范，也须在"文辞气力"上求新求变。即使是诗歌的体制规范，其本身也并非一成不变，从四言至五言、七言，从古体诗到格律诗，从诗到词到曲，诗体自身是变动不居，日新其业。尊体和变体，复古和创新，是相互对立而又相互联系、转化的两股力量，推动古代诗歌的发展。

新中国成立以来的旧体诗理论也存在尊体和主创的争论。可能是有惩于早期一些"老干体"之不拘格律，一些作者与论者，特别是一些学院派作者和论者，主张从严遵守平仄、对偶、韵脚等格律规则。③创作上也是严守格律，遵循规范，分毫不爽，努力将诗歌写得格高调古、中规中矩。乃至于当前学院派诗坛上最为流行的诗体是"七律"，五言古体、七言歌行、乐府之类诗体相对较少。似乎只有七言律诗是旧体格律诗的正宗。但是，郁达夫等曾说过，现代快节奏的生活，适宜于绝句这种体裁。易君佐等人也说过，古体歌行等体裁体量大、束缚小，适宜于表现现代复杂的社会生活。如果局限于七律，那是假古董，是没有前途的。从诗词教学的角度来说，起步阶段要求学员掌握规则，当然是有必要的。但是真正上乘的艺术须要突破死法，有定法而无定规，方为"活法"。如果一味地以古人的定法死法来束缚今人，必然会限

---

① 周锡䪖：《当代诗词面面观》，《当代诗词》1987 年第 10 期。

② 马斗全：《提高诗词创作质量杂议》，《山西大学师范学院学报》1990 年第 2 期。

③ 如徐城北《说"镣铐"》（《光明日报》1987 年 5 月 27 日）、王继杰《对"格律束缚"论的再认识》（《湖南诗词》1990 年第 2 期）、吴调公《诗词就应该是诗词》（《湖湘诗萃》1984 年创刊号）、马茂元《谈格律诗的继承与革新》（《上海诗词》1988 年第 1 期）等均持此看法。

制当代旧体诗词的发展。丁芒曾感叹："25 年来旧体诗坛的主流思潮是：偏重继承，拒绝借鉴，忽视甚至反对创新，把诗词看成孤立的、定型的、封闭的一个古典模型，……眼光内向，泥古保守之风一直居于主导地位。"①

创新是当前旧体诗理论界的强烈呼声，一般论者多强调旧体诗的出路在于创作，作者需具有时代感和当代意识，以旧体诗歌抒写当代生活，表达当下的思想感情，拓宽题材领域，探索用旧体诗词表现当代工业文明和都市生活的新突进，诗体和风格都应该多样化，提倡写更为自由的自度曲，创造当代的新体诗，对格律规则做到"大体则有，定体则无"。臧克家说："今天的旧体诗词，首要是创新，不创新，就不会有强大的生命力。……从生活出发，着眼当代精神，这才能创造出富于时代气息，充满民族风格的新时代的旧体诗词。"②马凯提出"求正容变"是当代格律诗的复兴之路。"求正"就是要尽力追求"正体"，"容变"是指为了更好地抒情达意，适当地"破格""变格"。不"求正"，格律诗就不复存在；不"容变"，格律诗就不能发展。③"求正容变"理论原则的提出，指明了当代旧体诗词发展的道路，在中华诗词界引起强烈的反响。

守成和创新之争，在目前旧体诗创作界典型地表现在诗韵问题上。是继续遵守《平水韵》，还是采用基于当前普通话的《中华新韵》？对此，创作界的态度是不一致的，基本上遵守的是新韵、旧韵"两条腿走路"，但不相互混用的原则。

总体来说，中华旧体诗词有着悠久的历史传统和丰富的创作成果，曾达到诗歌艺术的顶峰。旧体诗词遵循并发挥了汉语汉字的特点，是中华民族审美意识的艺术传达，塑造了中华儿女的审美心灵和艺术精神。旧体诗在今天

---

① 丁芒：《以精品推动中华诗词现代化》，林峰：《中华诗词学会三十年论文选》，中国文史出版社 2017 年版。
② 臧克家：《致当代诗词第二次研讨会》，《湖南诗词》1988 年第 3 期。
③ 马凯：《谈谈格律诗的"求正容变"》，《光明日报》2011 年 1 月 19 日；《再谈格律诗的"求正容变"》，《中国文化》2011 年第 1 期。

依然有其艺术生命，并能够焕发青春，走向繁荣。当代中华诗词的新生，需要尊重传统诗词的艺术特征，吸取传统诗词的艺术精髓，更需要不断地创新，不断地探索和尝试，融入时代精神，走进当代生活。通过理论和实践上的不断努力，中华诗词将成为当代艺术园地里的绚丽花朵，为提升国人的审美心灵和思想境界，建设社会主义精神文明做出卓越的贡献。

（原载《思想与文化》第 25 辑，华东师范大学出版社 2020 年版）

| 参考文献 |

专著

[1] 孙希旦 . 礼记集解 [M] . 北京：中华书局，1989.

[2] 何休，徐彦 . 春秋公羊传注疏 [M] . 上海：上海古籍出版社，1990.

[3] 司马迁 . 史记 [M] . 北京：中华书局，1959.

[4] 班固 . 汉书 [M] . 北京：中华书局，1962.

[5] 范晔 . 后汉书 [M] . 北京：中华书局，1965.

[6] 陈寿 . 三国志 [M] . 北京：中华书局，1964.

[7] 房玄龄，等 . 晋书 [M] . 北京：中华书局，1974.

[8] 沈约 . 宋书 [M] . 北京：中华书局，2018.

[9] 萧子显 . 南齐书 [M] . 北京：中华书局，1972.

[10] 姚思廉 . 梁书 [M] . 北京：中华书局，1973.

[11] 李延寿 . 南史 [M] . 北京：中华书局，1975.

[12] 刘昫，等 . 旧唐书 [M] . 北京：中华书局，1975.

[13] 脱脱，等 . 宋史 [M] . 北京：中华书局，1977.

[14] 张廷玉，等 . 明史 [M] . 北京：中华书局，1974.

[15] 袁宏 . 后汉纪 [M] . 周天游，校注 . 天津：天津古籍出版社，1987.

［16］司马光.资治通鉴［M］.北京：中华书局，2005.

［17］杜佑.通典［M］.北京：中华书局，1988.

［18］王溥.唐会要［M］.北京：中华书局，1955.

［19］黎翔凤.管子校注［M］.北京：中华书局，2004.

［20］荀子.荀子校释［M］.王天海，校释.上海：上海古籍出版社，2005.

［21］刘向.说苑［M］.北京：中华书局，1987.

［22］王充.论衡校释［M］.黄晖，校释.北京：中华书局，2018.

［23］刘劭.人物志［M］.郑州：中州古籍出版社，2018.

［24］刘义庆.世说新语校笺［M］.杨勇，校笺.北京：中华书局，2006.

［25］刘义庆.世说新语汇校汇注汇评［M］.周兴陆，汇编.南京：凤凰出版
　　　社，2017.

［26］颜之推.颜氏家训集解［M］.王利器，集解.北京：中华书局，1993.

［27］洪迈.容斋随笔［M］.北京：中华书局，2005.

［28］叶适.习学记言序目［M］.北京：中华书局，1977.

［29］章学诚.文史通义新编［M］.上海：上海古籍出版社，1993.

［30］章学诚.校雠通义通解［M］.王重民，通解.上海：上海古籍出版社，
　　　2009.

［31］江藩.汉学师承记：外二种［M］.北京：生活·读书·新知三联书店，
　　　1998.

［32］刘声木.苌楚斋随笔续笔三笔四笔五笔［M］.北京：中华书局，1998.

［33］欧阳询.宋本艺文类聚［M］.上海：上海古籍出版社，2013.

［34］萧统.文选［M］.李善，注.上海：上海古籍出版社，1986.

［35］郭茂倩.乐府诗集［M］.北京：中华书局，2017.

［36］元好问.中州集［M］.上海：中华书局上海编辑所，1959.

［37］王士禛.古诗笺［M］.闻人倓，笺.上海：上海古籍出版社，1980.

［38］董诰，等.全唐文［M］.北京：中华书局，1983.

［39］沈德潜.古诗源［M］.北京：中华书局，1963.

［40］严可均.全上古三代秦汉三国六朝文［M］.北京：中华书局，1958.

［41］龚克昌，等.全汉赋评注［M］.石家庄：花山文艺出版社，2003.

［42］周启成，等.新译昭明文选［M］.台北：三民书局，2014.

［43］俞绍初.建安七子集［M］.北京：中华书局，2016.

［44］李修生.全元文［M］.南京：凤凰出版社，2004.

［45］蔡邕.蔡邕集编年校注［M］.邓安生，校注.石家庄：河北教育出版社，
　　　2002.

［46］曹植.曹子建文集［M］.影印宋刻本.北京：国家图书馆出版社，2021.

［47］曹植.曹植集校注［M］.赵幼文，校注.北京：人民文学出版社，1984.

［48］嵇康.嵇康集校注［M］.戴明扬，校注.北京：中华书局，2014.

［49］陆机.陆机集校笺［M］.杨明，校笺.上海：上海古籍出版社，2016.

［50］萧纲.梁简文帝集校注［M］.肖占鹏，等，校注.天津：南开大学出版
　　　社，2015.

［51］庾信.庾子山集注［M］.倪璠，注.北京：中华书局，1980.

［52］沈佺期，宋之问.沈佺期宋之问集校注［M］.陶敏，等校注.北京：中
　　　华书局，2001.

［53］王维.王维集校注［M］.陈铁民，校注.北京：中华书局，1997.

［54］李白.李太白全集［M］.王琦，注.北京：中华书局，1977.

［55］杜甫.杜诗详注［M］.仇兆鳌，注.北京：中华书局，1979.

［56］高适.高适诗集编年笺注［M］.刘开扬，笺注.北京：中华书局，1981.

［57］白居易.白居易诗集校注［M］.谢思炜，校注.北京：中华书局，2006.

［58］韩愈.韩昌黎诗系年集释［M］.钱仲联，集释.上海：上海古籍出版社，
　　　1984.

［59］柳宗元.柳河东集［M］.上海：上海古籍出版社，2008.

［60］郑谷.郑谷诗集笺注［M］.严寿澂，等，笺注.上海：上海古籍出版社，
　　　2009.

［61］欧阳修.欧阳修诗文集校笺［M］.洪本健，校笺.上海：上海古籍出版

社，2009.

［62］揭傒斯.揭傒斯全集［M］.上海：上海古籍出版社，2012.

［63］顾瑛.玉山璞稿［M］.北京：中华书局，2008.

［64］金圣叹.金圣叹全集［M］.陆林，辑校整理.南京：凤凰出版社，2008.

［65］万斯同.万斯同全集［M］.宁波：宁波出版社，2013.

［66］方文撰，方嵞山诗集［M］.胡金望，张则桐，校点.合肥：黄山书社，
　　　2010.

［67］阮元.揅经室二集揅经室三集揅经室续集［M］//清代诗文集汇编：第
　　　477 册.上海：上海古籍出版社，2010.

［68］梁启超.饮冰室合集［M］.北京：中华书局，1989.

［69］王国维.王国维全集［M］.杭州：浙江教育出版社，2009.

［70］章太炎.章太炎全集［M］.上海：上海人民出版社，1986.

［71］陈寅恪.金明馆丛稿初编［M］.上海：上海古籍出版社，1980.

［72］李汝伦.性灵草［M］.广州：花城出版社，1986.

［73］李汝伦.当代诗词研讨文集［C］.广州：广东人民出版社，1992.

［74］李汝伦.种瓜得豆集［M］.广州：花城出版社，1983.

［75］荒芜.纸壁斋续集［M］.长沙：湖南人民出版社，1987.

［76］刘季高.刘季高文存［M］.上海：上海古籍出版社，2009.

［77］王运熙.王运熙文集［M］.上海：上海古籍出版社，2012.

［78］施议对.新声与绝响——施议对当代诗词论集［M］.武汉：华中师范大
　　　学出版社，2015.

［79］曹道衡.曹道衡文集［M］.郑州：中州古籍出版社，2018.

［80］刘勰.文心雕龙注［M］.范文澜，注.北京：文化学社，1929.

［81］刘勰.文心雕龙注［M］.范文澜，注.北京：人民文学出版社，1958.

［82］刘勰.文心雕龙注订［M］.张立斋，注.台北：中正书局，1967.

［83］刘勰.文心雕龙校证［M］.王利器，校笺.上海：上海古籍出版社，
　　　1980.

［84］刘勰.文心雕龙选译［M］.周振甫,译注.北京:中华书局,1980.

［85］刘勰.文心雕龙译注［M］.陆侃如,牟世金,译注.济南:齐鲁书社,
1981.

［86］刘勰.文心雕龙义证［M］.詹锳,义证.上海:上海古籍出版社,1989.

［87］王元化.文心雕龙讲疏［M］.上海:上海古籍出版社,1992.

［88］刘勰.文心雕龙解说［M］.祖保泉,解说.合肥:安徽教育出版社,
1993.

［89］牟世金.文心雕龙研究［M］.北京:人民文学出版社,1995.

［90］黄侃.文心雕龙札记［M］.上海:华东师范大学出版社,1996.

［91］黄霖.文心雕龙汇评［M］.上海:上海古籍出版社,2005.

［92］杨明.文心雕龙精读［M］.上海:复旦大学出版社,2007.

［93］刘永济.文心雕龙校释［M］.北京:中华书局,2010.

［94］刘勰.文心雕龙译注［M］.王运熙,周锋,译注.上海:上海古籍出版
社,2010.

［95］吴林伯.文心雕龙义疏［M］.武汉:武汉大学出版社,2013.

［96］周勋初.文心雕龙解析［M］.南京:凤凰出版社,2015.

［97］遍照金刚.文镜秘府论校注［M］.王利器,校注.北京:中国社会科学
出版社,1983.

［98］阮阅.诗话总龟［M］.周本淳,校点.北京:人民文学出版社,1987.

［99］袁枚.随园诗话［M］.北京:人民文学出版社,1982.

［100］朱乾.乐府正义［M］.刻本.秬香堂,1789(乾隆五十四年).

［101］方东树.昭昧詹言［M］.北京:人民文学出版社,1961.

［102］黄霖,蒋凡.中国历代文论选新编［M］.上海:上海教育出版社,
2007.

［103］王水照.历代文话［M］.上海:复旦大学出版社,2007.

［104］余祖坤.历代文话续编［M］.南京:凤凰出版社,2013.

［105］陈广宏,侯荣川.明人诗话要籍汇编［M］.上海:复旦大学出版社,

2017.

[106]林峰.中华诗词学会三十年论文选［C］.北京：中国文史出版社，
2017.

[107]谢无量.实用美文指南［M］.上海：中华书局，1917.

[108]谢无量.中国大文学史［M］.上海：中华书局，1918.

[109]李笠.中国文学述评［M］.上海：中华书局，1928.

[110]胡云翼.中国文学概论［M］.上海：启智书局，1928.

[111]潘梓.文学概论［M］.上海：北新书局，1928.

[112]蒋鉴璋.中国文学史纲［M］.上海：亚细亚书局，1930.

[113]李幼泉，洪北平.文学概论［M］.上海：民智书局，1930.

[114]贺凯.中国文学史纲要［M］.北京：北平文化学社，1931.

[115]胡云翼.新著中国文学史［M］.上海：北新书局，1932.

[116]陈伯欧.新文学概论［M］.北京：立连书局，1932.

[117]童行白.中国文学史纲［M］.上海：大东书局，1933.

[118]谭丕模.中国文学史纲［M］.上海：北新书局，1933.

[119]郭绍虞.中国文学批评史［M］.上海：商务印书馆，1934.

[120]罗根泽.中国文学批评史［M］.北京：人文书店，1934.

[121]方孝岳.中国文学批评［M］.上海：世界书局，1934.

[122]瞿兑之.中国骈文概论［M］.上海：世界书局，1936.

[123]刘师培.中国中古文学史［M］.北京：人民文学出版社，1959.

[124]王瑶.中古文学史论［M］.北京：中华书局，1986.

[125]钱基博.现代中国文学史［M］.北京：中国书籍出版社，2017.

期刊报纸

[1]周作人.论文章之意义暨其使命因及中国近时论文之失［J］.河南，

1908,（4-5）：105-123.

［2］胡适.文学改良刍议［J］.新青年.1917,2（5）：25-36.

［3］陈独秀.文学革命论［J］.新青年,1917,2（6）：6-9.

［4］汪懋祖.论文以载道［J］.留美学生季报,1917,4（4）：47-50.

［5］蔡元培.国文之将来［J］.北京高师教育丛刊,1919（1）：213-214.

［6］罗家伦.什么是文学？［J］.新潮,1919,1（2）：51.

［7］陈独秀.我们为甚么要做白话文［N］.晨报,1920-2-12.

［8］罗振玉.补宋书宗室世系表［J］.亚洲学术杂志,1921（2）：1-10.

［9］周作人.美文［N].晨报副刊,1921-6-8.

［10］杨鸿烈.为萧统的《文选》呼冤［J］.京报副刊,1924（7）：2-5.

［11］胡梦华.絮语散文［J］.小说月报,1926,17（3）：53.

［12］郭绍虞.文学观念与其含义之变迁［J］.东方杂志,1927,25（1）：
　　　133-141.

［13］郭绍虞.所谓传统的文学观［J］.东方杂志,1928,25（24）：77-83.

［14］陈翔冰.刘彦和论文［J］.秋野,1928（4）：279-284.

［15］朱荣泉.《文心雕龙》绪论［J］.沪江大学月刊,1930,19（2）：37-41.

［16］刘盼遂.补齐书宗室世系表［J］.学文,1931,1（3）：20-32.

［17］汪静之.文学定义的综合研究［J］.东方文艺,1933,1（2）：122-130.

［18］陈冠一.文心雕龙之研究［J］.楚雁,1935（2）：15-36.

［19］王守伟.刘彦和对于文学的情感与技术底观念［J］.苎萝,1935（17-
　　　18）：4-8.

［20］霍衣仙.刘彦和评传［J］.南风,1936,12（2-3）：65-87.

［21］陶希圣.王莽末年的豪家及其宾客子弟［J］.食货,1937,5（6）：
　　　46-49.

［22］罗根泽.学术救国与救国学术［J］.精诚半月刊,1939（6）：2.

［23］罗根泽.建国期中的文化建设［J］.学生月刊,1940,1（12）：67-71.

［24］郭绍虞.新文艺运动应走的新途径［J］.国文月刊,1942（16）：29-34.

［25］余冠英.乐府歌辞的拼凑和分割［J］.国文月刊，1947（61）：11-14.

［26］逯钦立.汉诗别录［J］."国立中央研究院"历史语言研究所集刊，1948（13）：269-334.

［27］马进，苏则文.需要好的旧体诗词［N］.人民日报，1959-8-3（8）.

［28］孙瑛.鲁迅在通俗教育研究会的工作［J］.徐州师范学院学报，1978（2）：49-55.

［29］王运熙.略谈乐府诗的曲名本事与思想内容的关系［J］.河南师大学报（哲学社会科学版），1979（6）：47-53.

［30］公刘.关于新诗的一些基本观点［J］.文学评论，1983（4）：42-51.

［31］李怡.十五年来中国现代诗歌研究之断想［J］.中国现代文学研究丛刊，1995（1）：54-77.

［32］张文勋.云南《文心雕龙》研究的先驱［J］.学术探索，2000（3）：66-67.

［33］张新科.文学视角中的"鸿都门学"——兼论汉末文风的转变［J］.陕西师范大学学报（哲学社会科学版），2005（1）：103-108.

［34］赵国华.汉鸿都门学考辨［J］.华中师范大学学报，2000（3）：117-124.

［35］曾维华，孙刚华.东汉"鸿都门学"设置原由探析［J］.东岳论丛，2010（1）：42-46.

［36］马凯.谈谈格律诗的"求正容变［N］.光明日报，2011-01-19（11）.

［37］杨子怡.古今诗坛"老干体"之漫论［J］.惠州学院学报，2013（2）：5-12.

［38］刘德杰.汉章帝"雅好文章"与东汉文学发展［J］.河北师范大学学报（哲学社会科学版），2014（1）：18-25.

［39］李宗刚.通俗教育研究会与鲁迅现代小说的生成［J］.文学评论，2016（2）：16-25.

［40］汪奎.萧赜、萧嶷之争与萧齐政局［J］.许昌学院学报，2016（6）：

11-15.

［41］张健.纯文学、杂文学观念与中国文学批评史［J］.复旦学报，2018
　　　（2）：80-91.

|后　记|

感谢"中国当代文艺学话语建构丛书"主编吴子林先生的邀约，让笔者有机会将近几年发表的关于《文心雕龙》和中国文论研究的文章结为此集，作为丛书之一种出版出来接受读者的检验。

中国当代文艺学话语建构，当然缺少不了中国传统文论，它是当代文论建设重要的思想理论资源。《文心雕龙》是中国传统文论的精粹，笔者选入几篇"龙学"论文，侧重于对《文心雕龙》的文本细读，联系当时的社会历史文化，阐释其理论意义，其中对文士传统的梳理、对文士精神的彰显，是笔者尤为看重的。本书的另一大主题是重新审视中国文论，特别是以贯通古今的视野，对近现代转型时期产生的一些文学基本观念进行重新审理，主张回到中国社会和文化自身的根基上，建设本位而开放的中国文学理论，建构以审美超功利的"纯文学"为核心，以重视表现力和感染力的实用文章为基础的多层级文学系统。在这一思想指导下，做了几个专题研究，如中国文学史上的南北问题与文化认同、民国初年通俗教育研究会的小说审查、现代的国文教育、现代杜诗学、"寒衣曲"的古今演变等等。如果能突破狭隘的文学观念的限制，回到中国社会和文化本身，古今文学与文论就会发现更多有意义的话题和领域值得研究。笔者这里仅是鼎尝一脔而已，亟待与读者分享，更期待同行方家的批评指正。

　　贯穿这些论文的核心思想是文士精神和文论传统。秉承和张扬自古以来中华文士的淑世精神，弘扬优秀的中华文论传统，对于当代文论建设是尤为重要的。因此，本书以《文士精神与文论传统》为书名。其中部分论文是笔者主持的国家社科基金重大项目"百年中国文学批评史研究范式重构"（项目编号：20&ZD282）的阶段性成果，曾发表在各类刊物上，这次结集时，略有改动。几位同学用了不少时间校对文字，金芳萍编辑为拙稿之成书费心费力，在此一并表示衷心的感谢。

周兴陆

2022 年 3 月 1 日